네이비씰의
나를 이기는 연습

THE WAY OF THE SEAL by Mark Divine with Allyson, Edelhertz Machate

A READER'S DIGEST BOOK

Copyright © 2013 Mark Divine

All rights reserved.

This Korean edition was published by Davan in 2016 by arrangement with BIAGI LITERARY MANAGEMENT, INC. through KCC(Korea Copyright Center Inc.), Seoul.

이 책은 (주)한국저작권센터(KCC)를 통한 저작권자와의 독점계약으로 다반에서 출간되었습니다.
저작권법에 의해 한국 내에서 보호를 받는 저작물이므로 무단전재와 복제를 금합니다.

네이비씰의
나를 이기는 연습

세상 앞에 난쟁이가 된 나의 진짜 자신감 찾기

마크 디바인 지음 | **김재욱** 옮김

다반

Prologue

아무리 먼 길이라도 처음 한 걸음에서 시작된다

끊임없이 반복 재생산되는 자기계발과 리더십 관련 정보에 모두들 지쳐 있을 거라 믿어 의심치 않는다.

어쩌면 당신은 도전을 요구하는 지금의 경제경영 상황 속에서 생존을 위해, 더 나아가서는 성장을 위해 새로운 아이디어를 찾고 있는 경영자일지 모른다. 어쩌면 어떤 직업을 선택해야 할지, 어떻게 하면 성인으로서 건전한 인간관계를 가질 수 있을지, 아니면 일반적으로 어떻게 사고해야 더 나은 결정을 내릴 수 있을지 고민하고 있는 학생일 수도 있다. 혹은 자신의 경력과 아이들과 남편 사이에서 이리저리 끌려다니면서 자신에게 주어진 능력을 충분히 발휘하려면 어떻게 해야 할지 갈등하는 어머니이자 아내일 수도 있다. 또는 다른 사람들보다 유리한 고지를 점해서 최종 수료 가능성을 높이려는 특수부대 후보생일 수도 있겠다.

자, 하지만 어떤 경우라 하더라도 적절한 시기에 적절한 책을 고른 것은 명백한 사실이다. 『네이비씰의 나를 이기는 연습』은 자신감은 물론 리더십과 밝힐 수 없는 특수 작전이 펼쳐진 사막과 정글, 불타 버린 도시, 바다에서 구축된 개인적 탁월함에 대해 새로운 시각을 당신에게 줄 것이다. 나는 20년간 네이비씰 장교로 복무하면서 많은 경험을 쌓았고 25년간의 무술 수련과 15년간의 요가 수행으로 개인적으로 그 깊이를 더해 갔다. 수백만 달러 규모의 벤처 기업 6개를 운영하면서 독특하고, 매우 효율적이면서도 쉽게 활용할 수 있는 교훈도 끌어내기도 했다. 이 책과 함께라면 누구라도 최고인 당신을 발견하고 찾을 수 있을 거라 생각한다.

네이비씰 대원이 목숨을 걸고 수행하는 임무에 대해서는 다들 책에서 읽기도 하고, 영화나 디스커버리 채널에서 봤으리라 믿는다. 그들이 육체적으로 강인하고 현명하기까지 하다는 건 전혀 새로운 사실은 아니다. 하지만 생각해 보라. 네이비씰의 훈련 과정을 통과하는 사람은 매년 채 200명도 되지 않는다. 합격을 위해 도전한 수천 명의 지원자 중에서 말이다. 지난 6년간 내가 운영하는 씰핏 아카데미 프로그램에서 적어도 3주 이상을 훈련을 받은 네이비씰 지원자는 진정한 용사가 되기 위한 실제 훈련에서 90% 이상의 합격률을 보였다. 이게 어떻게 가능했냐고? 왜냐하면 내가 네이비씰처럼 생각하고 행동하고 훈련받는 방법을 알고 있기 때문이다. 이 책에서 원칙과 연습 방법을 밝히고 그것들을 실생활에 적용하여 어떤 분야에서건 각자가 목표로 하는 위치에 도달할 수 있도록 가르치고자 한다. 미 해군은 나와 내 동료 특수부대원들을 훈련시키느라 여러분의 세금을 꽤 많이 썼다. 그래서 작게나마 그에 대한 보답을 하고 싶다.

네이비씰 지원자만이 훈련 프로그램에 참가할 수 있는지 묻는 이메일이나 전화를 끊임없이 받게 되는데 그럴 때마다 나는 "아니요!"라고 외친다. 네이비씰이나 다른 특수부대 지원자들을 위해 마음 캠프Kokoro Camp 프로그램을 시작하여 전 세계적 명성을 얻고 있기는 하지만 사실 75% 이상의 참가자들은 군대가 아니라 기업 혹은 다른 분야의 경력을 가지고 있는 사람들이다. 모든 사람이 네이비씰이 될 만한 신체적 능력, 기회, 갈망을 가지고 있는 것은 아니지만 누구든지 같은 수준의 정신력, 리더십 역량, 승부 근성을 키울 수는 있다. 만약 네이비씰처럼 사고할 수 있게 하는 약을 팔 수만 있다면 그렇게 하고 싶을 정도다. 아직 그런 방법을 찾지는 못했지만 분명히 이 책이 그 첫걸음은 될 수 있을 것이다.

가능한 한 겸손하게 말하자면 나야말로 이 책을 쓸 수 있는 유일한 자격을 가지고 있다. 네이비씰로서의 삶을 시작하기에 앞서 나는 뉴욕대 MBA 스턴 스쿨을 나온 공인회계사였다. 아마도 네이비씰이 된 유일한 공인회계사일지도 모르는데, 그 얘기인즉 내가 경력의 첫 단추를 완전히 잘못 꿰었다는 말이 된다. 25살에 인생 계획이 완전히 어긋났다고 판단한 뒤 네이비씰이 되겠다는 갈망을 충족시키기 위해 모든 것을 그만두기로 결정했다. 쉽지 않았다고만 말해 버린다면 그 과정을 터무니없이 좋게 얘기하는 거다. 부모님은 내가 가업(120여 년 된 디바인 브라더스 매뉴팩처링 컴퍼니)을 이어 주기를 오랫동안 고대하셨다. 진로를 바꾸는 것은 직업 측면에서나 개인적으로나 크나큰 모험이었다. 고등학교를 졸업하던 18살 때 내 자신을 더 잘

알고 더 나은 목표를 선택할 수 있도록 도움을 받았더라면 좋았을
텐데. 그랬다면 가족들이 나를 위해 수천 달러의 돈을 쓰지 않아도
되었을 거다. 나 역시도 시간도 아낄 수 있었고 그토록 괴로워하지도
않았을 것이다.

　하여간 나는 군 경력도 전혀 없고 ROTC 출신도 아닌 사람들을 대
상으로 하는 특별 프로그램을 통해 최종적으로 해군 장교 후보 학교
의 명망 있는 BUDS(네이비씰의 수중폭파 기초훈련-옮긴이) 과정에 들어
갔다. 1990년 BUDS 프로그램에는 약 180명의 지원자가 함께 훈련했
는데, 그중 무사히 수료한 사람은 19명뿐이었고 나는 그중에 수석을
차지했다. 이후 9년간 현역 네이비씰로, 11년간 예비역 네이비씰 장교
로 복무하였다. 예비역 장교 시절 해군에서는 나를 두 차례 중동으로
파견하였는데 2004년 두 번째로 파견된 곳이 바그다드였다.

　그렇지만 시간이 흐르면서 내 안에 사업가 기질이 흐르고 있다는
걸 깨닫게 되었다.

　첫 번째 현역 복무 기간이 끝났을 때는 직접 맥주를 양조하는 레스
토랑을 개업하고, 소프트웨어 회사를 경영하였으며, 특수 부대 지원
자들을 위한 온라인 지원 및 훈련 포탈인 네이비씰닷컴 NavySEALs.com
을 만들었다. 예비역 장교로서의 임무도 끝낸 2006년에는 US 택티
컬사 U.S. Tactical, Inc.를 설립했다. 미 해군 모병사령부는 전도유망한 네
이비씰 지원자들을 위한 전국적인 멘토링 프로그램을 만들 계획으
로 나와 계약을 했는데 이 프로그램은 도입 첫해 그전까지 33%에 불
과하던 지원자들의 1차 전형 합격률을 80% 이상으로 끌어올리는 데
성공했다. 그래서 나는 2007년에는 내 훈련 방법을 일반인들에게도

전파하기로 결심하고 씰핏 프로그램을 본격적으로 시작하였다. 그때부터 이 책에 적은 원칙-네이비씰의 훈련법과 선배 전사들이 확립한 규율, 요가와 가라테 등의 수련을 통해 육체적, 정신적으로 탐구한 내용, 융합/전인 교육(내가 '통합 훈련'이라고 부르는 교육)의 경험에 기반한 원칙-들로 수천 명을 교육했다. 네이비씰과 다른 특수 부대 지원자들, 각계의 전문가들, 기업 CEO들을 가르쳤다. 많은 명성을 얻고 있는 씰핏 아카데미를 연구소 삼아 육체적, 정신적 훈련을 통해 많은 이들의 정신력을 배양시켰다. 또한 최근에 시도하고 있는 언비터블 마인드 아카데미에서 정신적, 감정적, 영적 원칙들을 가르침으로써 스스로도 기술과 철학을 계속 연마하고 있는 중이다. 나뿐만 아니라 언비터블 마인드 아카데미에 참가한 교육생들의 변화를 직접 목격하면 정말 놀라울 따름이다.

네이비씰이 팀 단위로 임무를 수행하기는 하지만 각각의 대원들 역시 이 책에서 가르칠 자신감과 리더십의 본보기라 할 수 있다. 이들 정예 전사들처럼 네이비씰의 나를 이기는 연습을 따르는 리더는 자신의 사고와 감정, 직감, 독특한 능력을 완벽하게 다루는 전문가이며 그렇게 됨으로써 다른 사람들의 신뢰와 존경을 얻는 천부적 리더가 될 것이다. 이 책에 담긴 원칙들은 리더 개개인의 기량을 향상시킨다. 지금 당장 자신이 리더의 위치에 있지는 않다고 느끼더라도 이런 접근법은 꼭 필요한 것이다. 뛰어난 경영자는 그 누구라도 자신은 물론 다른 사람을 이끄는 강한 리더십 역량을 가지고 있다. 이러한 역량은 인생의 모든 면에서 최상의 결과를 얻을 수 있게 해줄 수 있다.

네이비씰의 나를 이기는 연습을 시작한다는 것은 무엇을 의미하는가?

❖ 인생을 단순하고 명확하게 만드는 방법을 배운다. 강한 목적의식을 갖고 미션에 집중하면서 단지 생각만 하는 것이 아니라 실제 삶의 가치를 지니고 앞으로 나아갈 수 있다. 스스로를 가치 있는 존재로 여기게 되고 더 이상 후회하지 않게 된다.

❖ 인생의 가장 힘든 시기에도 늘 차분한 마음으로 중심을 잃지 않게 된다.

❖ 정신력을 키워 어떤 과제나 도전에도 굴하지 않게 된다.

❖ 직관에 따른 의사결정 능력을 기르고 위험이나 기회가 다가오는 것을 감지하게 된다.

❖ 감정의 균형을 더 잘 유지하게 되며 다른 사람들의 필요를 예상하여 대처할 수 있게 된다.

❖ 더 진실하고 존경과 신뢰를 받으며 설득력을 갖춘 리더로 거듭나게 된다.

❖ 결국 더 나은 사람이 된다. 당신의 힘으로 가족, 동료, 조직에 도움을 주고 더 좋은 세상을 만드는 데 기여할 수 있게 된다.

나와 함께 여정을 떠나기로 한 당신의 결정에 감사드리며 개인적으로 무한한 영광으로 생각한다. 네이비씰의 나를 이기는 연습을 받아들이는 것은 결코 쉬운 길이 아니다. 이 책의 원칙들을 따르기 시작함과 동시에 당신이 세상을 느끼고 세상에 반응하는 방식에 변화가 생겨남을 깨닫기는 하겠지만 하루아침에 모든 걸 바꿀 수는 없다. 탁월한 결과를 얻기 위한 핵심은 낡은 습관을 바꾸는 것이다. 낡은 사고방식, 행동, 신념도 여기에 포함된다. 내가 말하는 대로 따라와

주고 일상생활에서 이 책의 원칙들을 충실히 실행한다면 회사에서의 승진, 새로운 사업의 시작, 더 높은 차원의 운동 능력, 충실한 가정과 결혼 생활, 학위 취득 등 어떤 목표를 가지고 있건 간에 분명히 달성하게 될 것이다.

변화에 대처하고 혼란한 상황에서도 제대로 역할을 하고 자신의 배짱을 믿고 나갈 수 있는 단순한 기법을 숙달하게 된다. 또한 실패에 대한 심한 두려움을 떨쳐 내고 포기하지 않는 집요함을 습관으로 만들고 위험을 감수하는 방법을 배울 수 있다. '공격적인 사고방식'을 견지하고 인지 능력을 키워 결정을 내릴 때마다 그 결정이 강력한 한 방이 되게 한다. 인습에 얽매이지 않고 창의적으로 사고하고 윤리적으로 수용될 수 있는 범위 내에서 규칙을 깨부수는 방법도 배운다.

아무리 먼 길이라도 처음 한 걸음에서 시작된다. 그리고 당신은 바로 그 한 걸음을 내딛었다. 지금 당장 삶에서 네이비씰의 나를 이기는 연습을 시작하자. 필승!

미국 캘리포니아주 엔시니타스에서

마크 디바인

자신을 이겨 내고 성장하겠다는
근원적인 헌신이 필요하다

정신이 바쁘게 움직이는데 몸이 제자리에서 가만히 있을 수는 없다.
—제임스 앨런(1864-1912), 영국의 철학자, 작가

1990년 9월 해군 특수전 훈련소 수료식. 300여 명의 방문객, 직원, 생도 앞에 동료들과 함께 서 있었다. 대부분의 남자들이 꿈꾸기만 하는 존재, 진정으로 정력적이고, 고공 낙하와 심해 잠수를 하고, 빠르게 달리고 사격하는 네이비씰의 대원이 이제 막 되려는 참이었다. 불과 몇 달 전까지 나는 뉴욕에 있었다. 전형적인 아메리칸 드림의 삶을 사는, 완벽하면서 기대 이상의 성과를 내는 보수적인 젊은이였다. 악당을 물리치고 곤경에 처한 여인을 구하는 어린 시절의 꿈은 버렸다. 대신 비즈니스 세계에서 경력을 쌓으면서 풍요로운 미래라는 목표에 집중하는 삶을 기꺼이 받아들였다. 나 역시 당신들처럼 내면의 작은 북소리를 알아차리지 못한 채 사회라는 악단이 계속 쳐대는 북소리에 맞춰 행진을 했다.

자연스럽게 회계와 컨설팅의 세계로 나아갔었다. 아마 당신도 의

학, 법률, 금융, 정보 통신 기술 혹은 수많은 다른 전통적인 분야로 나아갔으리라 생각된다. 그리고 몇 년이 흐른 뒤 각각의 분야에서 확실하게 자리를 잡게 되었을 것이다. 여전히 자신의 일을 사랑할지도 모르겠지만 성공을 했는데도 왜 일이 아닌 삶의 다른 영역에서는 평화와 행복을 얻지 못했는지 궁금해하고 있을 수도 있다. 아니면 어느 날 문득 어쩌다 여기까지 이르렀는지, 더 심한 경우라면 지금 대체 여기서 무엇을 하고 있는 건지 궁금해할 수도 있다. 아마 나와 마찬가지로 왜 행복하지 않은지, 삶이라는 항해에서 배를 잘못 탄 건 아닌지 고민하고 있을지도 모른다.

'낙타의 등을 부러뜨리는 마지막 지푸라기 하나'라는 속담이 있다. 내게 마지막 지푸라기는 뉴욕을 떠나야 할지를 고민하던 때 찾아왔다. 판에 박힌 일상은 불만스러웠다. 가라테 도장에서 힘든 훈련을 받거나 이른 아침에 거리를 달릴 때 더 큰 마음의 평화를 느꼈다. 어느 날 아침 평소처럼 달리다가 해군 모병 사무실에 붙어 있는 네이비씰 포스터를 우연히 보게 되었다. '특별한 존재가 되라'는 메시지가 나를 유혹했고, 그 순간 "바로 이거야!"라고 혼자 소리쳤다. '특별한 존재가 되고 싶어. 지금의 나는 거대하고 차디찬 기계의 톱니바퀴 하나에 불과하잖아'. 어린 시절의 꿈처럼 다른 사람을 위해 봉사한다는 생각에 마음이 끌렸다. 매일매일 최고의 임무를 수행하면서 같은 가치를 공유하는 동료들과 함께 스스로에게 도전하는 모습을 그려 보니 흥분되기 시작했다. 그러나 회계사이자 컨설턴트로서의 마지막 고객인 케인을 만나기 전까지 나의 결심은 결코 명확하지 않았다.

케인앤컴퍼니Kane&Co.는 가족이 운영하는 제지 회사로 1988년 롱

아일랜드(미국 뉴욕주의 섬, 방위, 우주개발, 전자통신 산업이 발달함-옮긴이) 방위산업 업계에서 일어난 '불법 로비 및 권력 남용 스캔들'에 연루된 바 있다. 케인의 회사는 방위 산업 계약에 따라 거대한 항공 우주 부품 선적용 패키지를 생산했다. 정부 관리들이 대형 군수업체로부터 뇌물을 수수한 혐의가 드러났을 때 케인앤컴퍼니와 같은 군소 하청업체 역시 극심한 조사에 시달려야 했다. 국세청은 주로 쉬운 상대에 집중했고 회계법인을 고용하여 수많은 자료들을 파헤치고 분석하게 했다. 당시 나는 '8대' 컨설팅 회사 중 하나에 근무하고 있었는데 회사에서는 나를 지명하여 감독관, 부하직원과 더불어 케인앤컴퍼니를 감사하게 했다.

어느 날 사무실 벽 너머로 창업자의 아들인 조 케인이 "이 친구들은 죽어도 여길 떠나지 않을 거야."라고 말하는 것을 듣게 되었다. 다른 형제와 통화하면서 "결국 우리 회사를 망하게 하고 아버지를 죽게 하겠지."라고도 덧붙였다. 그들 형제는 회사를 살리기 위해 절박하게 매달리고 있었는데 그 무렵 창업자인 아버지는 갑작스러운 암으로 투병 중이었다. 가족들은 감사 과정에서 받은 극도의 스트레스가 원인이라고 믿었는데 아니나 다를까 케인 씨는 한 달 뒤에 운명하고 말았다.

그 소식은 내게는 너무나도 큰 충격이었다. 마치 내가 그분을 죽인 것처럼 느껴졌다. 케인 형제의 말이 틀리지 않았다. 3개월이 걸려 감사를 끝낼 수 있었지만 국세청을 등에 업은 경영진은 나를 계속 케인앤컴퍼니로 보냈고 그 시간만큼 계속 비용을 청구했다. 이 회사를 쥐어짜는 모습에 소름이 끼쳤다. 케인앤컴퍼니는 더 이상 고객은 아니었고 청구할 수 있을 만큼의 돈을 뜯어내는 회사의 희생양일 뿐이었다.

이 모든 상황이 가식적으로 보였다. 어떻게 이런 위선에 동참할 수 있을까? 바로 그 순간이었다. 네이비씰 장교가 되어 봉사함으로써 전사이자 리더가 되겠다는 목표에, 미숙하기는 하나 그 목표에 헌신하기로 결심했다. 사무실로 돌아오자마자 바로 사직서를 제출했다. 이후 개인 트레이너 일자리를 구했고 네이비씰이 되기 위한 준비 작업으로 가라테와 선 명상 수업을 2배로 늘렸다. 당연한 수순이지만 결국 한 달 뒤 밑천이 바닥을 드러냈고, 옳은 결정이었기를 기도하던 내게 이전에 다니던 컨설팅 회사의 파트너가 갑작스럽게 전화를 걸어왔다.

"마크, 내가 새로 회사를 시작했는데 같이 일했으면 해."라는 말에 밀려들어 오는 돈을 상상하면서 강하고도 아주 익숙한 유혹을 느꼈다. 그때 내면의 목소리가 들려왔다. "안 돼!" 애당초 내가 왜 회사를 떠났는지를 떠올렸다. 더 나은 길, 내게 맞는 길을 가고 있다는 확신이 들어 정중하게 제안을 거절했다.

그로부터 1년 뒤 네이비씰 장교 훈련 수료식에 서 있었다. 어떤 도전이 내 앞에 놓여 있더라도 기꺼이 받아들일 준비를 하면서 영웅적인 여정의 다음 단계로 나아가고 있었다. 시상자가 발언을 끝내고 내게 수석 졸업을 기념하는 명패를 수여할 때 모든 사람들이 나를 바라보았다. 6개월 전 훈련을 함께 시작한 180명의 지원자들 중 고작 19명만이 수료를 했고 나는 1등으로 그 과정을 끝냈다. BUDS의 지휘관 후스 대령이 내 제복에 그 유명한 삼지창 배지-네이비씰이 다는 황금 휘장-를 달아 주는 순간 나는 활짝 웃었다.

삼지창 배지는 당신이 더 힘든 훈련을 받고 더 현명하게 일하며 어떤 도전에도 용기 있게 맞서는 특별한 존재, 현대 사회에서는 찾아보기 어려운 스파르타 전사임을 나타낸다. 내게 이 배지는 네이비씰의 나를 이기는 연습을 실천하는, 삶이라는 전쟁의 내적, 외적 측면 모두에서 성공하는 마음가짐과 태도의 표상이다.

자, 그럼 이제부터 당신에게도 자신만의 삼지창 배지를 얻을 수 있는 방법을 알려 주겠다.

네이비씰의 나를 이기는 연습이란?

빠르기는 바람과 같아야 하고 고요하기는 숲과 같아야 한다. 공격할 때는 불과 같아야 하고 움직이지 않을 때는 산과 같아야 한다.
– 다케다 신겐(1521 - 1573), 일본 전국 시대의 무장

운이 좋게도 나는 다양한 관점에서 리더십을 면밀하게 지켜보는 한편 개인적으로 연구할 기회가 있었다. 많은 세미나에 참가했으며 주요 대학에서 강의도 해왔다. 작은 규모의 회사와 팀(특정 임무를 수행하거나 목표를 달성하기 위해 의도적으로 모인 사람들의 집단으로, 예를 들어 스포츠 팀, 자원봉사 모임, 회사의 부서, 결혼한 부부, 또는 회사 전체나 가족 전체를 의미함)뿐만 아니라 대기업과 군대에서 지휘를 하기도 했고 지휘를 받기도 했다. 이를 통해 내가 깨달은 사실은 이렇다. 명예, 용기, 헌신과 같은 핵심적인 가치에 대해서는 문화적으로 중요시하지도 않고 이를 구현하기 위한 교육도 찾아볼 수 없다는 것이다. 그런 탓에 장차 리더가 되고자 하는 사람조차도 자신의 품격을 높일 토대나 더 나은 사람이 되기 위한 아무런 방편도 갖지 못한 채 그저 자신의 경력을 키워 나가는 데 집중할 뿐이었다. 교육이나 책을 통해 특정 리더십 모델을 따라해 보기도 한다. 그러면서 리더십이 필요한 상황을 헤쳐 나가는 능력이 키워지기를 진심으로 바란다. '기술을 습득하고 전문가들이 말하는 대로 행동하기만 하면 모든 게 좋아질 거야'라고 생각한다. 그리고 결과가 기대했던 약속에 미치지 못하면 햇병아리 리더는 믿음을 잃고 또 다른 모델을 찾아 나선다.

서번트 리더십(섬기는 리더십이라고도 하며 다른 사람을 섬기는 사람이 리더가 될 수 있다는 이론-옮긴이), 상황 대응 리더십, 비전 리더십, 경호 리더십(무한한 열정과 에너지를 강조하는 리더십-옮긴이) 등등. 모두가 유명한 리더십 모델이고, 리더십이 간단한 기술인 것처럼 다룬다. 그렇지만 리더십이 기술이 아니라면? 행동 방식의 총합이 아니라면? 만약 리더십이 품격이라면? 품격을 만들어 내는 대신에 그렇게 많은 시간을 리더십 모델이라는 성배를 찾아 헤맸는데도 왜 일이 잘 안 돌아가는지, 왜 뭔가 잘못되었다는 느낌이 드는지 궁금하지 않은가?

결국 자신을 이겨 내고 성장하겠다는 근원적인 헌신이 결여되어 있다면, 아무리 좋은 이론이라 한들 자신의 삶을 주도하거나 팀을 성공적으로 이끌 수는 없는 법이다.

리더십에 대한 새로운 접근법 수용하기

진정한 리더십은 내가 '통합 훈련 모델'이라고 부르는, 예를 들면 씰핏에서 가르치는 '5개의 산' 전사 훈련에 기반해야 한다. 내가 만든 5개의 산은 신체적, 정신적, 감정적, 직관적, 영적 영역에서 역량을 개발하는 교육 프로그램이다. 이들 역량을 통합하여 결과적으로 더욱 균형 잡힌 전인적 성장을 이룰 수 있다. 네이비씰의 나를 이기는 연습에서는 주로 정신적, 감정적, 직관적 영역에 집중하지만 이들 영역이 다른 두 영역, 즉 신체적, 영적 영역을 탐구하는 데도 도움을 줄 수 있고 또한 도움을 주어야 한다는 것을 점차 깨닫게 될 것이다. 자신의 생활과 신념에 맞는 방식으로 이들 영역을 개발하기를 권한다. 신체적 영역이란 산은 너무나 광범위해서 그걸 탐구하는 것만으로도 책 한 권이 필요하다. 영적 영역이란 산은 다른 4개의 영역과 불가분의 관계에 있다. 네이비씰의 나를 이기는 연습을 실행한다면 영적 영역 역시 상당 부분은 자연스럽게 개발된다(보다 집중적으로 영적 영역을 개발하기 위해서는 각자가 더 많은 노력을 기울여야 하며 그건 이 책의 영역을 넘어선다).

다른 영역들의 지원 없이 한 영역만을 강화하는 건 마치 다리 하나가 없는 테이블처럼 의미가 퇴색되어 버린다. 자신의 진정한 잠재 능력에 다가가려면 5개 영역을 함께 키워야 하고 그러려면 네이비씰의 나를 이기는 연습을 따라야 한다. 그렇게 할 때 명예와 겸손이라는 위대함을 갖춘, 과거의 전통을 되살린 현대의 전사로 거듭날 수 있고 자연스럽게 상사와 부하 직원 모두로부터 존경받게 된다.

참된 리더십이란 우리가 중시하는 조직 내의 역할이나 권력 체계와 무관하게 (때로는 그런 역할과 권력 체계에도 불구하고) 개인의 마음으로부터 나온다고 믿는다. 네이비씰의 나를 이기는 연습은 각자가 자신의 규율과 도덕적 신념을 완전하게 키워 나가겠다고 약속하는 데서 시작된다. 리더십이라는 영역에 발을 들여놓기 전에 우선은 좋은 동료가 되는 데 초점을 맞춰야 한다. 리더로서의 역할 그 자체를 목적으로 추구해서는 안 된다. 궁극적으로 우리는 일본인들이 '고코로(心)'라고 부르는 것을 키울 필요가 있는데 이는 우리의 마음과 정신이 각자의 역할을 하도록 통합한다는 의미이다. 또한 자신의 내면은 물론 다른 사람들, 그리고 자연과도 동시에 조화를 이룰 수 있도록 균형과 중심을 잡는다는 의미이다. 이런 능력을 고루 개발하고 고코로에 따라 이끌 때 100% 참되고 현재에 충실하며 강력한 존재가 될 수 있다.

세상은 앞에서 끌어 주고 뒤에서 밀어 주는 리더를 필요로 한다. 내가 '3대 영역'이라 부르는 모든 차원-개인, 팀, 조직-에서 분연히 일어서고 앞장서면서 통합을 위해 더 많은 위험을 감수하는 리더 말이다. 이러한 훌륭한 개념을 수단 삼아 이 책에 나오는 기법, 전술, 전략과 결합하면 요즘처럼 급변하고 복잡한 환경 아래에서도 윤리적이면서도 지속적으로 성공할 수 있는 가능성을 대폭 향상시킬 수 있다. 또한 다양한 관점 덕분에 편협하고 근시안적인 접근법에 빠지는 우를 범하지 않게 된다. 내가 주장하는 개념을 수용하고 개인과 팀의 발전을 지원할 조직 또한 필요한데 조직 안에서 참된 학습을 촉진하려면(진정한 리더십이 요구하는 깊이 있는 품격을 형성하려면) 위험을 무릅쓰거나 실패를 경험하는 것이 허용되어야 한다.

생각과 행동이 한 권의 책이나 훈련, 이벤트로 상전벽해와 같이 바뀌지는 않는다. 한 번에 한 명씩 진정한 리더를 키워 나갈 때에만 변화가 가능하다. 자신의 역량을 향상시키기 위해 헌신하는 것부터 시작된다. 네이비씰의 나를 이기는 연습을 따르면 더 나은 자신이 될 뿐만 아니라 더 나은 세상을 만드는 데도 일조하게 된다.

현대 사회에도 통용되는 과거의 가치들

네이비씰처럼 생각하고 행동하는 것은 전사로서 완전하고 전인적인 성장을 추구하는 것이다. '전사'라는 단어가 근본적으로 군대 문화 냄새가 나기는 한다. 하지만 전사를 보다 넓고 비유적인 의미에서 본다면, 즉 모든 차원에서 자신을 극복하고 용기 있게 한발 앞으로 나서서 옳은 일을 행하며 가족, 팀, 공동체, 더 나아가 인류 전체를 위해 봉사하는 모습으로 인식할 수 있다. 네이비씰의 가치를 얻기 위해서는 다음 항목을 따라야 한다.

❖ 기준점을 설정하라. 마음 깊이 있는 가치와 목적을 시금석으로 삼아 확고하게 발을 딛고 서서 목표를 주시하라.

❖ 정밀 조준하라. 그 무엇도 승리를 향한 길에서 당신을 끌어내리지 못하게 하라.

❖ 미션을 보호하라. 노력이 실패로 돌아가지 않도록 사전에 대비하라.

❖ 남들이 하지 않는 것을 오늘 하라. 그렇게 하면 남들이 이루지 못하는 것을 내일 이룰 수 있다.

❖ 정신적으로 감정적으로 강해져라. 잠재의식 속에서 '포기'라는 선택지를 지워 버려라.

❖ 깨부숴라. 그리고 혁신과 적응을 통해 개선하면서 다시 만들어라.

❖ 직관력을 키워라. 선천적인 지혜와 지식을 전방위로 활용하라.

❖ 항상 공격을 생각하라. 경쟁자를 놀라게 하고 싸움터를 지배하라.

❖ 신체적, 정신적, 감정적, 직관적, 영적 영역에서 스스로를 극복할 수 있도록 평생 훈련을 거듭하라.

이 책에서 다루는 많은 기술과 훈련들이 독특하긴 하지만 근본 원칙은 전혀 새롭지도 않고 일시적인 유행도 아니다. 사실 고대의 전사들, 예를 들어 스파르타 전사나 아파치 인디언 정찰병, 일본의 사무라이-네이비씰이나 다른 특수 부대의 원조격인 최강의 전사들-를 면밀히 연구하면 비슷한 행동 양식과 철학을 발견할 수 있다. 현대 사회의 규범이 된 다양한 가치들이 이들의 문화에 내포되어 있다. 오늘날의 서양 문화는 자기도취에 빠져 있다. 경제라는 신화-경제가 어떻게 돌아가고 경제 시스템의 일원으로서 우리가 어떻게 상호작용하는가에 대해 우리들 스스로가 만들어 낸 이야기-는 결국 개인이 점점 더 낮아지는 생활수준이나마 확보하려고 얼마 되지 않는 파이를 얻기 위해 안간힘을 쓰는 경쟁에 기반하고 있다. 2008년의 글로벌 금융 위기와 이어진 오랜 경기 침체는 많은 사람들을 비천한 일자리와 실업으로 내몰았다. 살기 위해 구걸하고, 빌리고, 심지어는 훔치기까지 했다. 모든 분야에서 행동 규범이 매우 느슨해졌고 생계를 유지하기 위해 (그리고 다른 무언가를 얻기 위해) 개인의 가치는 휘청거리게 되었다.

생존을 위해 다람쥐 쳇바퀴 돌 듯 하루짜리 열정으로 살아가지만 불안은 커져만 갔고 정작 삶에서 소중한 것들로부터는 멀어졌다. 암울한 현실은 우리가 여전히 스스로의 생각과 행동에 책임을 져야 하고 궁극적으로 이 세상에 대해서도 책임을 져야 한다는 사실을 보지 못하게 했다. 결국 우리 모두는 더 높은 기준을 충족시키지 못했고 개인적, 사회적 차원에서 이에 대한 대가를 톡톡히 치러야 했다.

네이비씰의 나를 이기는 연습은 단순하고 쉬운 해결책이 아니라 바로 존재를 찾기 위한 여행이다. 지금 당장 적용할 수 있는 전략과 전술을 알려 주기는 하겠다. 그러나 결국 중요한 건 그저 말하는 걸로만 그치지 않고 가치와 원칙에 따라 행동하고자 하는 각자의 노력이다. 이 책과 함께 여정이 시작된다. 내가 제시하는 원칙들에 따라 꾸준히 연습한다면 실패의 위험을 무릅쓰면서도 결단을 내릴 수 있게 되고 궁극적으로는 심오하면서도 지속가능한 성장을 이룰 수 있다.

이 책의 활용법

밤에 먼지로 뒤덮인 마음속 어둠에서 꿈꾸는 자들은 아침에 일어나 덧없는 꿈이라는
사실을 깨닫게 된다. 그러나 낮에 꿈꾸는 자들은 위험한 자들인데, 그들은 두
눈을 부릅뜨고 자신의 꿈을 이뤄 내기 위해 행동할지도 모르기 때문이다.
— 아라비아의 로렌스로 잘 알려진 *T.E. 로렌스(1888 - 1935)*

철저하게 몰입하여 이 책을 따라 연습한다면 이내 노력의 과실을
얻게 된다. 그러나 완벽하게 숙달하는 것은 평생의 과업이다. 여정과
그에 수반되는 승리를 즐길 것을 권한다. 배우고 성장함에 따라 승리
의 순간 역시 더 빨라질 것이다. 그에 따라 도전해야 할 과제도 더 힘
들어지고 더 많아진다. 네이비씰의 나를 이기는 연습을 따르는 사람
은 결코 도전을 피하지 않는다. 대신 도전을 기회로 받아들여야 하며
실제로 도전은 곧 기회이기도 하다. 이를 위해 집중력과 규율, 인내
심, 겸손함을 배워야 한다(이 책이 도움을 줄 것이다). 훈련을 하는 과정
에서 명예로운 사람이 되면 자신은 물론 다른 사람들에게도 진정한
리더가 된다. 매일 자신만의 네이비씰 삼지창 배지를 얻게 될 것이다.
　이 책에는 내가 네이비씰과 비즈니스 세계에서의 경험을 통해 얻
은 깨달음이 담겨 있다. 아울러 그동안 가르친 교육생들, 유명 기업가
들의 강렬한 사례도 들어 있어 당신에게 새로운 깨우침을 줄 것이다.
네이비씰의 나를 이기는 연습에 따라 생활하기 위한 8가지 원칙을
각 장에 실었고 반드시 배워야 하는 핵심 내용, 개념도 자세히 정리
하였다. 그리고 복습 차원에서 8가지 원칙에 따른 실제 연습과 훈련
을 더욱 자세히 추가 설명했다. 익숙한 내용도 있겠지만 새로운 내용

도 배우게 되며, 그 모든 내용은 일상생활에서 자신의 진짜 자신감을 찾게 하고 당신을 리더로 만드는 데 도움을 준다. 또한 믿기 어려울 정도의 변화를 통해 그토록 찾아다녔던 성공을 손에 쥘 수 있는 추진력을 준다. 나는 이 원칙들을 따르며 살았고, 내 교육생들도 마찬가지였다. 이제 당신이 그 원칙들을 따르며 효과를 볼 차례이다.

각각의 원칙들을 설명하기 위해 체계적으로 내용을 구성하였다. 중간중간 나오는 짧은 연습과 각 장의 맨 뒤에 있는 실전 연습은 훈련의 필수 요소로 원칙을 확고히 하는 데 도움이 된다. 함께 따라 하되 때로는 다시 앞으로 돌아와 보다 확실하게 이해하고 삶에 강력하게 적용하기 위해 각각의 기법을 깊이 파고든다. 이런 훈련이 당신의 존재와 삶을 하나로 묶어 주는 데에 어느 정도의 시간이 걸린다는 사실을 명심하라. 언비터블 마인드 아카데미에서는 12개월 이상, 씰핏 아카데미에서는 3주간의 집중 코스를 통해 이들 원칙과 기법을 공유한다. 일단 이 책을 끝까지 한 번 읽고, 다시 처음으로 돌아가 각각의 원칙들을 한 달간 꾸준히 연습해 보기 바란다.

역설적인 말이지만 자신감이나 리더십을 책이나 세미나에서 배울 수는 없다. 그런 것은 경험을 통해 구체화되는 것이다. 그저 책상머리에 앉아서 또는 현상유지를 하면서 네이비씰의 방식을 따를 수는 없다. 경험을 쌓는 과정에서 이 책이 새롭고 중요한 방법을 소개해 주기는 하지만 단순히 읽기만 하는 걸로는 충분하지 않다. 이 원칙들을 실행해야만 한다. 연습을 하고, 새로운 아이디어를 고민하고, 팀원들과 대화를 나누어야 한다. 마지막 장에서는 '네이비씰의 나를 이기는 연습 훈련'에서는 모든 내용들이 하나로 통합되고 각자 자신에게 맞는 훈련 계획을 수립하는 방법이 나온다. 자신감과 리더십이라는 훈장은 교실이 아니라 바로 현장에서 얻어야 한다.

　얘기가 나왔으니 말인데 네이비씰의 방식을 따를 때 지침을 줄 멘토가 있으면 더욱 좋다. 배울 준비가 되어 있다면 자연스럽게 스승이 나타난다. 내 경우 처음에는 정도회 가라테의 나카무라 회장이 여정을 이끄셨고, 이후 네이비씰에서 수많은 이타적인 멘토들을 만났으며 그 뒤로도 몇 분 더 만났다. 나는 멘토들을 직접 찾아가서 가르침을 받았다. 당신도 마찬가지로 찾아다녀야 한다. 그렇지만 멘토를 찾는 것이 네이비씰의 나를 이기는 연습의 첫걸음은 아니다. 우선은 자신부터 찾아야 한다. 이제 출발점으로 가서 기본 원칙부터 배워 보자.

Principle 1

기준점을 설정하라

모든 사람들이 당신을 다른 누군가로 만들려고 하는 세상에서
자기 자신을 지키며 남아 있는 것이야말로 가장 힘든 도전이다.
– E. E. 커밍스(1894 – 1962), 미국의 시인

지구에 살고 있는 70억 명이 넘는 사람들 중 그 누구도 같은 사람은 없다. 그러나 우리를 다른 사람들과 구별해 주는 건 피부색이나 언어, 육체가 아니라 우리가 누구인지를 보여 주는 내면이다. 혹자는 이를 영혼이나 정신이라고 부른다. 뭐라고 부르건 간에 자신이 현재 자리하고 있는 현실이라는 지도 위에 고정된 지점, 즉 기준점을 지금 당장 설정해야 한다. 그래야만 가야할 길이 불명확하거나 도전할 일이 생겼을 때 방향을 잡을 수 있다. 그게 바로 내면의 고동이요, 중요한 순간에 삶이 자신에게 속삭이는 목소리다. 아마도 대부분은 '나한테 기준점이 있었나?'란 생각을 할 것이다. 만약 기준점이 없다면 지금 바로 그 기준점을 찾고 진정한 삶을 살 준비를 하면 된다.

기준점을 설정하기 위해서는

❖ 신념을 가져라.

❖ 목적을 찾아라.

❖ 위험, 손실, 실패를 감수하라.

  기준점을 설정하지 않거나 자신의 모든 행동이 기준점과 연결되어 있지 않으면 큰 위험에 직면했을 때 "내가 왜 이걸 하고 있지?"란 질문에 답을 할 수가 없다. 주어진 상황이나 주위 사람들의 기대에 의해 너무나도 쉽게 궤도에서 벗어나 버릴 우려도 있다. 기쁨의 바람이 끊임없이 뒤에서 불어오면 힘이 실린다. 반면에 고통의 돌풍은 반대 방향으로 나를 밀어낸다. 문제는 이런 바람들이 불어오면 이상적인 삶으로부터는 점점 멀어진다는 점이다. 그저 그때그때 상황에 따라 이리저리 흔들릴 뿐이다. 자신의 신념과 목적을 정의하고 그것들을 내면의 내비게이션으로 활용해야 한다. 고통의 역풍이 불건 기쁨의 순풍이 불건 진로를 변경해서는 안 된다.

신념을 가져라

무언가를 지지하지 않는다면, 그 어떤 것에도 실패하게 된다.
— 피터 마샬(1902 - 1949), 목사, 미국 상원 원목

  장교 후보 학교의 훈련이 끝나 갈 무렵이었다. 네이비씰 장교 후보

면접 일정이 지연된 상태였는데 어느 날 사령관이 훈련장에 나와서 나를 사무실로 불렀다. 키가 188센티미터에 매우 건장하고 까무잡잡한 사령관은 자신의 사무실 책상 끄트머리에 앉아서 나를 뚫어져라 쳐다보았다. 아무 말도 없이 10분이 흘렀다. 안절부절 어쩔 줄 모르는 기색을 드러내지 않으려 노력했다. 자리에 앉아 레이크 플래시드(미국 뉴욕주의 도시-옮긴이)에서 동생 브래드와 눈싸움하던 기억을 떠올렸다. 어렸을 때 다들 하지 않았던가? 네이비씰 전사가 되기 위해 눈싸움 기술도 갖추고 있어야 하는 줄은 몰랐지만. '먼 산 바라보기'는 네이비씰이 잘하는 행동 중 하나고 우디 중령은 그런 네이비씰의 전형이라고 할 만한 인물이었다.

점차 상황이 이해되었다. 이런 미묘한 테스트에서 얼마나 절제된 행동을 보여 주느냐가 내 성격을 이해하는 단초가 될 것이다. 내가 정말 악명 높은 네이비씰의 수중폭파 기초훈련을 견뎌 낼 수 있을까? 진이 빠지는 동남아시아의 정글이나 온몸이 꽁꽁 얼어붙는 북극의 툰드라에서 쓰러지지는 않을까? 적의 심문을 받다가 무너져 내리지는 않을까? '대체 이 사람은 뭘 보고 있는 거지?' 가능한 차분하게 그를 바라보며 생각했다. 그 순간 갑자기 사령관이 침묵을 깨고 입을 여는 바람에 깜짝 놀랐다.

"마크, 자네의 신념은 뭔가?" 사령관이 물었다.

앗, 드디어! "음, 그러니까, 저는 정의와 진실, 리더십을 믿습니다."

"이봐, 그런 평범한 얘기나 듣자고 내가 물어보는 것 같아? 마음 맨 밑바닥, 절대 흔들리지 않는 신념이 대체 뭐냐고? 가족이나 세상 사람들이 믿어야 한다고 말하는 것들, 그런 것들을 말하지 말라고!"

아마도 나의 쾌활하면서도 약간 자만심에 찬 태도가 별로 좋은 인상을 주지 못했나 보다(아직 젊었던 나는 종종 자만심을 자신감으로 착각하고는 했다). 잠시 시간을 들여서 곰곰이 생각해 봤다. 내가 받아 온 가정교육과 상대팀과 경쟁을 벌였던 시합들, 교육, 심지어는 뉴욕주의 애디론댁 산맥에서 아버지와 함께했던 긴 트레킹까지 떠올렸다. 이런 경험들을 통해 어떤 신념을 가지게 되었지? 확실치 않았다. 게다가 신념이 그 사람의 성격을 대변한다고는 생각되지 않았다. 그렇다면 내 성격은 뭐지? 지난 4년 동안 내가 다녔던 참교육의 현장, 바로 정도회 가라테 도장을 떠올려 보았다. 그러자 나카무라 회장님의 가르침을 받으면서 알게 된 전사의 원칙들이 떠올랐고, 그 원칙에 감화를 받아 내 세계관과 윤리가 계속 진화하고 있다는 사실도 깨닫게 되었다.

어느 주말 뉴욕주 우드스탁에 있는 젠 마운틴 수도원Zen Mountain Monastery (도진사道眞寺라고도 함-옮긴이)에서 1시간 동안의 명상과 2시간 동안의 수련을 마친 내게 나카무라 회장님이 짧은 가르침을 주셨다. 이 가르침이 장교 후보 학교 인터뷰 때 나를 다시 자신으로 돌아가게 해주었다. 스승께서는 "한순간에 온 마음을 다해 집중하면 하루 동안에도 평생을 살아가고 배울 수 있다."고 하셨다. "육체만을 단련하는 게 아니다. 몸과 마음과 영혼을 다 같이 준비해야 한다. 몸이 부드러워지고 육체의 건강이 좋아지는 정도라면 어디서나 쉽게 단련할 수 있다. 하지만 너의 마음, 너의 영혼은 어떻게 할 생각이지? 훈련을 통해 내면의 틀을 깰 수 있도록 열심히 노력하지 않으면 안 된다. 그게 우리가 매일 부단히 하는 훈련이다. 이런 식으로 우린 스스로의 운명을 통제할 수 있다."

그 가르침이 떠오르자 내면의 목소리를 찾을 수 있었다. 사령관께 "운명은 정신적, 육체적, 영적으로 준비된 사람을 돕습니다."라고 답했다.

"좋아!" 사령관의 단호한 목소리에 나는 약간의 힘을 얻었다. "이제야 얘기가 통하는 것 같네. 다른 건 없나?"

내면에서 물러설 수 없는 '한계선'을 찾으며 대답을 이어 나갔다. 쉽지 않은 일이었다. 그날 저녁 내 운명을 바꿔 놓은 이 대화를 떠올리며 다음과 같은 신념을 적었다.

❖ 정신적으로, 육체적으로, 영적으로 준비되어 있다면 운명은 나를 돕는다.

❖ 이 세상에 공짜란 없다. 예상보다 더 열심히 노력해야 하고 남들보다 더 인내해야 한다.

❖ 리더십은 특권이지 권리가 아니다. 리더십은 실제 행동을 통해 얻어야 한다.

❖ 전사로서, 가장 늦게 검을 뽑아 들 것이나 자신과 가족, 조국, 그리고 삶의 방식을 지키기 위해 싸울 것이다.

❖ 현재를 충실히 살아가고, 과거로부터 발전하며, 이상적인 미래를 창조하기 위해 노력한다.

❖ 진실과 지혜, 사랑을 추구함으로써 평화와 행복을 찾는다. 일시적인 쾌감과 부, 직위, 명성을 쫓지 않는다.

❖ 매일매일 나 자신과 내가 속한 팀, 그리고 세상을 더 좋게 만드는 방법을 찾는다.

우리들 대부분은 자신의 윤리에 대해 충분한 시간을 들여 깊이 생각하지 않는다. 나 역시 훌륭한 사령관을 만나기 전까지는 생각해 보지 못했다. 그러나 일단 한 번 분명히 표현을 하고 나자 신념이 굉장히 현실적으로 다가오고 나를 강하게 이끄는 힘이 되었다. 나는 앞이 보이지 않는 상황, 어려운 결정에 직면했을 때 다시 신념으로 돌아간다. 신념을 지키면서 가능한 선택이 있는지를 찾아보고, 만약 신념에 위배된다면 결코 하지 않는다. 현역 군인의 길을 그만두기로 결정한 것이 좋은 사례다.

1994년 결혼을 하자마자 하와이에 있는 네이비씰 수중침투 잠수정 1팀으로 배속되었다. 이제 막 아내가 된 샌디와 함께 하와이에 정착했다. 한동안은 외국으로 배치될 계획은 없을 거라던 상관의 말과 달리 2주 뒤 한국으로 가라는 명령을 받았다. 하와이에서 친구를 사귈 시간조차 충분하지 않았던 아내는 완전히 외톨이가 되어 버렸다. 하와이로 돌아온 건 2개월이 지나서였다. 이번에도 한동안은 다른 곳에 배치되지는 않을 거라는 말을 들었지만 하와이로 돌아온 뒤 겨우 2주가 지났을 때 다시 6주간의 임무를 받고 캘리포니아로 가야만 했다.

"이렇게는 더 못 해요." 임무를 마치고 돌아왔을 때 아내가 벽에 붙여 놓은 메모를 발견했다. "때때로 떨어져 지내야 한다는 건 알고 있었지만 이건 너무 심한 것 같네요. 우리 삶이 계속 이런 식이라면 더 이상 결혼 생활을 유지할 수가 없을 것 같아요." 서로를 사랑했지만 내가 어떤 약속을 하건 간에 네이비씰의 명령이 우선될 테고 그렇게 되면 1년에 10개월은 집을 떠나 헤어져 살아야 할 것이 분명했다. 네이비씰에서는 "만약 아내가 필요하다고 네이비씰이 판단한다면 한

명을 보급해 줄 것."이라는 말이 농담처럼 전해진다. 그 말이 진실로 들렸다. 네이비씰이 된 지 6년 반이 지났지만 변함없이 네이비씰과 모험, 임무, 동료를 사랑했다. 그러나 아내 역시 사랑했고 가정을 꾸리고 싶었다. 너무나 힘든 결정이었지만 내 신념, 특히 다음 구절이 지침이 되어 주었다. "현재를 충실히 살아가고, 과거로부터 발전하며, 이상적인 미래를 창조하기 위해 노력한다." 1996년 가정을 지키기 위해 현역 복무를 끝내고 예비군이 되었다. 아내 샌디와 함께 한 20년간의 환상적인 결혼 생활, 아들 데본과 함께 한 14년의 시간을 돌아보면 그때의 결정이 옳았다고 자신 있게 말할 수 있다.

'신념'을 가진다 함은 나날의 행동을 지탱하고 삶의 목표로 나아가게 하는 토대를 세우는 작업이다. 당신의 신념이 바로 "내가 어떻게 해야 하지?"란 질문에 대한 답이다. 조직에서 진실에 반하는 행동을 목격했을 때, 동료가 도움을 요청해 올 때, 일을 망쳐 버린 건 나인데 다른 사람이 비난을 받을 때, 조국이, 공동체가, 가족이 당신을 필요로 할 때, 당신이라면 어떻게 행동할 것인가? 바로 당신의 신념이 당신의 행동을 이끌게 해줄 것이다.

네이비씰의 윤리가 좋은 사례인데 이를 들여다보면 최강의 전사들의 사고방식으로부터 통찰을 얻을 수 있다. 처음에 네이비씰은 보통 사람들이라면 믿기 어려울 정도로 강한 신념을 자신들의 전통과 전설로 전해 왔다. 그러나 시간이 흐름에 따라(우리가 지금 알고 있는 네이비씰은 1963년에 만들어진 전설적인 수중폭파 팀에서부터 비롯된다) 네이비씰의 리더들은 후배 세대에게 지침을 주려면 자신들의 윤리를 성문화해야 한다는 걸 깨달았다. 그래서 내가 네이비씰이 된 지 16년 뒤인 2006년에 네이비씰의 윤리라고 알려진 문서가 만들어졌다. 네이비씰의 윤리는 조직 차원의 윤리지만 개인이 신념을 만드는 데도 좋은 지침이 될 힘을 가지고 있다. 나도 내 신념에 네이비씰 윤리의 기본 요소를 접목하고 있다.

❖ 조국과 팀, 동료에게 항상 충성하라.

❖ 싸움터에서건 밖에서건 명예롭게 봉사하라.

❖ 남을 이끌고 남을 따를 준비를 하라. 결코 포기하지 마라.

❖ 자신과 동료의 행동에 책임을 져라.

❖ 규율을 지키고 혁신을 이뤄 탁월한 전사가 되라.

❖ 전쟁에 대비해 훈련하고 이기기 위해 싸워 조국의 적을 물리쳐라.

❖ 매일매일 자신만의 삼지창 배지를 쟁취하라.

싸움터(현장)에서 이끌기 위해서는 우선 자신의 내외면의 참모습을 알아야 한다. 자신의 신념을 제대로 파악하고 있다면 용기 있게 두려움에 맞설 수 있다. 두려움은 자연스러운 것이다. 피하지 말고 맞서서 이해해야 한다. 두려움 앞에서도 행동하는 용기가 바로 네이비씰의 나를 이기는 연습이다.

《네이비씰의 윤리》

모든 네이비씰은 이하의 신념을 배워야 한다

우리는 전쟁이나 불확실성의 시기에 조국의 부름에 답할 준비가 되어 있는 특별한 전사이다. 평범하지만, 결코 평범하지 않은 갈망을 지닌 사람이 성공한다. 역경을 딛고 일어나 가장 뛰어난 특수 부대원이 되어 조국과 국민에 봉사하고 자신의 삶의 방식을 지키기 위해 일어선다. 내가 바로 네이비씰이다.

삼지창 배지는 명예와 유산의 상징이다. 나보다 앞서간 영웅들이 달아 준 배지는 내가 지켜 내겠다고 맹세한 사람들의 믿음을 표상한다. 이 배지를 달며 내가 선택한 직업과 삶의 방식에 따르는 책임을 기꺼이 받아들인다. 책임은 내가 매일 얻게 될 특권이다. 조국과 팀에 대한 충성은 비난의 여지가 없다. 자신을 지킬 수 없는 사람들을 지킬 준비가 되어 있다. 친애하는 국민들의 수호자로서의 역할을 묵묵히 수행할 것이다. 내게 주어진 일을 당연하게 받아들이고 떠벌리지 않으며 내 행동에 대한 인정을 갈구하지 않는다. 내 직업에 수반되는 위험을 자발적으로 받아들이고 자신의 안녕과 안전보다 다른 사람의 안녕과 안전을 우선할 것이다. 싸움터에서건 밖에서건 명예롭게 봉사할 것이다. 어떤 상황에서건 감정과 행동을 통제하는 능력이 다른 사람과 나를 구별해 준다. 타협하지 않는 진정성이 내 기준이다. 내 성격과 명예는 확고 불변하다. 나는 철석같이 약속을 지킨다.

우리는 이끌기도 하고 따르기도 한다. 명령이 없더라도 책임을 지고 동료를 이끌며 임무를 완수한다. 어떤 상황에서라도 솔선수범한다. 결코 포기하지 않는다. 인내심을 갖고 역경을 즐긴다. 조국은 내가 적보다 육체적으로 더 굳건하고 정신적으로 더 강인할 것을 기대한다. 쓰러지더라도 언제나 다시 일어난다. 동료를 지키고 임무를 완수하기 위해 내 힘의 마지막 한 방울까지라도 끌어낸다. 결코 싸움을 주저하지 않는다.

우리에겐 규율이 필요하다. 우리는 혁신을 기대한다. 동료의 목숨과 임무의 성공 여부가 내게—나의 역량과 전술적 숙달 정도, 세부 사항에 대한 집중력에— 달려 있다. 훈련에 끝이란 없다. 전쟁에 대비해 훈련하고 이기기 위해 싸운다. 조국이 정해 준 임무와 목표를 달성하기 위해 전투 능력을 최대한 끌어낼 준비가 되어 있다. 임무를 수행함에 있어서 민첩하게, 필요시에는 맹렬하게 임하되 내가 지키기로 맹세한 원칙에서 벗어나지는 않는다. 용맹한 전사들은 자랑스러운 전통을 지키기 위해 싸우고 목숨을 잃었다. 자신이 지켜내고자 하는 신뢰를 잃는 것을 두려워했다. 최악의 상황에 처하더라도 동료가 남긴 유산이 내 결심이 흔들리지 않게 하고 내 모든 행동을 인도해 준다. 나는 결코 실패하지 않는다.

목적을 찾아라

우디 사령관과의 인터뷰에서 나는 마지막으로 "우리는 모두 신이 주신 목적을 가지고 있다고 믿습니다. 의미를 가지고 그 목적에 따라 살지 않으면 결코 성취할 수가 없습니다."라고 말했다.

"그래? 자네 삶의 목적은 뭔가?" 사령관이 물었다.

"전사이자 리더가 되는 것입니다. 자신을 이김으로써 이러한 목적을 최대로 성취할 수 있다고 생각합니다."

처음 네이비씰의 모병 포스터를 봤을 때부터 이 목적이 내 삶을 이끌고 있음을 알았다. 하지만 신념을 강하게 표명한 지금 이 순간만큼 목적이 명확하게 느껴진 적은 없었다. 목적과 신념의 차이는 분명하다. 신념은 내 믿음의 핵심들이 모인 것이다. 예를 들어 내 경우에는 케인앤컴퍼니에서의 경험 이후 다른 사람의 행복을 희생시키면서까지 오로지 돈만 따지는 조직에서 일할 수는 없다고 생각해서 회사를 뒤로 했다. 그런 신념을 가지게 되자 목적도 분명해졌다. 비즈니스 세계에서 경력을 쌓던 시절의 가치와는 정반대 지점에 네이비씰이 표방하는 가치가 있다고 느꼈다. 진정성을 중시하고 리더로서 참되고 명예로워야 한다. 서로 신뢰하는 공동체 속에서 영감을 주고 중요한 의미를 지니는 임무를 완수하면서 생겨나는 그런 가치들 말이다.

신념은 "내가 어떻게 해야 하지?"에 대한 답을 준다. 목적은 "내가 왜 여기에 있는가?"에 대한 답을 준다. 이들 중대한 질문은 당신이 존재하는 데는 특별한 이유가 있고 세상에 기여할 수 있는 특별한 재능이 있기 때문이라는 걸 전제로 한다. 그 목적을 찾기 위해서는 내면을 깊이 들여다봐야 한다. 내 경험으로 볼 때 누구나 그러한 목적을 가지고 있는 것만은 분명하다.

당신의 '왜'는 무엇인가?

네이비씰 훈련 첫날 해변에서 너무 고된 2시간짜리 훈련을 받았다. 포기해 버린 사람들이 벗어 던진 전투모들이 줄을 이었다. 그렇지만 하늘은 청명했고 우리는 캘리포니아의 코로나도 해변에 있었다. 힘들었지만 보람은 있었다. 지금 이 순간 힘들긴 해도 이곳에서의 삶도 꽤나 괜찮게 느껴졌다. 하지만 불행하게도 내 동료 부시는 동의하지 않았다. 부시는 장교 후보 학교에서 내내 열정과 에너지가 넘치는 '경호' 정신으로 임했다. 대부분의 경우 나보다 더 빨리 달리고 훈련도 더 잘 소화했지만 백사장에서 반복 훈련을 받으면서는 "마크, 정말 더는 못 하겠어."라고 말했다.

시끄러워서 정신이 없는 가운데서도 내가 소리쳤다. "부시, 이제막 시작했잖아. 닥치고 어서 끝내 버리자구." 몇 분 동안은 통한 것 같았다. 그때 1단계 훈련 교관인 징키 중위가 오더니 바다로 뛰어들라는 명령을 내렸다. 다들 벌떡 일어나서 바다를 향해 달렸다. 그러나 부시는 반대 방향으로 달려가더니 종을 울렸고 그렇게 부시의 네이비씰 도전기도 막을 내렸다.

훗날 부시에게 대체 왜 그랬느냐고 물었다. 어깨를 으쓱하더니 다소 멋쩍어하며 "음, 그러니까, 원래 나는 수의사가 될 생각이었어."라고 짤막하게 대답했다. 별로 속상해하지도 않는 모습에 나는 그만 말문이 막혀 버렸다. 부시는 몇 년 동안이나 네이비씰이 되려고 노력해 왔고 주위에도 자신의 결심을 계속 말해 왔다. 그래서 겨우 몇 명만 될 수 있는 네이비씰 장교가 되기 위해 매진하는 모습을 보였고 매일 신체를 단련해 가면서 말 그대로 뼈 빠지게 준비를 해왔다. 그런데 그렇게 힘겹게 도전하다가 결정적인 순간에 포기해 버린 것이다.

내가 운영하는 마음 캠프의 프로그램 참가자들에게 묻곤 한다. "여러분의 '왜?'는 무엇입니까?" 그리고 주의 깊게 대답을 듣는다. 왜냐하면 때로는 동기가 성공과 실패를 가르는 요인이 되기 때문이다. 네이비씰에 도전했던 어떤 참가자는 "아버지한테 내가 옳았다는 것을 증명하고 싶어요."라고 했다. "땡." 그건 외적인 동기-자신이 아닌 다른 사람의 가치-다. 이런 가치는 힘든 일이 닥쳤을 때 추진력이 절대될 수 없다. 또 다른 참가자인 피트니스 센터 사장은 "더 나은 사람이 되고 싶고 더 좋은 아버지가 되고 싶어요."라는 확고한 목표를 갖고 있었다. 이런 목표야 말로 자신의 마음 깊은 곳에 있는 가치에서 비롯된 강한 내적 동기이다.

네이비씰의 동료였던 마이클 머피 중위를 기려 '머프Murph(1마일 달리기, 턱걸이 100회, 팔굽혀펴기 200회, 스쿼트 300회, 다시 1마일 달리기)'라고 이름 붙인 유명한 크로스핏 히어로 프로그램이 있다. 마음 캠프의 초기 훈련으로 머피를 실시하는 건 우연이 아니다. 아프가니스탄에서 레드윙 작전Operation Redwing (2005년 탈레반의 부대장을 제거하려는 목적으로 네이비씰을 투입했다가 19명의 전사자를 내고 실패한 네이비씰 역사상 최악의 참사-옮긴이) 때였다. 목동과 그의 아들이 머프의 저격수 팀 4명의 위치를 뜻하지 않게 노출시켰다. 얼마 지나지 않아 탈레반 대원들이 들이닥쳤다. 대원들은 바위투성이 산꼭대기에서 공격을 받으면서도 용맹하게 맞서 싸웠다. 머프는 자신의 위험 따위는 아랑곳하지 않은 채 위성 전화를 사용하기 위해 노출된 지역으로 나아갔다. 그래야만 위성 전화 연결이 되기 때문이었다. 가까스로 전화가 연결이 되서 지원군에게 위치를 알렸지만 탈레반 대원들의 공격으로 머프는 치명상을 입었다.

머프는 네이비씰의 윤리에 따라 산꼭대기에서의 그 짧은 선택의 순간에도 결코 포기하지 않았다. 팀을 이끄는 리더로서 임무를 성공적으로 수행하고 팀원들을 안전하게 복귀시키는 것이 자신의 목적임을 알고 있었다. 이는 동시에 조국을 수호하고 조국에 봉사하는 더 큰 목적의 일부이기도 했다. 자신의 목숨을 걸고서라도 자신 있게 "왜?"라는 질문에 답할 수 있었기에 옳은 일을 할 수 있었다.

자, 내 동료 부시와 머피 중위의 차이를 알겠는가? 결정적 순간 부시는 "왜?"라는 질문에 답할 수가 없었다. 부시에게는 그날 백사장에서 두 발로 당당하게 버티고 설 신념이 없었고 기준점도 없었으며 고통을 참아 내야 할 아무런 의미조차 없었다. 반면 머프는 네이비씰로서 자신의 목적을 진정으로 알고 있었고 위기의 순간에 본능적으로 자신의 신념에 의지했으며 그 결과 어떤 행동을 해야 할지 지침을 얻을 수 있었다. 만약 부시에게도 머프처럼 분명한 목적이 있었다면, 어려움을 겪으면서도 성장하고 상황을 꿰뚫어 보면서 헌신할 수 있는 명확한 신념이라는 토대가 있었다면, 한발 한발 나아갈 수 있는 힘을 얻을 수 있었을 것이다.

사실을 직시하자. 목숨이 달린 상황이라 하더라도 무엇이 중요한지 명확하게 판단할 수 있다. 사실 부시는 목숨이 달린 상황에 직면한 것도 아니었다. "만약 이 결정이 나의 마지막 결정이라면 어떻게 해야 할까?"란 질문을 생각조차 해보지 않았다. 부시는 삶에서 무엇이 중요한지 명확히 알지 못했다. 극단적인 사례일 수는 있지만 머프의 사례는 자신의 신념과 목적을 알고 그걸 기준점으로 이용할 때 어떤 힘이 생겨나는지 분명히 보여 준다. 자신의 목적과 신념에 진실했을 때 목숨을 잃게(혹은 해고되거나 연인에게 차이거나 등등) 된다면 명예롭게 죽는 것이다. 그게 바로 내가 말하는 요점이다. 진정한 전사라면 기꺼이 받아들여야 한다. 물론 머프가 처했던 것과 같이 목숨이 걸린 일이 생길 가능성은 매우 낮다. 하지만 생사가 걸린 상황에서도 결단을 내릴 수 있을 정도로 목적과 신념을 명확하게 할 수도 있다는 걸 생각해 보라. 그 정도의 통찰력을 가지고 살아간다면 남은 인생 동안 어떤 결정을 내리건 간에 당신의 힘을 북돋아 줄 것이다. 자신이 지향하는 삶을 만들어 가는 데 필요한 모든 것을 해낼 강력하고도 새로운 경험으로 당신을 이끌어 줄 것이다.

위험, 손실, 실패를 감수하라

크게 실패할 용기가 있는 사람만이 크게 이룰 수 있다.
– 로버트 케네디(1925 – 1968), 미국 상원의원, 법무장관

본격적으로 이야기하기에 앞서 하나만 더 말하겠다. 손실과 실패를 감수하는 건 결코 쉽지 않다. 나도 잘 안다. 고액 연봉을 받는 비즈니스 세계를 뒤로 하고 입대하는 것이 옳은 선택일지 나 역시 많은 고민을 했다. 당시의 나는 돈에 중점을 두고 있었다. 이 한 번의 결정을 내리면 돈으로부터의 자유와는 멀어질 게 분명했다. 직업을 바꾸려고 하자 부모님은 무척이나 힘들어하셨다. 실망도 하셨다. 네이비씰에 도전하더라도 실패할 수도 있고 심지어는 훈련이나 전투 중에 죽을 수도 있다. 이러한 점들이 결단을 내리는 데 큰 짐이 되었다. 겁을 먹고 두려워했냐고? 당연하지. 말이라고 해! 하지만 이런 고민에도 불구하고 마음속 깊은 곳에서는 이 길이 옳다는 걸 말해 주고 있었다. 그런 용기를 냈기에 이후 세상은 내게 수많은 보상을 해주었다. 물론 가족들도 받아들여 주었고 어머니는 변함없이 나를 사랑하셨다.

네이비씰의 나를 이기는 연습을 따르는 여정을 시작하면 문이 열리고 기쁨과 고통, 혹은 둘 다를 담은 기회가 산들바람처럼 불어오기 시작한다. 열려 있는 문을 외면할 수도 있고 그 안으로 걸어 들어갈 수도 있다. 들어가기로 마음먹는다면 더 많은 보상을 받게 된다. 이 사실을 명심하라. 곧 자신만의 네이비씰 삼지창 배지를 얻게 될 것이다.

★실전 연습★

네이비씰의 나를 이기는 연습 평가

자아 발견의 여정은 연습과 더불어 시작한다. 자신과 대면하는 과정이니 마음을 가라앉히고 사색에 잠겨야 한다. 질문을 곰곰이 생각하면서 마음속에 떠오르는 모든 이미지와 감정-잠재의식에서 비롯된 것으로 걸러지지도, 분석되지도, 분류되지도 않은 날것 그대로의 느낌-에 주의를 기울여라. 이런 느낌이야말로 자신의 목적을 알려 주는 가장 분명한 신호다. 설사 그 메시지가 두렵더라도, 아니 두려우면 두려울수록 아무런 평가도 내리지 마라.

신념은 내면 깊은 곳에 있는 신뢰 체계라 할 수 있다. 그러므로 신념으로부터 연습을 시작한다. 그다음 가치를 정의하는데, 가치는 어떤 행동을 취할 때 힘을 북돋아 주기도 하고 용기를 꺾기도 하면서 행동을 이끈다. 그러고 나서는 자신이 가장 열정을 지니고 있는 것들을 탐구한다. 이 열정이 목적에 날개를 달아 주고 미래에 더 많은 정열을 쏟아야 할 대상이기도 하다. 때로는 추진력이 되는 목적이 현재의 상황과 조화를 이루지 못할 때도 있다. 그렇기 때문에 더더욱 찾아내야 한다.

파트 1 : 신념을 가져라

"어떻게 해야 하지?"란 질문에 대한 답이 신념이다. 우선 수첩을 들고 편안한 장소를 찾아서 앉아라. 의자에 앉건 마룻바닥에 앉아 벽에 기대건 상관없다. 반드시 허리는 꼿꼿하게 펴야 한다. 눈을 감고 적어도 5분 동안 깊게 복식 호흡을 하라. 숨을 쉬는 동안은 그저 마음을 편하게 가져라. 이 연습이 자신을 내려놓고 마음을 안정시키며 잠재의식으로 들어가게 한다. 이 단계에 이르면 이미지와 감정에 한층 더 민감해지게 된다.

5분 동안 깊게 호흡을 한 후 눈을 뜨고 다음 질문에 대해 생각해보라. 마음속에 떠오르는 이미지와 느낌에 집중하면서 빠르게 답을 적어라.

❖ 만약 앞으로 1년밖에 살 수 없다면 어떻게 해야 하지?

❖ 우리 동네에 천재지변이 일어나거나 테러 공격을 받게 된다면 어떻게 해야 하지?

❖ 친구가 이사하는 걸 도와 달라고 하는데 그날 저녁 정말로 보고 싶은 영화가 있다면 어떻게 해야 하지?

❖ 좋아하는 브랜드가 노동자들을 착취하고 환경을 파괴하고 참가하고 있다는 사실을 알게 되었다면 어떻게 해야 하지?

❖ 복권에 당첨되면 어떻게 해야 하지?

❖ 아무런 이유도 없이 상대방이 싸움을 걸어오면 어떻게 해야 하지?

❖ 아무도 모르게 내부자 거래를 할 기회가 생기면 어떻게 해야 하지?

❖ 동료가 없는 자리에서 팀원들이 어떤 사람을 비난한다면 어떻게 해야 하지?

당신의 대답이 당신의 성격을 나타낸다는 걸 생각하라. 예를 들어 마지막 질문에 대해 나는 "가능하다면 아무 말도 하지 않고 그 자리를 뜨겠다."고 대답한다면, 내 신념은 "사람들이 각자 의견을 가질 권리는 존중하지만 그런 부정적인 뒷담화나 소문에는 끼고 싶지 않다."는 걸 의미한다. 만약 친구가 이사하는 걸 도와 달라고 부탁한다면 "미안한데, 내가 다른 일정이 있어서."라고 답할 것인가? 어쩌면 당신이 다른 사람이나 팀을 우선하기보다는 자신의 이기적인 필요에 따라 행동한다는 사실을 보여 줄 수도 있다. 이러한 통찰은 중요하다. 성장을 하려면 먼저 자신을 알아야 하기 때문이다. 이 질문들에 답함으로써 자신에 대해 더 깊이 알 수 있고 행동을 할 때 어떤 기준을 따르는지 알 수 있다. 신념이 지금 당장 100%는 아닐지라도 궁극적으로는 당신 성격의 특성을 보여 준다.

연습을 하면서 자신에게 무엇이 중요한지를 판단하고 스스로 질문을 생각해 보라. 명심하라. 이건 내 신념이 아니라 당신의 신념이다. 당신에게 정말로 강력하고 적절한 질문을 6~10개를 생각해 보라.

파트 2: 가치를 정의하라

파트2는 매일매일 자신의 신념을 지키는 사람이 되기 위해 자신의 가치를 명확하게 하는 연습이다. 가치란 "삶에서 내가 더 원하고 덜 원하는 것이 뭐지?"에 대한 답이다.

리더십 전문가들은 종종 가치에 순위를 매기고 상위 5~6개로 추리게 한다. 대부분의 사람들은 리더십, 팀워크, 가족, 신념과 같은 가치들을 떠올린다. 네이비씰의 나를 이기는 연습에서는 이런 가치들은 이미 정해진, 당연한 것으로 간주한다. 실전 연습에서는 더 나아지고 더 강해지는, 보다 마음속에 있는 가치에 집중할 것을 권한다. 종이 위에 적어 놓는 것에 머물지 않고 가치를 확인하고 연습하면 익숙해지고, 성격에 깊이 각인된 덕목으로 바꿀 수 있다.

훌륭한 삶을 살고 원하는 모습이 되기 위해 내가 적어 놓은 항목들이 당신이 지향하는 바와 피하고 싶은 바를 정하는 데 도움이 될 것이다(건강, 긍정적 태도, 사랑, 열정과 같은 기본적인 가치만 적어도 무방하다).

- ❖ 건강하고 긍정적인
- ❖ 사랑하고 열정적인
- ❖ 지혜롭고 참된
- ❖ 감사하고 진실한
- ❖ 활달하고 유쾌한
- ❖ 배우고 성장하는
- ❖ 대담하고 결단력 있는
- ❖ 다른 사람들에게 기여하는

내가 거부하는 가치들은 다음과 같다.

- ❖ 부정적이고 비판하는
- ❖ 집착하고 신경질적인

❖ 이기적인

각각의 가치로 나아가게 하거나 멀어지게 하는 행동의 목록을 만들어 보라. 그러면 엄청난 변화의 동력을 얻을 수 있다. 예를 들어 잘 먹고 수분을 충분히 섭취하고 건강을 생각하고 명상하고 훈련하면 건강하고 긍정적이 될 수 있다. 그런 작은 시도를 통해 건강과 긍정이라는 가치를 손쉽게 습관으로 만들고 하나의 성격 특성으로 구축할 수 있다.

파트 3: 열정을 발견하라

이제 즐거운 상상을 해보자. 무엇에 열정을 가지고 있는지 명확하게 해두자. 그렇게 하는 이유는 그 과정에서 에너지를 더 많이 쏟고 긍정적 변화를 불러오도록 스스로 계속 동기를 부여하기 때문이다. 열정은 "내면 깊은 곳의 나는 누구인가?"에 대한 답이다. 실전 연습의 최종 목표는 열정이 목적으로 향하는 길로 인도하게 만드는 것이다. 이를 통해 매우 의미 있고 보상을 가져다주는 행동을 시작하고 더 깊이 관여하려는 마음가짐이 생겨난다. 더불어 목적을 파악하고 그 목적과 행동을 일치시킴으로써 결과적으로 만족, 성공, 의미를 불러온다.

먼저 스스로에게 다음 질문을 하라. 질문은 한 번에 하나씩 하고 무언가 떠오를 때마다 적어라. 처음 떠오르는 느낌에 집중하고 그 느낌을 평가하려 들지 마라.

1. 어떤 책, 영화, 예술, 음악이 가슴을 뛰게 하는가?

2. 누가 당신에게 영감을 주는가? 왜?

3. 성격 중 어떤 면이 훌륭하다고 생각하는가?

4. 시간이 많고 아무런 제약도 없다면 어떤 행동을 하고 싶은가?

5. 이러한 행동이 당신에게 어떤 의미를 지니는가?

6. 이러한 행동이나 성격이 다른 사람들에게 어떤 이익을 주는가?

7. 이러한 행동과 성격에 더 집중한다면 세상을 조금이라도 더 낫게 바꿀 수 있 겠는가?

8. 이들 행동 중 단 하나에라도 근접하려면 무엇이 필요한가?

자신의 신념을 적으면서 답이 부정적으로 비춰진다면-예컨대 자신의 행동이 다른 사람들에게 아무런 이익도 가져다주지 못하고 세상을 조금도 더 낫게 바꿀 수 없다면- 우연이긴 하지만 깊이 반성할 기회를 갖게 된 셈이다. 살면서 정녕 무엇이 나를 움직이게 하는가?

파트 4: 목적을 알아내라

교육생들은 종종 마지막 단계를 가장 어려워한다. 최대의 효과를 얻기 위해서는 실재하는 목적을 찾아야 한다. 예를 들어 내가 처음으로 세운 목적은 전사이자 리더가 되는 것, 자신을 극복하고 능력을 최대한 끌어올려 목적을 완수하겠다는 것이었다. 그 목적을 이루는 과정에서, 몹시 고된 2년간의 훈련을 거쳐 무사히 수료했음을 의미하는 네이비씰의 배지를 따냈다. 네이비씰의 소대를 지휘하고 전문 교관이 되는 등 외적 성취에 초점을 맞춘 몇 가지 목표도 자연스럽게 갖게 되었다. 그렇지만 이들은 내 주된 관심사가 아니었다. 내 목적은 자신을 변화시켜 성격 측면에서 원하는 수준에 도달한 사람이 되겠다는 생각에 집중되어 있었다. 단순히 어떤 직함이나 직위를 얻는 건 목적이 아니었다. '네이비씰의 장교가 되고 제독의 자리에까지 오르는' 건 내가 선택한 목적이 아니었다. 그 역시 무언가가 되는 것이긴 하지만 이러한 목적은 안에 담긴 내용이 아니라 겉으로 드러나는 타이틀에만 집중하게 한다.

목적에 집중하는 것이 대체 왜 그렇게 중요할까? 삶의 여정에서는 어떤 길이 펼쳐지고 어떻게 바뀔지 모르기 때문이다. 실재하는 목적이 방향을 제시해 주고 근원적인 동기를 부여해 주면 삶의 여정 내내 유연성, 자발성, 그리고 그 길에서의 일어나는 변화를 받아들일 수 있다. 무언가를 '이루고자' 하는 목적은 지나치게 편협한 역할에 스스로를 옭아매게 할 뿐이고 생각한 대로 일이 풀려나가지 않을 때 실망하게 만든다.

파트 1과 3에서 설명한 바와 같이 자신을 먼저 알고 그것을 무기삼아, 보고 듣고 느끼는 모든 가능성이 열정과 가치, 신념과 연결되도록 고민하라. 20대에 나는 자신의 성장과 신체 능력, 모험, 리더십, 무술에 열정을 가지고 있었다. 내면을 들여다보고 목적을 찾게 되자 우연히 본 네이비씰의 '특별한 존재가 되라'는 모병 포스터의 이미지와 비슷한 모습이 자연스럽게 떠올랐다. 네이비씰에서는 모험으로 가득차고 위험하고 엉망진창인 상황에서 리더십을 발휘할 기회를 갖게 되었다. 육체의 단련에 높은 가치를 두고 내가 생각하기에 전사라면 응당 그래야할 모습으로 임무를 수행하는 자신을 발견할 수 있었다. 네이비씰 이외의 다른 군 조직이나 비즈니스 세계로 옮길 수도 있었지만 나는 오로지 네이비씰에만 초점을 맞췄다. 이후에 내면에 대한 관심이 커지면서 더 깊고 본질적인 동기가 부여된 목적으로 이어졌다. '완벽하게 자신을 이기고 진실과 지혜, 사랑이 넘쳐흐르게 하는 것. 또한 내 경험과 교육을 통해 다른 사람들에게 영감을 주고 그 과정에서 개인뿐만 아니라 온 세상이 변화할 수 있도록 하는 것'이 지금 나의 목적이다.

잠시 시간을 내서 인생의 목적을 몇 문장이나 문단으로 적어 보라. 새로운 통찰력이 생겨나면 가끔씩 그 목적으로 돌아가 다듬어라. 나는 목적을 매일 확인한다. 때로는 당초 계획했던 행동을 바꾸기도 하고 심지어는 단어를 고치며 목적을 다듬기도 한다. 신념, 가치, 열정 그리고 목적조차도 성장하고 변한다. 그러니 옴짝달싹 하지도 못하는, 확고 불변한 목적을 만들려 하지 마라.

'미래의 나'를 그려라

앞에서 한 평가 결과가 만족스럽다면 이제 자신의 신념을 유지한 채로 인간으로서 완전무결한 모습으로 내적 표상을 발전시켜야 한다. 목적을 완수하도록 설계된 인간은 열정을 가지고 가치와 조화를 이루며 살아간다. 완전무결한 모습을 그려 보면 자신을 정확히 파악할 수 있고 스스로에게 자극과 동기를 부여할 수 있다. 그래야 이 모든 일들을 왜 하고 있는지를 잊지 않게 된다. 아울러 시각화하는 능력이 발달하기 시작하는데 이 책에서는 계속 시각화 능력을 기르는 연습을 할 것이다.

나는 20대 초반에 시각화를 가장 강력하게 경험하였다. 그때 나는 뉴욕의 안정된 직장을 그만두고 9개월이나 지났는데도 아직 장교 후보 학교의 입학 허가를 받지 못하고 있었다. 승부 근성도 빛이 바래기 시작했다. 실망하기 시작하다가 우울해지고 결국에는 포기해 버리는 악순환을 피하기 위해 시각화라는 엄격한 정신 요법을 시작했다. 이를 통해 네이비씰의 삼지창 배지를 달 만큼 가치가 있는 사람이 되기 위한 정신적, 감정적 지도를 구체적으로 그려 볼 수 있게 되었다. 시각적인 기준이 필요했기 때문에 네이비씰의 '특별한 존재가 되어라'라는 모병 동영상의 도움을 받았다. 앞 장의 평가 부분 파트 1에서 설명한 바와 같이 마음을 편히 하고 심호흡을 했다. 그리고 눈을 감은 뒤 영상 속으로 들어갔다. 그곳에 내가 있었다. 달리고 물속으로 뛰어들고 사격하고 하강하고 작은 배의 노를 저어 파도를 뚫고 나아가는 내가 있었다. 각각의 행동을 할 때마다 최고 수준에 도달하는 것을 지켜보았다. 마음속에서 다른 네이비씰 대원이나 교관들과 대화를 나눌 수 있을 정도였다. 연습을 하면 할수록 점점 더 사실처럼 느껴졌다. 심지어는 삼지창 배지를 받는 모습, 하루의 시간이 흘러가고 햇살이 따뜻하게 내리쬐는 가운데 청중들이 환호하는 모습을 그릴 수도 있었다. 그 모든 느낌이 전해졌다.

6개월 동안 매일 연습하자 변화가 느껴졌다. 처음에는 감지하기 어려웠지만 정신 수련에 더 많은 에너지를 쏟을수록 변화는 점점 더 강렬해졌다(시각화하는 방법을 연습하자 동시에 신체적 능력 역시 크게 향상되었다. 이에 대해서는 원칙 3에서 다루기로 한다). 네이비씰이 되지 못할 수도 있다는 불확실한 가능성은 사라져 버렸다. 더 이상 희망이 아니라 마치 숙명처럼 느껴졌다! 다른 지원자들에 비해 육체적으로 더 준비되어 있고 나야 말로 네이비씰이 될 만한 인재라는 점을 교관들에게 확신시키려는 노력에 날개를 달게 되었다. 곧 내 성적은 후보자들 중에서 최고가 되었고 교관들로부터 인정받게 되었다. 나이는 이미 25살에 군 경험도 전혀 없었지만 그해 네이비씰 장교 후보 학교에 들어간 얼마 되지 않는 사람들 중 한 명이 되었다.

아직 실감이 나지 않고 남의 얘기처럼 들릴 수도 있을지 모른다. 자신의 힘을 활성화하고 자신의 신념, 목적과 일치된 삶을 살아가는 이상적인 모습을 그려 보라. 네이비씰에 있는 동안 완벽한 노력만 있을 뿐 완벽 그 자체는 없다는 걸 배웠다. 정신적으로 완벽해진 자신의 모습을 그려 보는 연습을 하면 실제로도 서서히 그런 사람으로 바뀌게 된다.

1단계: 수첩을 들고 편안한 장소를 찾아서 앉아라. 앞 장 평가 단계에서 이용했던 바로 그곳으로 가기를 권한다. 그곳이 당신의 휴식처이자 명상을 위한 '공간'이 될 것이다. 눈을 감고 적어도 5분 동안 깊은 복식 호흡을 하라. 심호흡을 하는 동안에는 긴장을 풀고 마음을 편히 하라. 적어도 5분 동안 심호흡을 한 뒤에는 아래 내용을 참고하여 시각화를 시작하라.

2단계: 마음의 눈으로 지금으로부터 3개월 뒤 이상적인 모습으로 바뀌어 있는 자신의 이미지를 떠올려 보라. 중간 단계 목표는 이미 이뤄 냈고 완벽하게 건강하다. 신념, 가치, 목적을 드러내는 성격 특성을 완전하게 체현한 모습을 그려 보라. 이미지가 점점 분명해지면 영화 속 인물이 된 것처럼 색, 소리, 감정과 동작을 더해라. 너무 길지 않게 몇 분 정도만 해야 한다.

3단계: 이미지를 반복하면서 빨리 감기를 하라. 1년 뒤의 모습을 그려 보고 원한다면 3년 뒤의 모습도 그려 보면서 이 과정을 반복하라.

4단계: '미래의 나'에 만족했다면 일단 그 모습을 지우고 다시 현재로 돌아오라. 지금의 자신을 그 모습으로 생각해 보라. 이미 자신만의 삼지창 배지를 받은 사람이라고 생각하라. 그 모습을 온전히 받아들이고 숨을 불어넣어라. 이 과정을 끝냈다면 눈을 떠라. 이제 그 모습이 잠재의식 속에 살아 움직이도록 놔두고 하루를 보내라.

정밀 조준하라

항상 정밀 조준하는 연습을 하라. 잠시도 목표에 눈을 떼지 마라.

― 네이비씰 교관

칠흑 같은 어둠 속, 헬리콥터 날개가 돌아가는 소리에 귀청이 터질 듯했다. 뛰어내려도 좋다는 파란 불이 들어오자 지휘관이 엄지를 치켜들었다. 어둠 속으로 뛰어내렸다. 낙하산과 비행기를 연결한 고착선이 정상적으로로 작동되면서 주낙하산 줄이 당겨졌다. 1001, 1002, 1003, 숫자를 센 후 주낙하산을 올려보았다. 휴우. 성공이다.

어둠 속에서 동료 크리스의 낙하산 윤곽이 희미하게 보였다. 어, 뭔가 잘못된 것 같은데. 좀 더 자세히 살펴봤다. 젠장! 크리스가 나를 향해 돌진하고 있었다. 공중에서 충돌할 위험이 있는 경우 규정에 따라 둘 다 낙하산의 오른쪽 조종 손잡이를 잡아 당겨야 한다. 그렇게 해야 서로 멀어질 수 있기 때문이다. 나는 규정대로 오른쪽으로 돌았다. 그런데 크리스는 왼쪽으로 돌았고 결국 우리는 충돌하고 말았다.

내 낙하산은 그저 불안정하게 흔들리는 천 조각일 뿐이었다. 점점 더 속도를 내면서 땅으로 곤두박질쳤다. 8초가 지나면 나는 겨우 26살로 생을 마감하게 된다.

마음이 차분히 가라앉았다. 가쁜 숨도 진정되었다. 시간마저 천천히 흘렀다. 이런 상황에서 어떻게 대처해야 할지 하나씩 되짚어 보았다. 1초가 1분처럼 느껴졌다. 주낙하산이 다시 부풀 수 있도록 라이저 (주낙하산과 가방을 연결하는 줄-옮긴이)를 잡아당겨라(실패). 예비 낙하산 줄을 잡아당기고 가방에서 꺼내서 힘껏 하늘을 향해 던져라(소용 없었다. 예비 낙하산은 치솟아 올랐지만 주낙하산 근처에서 살짝 펴졌을 뿐이다). 망했군. 다시 한 번 깊게 호흡을 한 후 주낙하산의 라이저를 흔들었다. 작별을 고할 시간이다. 불지옥 대신 광명이 있기를, 그만큼 내가 제대로 살아왔기를 기도했다.

갑자기 낙하산이 약간 부풀었고 엄청난 충격을 받으면서 지면과 충돌했다. 주낙하산이 약간 부풀었을 뿐이었지만 죽지 않고 착륙하기에는 충분했다. 잠시 기다렸다가 아직 살아있는지 확인하려고 심호흡을 했다. 뼈가 부러진 곳이 없는지 온몸을 살펴봤다. 놀랍게도 다친 곳 하나 없었다. 일어나서 먼지를 털어 낸 후 크리스를 찾아 성큼성큼 걸었다. 한 방 먹여 줘야지.

이 경험을 통해 뼈저리게 느낀 것은 극도로 스트레스를 받는 상황이더라도 제대로 행동할 수 있도록 훈련을 해두면 효과를 발휘한다는 점이었다. 마음이 차분해지고 머리가 더 빨리 돌아갔다. 이런 상황에서 침착할 수 있다는 게 믿기지 않을 정도였다. 해결책을 찾기 시작했다면 아마 죽고 말았을 것이다. 반사적으로 행동할 수 있도록 철저하게 실제 상황에 대비해 훈련을 받았고 위기 상황에서도 정밀 조준할 수 있었기에 살 수 있었다.

네이비씰은 테러리스트를 겨누거나 습격할 때건 복잡한 상황을 수습할 때건 상관없이 언제나 놀랄 만큼 목표에 집중하고 오직 목표만 바라본다. 내가 운영하는 프로그램에서는 이런 네이비씰의 방식을 '정밀 조준'이란 용어를 사용하여 설명한다. 정밀 조준이란 저격수가 목표를 조준한 후 총의 가늠쇠를 응시하는 것을 말한다. 이렇게 하면 목표를 생각하며 주변 상황을 명확히 인식할 수 있고 동시에 바로 앞에 있는 가늠쇠에 온 신경을 집중할 수 있다. 이렇게 정밀 조준하여 사격하는 것과 '산탄총'을 들고 가서 적당히 목표물을 향해 발사한 후 하나라도 목표에 맞기를 기대하는 것을 비교해 보라.

정밀 조준 상태를 유지하면 마음이 차분해지고 자신감이 생기는 효과가 있다. 네이비씰이라면 누구나 한 번에 하나의 목표만 노려야 하고 그 목표를 처리하기 전에는 표적을 바꿔서는 안 된다는 걸 잘 알고 있다. 네이비씰은 총알을 허비하지 않는다. 한 발 한 발이 의미를 갖게 한다. 한 번에 하나의 목표를 노리는 것이 여러 목표를 노리는 것보다 훨씬 더 효과적이다. 한 번에 여러 가지를 고민하는 상황도 이와 마찬가지다. 솔직히 말하자면 각각의 목표를 놀랄 만큼 정확하고 빠르게 처리하는 훈련을 받은 덕분에 동시에 여러 목표를 공격하는 것처럼 보일 뿐이다. 목표를 설정한 다음. 한 번에 하나씩 놓치지 않고 쓰러뜨려 나가서 결국 목적을 이뤄 낸다. 모든 위대한 성공이 똑같은 과정을 거친다. 네이비씰의 집중력과 정확성으로 일을 처리하는 법을 배우면 어느 목표를 노려야 할지 알 수 있고 집중을 방해하는 요인들을 피할 수 있게 된다. 당연히 성공 가능성이 치솟게 된다.

네이비씰처럼 말하면 최종 목표는 크게 2가지로 나뉜다. 우선 궁극적으로 지향하는 큰 목표가 있는데 오랜 시간이 필요하다. 다음으로는 큰 목표를 이루는 과정에서 이뤄야 할 작은 목표들이 있는데 짧은 시간 내에 이룰 수 있다. 전자를 전체 미션, 후자를 단기 과제라고 부른다(단기 과제 역시 상대적으로 범위가 좁고 기간이 짧은 중간 단계 미션이라 할 수 있다). 사명을 성공으로 이끌기 위해 여러 단기 과제가 생길 수도 있지만 네이비씰은 한 번에 하나만 처리한다. 지금 당장 도전과 맞서건 장기간에 걸친 전략을 필요로 하건 정밀 조준을 하고 다음의 4가지 방법으로 접근하면 그 어떤 장애물도 극복하고 최종 목표를 이룰 수 있다.

- ❖ 마음의 준비를 하라.
- ❖ 최종 목표를 그려 보라.
- ❖ 미션을 정의하라.
- ❖ 싸움터를 단순화하라.

모든 사람들이 제대로 펴지지 않는 낙하산을 메고 땅으로 곤두박질치는 상황에 직면하지는 않는다. 하지만 우리 모두에게는 극복해야만 하는 크나큰 도전이 있다. 정밀 조준하는 연습을 한다면 쉽게 이룰 수 있는 의미 없는 일과 높은 가치를 지닌 목표를 쉽게 구분할 수 있다. 어떤 난기류 속에서도 목표를 향해 나아간다는 확신을 가질 수 있다. 또한 상황을 단순화시키는 습관을 길러 난기류 자체를 줄이고 무엇을 추구하건 더 나은 결과를 얻을 수 있다. 정밀 조준을 하지 못하면 궤도에서 벗어나 결국 평범한 일상의 행동과 생각의 수렁에 빠지게 된다. 전쟁이라면 그런 평범한 생각 때문에 죽을 수도 있다. 일상생활에서라면 네이비씰의 나를 이기는 연습에서 기대하는 만큼의 높은 수준으로 행동할 기회를 없애 버리게 된다.

마음의 준비를 하라

승리하는 군대는 우선 승리할 수 있는 상황을 만들어 놓은 후 전쟁을 벌인다.
패배하는 군대는 우선 전쟁부터 벌이고 나서 승리할 방법을 찾는다.
– 『손자병법』을 쓴 손자(기원전 544~496년)

나카무라 회장님이 보시는 가운데 정도회 가라테 도장에서 검은 띠 승단 심사를 받을 때였다. 시작은 단조로웠다. 동료 2명과 함께 기초부터 고급 단계까지 가라테의 모든 품새와 방어 동작 시범을 보이면 되었다. 그 정도야 아무 문제없다. 그런데 지켜보던 나카무라 회장님이 전혀 예상도 못한 일을 시키셨다. 스파링 기어를 착용하고 험상궂게 생긴 고수들이 우글거리는 방으로 가게 한 것이다. 겁에 질린 채로 '아, 꼬였는데'라는 생각이 머릿속을 맴돌았다. 우리가 한 수 배울 필요가 있다고 생각하신 게 분명해 보였고 기꺼이 가르쳐 주려는 고수들은 넘쳐났다.

지난 4년간, 수천 시간도 넘게 훈련을 받으면서 배웠던 모든 동작들을 떠올리려고 애쓰며 첫 번째 시합에 임했지만 겨뤄야 할 상대는 기량 면에서 나와 비교도 되지 않았다. 흠씬 두들겨 맞았지만 버텼고 2시간이 지나서도 여전히 겨루고 있었다. 몸은 탈진 직전이었지만 상황이 바뀌었던 그 순간은 생생하게 기억하고 있다. 지칠 줄 모르고 공격하는 걸로 유명한 레이턴 사범님이 한 수 가르치기 위해 다시 한 번 대련을 하러 나오셨다. 사범님이 내 약점을 파고 든 탓에 2번이나 다운을 당했다. 힘이 빠지면서도 궁금증이 들기 시작했다. 아마도 회장님은 내 육체적 능력을 알아보려는 게 아니다. 그보다는 정도회 가라테에서 내면을 훈련하면서 단련되는 정신적, 감정적, 영적 능력을 평가하시는 게 아닐까. 완전히 다른 영역에서의 훈련을 이용해야 한다는 걸 깨달았다. 육체적 대결은 그만두어야 한다.

깊게 숨을 쉬면서 지칠 대로 지친 육체에 마음의 명령을 내렸다. "지금이야!" 눈을 크게 떴다. 살인무기 같은 주먹과 발 공격 세례에는 더 이상 신경 쓰지 않았다. 대신 상대가 시야에 들어올 때마다 한 번에 한군데씩 급소에만 집중했다. 심호흡을 하자 심장박동이 느려졌고 근육의 긴장도 풀렸다. 마음이 명상의 단계로 돌입했다. 시간이 천천히 흘렀고 내면의 속삭임도 잦아들었다. 아무런 마음의 제약 없이 두려움과 맞설 수 있었다. 마음 깊은 곳에서 스위치가 켜졌다. 에너지로 가득 찬 용기가 차분하게 온몸으로 흘렀다. 새로이 힘과 통제력을 얻고 다시 싸우기 시작했다. 힘을 되찾자 투지가 내면에서부터 넘쳐 났다. 이를 눈치챈 나카무라 회장님은 "이제 그만!"이라고 외치셨다.

뉴욕시에 있는 모든 가라테 고수들을 총동원하신 나카무라 회장님은 나를 육체적 한계로 몰고 가셨다. 나를 느리게 만드는 온갖 생각들, 마음을 산만하게 하는 속삭임을 떨쳐 내고 오로지 승리하는 데만 철저하게 초점을 맞춰야 했다. 결국에는 승단 심사에 대한 생각도 멈췄다. 얼마나 잘할 수 있을지 다음에 어떤 움직임을 취해야 할지 걱정하는 것도 그만두었다. 오로지 가격을 하고 상대의 공격을 방어하면서 한 번에 하나의 목표를 맞추는 데만 정밀 조준하였다. 그 결과 승리를 위한 정신력과 영적인 힘을 더 쉽게 이용할 수 있었다. 검은띠를 따내는 과정에서 우연하게도 정밀 조준을 지속하는 데 필요한 첫 번째 원칙을 깨닫게 되었다. 그 무엇이건 승리하기 위해서는 우선 마음을 통제해야 한다.

깊게 호흡하기

마음을 통제하려면 우선 마음을 진정시켜야 한다. 몸도 마찬가지지만 마음을 진정시키는 가장 빠른 방법은 천천히, 숨을 통제하면서 깊이 호흡하는 것이다. 자신에게 적절한 리듬으로 깊게 횡격막 호흡을 하는 건 단순하지만 생리적 반응을 통제하는 데는 아주 강력한 수단이다. 호흡에 집중하면 지금 이 순간에 정밀 조준할 수 있게 된다. 마음을 진정시키는 연습을 하면 내면의 속삭임을 줄이고 마음이 헤매는 것을 막아서 자신을 통제하는 데 큰 힘이 된다. 또한 신경계가 다시 균형을 잡고 두려움과 스트레스로 인해 생겨난 유해한 생리학적 영향도 줄어든다.

원칙 5에서 정신력을 강화하는 5가지 중요 요소 중 하나로 심호흡 훈련 방법을 자세히 설명한다. 우선은 간단한 연습을 통해 효과를 경험해 보라.

네이비씰처럼

심호흡 주기

방해받지 않고 편안해질 수 있는 조용한 장소를 찾아서 눈을 감아라. 천천히 코로 숨을 고르면서 폐 속 깊이 숨을 들이마셔라. 그렇게 하면 횡경막이 복부를 밀어내게 된다. 역시 코를 통해 숨을 내쉬고 배와 가슴을 평평하게 하라. 적어도 4회 반복한다. 그러면 심호흡 주기가 편해지는 것을 느낄 수 있다. 긴장이 풀리고 느긋해진다. 어떤 상황에 있더라도 심호흡을 하면 마음이 차분해지고 정신이 맑아진다. 긴장되거나 화났을 때 이 방법을 시도해 보라.

신성한 침묵

정도회 가라테 수련을 통해 배우고 네이비씰에서 끊임없이 강화한 게 또 하나 있으니 바로 마음속에 이기는 조건을 만들어 주는 침묵의 힘이었다. 침묵은 선 수행에서처럼 좌식 명상의 형태로 나타나기도 하고 24시간 동안 꼼짝 않고 숨어서 표적을 지켜보는 것일 수도 있다. 네이비씰 복무를 마치고 다시 비즈니스 세계로 돌아가면서 침묵을 경험할 기회가 급격하게 줄어들었다. 사실 네이비씰을 떠나서 벤처 회사를 설립했을 때는 무술 수련도 침묵 수행도 멀리 했다. 그래서인지 마음과 감정을 조절하는 데 많은 어려움을 겪었다. 그 결과 너무 쉽게 마음이 산만해졌고 종종 정밀 조준을 할 수가 없었다. 직감이 말하는 소리를 듣지 못하고 '극단적인' 선택을 하기도 했다.

비즈니스 세계로 뛰어들겠다는 열망에 네이비씰닷컴 NavySEALs.com 을 창업했고 동시에 처남과 동업하여 수제 맥줏집도 열었다. 갓 문을 연 수제 맥줏집에 정신을 쏟느라 시간이 부족하여 네이비씰닷컴에는 제대로 신경도 못 썼다. 그래서 성급하게도 웹 개발자에게 지분의 절반을 주고 웹사이트를 대신 구축하고 운영하게 했다. 훌륭하고 선의를 가진 사람이긴 했다. 하지만 그의 사업 감각이 정열에 미치지 못했다. 신성한 침묵 수행도 하지 않고 그런 의심을 너무 쉽게 억눌러 버렸다. 사이트는 멋지게 만들어졌지만 당연히 돈은 한 푼도 벌지 못했다.

주식을 다시 사들였지만 직감을 무시했다. 어찌할 바를 몰라 다른 웹 개발 회사를 찾아서는 제대로 사전조사도 하지 않은 채 사이트 운영을 맡겨 버렸다. 시작은 좋았다. 그렇지만 그 회사가 도메인 이름을 빼앗으려 한다는 사실을 알게 되면서 더 이상 대화가 불가능해졌다. 다시 즉각적으로 조치를 취했다. 그 회사와 관계를 단절했지만 그들도 가만있지 않았다. 네이비씰닷컴을 그대로 모방한 사업을 하기 위해 전체 사업 구조와 지적재산권을 훔친 것이다. 아, 이렇게 멍청할 수가. 이 몇 달 동안 수제 맥줏집 역시 진창으로 빠져 들어가기 시작했다. 이때 만약 충분한 시간을 들여 명상을 했더라면 걱정에 사로잡히는 바람에 마음이 산만해지고 결정을 내리는 데도 부정적인 영향을 받게 되었다는 사실을 알아차렸을 것이다. 그랬더라면 걱정을 더는 데 집중했을 테고 정확한 표적을 찾아 집중하고 차례차례 공격할 수 있었을 것이다. 대신 점점 더 경로에서 벗어나면서 한 번에 모든 상황을 타개하려고 실패에 대해서만 대응을 했다.

이 몇 달 동안 왜 길을 잃었는지 새삼 이해한 뒤에는 다시는 훈련에 등을 돌리지 않겠다고 맹세했다. 네이비씰의 나를 이기는 연습을 따르는 리더는 반드시 자신과 팀을 위해 매일 침묵 수행의 시간을 가져야 한다고 굳게 믿는다.

침묵은 생각할 여지를 준다. 그래서 현실을 더 명확하게 볼 수 있게 된다. 이는 목표에 정밀 조준하고 미션에 계속 집중하도록 훈련하는 데 결정적인 요인이다. 연습을 통해 상황을 사실과 다르게 과장하거나 축소하려는 마음을 완전히 통제하고 정신력을 충분히 활용할 수 있게 된다. 자신의 참 모습을 더 잘 볼 뿐만 아니라 평정심을 가지고 현실을 보다 명확하게 볼 수 있기 때문에 더 나은 결정을 내리고 통찰력도 더 많이 얻게 된다. 나카무라 회장님의 가르침을 받으며 처음 명상을 시작했을 때는 겨우 2번의 호흡 주기 동안에만 마음을 차분하게 유지할 수 있었다. 일하면서 즐겁지 않았던 기억, MBA 과정의 프로젝트, 여자 친구, 그 밖의 모든 것들을 떠올렸다. 6개월이 지나서야 겨우 4,5번의 호흡 주기 동안 마음을 조용히 유지할 수 있게 되었다. 이로써 새로운 통찰력-내가 하는 일이 나를 괴롭게 만들고 돈과 명예를 얻는 것 외에는 아무런 의미도 없었다는 깨달음-을 얻게 되었고 결국 내 선택을 고민하게 만들었다. 매주 침묵 수행을 한 지 1년 이상 지나자 10번의 호흡 주기에 이를 수 있었고 괴롭게 느껴지는 일 때문에 불만이 생겨난 게 아니라 내 삶의 유일한 목적과 일치하지 않았기 때문에 불만스러웠다는 사실을 분명히 알게 되었다.

내가 가르치는 교육생 잭의 사례를 들어 보겠다. 잭은 썰핏의 언비터블 마인드 프로그램에 들어왔을 때 아직 20대였는데 동생 크리스의 죽음으로 심한 우울증을 겪으며 절망에 빠져 있었다. 동생과 매우 가까웠던 잭은 함께 하이킹을 하거나 멀리까지 오토바이 여행을 하면서 많은 시간을 함께 보냈다. 어느 날 함께 오토바이를 타다가 사고로 동생이 죽고 말았다. 잭이 극도의 상실감을 느끼는 건 당연했다. 동생을 지켜 주지 못한 데 대해 자책도 했다. 이런 경우 자기만 살아남았다는 죄책감은 드물지 않게 나타나지만 잭의 경우는 특히나 심했다. 더군다나 그 죄책감을 이겨 낼 아무런 도움도 받지 못했고 방법조차 알지 못했다. 상담을 받아도 나아지지 않았고 약을 먹어도 점점 더 절망으로 빠져 들어갈 뿐이었다. 정상의 자리에 있었던 운동선수가 신체를 단련하겠다는 목표에 대해 정밀 조준도 못한 채 무기력해져서는 몇 날 며칠 동안 침대에서 일어나지도 못한 셈이다. 삶을 마감해야겠다는 생각마저 할 정도로 심각해졌다.

그런 잭을 걱정하던 친구가 썰핏을 소개해 줘서 무료 온라인 훈련 동영상을 보게 되었다. 절망적으로 답을 찾으면서 처음에는 동기를 부여하는 동영상 메시지를 그저 듣기만 했다. 긍정적인 메시지를 계속 듣고 그 안에 담긴 간단명료한 접근 방법에 귀를 기울이다 보니 감정이 변하는 것이 느껴지기 시작했다. 시험 삼아 신체 단련 동영상을 따라 해보니 기분이 좋아졌고 이내 마음이 사로잡혔다. 잭은 곧바로 언비터블 마인드 온라인 프로그램에 등록했고 상처를 치유하는 길로 한걸음 나아갈 수 있었다.

정밀 조준을 하려면 자신의 미션을 명확히 하고 확신을 가지며 의

지해야 한다. 그렇기 때문에 언비터블 마인드 프로그램의 가장 첫 단계에서는 오로지 정신을 통제하는 능력을 키운다. 나카무라 회장님의 선 강의에서 이름을 따서 '고요한 물이 깊이 흐른다'라고 부르는 침묵 수행이 있는데 이는 명상과 시각화를 결합한 수행이다. 정도회 가라테 도장에서 명상 수업을 듣기 이전에도 나카무라 회장님의 강의를 매주 목요일마다 들었다. 고요한 물이라는 비유는 깊은 곳에 늘 존재하는 자신과 영혼을 지켜본다는 의미이다. 대개의 경우 마음은 사나운 급류에서 허우적거린다. 신성한 침묵을 처음 접해 본 잭은 연습에 뛰어들었다. 내가 오래전 뉴욕의 도장에서 그랬던 것처럼 잭도 처음에는 힘겨워했다. 가만히 앉아서 침묵을 지키며 온갖 생각을 떠올리는 마음을 가라앉히기란 쉽지 않다. 특히나 활동적인 사람들에게는 더 힘들다.

네이비씰처럼

고요한 물이 깊이 흐른다

의자나 벽에 기대어 앉아라. 등을 곧게 펴고 턱을 약간 잡아당긴 편안한 자세여야 한다. 살며시 눈을 감고 호흡에 주의를 기울여라. 앞에서 설명한 바와 같이 깊은 호흡 주기를 5번 실시해라. 머리끝부터 발끝까지 차분해진다고 마음속에 그려 보라. 그러고 나서는 자연스러운 호흡으로 돌아가되 호흡에는 계속 집중해야 한다.

마음의 눈으로는 깊은 연못의 밑바닥에 앉아 있는 모습을 그려 보라. 물속을 둘러보기도 하고 반짝거리는 표면을 올려다보기도 하면서 평온함과 고요함을 느껴라. 어떤 생각이 떠오르더라도 잔물결에 불과하다. 잠시 후에 이러한 모습은 지워 버리고 호흡에만 집중해도 좋다. 이제 각각의 호흡 주기를 세어 보라. 만약 2번의 주기

뒤에 갑자기 업무상의 대형 프로젝트가 떠오르더라도 걱정할 필요는 없다. 수면으로 띄워 보내서 없애 버린 뒤 다시 세기 시작하라. 의식하지 않고 10번의 호흡 주기에 이르는 것이 목표다. 생각보다 훨씬 어렵다. 적어도 하루에 한 번, 5분씩, 30일 동안 연습하라. 마음을 차분하게 가라앉힐 수 있게 되었다고 생각되면 이 책에 나오는 다른 연습과 병행해도 좋다.

책의 경우는 매일 15분씩 몇 달을 연습하고서야 조금이나마 마음을 진정시키고 통제할 수 있게 되었다. 사색하고 통찰하게 되자 오랜 기간 죄책감과 상실감이라는 강박 속에 자신을 가둬 두었던 부정적인 마음의 속삭임과 고통스러운 감정으로부터도 벗어날 수 있었다. 동생의 죽음이 어느 만큼은 자신의 탓이라고 자책했기 때문에 남들과 똑같이 슬퍼하는 걸로는 스스로 충분하다고 느끼지 못했다는 사실을 깨달았다. '고요한 물' 수업을 통해 잭은 처음으로 자신이 인간으로서도 형으로서도 원래부터 좋은 사람이라는 사실을 자각했고 자신을 사랑하고 용서하는 능력이 되살아났다. 훈련을 통해 생겨난 마음의 변화에 통찰력이 더해지자 동생을 구하기 위해 할 수 있는 건 없었다는 사실을 이해하고 받아들일 수 있게 되었다. 동생의 죽음을 기리는 가장 좋은 방법은 계속 상처받은 채로 살아가는 게 아니라 건강하고 행복하게 사는 거라는 점도 깨달았다. 간단하지만 효과적인 연습을 통해 잭은 혼자 힘으로 자신의 내면을 치유할 수 있었다.

훈련을 몇 달 지속한 잭은 긍정 연습도 추가했다. 잠재의식 속에서 "매일 모든 면에서 나는 더욱 나아지고 있다."란 강력한 주문(내가 언비터블 마인드 프로그램에서 대표적으로 권하는 주문)을 되뇌었다. 더불어 "나는 좋은 사람이며 내 동생은 나를 사랑하고 있다."고 되뇌었다. 동생에게 힘이 되고 동생을 사랑하는 형의 모습으로 스스로를 그리고 동생이 지금 좋은 곳에서 지내고 있고 자신을 완전히 용서하고 있다고 긍정적으로 형상화하여 이러한 주문에 힘을 실었다. 썰핏 요가와 실용적인 피트니스 프로그램을 통해 신체 단련 수준을 끌어올려 줄 에너지와 동기도 이내 찾게 되었다.

2년 뒤 내가 주관하는 20배수 도전 행사의 폐회식 때 잭이 다가왔다. 언비터블 마인드 훈련이, 그중에서도 특히 고요한 물 연습이 자신을 살렸다고 말했다! 이전에는 부정적인 생각과 행동의 '블랙홀'에 빠져 에너지를 썼지만 마음을 통제하는 힘을 되찾으면서 건강을 좋아지게 하는 것과 같은 긍정적인 목표에 정밀 조준하는 방향으로 바뀌었다. 이제 잭은 정신적, 육체적으로 완벽하게 적응하고 있다. 활짝 웃는 모습을 보면 잘 알 수 있다. 동생의 죽음에서 비롯된 죄책감에서 벗어났고 지난 몇 년과는 달리 기분이 너무 좋다고 말한다. 잭의 이야기를 듣고 있자니 온몸에 감사의 파도가 밀려왔다. 잭은 단지 마음을 진정시키고 선함과 사랑이 가득했던 내면의 본성으로 다시 다가가는 방법을 알려 줄 누군가를 필요로 했다. 사랑 앞에 두려움이나 부정적인 마음은 존재할 수 없다. 모든 사람이 이러한 내면을 가지고 있다. 이제 속도를 줄이고 내면에 다가가야 한다!

이번 장의 실전 연습에서 마음을 다스리고 생각을 훈련하는 고급 기술 몇 가지를 알려 주겠다. 하지만 그보다는 우선 지금 당장 신성한 침묵 훈련을 시작하는 것이 중요하다. 살면서 어떤 일로 힘겨워하건 간에 빠르고 간단한 연습을 통해 마음속에 승리의 무대를 만들어야 한다.

최종 목표를 그려 보라

인간이 상상하고 믿는 것은 이루어질 수 있다.
– 나폴레온 힐(1883~1970), 베스트셀러 『생각하라 그러면 부자가 되리라』의 저자

강력하고 명확한 기준점을 세운 상태에서 정밀 조준을 하게 되면 각각의 과제를 해결하고 성공적으로 미션을 완수하는 데 필요한 추진력을 얻을 수 있다. 그런데 정확히 어떤 것에 정밀 조준해야 하지? 예를 들면 승진을 위해 중요한 자격증을 따는 것? 사랑하는 배우자를 찾고 가족을 이루는 것? 이런 목표를 어떻게 찾을 수 있을까? '정신적 투영'이라고 부르는 일종의 시각화를 통해서 최종 목표-과제 차원이건 미션 차원이건-를 그려 보는 것이 핵심이다. 원칙 1에서 '미래의 나'를 그려 보는 연습에 대해 설명했는데 이 또한 정신적 투영이다. 시각화는 예를 들어 회사의 CEO가 되기처럼 자신이 원하는 미래상의 씨앗을 잠재의식과 신경계에 심는 것을 목적으로 한다. 현실 세계에서 행동을 취하면 새로운 내면의 모습이 마음과 정신과 행동을 일치시키고 원하는 미래상에 도달하려는 노력에 힘을 실어 준다. 다시 말해서 실제 행동과 정신적 투영이 결합되면 보고 믿고 실현하는 일련의 과정을 형성한다. 믿기 어려울 정도로 쉬우면서도 심오한 개념인데 내 삶은 물론 교육생들의 삶에 중대한 돌파구를 만들어 주었다.

보고 믿고 실현하라

2011년에 썰핏 아카데미를 찾은 짐이 다시 한 번 정신적 투영의 힘을 증명해 주었다. 당시 막 40세가 된 짐은 제조업체의 지역 판매 대리인이었다. 좋은 일자리, 안정적인 재정 상태, 멋진 가족에도 불구하고 자신의 삶에 만족하지 못했다. 이런 이야기를 너무 많이 들어서 마치 미국의 '병'처럼 느껴졌다. 친구로부터 썰핏을 소개받은 짐은 훈련을 받으면 단조로운 삶에서 벗어나고 보다 목적의식을 가진 존재가 될 수 있을 거라고 느꼈다.

썰핏 아카데미에서 나와 교관들은 짐에게 조용히 앉아서 자신의 신념을 명확하게 적고 목적과 열정을 말해 보게 했다. 며칠도 지나지 않아 짐은 뭔가 어긋나 있다는 걸 깨닫게 되었다. 내가 20대에 그랬던 것처럼. 다른 사람을 가르치고 이끌고 싶은 정열과는 무관하게 짐은 영업이라는 직업에 갇혀 있었다. 몸소 실행해 보고 전사나 운동선수처럼 훈련을 받는 썰핏의 프로그램을 남들에게 가르치고 싶어 했다. 하지만 짐은 이제 겨우 기초를 배웠을 뿐이었다. 간디의 말과 같이 "세상이 변하기를 원한다면 자신부터 변해야 한다."는 사실을 이해하고 먼저 자신부터 변하기 위해 열심히 노력해야겠다고 그 자리에서 결정했다. 변하려면 썰핏의 기법들을 익히는 것 외에 어떻게, 어디서부터 시작해야 하는지 내게 물었다.

우선 명확한 목적을 적어 보게 했다. 다음으로 새로운 목적과 자신의 삶이 일치하도록 미션에 정밀 조준하게 했다. 다음 날 내게 오더니 자신의 목적은 남들이 더 높은 단계의 성취를 이루도록 감화시키고, 삶을 사랑하며 명예롭게 사는 거라고 말했다. 또한 자신의 미션도 깨달았다. 살고 있는 동네에 썰핏의 프로그램과 가치, 특히 명예를 가르치는 훈련 시설을 열고 싶어 했다. 경력을 바꾼다거나 꿈도 희망도 없는 일을 그만두려는 게 아니었다는 점에서 훌륭한 생각이었다. 사실 짐은 새로운 꿈을 좇으면서도 가족을 부양하기 위해 원래의 일은 계속하기로 계획했다. 일과 상관없이 자신에게 의미 있는 방식으로 세상에 영향을 주려 했다. 짐의 새로운 미션은 생계를 유지하는 수단과 병행되어야 했다. 성숙하고 가족을 중시하는 사람이 변화와 조율의 원칙을 어떻게 적용하는지 보여 주는 좋은 사례이다. 네이비썰이 되기 위해 기웃거렸던 24살 공인회계사보다 훨씬 더 큰 위험을 안고 있는데도 말이다.

짐이 자신의 개인적인 성공을 이룰 수 있는 상황을 만들려면 마음속에서 결과물을 명확하게 그려 볼 필요가 있었다. 그래서 짐에게 2년 뒤 어떤 모습으로 성공해 있을지 생생하게 이미지를 그려 보라고 했다. 짐은 내 조언을 마음속 깊이 받아들이고 매일 진지하게 자신만의 마음속 도장(마음속 도장에 대해서는 이번 장의 실전 연습에서 배운다)에서 시각화하는 연습을 시작했다. 짐은 이상적인 훈련 시설을 구상해 보았다. 어떤 회원을 받을지, 어떤 수업을 개설할지, 어떻게 재원을 확보하고 운영할지, 가족들에게 특히 아이들에게 어떤 영향을 줄지. 그러고는 혼자서 운영하기는 어렵다고 판단했고 대신 마찬가지로 큰 관심을 나타낸 아내를 끌어들여 시설을 운영하게 했다. 그의 계획 속에서는 자신과 아내가 함께 일했고 아이들도 가능한 한 동참했다. 이렇게 온 가족이 더욱 공고한 한 팀이 되었다. 일단 마음에 씨앗을 심은 후 씰핏을 떠나 일상으로 돌아갔지만 매일 시각화하는 연습(더불어 내가 부록 1에서 설명할 집중 계획 사용법 등 짐이 배운 다른 훈련도 함께 실행했다)을 게을리 하지 않았다. 짐은 자신이 그리는 꿈이 다시 원래 상태로 돌아가 버리지 않게 힘썼다.

내면 수행을 계속하자 곧 마법과 같은 결실이 생겨났다. 자신이 그리는 훈련 시설이 환상이 아니라 현실이 될 수 있다는 강한 확신을 얻었다. 이제 성과를 내기 위해 실행하기만 하면 되었다. 전업으로 해야 할 업무와 잦은 출장, 부양해야 할 가족이 있었지만 짐은 결코 자신의 최종 목표를 잊지 않았고 씰핏에서 처음 그렸던 계획들을 실행해 갔다. 자격을 갖추고 자금을 확보하고 장소를 물색했다. 그 밖에도 자신의 꿈을 실현하는 데 필요한 모든 것들을 준비했다. 당연한 결과겠지만 우리가 만난 지 2년이 지났을 때 짐은 자신이 살고 있는 펜실베니아주 앨런타운에 훈련 시설 크로스핏 어너CrossFit Honor를 열었고, 그곳에서 열린 언비터블 마인드 세미나에 나를 초대했다.

크로스핏 어너의 회원들을 만나면서 짐의 성과가 주는 무게감 앞에 나는 겸허해졌다. 회원들은 자신들이 만들어 낸 문화, 공동체, 훈련에 대해 믿기 힘들 만큼 열정적이었다. 짐은 자신이 그렸던 것을 그대로 이뤄 냈다. 자신의 꿈을 에너지로 바꾸어 씰핏의 가치 아래 살아가는 130명의 전사를 만들어 냈다. 사랑스러운 아내가 시설을 운영했고 12살 아들 역시 수업에 참가하여 다른 회원들과 함께 열심히 턱걸이, 팔굽혀펴기, 스쿼트 훈련을 했다. 보고 믿고, 열정과 목적과 일치시키고, 매일 시각화하고, 결국에는 남들을 돕겠다는 가장 중요한 목적을 실현해 냈다는 데는 의심의 여지가 없었다.

네이비씰처럼

목적에 대해 상상하기

1단계: 보라
자신이 갈망하는 결과물이 무엇인지 분명히 해야 한다. 미션을 어떻게 수립할지는 다음 장에서 설명한다. 우선은 자신이 최종적으로 어떤 모습이 되기를 원하는지 정의하는 데 집중하라.

2단계: 상상하라
짐이 그랬던 것처럼 결과물을 이미 얻었다고 가정하고 상상해 보라. 누구나 상상할 수 있다. 그림을 그려 보면 목적의식이 있는 상상을 할 수 있다. 이 단계에서는 기본 전제가 있는데 현실에 기반해야 한다는 점이다. 가상의 기준점을 설정하라(그래야 상상을 더욱 견고하게 만들 수 있다). 그런 다음 상상 속으로 자신을 밀어 넣어라. 기준점은 실제 경험일 수도 있고 사진이나 동영상(내 경우에는 네이비씰의 '특별한 존재가 되라'는 모병 비디오)일 수도 있다.

3단계: 연습하라
매일 마음속에서 상상한 현실을 가지고 놀아라. 매일 아침과 저녁에 실시하는 강력한 의식(부록 2에 적어 놓았다)의 일부로 만들기를 권한다. 효과를 극대화하려면 시각화를 하면서 믿음과 기대, 시각화를 생생하게 해주는 강한 열망을 불어넣어야 한다.

이번 장에서 지금까지 소개한 원칙은 출발점일 뿐이다. 마음속에서 적절한 상황을 준비하면 인생의 중요한 목표를 향해 나아가는 노력에 힘을 얻게 된다. 네이비씰의 가치로 정밀 조준하고 앞으로 나아가려면 자신이 어디로 향하고 있는지부터 알아야 한다. 그렇지만 한 지점에서 다른 지점으로 나아갈 때 맞닥뜨릴 곤란과 심란함을 어떻게 하면 피할 수 있을까? 미션을 명확하게 정의하고 싸움터를 단순화해야 한다. 그래야 그 무엇도 방해를 하지 못한다.

미션을 정의하라

쇠사슬은 그것의 제일 약한 부분만큼밖에 강하지 않다.
– 속담

목표를 이루려고 분투할 때(미션을 이루기 위해 여정을 시작할 때) 명백하건 암시적이건 간에 무엇을 기대하는지 확실하게 정의해야 한다. '회사를 설립해서 계획대로 예산 내에서 경영한다'와 같은 명확한 기대라면 잘 다룰 수 있을지 모른다. 하지만 미션에는 암시적인 기대 역시 숨어 있기 마련이다.

예를 들어 네이비씰이라면 적의 배를 침몰시킨다와 같이 임무를 분명하게 정의할 수 있다. 그런데 저 위에 앉아 계신 상관이 실제로 원하는 건 그날 밤 적의 배를 침몰시키는 게 아니라 아군의 피해는 전혀 없이 적어도 6개월쯤 적의 배를 비밀리에 고장 내는 걸 수도 있다. 내재된 과제가 팀의 역량, 자원, 위험 감수성, 시간 제약에 부합되지 못하면 실패하고 만다.

새로운 제품군 출시라는 명확한 과제를 생각해 보자. 식은 죽 먹기 아닌가? 그러나 시장 수요, 고객들의 지갑을 열게 하는 요소, 제품 개

발, 틈새시장에서 효과적으로 신규 제품군을 판매하는 전략 등이 밑
바닥에 깔려 있다는 점을 이해해야 한다. 때로는 내재된 과제가 자신
의 핵심 역량을 벗어날 수도 있다. 자신이 능숙하게 처리해 내지 못
하는 것일 수도 있다. 그래서 전체 미션을 달성하기 위해 완전히 새
로 교육을 받거나 사업을 완전히 뜯어고쳐야 할 수도 있다. 적절한
질문을 던지면 자신이 이룰 수도 없고 이뤄서도 안 되는 미션에 과도
하게 매달리는 것을 방지하게 된다. 이런 사명은 필연적으로 정밀 조
준을 약하게 하기도 한다. 시작 단계에서부터 적절한 계획을 세우면
나중에 갑작스럽게 상황이 악화되는 것을 막을 수 있다. 그 결과 자
신이 받아들이거나 선택한 미션에 계속 정밀 조준할 수 있게 된다.

예를 들어 보자. 언비터블 마인드 훈련을 막 개발했을 무렵 인터넷
으로도 프로그램을 소개하고 싶었다. 60일 기한 내에 오디오, 비디오
프로그램을 만드는 걸 미션이라 정의했다. 회원제 웹사이트에서 첫
수업 프로그램을 판매하기 시작했다. 미션이 회사의 전체 비전과 일
치한다고 확신했다. 최우선 순위 목표였으니 완전하게 집중할 수 있
었다. 명확한 과제는 성취할 수 있었다. 하지만 질문을 거듭하면서 몇
가지 내재적인 과제가 있음을 알게 되어 미션을 변경해야 했다. 첫째
로 계획을 성사시키려면 인터넷 캠페인을 위한 전문적인 홍보 문구
가 필요했는데 당시 회사의 마케팅 부서는 이런 역량을 가지고 있지
못했다. 미션을 이뤄 내려면 전문 카피라이터를 찾아야 했지만 비용
이 저렴하지도 않았고 찾기조차 쉽지 않다는 걸 이내 깨달았다. 게다
가 판매 절차, 마케팅 메시지, 이메일 마케팅 방법도 결정하고 만들어
야 했다. 이런 사항들을 이루기 위해서는 나는 물론 팀 전체가 공동

영업, 제휴 마케팅에 대한 교육을 받아야만 했는데 완벽하게 익히기까지 몇 달이 걸릴지 모르는 완전히 새로운 비즈니스 역량이었다. 게다가 인터넷으로 회원을 모아서 디지털 콘텐츠를 판매하는 데는 법적 문제마저 있어서 우리의 의도를 이해해 주는 변호사를 찾아서 해결하자면 시간이 더 지연될 상황이었다. 이 모든 내재적 과제들 때문에 처음에 정한 사업 범위와 시간 계획에서 한 발짝 물러나야 했다. 전체 미션을 새로 정의하고 최종 목표에 도달하기 위해 필요한 준비 단계를 거치는 데 일시적으로 정밀 조준하기로 했다.

네이비씰처럼

미션에 대해 질문하기

상사 또는 당신 스스로 요구하는 내재된 과제를 명확하게 하려면 다음과 같은 깊이 있는 질문을 던져야 한다.

❖ 이걸 왜 하고 있지? 회사와 팀 전체의 미션과 일치하는가?
❖ 선행하거나 미뤄야 할 만큼 우선순위가 높은 다른 프로젝트는 없는가?
❖ 이 프로젝트를 완수하려면 다른 누가 참여해야 하는가?
❖ 나 자신이건 다른 사람이건 참여하는 사람들에게는 무엇이 기대되는가?
❖ 참여자들이 몰입하게 하려면 언제, 어떻게 그들의 도움을 끌어내야 하는가?
❖ 나에 대한 기대를 충족하기에 앞서 먼저 처리해야 하는 하위 과제는 무엇인가?
❖ 미션을 완수하기 위해 내가 해야만 하는 다른 과제들은 무엇인가?

싸움터를 단순화하라

*단순하게 하는 건 복잡하게 하는 것보다 더 어렵다. 명확하고
단순하게 생각하려고 노력해야 한다. 하지만 일단 그 단계에 이르면
산도 움직일 수 있기에 결과적으로 해볼 만한 가치가 있다.*
– 스티브 잡스(1955-2011), 미국의 기업가, 애플 공동 창업자

네이비씰에서 '싸움터를 단순화'한다 함은 곧 마음을 산만하게 하
는 요인을 없애는 것이다. 산만하게 만드는 요인을 없애면 간단하고
명쾌한 방법을 더 잘 찾아낼 수 있고 바로 앞에 있는 적절한 방법에
정밀 조준할 수 있다. 최강의 팀이라 하더라도 집중하지 못하고 오히
려 복잡한 방법을 택해 헤매기도 한다. 잡스는 디자인 팀에게 "아직
도 충분히 단순하지 않아."라고 말하는 걸로 유명했다. 잡스는 버튼
하나로 조작 가능하고 아이콘만으로 모든 기능을 표현한 획기적인
제품인 아이폰을 만들었다. 아이폰이 나오기 전에는, 예를 들어 블랙
베리 같은 스마트폰은 무수히 많은 기능이 있었지만 그 기능을 이용
하기 위해 무수히 많은 버튼을 눌러야 했다. 잡스는 지칠 줄 모르고
단순화를 추구했다. 그 결과는 우리 모두가 잘 알고 있다. 언젠가 잡
스는 고성능 태블릿은커녕 전화기조차 쥐어 본 적 없는 아프리카의
미취학 아동들에게 아이폰과 똑같은 기능을 가지고 있는 아이패드를
건네 보았다고 한다. 아무런 사전 정보 없이도 아이들은 전원을 켜서
작동시키고 모든 기능을 활용했다는 얘기가 전설처럼 전해진다.

싸움터를 단순화하려면 두 가지 핵심 요소가 필수적이다. 먼저 개
인, 팀, 회사 차원에서 당신만이 할 수 있는 일을 알아야 한다. 그래야

자신이 무엇을 처리해야 하고 다른 사람들에게는 무엇을 위임해야 할지 정의를 내릴 수 있다. 다음으로는 내부 환경과 외부 환경을 모두 단순화시켜야 한다. 그러면 손쉽게 단순한 해법을 찾아낼 수 있다.

당신만이 할 수 있는 일을 찾아라

목적과 신념을 정의했다면 개인 차원에서 당신만이 할 수 있는 일을 쉽게 찾을 수 있다. 만약 남들을 이끄는 위치에 있다면 팀과 회사가 사회에 이바지할 수 있는 유일한 목적-당신에게 주어진 특별한 능력- 역시 이해해야 한다.

네이비씰이 갖춘 기술에는 특수 정찰, 외국에서의 치안 유지, 대테러 활동, 보안, 군사적/외교적 연락 등 많은 능력이 포함된다. 한편으로는 팀 차원에서도 자신들의 유일한 목적을 이해하고 지속적으로 목적에 집중하려 노력해야 한다. 여기에는 네이비씰이 직접 행동(침투해서 임무를 수행하고 탈출하기)을 통해 적을 무력화시키는 능력이 포함된다. 자신의 유일한 목적을 어떻게 알아낼 것인가? 먼저 마음을 꿰뚫어 보는 질문을 던지는 데서 시작된다.

❖ 내가 특별히 잘해 내고 열정을 가지고 있는 것이 무엇인가?

❖ 개인, 팀, 혹은 조직 차원에서 내가 다른 사람보다 더 잘하는 것은 무엇인가?

❖ 나만이 할 수 있는 일을 만들어 내거나 북돋우려면 어떤 자질이 있어야 하는가?

❖ 이런 능력으로 누구에게 혜택을 줄 수 있는가?

❖ 이런 독특한 가치를 더 잘 전달한다면 나에게는 어떤 이득이 있는가? 자신 혹은 팀이 더 나아질 수 있는가?

❖ 나만이 할 수 있는 일을 해내지 못하게 하는 요인을 제거하려면 지금 당장 어떤 행동을 취해야 하는가?

어디까지나 지침일 뿐이다. 주저하지 말고 자신의 상황에 더 밀접한 질문을 던져라. 무엇을 하는지, 내가 누구인지, 핵심에 다가가는 것이 중요하다. 예를 들어 나만이 할 수 있는 일 중 하나는 교육이다. 사람들을 지도하고 사람들과 대화를 나누는 열정, 미래를 그려 볼 수 있는 재능이 가르치는 능력을 뒷받침하는 것이 나의 자질이다. 내가 지도를 하면 교육생들은 직접적으로 혜택을 받게 된다. 하지만 사람들과 더 깊이 관계를 맺으면 맺을수록 내 강점과 약점이 반향을 일으켜 실제로는 나 자신이 더 많이 배우게 된다. 반면에 웹 개발이나 인터넷 마케팅과 같이 매일매일 실무를 담당하는 것에는 뛰어나지 못하다. 이런 일에 매달려 마음이 흐트러지는 것을 방지하려면 대신 일을 처리해 줄 뛰어난 매니저와 기술지원 팀을 구해야 한다.

일단 자신만이 할 수 있는 일을 명확히 하고 나면 스스로를 산만하게 만들 우려가 있는 모든 요인을 제거하거나 필요 시 다른 사람에게 위임하여 단순화해야 한다. 모든 일을 단순화하면 가지고 있는 자원을 집중시킬 수 있다. 이는 극적인 결과를 불러오는 매우 중대한 요소다.

복잡한 환경을 단순화해라

잡다한 일을 처리하는 데 시간을 끌지 않아야 정작 필요한 일을 할 여지를 말 그대로 또는 비유적으로도 더 많이 가질 수 있다. 적절하지 못한 의무, 믿음 심지어는 관계조차도 제거하고, 외부의 도움을 받고, 위임한다면 우선순위가 높은 핵심 업무에 더 많은 자원을 투입할 수 있게 된다. 잡스는 11년 동안이나 애플에서 쫓겨나 있다가 1996년 복귀했다. 복귀하자마자 우선 애플만이 할 수 있는 일을 정의했다. 바로 복잡하고 따분한 PC에 식상해 있는 대중에게 성능이 좋으면서도 단순 명쾌한 컴퓨팅 솔루션을 제공하는 것이었다. 잡스의 리더십 아래 애플은 상당수의 제품과 프로젝트를 없애 버렸다. 오로지 새로 출시한 아이맥에만 집중한 결과 매우 범위가 좁고 유망한 신제품만 남게 되었다. 6개월 만에 애플의 실적이 호전되었다. 이와 비슷하게 나 역시 이 책을 쓰는 데 전념하기로 하고는 일상 업무의 90%를 팀에 이관하였다. 그렇게 함으로써 나만이 할 수 있는 일, 바로 내 철학과 연습 방법을 가르치는 데 집중할 수 있었다. 결과적으로 이 책에 집중할 수 있었고 나에게서 권한을 부여받은 팀은 그들이 가장 잘할 수 있는 일, 즉 매일 씰핏을 운영하는 일에 집중할 수 있었다.

환경을 단순화하면 자신의 내면을 더 가볍게 만들고 언제, 어디서, 어떤 식으로 영향을 줄 수 있을지 더 잘 통제하는 연습이 가능해진다 (아울러 그런 영향을 받는 성격 역시 통제할 수 있다). 예를 들어 예비군 장교였던 2004년 이라크로 배치되었을 때 임무에 정밀 조준하기 위해 오랜 기간 꿈꿔 왔던 박사 학위 취득을 포기했다. 박사 학위를 따게 되면 보다 전문성을 갖추게 되어 내 리더십 철학을 더 많은 사람에게 전달할 수 있을 거라고 늘 생각해 왔다. 그러나 당시 내 초점은 다른 곳에 맞춰져야 했다. 파견을 마치고 돌아왔을 때엔 막 설립한 회사인 US 택티컬에 집중하기를 원했다. 내가 만든 유일무이한 리더십 개발 브랜드가 학문의 세계와는 잘 통하지 않을 거라는 사실을 점점 깨닫게 되었다. 박사 학위를 포기하겠다는 결정은 쉽지 않았지만 더 이상 내 삶의 미션과는 맞지 않는 목표라는 걸 알게 되었다.

상황을 단순화하기 위한 방법으로 3가지를 가르친다. 우선 물리적 환경을 단순화하고 다음으로 몰입도를 단순화하며 마지막으로 내면의 상황을 단순화한다. 나는 이를 '단순간결 Keep It Simple, Smarty'을 뜻하는 KISS 법칙이라고 부른다. 자세한 내용은 이번 장 마지막 부분에서 살펴보게 될 텐데 일단 어떤 것인지만 간략히 설명하겠다.

먼저 옷장, 차고, 자동차 트렁크, 책상 같은 외부 공간을 청소하는 것부터 시작하라. 아마도 매일 쳐다봐야 하는 잡동사니들을 처분하고 매일 들어가야 하는 공간을 청소하는 것만으로도 심리적으로 엄청난 효과를 얻게 된다. 또한 창의성을 억누르고 있던 정체된 에너지를 날려 버릴 수 있다. 정신에 신선한 공기를 불어넣는 것과 같다.

다음으로 80/20 법칙을 바탕으로 어떤 과제에 어느 정도만큼 몰입할지 단순화하라. 80/20 법칙은 20%의 행동이 결과의 80%를 가져온다는 의미이다. 매우 효과적인 20%를 파악한 뒤 나머지를 모두 제거하고 위임하고 외부에 의뢰한다면 자신만이 할 수 있고 생산성이 가장 높은 일에 더 많은 자원을 쏟을 수 있다.

일단 외부 환경을 단순화할 수 있으면 내부 환경도 쉽게 단순화할 수 있다. 아마 내부 환경이야 말로 정밀 조준 상태를 유지하기가 가장 어려운 대상일지 모른다. 내부 환경을 단순화함은 당신을 짓누르고 방해하는 감정적으로 복잡하게 얽히고설킨 관계와 완고한 믿음에 작별을 고함이다. 제대로 유지하지도 못하는 관계처럼 지금 당신이 짊어지고 있을지도 모르는 감정의 짐을 깊이 들여다보라. 그러고 나서 현실과 상충되는 믿음을 직시해 보라. 이를테면 음악을 너무 사랑하고 탁월한 재능을 가지고 있기도 했지만 음악가는 제대로 된 직업이 아니라는 아버지의 말 때문에 정말 음악으로는 먹고살기 힘들다고 믿어 버린 그런 현실 말이다. 많은 사람들은 힘든 선택을 기꺼이 하려 하지도 않고 평지풍파를 일으키려 하지도 않기 때문에 이 단계에 도달하지 못하고 행동을 취하는 데 실패한다. 하지만 만약 당신이 배를 잘못 탄 거라면? 그렇다면 배를 흔들고 뛰어내려서는 당신을 노리는 상어의 콧등을 힘껏 때려서 쫓고 다른 배로 헤엄쳐 가야만 한다.

25년 전에 내가 맞닥뜨렸던 것과 같은 정신적, 감정적 갈등을 경험하는 젊은 전문직 종사자들의 이야기를 한 해에도 몇 번이나 듣는다. 절망적인 상황에 처해 있는데도 불구하고 많은 사람들이 내면의 목소리를 따르지 못한다. 심지어 나와 이야기를 나눈 뒤에도 그렇다. 습관의 힘, 진정한 변화에 대한 저항감을 떨쳐 내기가 너무 힘들기 때문이다. 그러나 조엘은 달랐다. 투자 은행에서 일하고 있던 그는 마음 캠프에 참여했는데 네이비씰이 되겠다는 꿈에 푹 빠져 있었다. 조엘은 내가 시키는 훈련과 조언을 그대로 따르기 시작했고 네이비씰의 장교가 되겠다는 결심을 굳혔다. 남들과는 다른 차원으로 헌신하는 조엘의 모습을 본 뒤 그를 캘리포니아주 엔시니타스에 있는 씰핏 훈련 센터의 인턴으로 불러들였다. 조엘은 새로운 목표에 모든 에너지를 집중하고자 명망 있고 높은 급여를 받던 직업과 집, 가족을 뒤로 했다. 자신이 가진 거의 모든 것을 버리고는 짐을 꾸려서 아내와 함께 시카고에서 샌디에이고로 옮겨 왔다. 9개월 뒤 조엘은 네이비씰의 장교 후보 학교의 수중폭파 기초훈련 과정에 들어갈 수 있었다. 삶을 단순하게 하고 필수적인 것 외에는 다 없애 버리자 다른 수많은 사람들이 실패하는 분야에서도 성공을 이뤄 냈다.

또 하나의 좋은 사례로 내 친구 미쉘의 이야기를 하고 싶다. 미쉘은 5년 전쯤 영양보조식품 사업을 시작했는데 사업이 너무 복잡해서 그녀가 가지고 있는 정도의 경험과 자금력으로는 성공하기가 어렵다는 걸 이내 깨달았다. 게다가 오랜 기간 꿈꿔 왔던 소방사가 되기 위한 교육과 훈련도 동시에 받고 있던 탓에 관심마저 분산되어 있었다. 미쉘은 자신의 목적을 깊이 들여다보았다. 그러자 소방사가 되려는 꿈에는 부수적인 노력만 기울이고 있다는 사실을 알게 되었다. 사실은 그게 최우선의 목표가 되어야 했다. 그래서 영양보조식품 사업을 제조업자에게 매각했다. 약간의 지분만 남긴 채 시간제로 일함으로써 단순화시킨 것이다. 그러고는 전업 긴급구조원으로서 공동체에 봉사하는 데 초점을 맞추기로 했다.

많은 사람들이 몰입할 분야를 줄이고 새로운 노력을 시작하겠다는 거창한 의도를 지니고 있다. 하지만 기존에 가지고 있던 믿음이 방해를 하는 탓에 궤도에서 벗어나고 만다. 의무라고 생각하는 것을 거절하기 두려워한다. 다른 사람들에게 설득당해 그만둬 버리기도 한다. 물론 다른 사람에 대한 연민은 가져야 한다. 그러나 정밀 조준하려면 확신을 가지고 분명하게 자신의 미션에 전력을 기울여야 한다는 걸 명심하라. 당신의 목표가 조엘이 받아들여야 했던 것처럼 극도로 단순하게 틀을 바꿔야 할 필요는 없을지라도 원칙은 동일하다. 쉬운 해법은 없다. 눈속임을 알려 줄 수도 없다. 힘든 결정을 내리면 사람들이 당신에게 화를 낼 지도 모른다. 스스로 죄책감이나 고통에 시달릴 수도 있다. 당신의 선택이 감정적으로 결코 좋지 못한 결과를 초래할 수도 있다는 걸 받아들여야 한다. 삶을 재조직하는 과정에서 자연스럽게 생겨나는 결과지만 어디까지나 일시적일 뿐이다. 하기 싫은 일도 감수하고 해내야 한다.

★실전 연습★

마음을 이겨 내라

실전 연습을 통해 마음이 산만해지지 않도록 정신적으로 방어하는 능력을 갖출 수 있다. 목표를 효과적으로 선정하여 추구하고 미션을 성공으로 이끌기 위해서는 마음이 맑아야 한다. 정밀 조준을 유지하고 인생에서 승리하기 위해 마음을 이겨 내기 위한 조건을 살펴보자.

파트 1: 문 앞의 감시병

머릿속에서 무슨 일이 일어나고 있는지 주시하는 정신적인 감시병을 세우는 연습이다. 감시병이 머릿속에 넘쳐나는 부정적인 생각이나 불필요한 생각(혹은 둘 다!)을 관찰하고 보고한다.

조용한 장소를 찾아라(모든 정신 수련을 한 자리에서 할 수 있는 장소를 찾는 게 이상적이다). 꼼지락거리지 않고 등을 편하게 꼿꼿이 펼 수만 있다면 의자에 앉아도 되고 드러누워도 된다. 어떠한 자세로 앉아도 상관없다. 눈을 감고 5분 동안 심호흡하는 것으로 연습을 시작하라.

마음속으로 호흡을 지켜보라.

더 이상 호흡에는 집중하지 말고 이제는 마음속에 떠오르는 것에만 주의를 기울여라. 만만치 않은 과정이지만 곧 힘들이지 않고 해낼 수 있다. 생각을 알아차리고 지켜보는 과정이 감시병의 역할이다. 잘 해 낸다면 보초나 군인이 의식의 관제탑에 앉아서 생각이 들어오고 나가는 것을 감시하는 모습을 떠올릴 수 있다. 무언가를 생각하고 있는 걸 감시병이 알아차린다고 해도 저항하지 마라. 그냥 인정하고 내버려둔 채 생각을 감시하는 역할로 돌아가라. 긍정적인 생각인가, 부정적인 생각인가? 무작위로 떠오른 것인가, 의식이 유도한 것인가? 다음 단계로 나아가는 데 있어 중요한 연습이니 파트 2로 옮겨가기 전에 여러 번 반복 훈련하라.

파트 2: 마음에 명령을 내려라(DIRECT)

마음을 통제하는 특급 열차라 할 수 있다. 마음속, 내면의 움직임을 관찰하는 능력을 키웠으니 이제 감시병이 생각의 흐름에 명령을 내리게 해야 한다. 조용한 장소로 돌아가라. 이번에는 아무 생각이나 떠오르면 아래 적은 DIRECT 프로세스를 수행하라. 이런 강력한 방법을 편히 할 수 있다면 일과 중 특히 행복과 정밀 조준을 방해하는 생각에 시험 삼아 DIRECT 프로세스를 수행해 보라.

감지하라(Detect)

감시병은 마음으로 스며드는 어떠한 생각이라도 감지해 낸다. 누구나 자신의 생각을 스스로 통제하고 있다고 믿고 싶겠지만 곰곰이 생각해 보라. 끊임없이 생각이 떠오르고 대부분의 생각은 마음속에서 아무런 의미를 지니지도 못할 뿐더러 삶에 있어 긍정적인 목적도 전혀 가지고 있지 않다. 운전 중에 누군가 내 앞으로 끼어들었을 때 마음속에 생겨나는 분노가 이처럼 감정에 휘둘리는 생각의 좋은 예이다. 이런 일은 대부분의 사람들에게 일어난다. 하지만 정밀 조준을 어렵게 하는 모든 생각이 에너지를 고갈시키는 것이므로 반드시 처리해야 한다.

중지하라(Interdict)

만약 감시병이 부정적이거나 쓸모없는 생각을 감지했다면 "그만!" 또는 "안 돼!"와 같이 짧게 명령을 내려 중지하라. 자신에게 그만 생각하라고 말하면 어떤 일이 일어날까? 잠시 동안이라도 그만두게 된다.

생각을 돌려라(Redirect)

일단 부정적인 생각이 멈췄다면 새로이 힘을 불어넣어 주는 방향으로 생각을 돌려야 한다. 또 다른 운전자가 끼어들면 당장은 보복하고 싶은 마음이 들겠지만 감시병이 감지를 하면 "그만!"이라고 명령을 내려 생각을 멈춘다. 예를 들어 다음과 같은 생각해 보면 생각을 돌릴 수 있다. "저 친구 오늘 일진이 안 좋았나 보네. 그렇다고 내 기분까지 망치게 할 수는 없잖아. 긍정적인 면에만 집중하겠어." 마음이 새롭고 긍정적인 방향을 즐겁게 받아들일 것이다.

열정을 북돋워라(Energize)

새로운 생각을 굳건하게 하라. 온몸과 온 마음을 다해 새로운 생각에 힘을 싣고, 마음의 움직임에 따라 새로운 생리학적 단계에 접어들어라. 이를테면 강하고 확신에 차 있고 긍정적인 모습을 떠올려라. 느껴 보라. 꼿꼿하게 앉아서 활짝 미소 짓고 크게 웃어라. 깊이 호흡하면서 강하고 확신에 차고 긍정적인 에너지가 온몸에 빠르게 흐르는 것을 느껴라. 누구도 당신의 즐거운 기분을 망칠 수는 없다!

대화하라(Communicate)

이 단계는 일종의 보험이다. 숨어 있는 부정적인 생각을 지워 버리고 부정적인 생각이 살금살금 기어들어 오지 못하게 이전과는 다른 방식으로 자신에게 말을 걸어야 한다. 네이비씰 훈련을 받을 때 지루한 반복 훈련 중에도 에너지와 집중력을 유지하기 위해 "기분 좋네. 보기 좋고, 헐리우드에 있는 것 같아."란 주문을 외우고는 했다. 또한 "매일매일, 모든 면에서, 점점 더 좋아지고 있어."란 주문도 외웠다.

훈련하라(Train)

마음은 강력한 동지일 수도 있고 나태한 악마일 수도 있다. 매일 신체를 단련하듯이 DIRECT 프로세스를 훈련하라(이 책 마지막 네이비씰의 나를 이기는 연습 훈련에서 설명한다). 훈련을 하면 그 순간을 통제할 수 있을 뿐만 아니라 언제라도 마음이 최고의 상태로 제 역할을 할 수 있다.

마음 수련장을 세워라

시각화하는 기술을 익히는 한편 체계적인 훈련에 집중하고 추진력을 유지하기 위해 마음속에서 정신 훈련을 할 수 있는 특별 공간, 즉 마음 수련장을 만들어야 한다. 궁극적으로는 마음 수련장을 찾는 것이 습관이 되어 즉각적으로 중심을 잡고 정밀 조준 상태를 유지하게 한다. 또한 무엇을 이루고자 하건 의지를 갖고 에너지를 오롯이 쏟을 수 있게 된다. 특히 정신적 투영을 위한 토대로 유용하다.

편하게 자세를 잡고 눈을 감은 다음 온 세상이 사라지게 하라. 자신에게 집중할 수 있도록 여러 번 깊이 숨을 쉬어라. 숨이 몸속으로 들어가고 나올 때마다 호흡에 집중하라. 들어가고 나오고. 다시 들어가고 나오고. 마음이 고요해질 때까지 숨을 따라가라. 바로 지금, 이곳에 의식을 집중하면서 하루의 모든 걱정과 근심, 나를 산만하게 만드는 시끄러운 것들에 매달리지 말고 그저 몸에서 흘러 나가게 하라. 모두 사라지게 하라.

이제 길을 따라 걷는다고 상상해 보라. 서두를 필요 없다. 저 멀리 오른편에 계단이 보인다. 계단으로 걸어가 아래를 내려다본다. 계단은 모두 10단. 심호흡을 하면서 한 단 한 단 천천히 걸어 내려간다. 10, 9, 8... 맨 아래 칸에 이르면 아치 모양 입구가 보인다. 이 문을 지나면 마음 수련장을 세워야 할 공간이 나온다. 다시 한 번 호흡을 한 후 문으로 걸어 들어간다.

이제 당신은 특별한 훈련 공간에 있다. 익숙해 보일 수도 있다. 아름다운 주변 경치를 둘러보라. 해변, 산, 계곡, 무엇이 보이건 다 괜찮다. 지구상의 풍경처럼 보이지 않을 수도 있다. 이곳에서는 중력도 작용하지 않고 자신이나 인류에게 도움이 되기 위해서라면 무엇이건 하고 싶은 일을 할 수 있다. 초대하지 않는다면 그 누구도 이곳에 올 수 없다. 앞으로 여기에서 명상하고 시각화하고 기술을 훈련하고 힐링을 할 수 있다. 자, 여기에 자신만의 마음 수련장을 세워라.

마음 수련장은 상상하는 대로 만들면 된다. 내가 세운 마음 수련장은 산비탈에 있는데 천장은 없고 나무 바닥이 깔려 있으며 요가와 백병전 훈련을 할 수 있는 공간이다. 명상을 할 수 있도록 매트도 깔았다. 어떻게 보면 요가 스튜디오나 무술 도장처럼 보인다. 이제 당신의 마음 수련장을 만들어라. 창문이 있는가? 아니면 뻥 뚫려 있어 하늘이 보이는가? 나무 바닥인가? 아니면 카펫이 깔려 있는가? 벽은 어떤 색인가? 무슨 그림으로 장식했는가? 어떤 장비가 필요한가? 한쪽 벽면은 비워 두어라. 정신적 투영에 필요한 스크린을 만들어야 한다. 그밖에도 마음을 수련하는 데 필요하거나 마음의 평화를 가져올 수 있는 것이라면 무엇이든 채워 넣어도 좋다. 오늘의 첫 방문에서는 공간을 만들기만 하면 된다.

마음 수련장을 다 짓고 결과물에 만족한다면 안전하고 깨끗한 훈련 공간이 생긴 것에 감사를 표하라. 이제 마음 수련장을 나와서 다시 복도로 돌아가라. 직접 만든 수련장을 돌아보고 바꿀 부분이 없는지 검토하라. 다 끝났으면 돌아서서 문밖으로 나가라. 다시 외부의 의식적인 자아로 돌아가기 위해 한 단 한 단 계단을 올라가라. 하나의 계단을 오를 때마다 평상시의 완전히 각성된 상태로 다가가게 된다. 꼭대기까지 올라왔다면 현실 세계로 돌아오긴 위한 길을 따라 걸으며 몸의 모든 부분이 천천히 각성되게 하라. 눈을 뜨고 훈련을 끝내고 나면 정신이 맑아지고 활기가 넘치는 것을 느끼게 된다.

단순간결 Keep It Simple, Smarty(KISS)

마음이 산만해지지 않고 자신이 가진 자원을 한곳에 쏟으면 더욱 정밀 조준하게 되고 더 나은 결과로 이어진다. 그러니 '단순간결'하게 하라. 초등학교에서부터 회사연수에 이르기까지 어느 곳에서나 단순간결을 가르친다. 왜냐고? 효과가 있으니까. 이제 네이비씰의 나를 이기는 연습에도 적용해 보자!

1단계

예를 들어 작게는 책상에부터 크게는 창고까지 일상 공간을 정돈하기 시작하라. 모든 걸 한 번에 다 할 필요는 없다. 하루에 하나씩만 처리해라.

2단계

다음으로 앞에서 기술한 대로 자신만이 할 수 있는 일을 분석하고 핵심 20%를 알아내기 위해 매일의 과제를 해석하기 시작하라. 1주일 동안은 모든 일을 30분 단위로, 페이스북을 하는 시간부터 통근, 훈련, 수면 시간까지 전부 기록하라. 더 깊이 파고 들어가서 각각의 30분 안에서 시간을 어떻게 쓰고 있나 적어라. 예를 들어 출근해서 이메일을 하루 2번만 체크하는가 아니면 10분마다 체크하는가? 일주일이 지나면 자신이 매일 실제로 무엇을 하는지 감을 잡을 수 있도록 잘게 쪼개서 분석하라. 아무 도움도 안 되는 행동과 시간을 잡아먹는 일을 제거하면 원하는 결과를 얻는 데만 집중할 수 있다는 사실을 알게 된다.

3단계

이제 내면의 쓰레기들을 청소할 시간이다. 원하지 않는 것들, 주의를 분산시키는 의무, 원한, 과거의 불만, 부정적인 믿음, 지우지 못한 감정의 앙금을 없애 버려라. 쉽지 않은 선택이라는 걸 예상하고 받아들여라. 내면을 가볍게 여행하면서 긍정적인 영향을 줄 수 있게 하라. 아니면 세상을 천천히 걷는 상상을 하라. 이게 바로 네이비씰의 나를 이기는 연습이다.

세 단계를 따라해 보면 단순함을 본능적인 경험으로 만들 수 있다. 지식을 활용하여 업무를 처리할 수도 있지만 이해에 앞서 우선 개념을 정리해 보거나 경험할 필요가 있는 상황도 있다. 그렇기 때문에 우선 물리적인 공간 정리부터 시작하여 정리의 개념을 익히는 것이다. 이들 세 단계를 충실히 따른다면 기초 단계에서부터 단순간결하게 처리하는 능력을 얻게 된다. 무엇을 하건 단순간결의 원칙을 적용하기 때문에 삶의 그 어떤 측면에서도 활용할 수 있다. 일을 단순하게 하고 효율을 증대시키는 것은 무적의 조합이다.

미션을 보호하라

끝을 생각하며 시작하라.
— 스티븐 코비(1932~2012), 베스트셀러 「성공하는 사람들의 7가지 습관」의 저자

회사를 창업하면 95% 이상이 5년 이내에 도산하는 데는 다 이유가 있다. 불확실성을 제거하고 위험을 경감하는 기술을 가지고 있지 않기 때문이다. 네이비씰에서의 경험이 있으니 나만은 다를 거라 생각했다. 하지만 1996년 현역 복무를 마치고 처남과 함께 코로나도 맥주사를 설립했을 때 나 역시 제대로 정밀 조준을 하지 못했다.

코로나도 맥주사는 미국 서해안의 네이비씰 본거지인 캘리포니아주 코로나도에 위치한 품질 좋은 맥주 양조장을 겸한 멋진 레스토랑이었다. 소규모 펍을 함께하자는 권유를 받은 나는 동업자와 마찬가지로 큰 그림을 그렸다. 어느 순간엔가 훨씬 더 대담한 양조장 레스토랑 사업을 벌여 보겠다는 목표를 적고 있었다. 그 계획에는 필요한 자금이 어느 정도이고, 운영, 메뉴 및 기타 사항을 누가 관리할지 등 세부적인 항목이 들어 있었다. 돌이켜보면 우리가 상상한 대로 일이

진행될 가능성은 낮았다. 이제야 알게 되었지만 정밀 조준을 하려면 실패에 대비해 미션을 보호할 필요가 있었다.

나의 제한된 시각 내에서 코로나도 맥주사의 미션은 명확했다. 수제 맥줏집을 성공적으로 개업하고 운영하는 것. 그러나 내재된 기대 사항들을 간과하는 바람에 미션을 적절하게 정의하지 못했다. 충분한 자금을 확보해야 하고(확보하지 못했다), 미션을 완수하기 위해 한 방향으로 나갈 A급 팀원들을 모아야 하고(모으지 못했다), 높은 가치와 적절하게 선정된 목표를 가지고 있어야 했다(없었다).

처음에는 자금을 모으고 건물을 짓고 직원을 고용해서 교육하고 각종 규제를 해결하는 등의 명확한 목표에만 집중했다. 그러나 개업이 다가오면서 자금이 점점 줄어들자 원활한 현금 흐름을 창출해야 한다는 부담 때문에 가능한 한 빨리 개업하는 쪽으로 관심이 옮겨 갔다. 불행하게도 살아남기 위해서만 온힘을 쓰는 바람에 여러 지점을 열 수 있는 건전한 사업 구조를 구축하겠다는 전체 미션은 놓치고 말았다. 또한 미션을 성공으로 이끄는 중요한 목표도 놓치고 말았다. 한 팀으로서 우리의 비전을 동기화(나는 더 많은 가게를 열기를 바랐지만 동업자는 사업 확장에는 관심이 없었다)하지 못했다. 효율적인 소통과 신뢰 관계(우리는 허심탄회한 대화를 나누지 못했다. 이것들이 얼마나 중요한지에 대해서는 이 책의 마지막 부분 네이비씰의 나를 이기는 연습 훈련에서 배우게 될 것이다)를 키워 나가야 했다. 아울러 사업을 성장시키기 위해 재무 상황을 통제하고 운영 시스템도 다듬어야 했다(내가 할 수 있는 것과는 완전히 다른 차원의 기술이 필요했다).

창업에 열중하면서 쉽게 찾을 수 있는 단기 목표만을 지향했다. 내가 무시해 버린 더 큰 가치를 지닌 목표와 회사를 운영하는 과정에서 생겨나는 예상치 못했던 일들이 결국 나를 압도해 버렸다. 소규모 사업 자금 대출을 받아서 착공하고 충성스러운 고객들의 지원도 계속 끌어내면서 9개월도 걸리지 않아서 문을 열기는 했다. 하지만 도전이 닥쳐오자 파트너십은 빠르게 흔들렸다.

설상가상으로 가족 간의 유대가 롤러코스터처럼 요동쳤다. 아내와 장인 장모님까지 휩쓸려 버렸다. 이런 상황에 정신적으로도 감정적으로도 전혀 대비를 못하고 있었다. 돌이켜보면 내가 이뤄 낸 것-지금까지도 번창하는 사업-에 자부심을 가지고 있기는 하다. 그렇지만 일련의 과정을 거치면서 처남들보다는 투자자들에게 더 충실했고, 장인어른이 당신의 아들들보다 나를 더 신뢰하신다며 서로 다투는 바람에 처가 식구들은 갈가리 찢겨져 버렸다. 깊이 후회하고 있다. 서로 다른 비전과 미션을 보호하지 못한 나의 실수로 인해 좋지 못한 결과가 나왔음은 명백하다. 수도 없이 마음속에 그려 보았지만 목표 그 자체가 현실과 어긋났기 때문에 마음속에서 꿈꿨던 결과를 결국 만들어 내지 못했다.

지나고 나서 보니 적절한 준비와 잘 다듬어진 실행 전략도 없이 사업을 벌이는 모험은 그저 희망과 기대로만 가득 차 있을 뿐 아무런 확신도 없는 도박이었다. 나처럼 비싼 대가를 치르면서 실패를 맛보고 싶지 않다면 다음의 방법으로 미션을 보호해야 한다.

❖ **오로지 가치가 높은 목표만을 선정한다.**

❖ **가능한 선택지를 분석한다.**

❖ 다른 사람들과 비전에 대해 대화한다.

❖ 미션을 사전 연습해 본다.

이미 배워서 알고 있겠지만 코로나도 맥주사를 운영하면서 우리는 한 팀으로서 위의 요소들을 적용하지 못했다. 그 결과 나와 동업자들 사이에는 이내 심각한 분열이 생겼다. 똑같이 투자하고 매일 나와서 일하겠다는 약속을 동업자들이 저버리자 우리의 윤리 의식이 서로 완전히 똑같지는 않다는 사실을 깨닫기 시작했다. 결국 둘로 쪼개져서 싸우게 되었다. 급기야는 누가 회사를 운영할 것이냐를 놓고 소송에 휘말리게 되었고 우리 가족의 악몽은 시작되었다. 레스토랑을 매각하려고 했지만 매수를 고려하던 사람들도 혼란스러운 상황을 알고는 포기해 버렸다. 3년에 걸친 시련은 처가 식구들에게 심각한 결과를 초래했다. 동업자였던 처남 둘은 아내와 절연하였고 장인어른과 장모님도 이혼을 하셨는데 아마도 일련의 사태로 인한 스트레스 탓으로 생각된다.

이 기간 동안에는 아내 샌디가 상처를 최대한 덜 받으면서 상황을 벗어나게 하는 데 집중했다. 우리의 부부 생활도 지켜 나가는 동시에 주주들에게도 올바른 일을 하고자 했다. 주주들은 위험을 무릅쓰면서까지 나와 함께 사업을 키워 나가려고 했던, 내 비전에 투자한 사람들이었다. 마침내 그들이 투자한 돈을 이자까지 쳐서 돌려줄 수 있었다. 조금도 과장하지 않고 말하는데 정말 꼴도 보기 싫은 몇 년간이었다. 무엇이 잘못되었는지 전모를 이해하고 한줄기 빛을 찾을 수 있게 된 것은 그로부터 몇 년이나 더 흘러서였다. 결코 똑같은 실수를 반복하지 않겠다고 맹세했고 지금도 동업자와 투자자는 신중하게 선택한다. 아내와 의붓딸이 모두 썰핏에서 일하고 있고 그들이 다 잘 해 주고 있기는 하지만. 고통스러운 경험이 여러 면에서 깨달음을 주었고 그 과정에서 얻은 교훈에 감사하고 또 감사하고 있다. 또한 어떤 면에서는 스승이 되어 준 동업자들에게도 감사드린다. 고마움을 느끼게 되기까지는 오랜 시간이 걸렸다는 점은 인정해야겠지만. 정말이지 시간이 많이 지나서야 알게 되었다. 더 높은 수준에서 성공하기 위해서는 코로나도 맥주사의 미션을 보호해야 했다고. 하여간 내 경험을 바탕으로 미션이 항상 좋은 결과를 가져올 수 있도록 하기 위해서 이전에 소개한 4가지 원칙을 상세하게 살펴보도록 하겠다.

가치가 높은 목표를 선정하라

성공이 우리를 찾아오지는 않는다. 우리가 성공을 찾아가야 한다.
– 마바 콜린스(1936–), 미국의 교육자, 웨스트사이드 사립 초등학교 설립자

착수 단계에서부터 적절한 목표를 선정하면 자신의 자원을 어디에 투입하는 것이 가장 좋을지 알 수 있기 때문에 미션을 보호할 수 있다. 적절한 목표가 있으면 도중에 마음이 산만해지는 요인이 생기더라도 무시하거나 위임할 수 있어서 결과적으로 성공 가능성을 획기적으로 높여 주는 정밀 조준 능력이 길러진다. 만약 제대로 된 절차대로 계획을 세웠더라면 단순히 코로나도 맥주사를 창업해서 그 날그날 적자를 내지 않고 유지하는 수준을 넘어서 훨씬 더 견실한 사업체를 만들겠다는 보다 정확한 목표를 선정할 수 있었을 것이다. 이 경험을 통해 모델 하나를 개발하고 검증했다.

네이비씰에서 사용하는 목표 분석 절차를 간략화한 것인데 이를 잘 활용하면 목표와 미션이 반드시 부합하도록 하고 잘못된 목표를 공략하는 우를 범하지 않을 수 있다. 강점, 약점, 기회, 위협으로 나누어 사업을 분석하는 SWOT 모델에 대해서는 많이들 들어 보았을 것이다. SWOT 모델은 특정 시장 상황에 맞는 미션을 선정할 때 자신의 강약점을 경쟁자와 비교 분석할 수 있게 해준다. FITS(적합성Fit, 중요성Importance, 적시성Timing, 단순성Simplicity)는 SWOT 모델과 유사한데 어떤 목표가 미션에 가장 잘 부합하는지, 결과적으로 원칙 1에서 말한 목적과 연결되는지를 결정하는 수단으로 내가 특별히 고안한 모델이다. 이미 SWOT 모델에 익숙하고 잘 활용하고 있다면 SWOT과 FITS를 손쉽게 결합하여 양 날개로 쓸 수 있다.

미션 달성 계획을 수립할 때 FITS 모델을 어떻게 적용해야 하는지는 실전 연습에서 설명한다. 간단히 말해서 FITS는 아래 4가지 기준에 따라 각각의 목표를 분석하는 것이다.

❖ 목표가 당신의 가지고 있는 기량이나 팀에 적합한가? 좋은 투자 결과를 가져올 수 있는가?

❖ 미션을 성취하는 데 이 목표가 얼마나 중요한가?

❖ 목표를 추구하기에 최적의 타이밍(적기)인가?

❖ 목표가 단순하고 명확한가?

미리 선정한 목표를 평가하거나 현재 고려중인 목표에 점수를 매기는데 FITS 모델을 활용할 수 있다. 위의 4가지 항목에 대해 각각 1점부터 5점까지 점수를 주면 된다. 4가지 항목의 점수를 더하면 어느 목표가 더 높은 가치를 지니고 있는지 알 수 있다.

예를 들어 코로나도 맥주사를 운영할 때 최초의 동업자였던 릭이 펍을 열자고 제안했다. ROI(투자수익률), 내 시간에 대한 기회비용, 수제맥주 전문가인 친구가 지닌 재능을 분석한 다음 직접 맥주를 양조, 판매하면서 제대로 된 음식도 요리하겠다는 야심 차고 더 적절한 목표를 세우고 밀어붙였다. 급성장할 여지가 있는 안정적 소매업 구축을 미션으로 생각했기 때문에 단순히 펍 하나가 아니라 나중에 프랜차이즈 사업을 하기에 유리한 양조 맥주 레스토랑이 더 좋은 기회 같았다.

잠재적인 ROI 측면을 고려하면 양조 맥주 레스토랑을 하려는 내 생각이 옳긴 했다. 그럼에도 불구하고 릭(그리고 나중에 동업자가 된 릭의 동생도 마찬가지였다)은 끝내 나의 비전에 공감하지 못했다. 그러니 이 목표가 우리 팀에 적합할 수는 없었다.

양조 맥주 레스토랑으로 만들겠다고 합의를 하긴 했지만 코로나도 맥주사를 개업하는 것도 쉽지 않아서 허우적거리고 있음을 깨달았다. 위태로운 재정 상황 때문에 현금 흐름을 창출할 수 있도록 빨리 창업하는 단기 목표가 중요해 보이기 시작했다. 하지만 이런 상황은 사업 초반에 더 중요한 목표에 집중하지 못했기 때문에 일어난 일이었다. 만약 시작 단계에서부터 자금을 충분히 확보했더라면 이후에도 더 높은 가치를 지닌 목표에 계속 정밀 조준할 수 있었을 텐데.

FITS의 주요 기준 하나는 적시성인데 우리의 타이밍은 훌륭했다. 아직 초기 단계였던 소규모 수제 맥주 시장에서 기회가 보였다. 동네에 처음으로 생기는 수제 맥줏집이기도 했고 많은 사람들이 살고 있음에도 수준 높은 레스토랑이 없다는 점을 고려할 때 사람들이 일부러 찾아올 만하기도 했다. 좋은 입지도 찾을 수 있을 수 있어서 경쟁자보다 많이 앞서 있었다. 구조적인 문제도 있었고 파트너십이 잘 돌아가지 않았음에도 불구하고 사업이 성공할 거라고 판단한 건 이런 이유에서였다. 수제 맥줏집 체인을 만들겠다는 목표는 너무나도 명확했지만 불행하게도 그에 따르는 내재적 과제들로 인해 목표를 실행하기가 쉽지 않았다. 우리들 중 누구도 레스토랑 체인을 열 정도의 경험도 없었고 틀을 완전히 바꾸지 않는 이상 미션에 성공할 수 있을 만큼의 응집력도 없었다.

FITS 모델의 도움으로 펍이 아닌 수제 맥줏집을 개업할 힘을 얻기는 했지만 한편으로는 계획의 초기 단계에 주요한 결점을 깨닫게도 되었다. 특히 목표 달성 과정에서 쉬울 거라고 여겼던 부분들에서 결점이 보였다. 코로나도 맥주사를 구상하고 개업하기까지 일련의 과정에서 줄줄이 이어지는 목표에도 FITS 모델을 적용했더라면 압박을 받는 상황 아래에서도 마음이 흐트러지는 대신 틀림없이 가치가 높은, 적절한 목표에 정밀 조준할 수 있었을 텐데. 하여간 살아가면서 손쉽게 딸 수 있는 과실의 유혹에 굴복하지 않고 높은 가치를 지닌 목표에만 초점을 맞추려면 반드시 수양이 필요하다. 코로나도 맥주사의 신출내기 CEO로 일하고 있을 때 샌디에이고의 다른 양조장을 인수할 기회가 생겼다. 양조장의 주인은 이미 코로나도 맥주사의 수석 양조가로 일하고 있었다. 그런 탓에 사업을 확장하는 데 좋은 기회가 될 거라 생각했다. 계약을 하긴 했지만 불행히도 시기가 적절하지 못했다. 사업 확장이란 비전을 이루기에는 자금이 충분하지 못해 결국 지분을 팔아야 했고 얼마 지나지 않아 다른 사업가가 양조장을 인수했다. 만약 FITS 모델을 따랐더라면 양조장을 인수하는 대신 적절한 자금을 모으고 동업자들과 더 많은 대화를 나누며 사업 확장에 필요한 마케팅, 운영 시스템을 갖추는 데 시간과 정력을 썼어야 했다는 사실을 깨달았을 것이다.

가능한 선택지를 분석하라

목표에 도달하지 못할 것이 분명할 때는 목표를 조정하지
말고 다음에 취해야 할 행동을 조정하라.
– 중국 속담

드물지만 나아가야 할 길이 너무나 명확할 때도 있다. 때로는 목표를 성취할 수 있는 복수의 선택지가 있기도 하지만 상황에 딱 맞게 우열이 가늠되지는 않는다. 자신이 가지고 있는 선택지를 자세히 살피는 것이 핵심이다. 그래야 미션의 성공을 확실하게 보장하는 가장 강력한 결정을 내릴 수 있다. 최적의 길, 궁극적으로는 미션 달성 계획이 되는 세부 사항들을 결정하는 데 도움을 준다. 그렇다면 어떻게 해야 미션을 보호하면서 자신의 선택지를 확인하고 분석할 수 있을까?

2004년 네이비씰 예비군 장교로 이라크에서 1년 동안 임무를 수행할 때였다. 해병대도 특수 부대를 파견했는데 이들이 특수 작전 사령부(약칭 USSOCOM, 육군, 공군, 해군, 해병대로 구성된 특수 부대를 감독하는 조직-옮긴이) 내에서 제대로 역할을 할 수 있을지 아니면 해병대 고유의 임무만 수행하는 편이 나을지 유심히 지켜보았다. 내가 모은 데이터들을 해석하고 분석하여 국방장관이 행동방침을 결정할 때 참고할 자료를 만들었다. 군의 의사결정 절차에는 많은 시간이 소요된다. 그렇기 때문에 수많은 인력과 시간을 가진 조직에 맞게끔 의사결정 절차가 만들어져 있다. 그럼에도 불구하고 상당히 훌륭한 절차여서 이를 바탕으로 급변하는 사업 환경에 대응할 수 있는 단순화된 버전을 만들 수 있었다.

일단 가치가 높은 목표를 선정했다면 목표 성취를 위한 선택지를 분석하고 나아갈 길에 영점 조준할 수 있는 'PROP' 프로세스를 사용할 수 있다. PROP 프로세스는 다음과 같다.

❖ 현재의 우선순위(Priority)는?

❖ 현재 상황(Reality)은?

❖ 목표를 이룰 수 있는 선택지(Option)는?

❖ 어느 길(Path)을 선택할 것인가?

2007년 당시 내가 경영하던 US 택티컬이 불투명한 상황 하에서 블랙워터 USA사와 5백만 달러 규모의 네이비씰 지원자 멘토링 계약을 추진했다가 실패했다. 그때 내 우선순위가 완전히 바뀌었다. 수습 방안(기본적으로 가장 긍정적인 결과를 불러오기 위해 팀원들과 미흡한 부분을 마무리하는 일)과 더불어 사업상의 주요 미션이 예상치 못하게 궤도에서 벗어났을 때 다음 단계로 할 일을 결정하는 것이 가장 가치 있는 목표라고 생각했다. 이런 목표와 관련하여 내가 정한 우선순위는 언제나 조직원을 공정하게 대하고 결정에 이의를 제기할지 말지 정하고 정부 계약 사업을 지속할지 아니면 소비자 시장에 초점을 맞출지 결정하는 것이었다.

상황을 검토하다 보니 현실과 일부 타협을 하게 되었다. 어마어마한 규모의 블랙워터사는 계약 진행 과정에서 자원, 경험 모두 상대적으로 초보였던 우리 회사보다 압도적인 우위에 있었다. 결정에 이의를 제기하면서 블랙워터와 정면으로 맞선다면 아마 끝이 좋지 않을 것이다. 설사 내가 이긴다고 해도 이전에 우리를 고용했던 회사의 영업권이 필요했고 자칫 하다가는 회사가 파산할 우려도 있었다. 무엇보다도 전원이 네이비씰 출신인 회사 직원들을 지키고 싶었다. 관료들의 형식적인 절차와 맞서 싸우는 동안 직원들은 월급을 못 받게 될수도 있다. 하지만 직원들을 US 택티컬 소속으로 데리고 있어야만 그들을 지킬 수 있는 건 아니었다. 블랙워터는 우리 직원들이 쌓은 경험의 가치를 인식하고 있었고 직원들과 함께 하고 싶어 했다. 다음 단계 결정을 내려야 하는데 앞이 잘 보이지 않았다.

이런 현실에 입각하여 3가지 선택지를 파악했다. 상황 수습이라는 목표를 달성하기 위함이었고 다음 단계로 나아가기 위해 필요한 결정을 내리는 데도 영향을 주는 선택지였다. 첫째, 직원들을 동종업계 재취업금지 조항으로 묶어 두고 해군과 싸움을 계속한다. 둘째, 직원들을 자유롭게 풀어 줘서 블랙워터에서 역할을 찾게 하고 나는 나대로 완전히 새로운 사업을 구상한다. 셋째, 직원들을 계속 데리고 있으면서 다른 회사와의 파트너십을 도모한다. 결국 나는 가장 고결해 보이는 2번째 안을 선택했는데 직원들에게 최선이었을 뿐만 아니라 그들을 각자가 지향하는 영웅으로 만들어 줄 수 있다고 생각했기 때문이었다. 아울러 내 신념(특히 평화와 행복은 진실, 지혜, 사랑을 추구하는 데서 오는 것이지 쾌감, 부, 직위, 명성을 쫓는 데서 오지는 않는다)과도 일치했기 때문이다. 속박에서 벗어나 네이비씰이 지원자들에게 제시하는 가이드라인만으로는 충족되지 못하는 통합 훈련 모델을 새로 개발하겠다는 진정한 열정을 쫓을 수 있게 되었다.

이 과정을 거치면서 올바른 결정을 내릴 수 있었다. US 택티컬과 복잡하게 얽히고설킨 정부 계약의 세계에 등을 돌리자 운신의 폭이 생겨났고 그곳에 씰핏의 씨앗을 심을 수 있었다. 다른 선택지를 택했다면 앞길이 보장되고 더 많은 수익을 낼 수 있어 보였지만 그 무엇도 더 이상 내 비전과 일치하지 않았다. 감사하게도 다시 목적이라는 궤도로 돌아올 수 있었다. 그 순간, 역사 속 위대한 전사의 전통에 영감을 받아 만든 훈련을 통해 자신의 변화를 이뤄 내는 네이비씰의 대원 이상으로 진화하게 되었다.

실전 연습에서 다시 한 번 각자의 미션 달성 계획할 때 PROP 모델을 어떻게 적용하는지 상세히 설명하겠다.

미션에 대해 대화하라

양식을 파악하고 질서를 이해하며 비전을 경험해야 한다.
– 마이클 거버(1936~), 베스트셀러 『사업의 철학(The E-Myth Revisited)』 저자

만약 미션에 대해 대화하지 못한다면 지원을 얻지도 못하고 심한 경우 당신의 비전과 주주들의 비전 사이의 차이를 알아차리지도 못하게 된다. 이는 사명에 틈을 만들 우려가 있다. 잠재적인 동업자건 투자자건 다른 어떤 식으로 도움이 되는 존재건 간에 사람들이 자신을 분명하게 이해해 주기를 원한다. 내가 무엇을 하고 싶어 하고 왜 하고 있으며 어떤 자원이 필요하며 누가 관리를 할지 이해해 주기를 바란다는 것이다. 이에 대해서는 네이비씰에서 '스토리텔링을 하면서' 배웠다. 미션을 하나의 스토리로 표현한다는 건 미션 달성 계획을 하나하나 시각화한다는 의미이다. 이렇게 하면 사명을 이해하고 있어야 할 팀원이나 다른 사람들, 예를 들어 병참 조직(헬리콥터나 잠수함)이나 상부의 의사 결정자들을 쉽게 이해시킬 수 있다. 따분한 슬라이드를 펼쳐 놓고 알파 소대가 차량 1,2에 있을 거라고 말하는 대신 사진을 보여 줬다. 그렇게 하면 자신이 2번 차량을 운전하면서 우측 맨 앞에 있다는 걸 바로 알 수 있다. 그다음 목표물을 위에서 찍은 사진과 진입 지점에서 찍은 사진으로 보여 주고 심지어는 주변 지역의 동영상까지도 보여 준다. 특수 부대원들에게 하나하나 시각적으로 보여 주는 것은 보고에 있어서 매우 중요한 부분이다. 여기에는 어떻게 목표에 접근할지, 어떻게 목표를 해치울지, 어떻게 현

장의 정보를 이용할지 등의 스토리가 포함된다. 사업의 미션에 대해 말할 때는 컨셉트, 제품, 앞으로 펼쳐질 미래에 대한 스토리를 풀어 나가야 한다. 미션을 보호하고 그에 대한 계획을 세우는 마지막 3번째 파트를 SMACC(상황Situation-미션Mission-행동Action-명령Command-소통Communication)이라 부른다. 이와 관련해서는 실전 연습 부분에서 다룰 예정이다.

실제로 코로나도 맥주사를 경영할 당시에도 대화는 내가 잘해 냈던 일 중 하나였다. 적어도 동업자들을 제외한 다른 모든 사람들과 소통했다는 점에서는 그렇다. 그래픽 디자이너를 고용하여 내가 구상한 수제 맥줏집의 이미지를 건물 안팎에 그리게 했다. 심지어는 할인 쿠폰과 맥주잔 받침까지 디자인했다. 미션 달성 계획(사업 계획) 여기저기에는 이런 이미지가 글과 함께 들어가 비전과 결합되었다. 은행가, 가족, 친구들은 물론 투자할 자금이 있을 법한 모든 사람들에게 자료를 보여 주었다. 은행에서 빌린 80만 달러를 비롯하여 모두 150만 달러를 유치했다. 단 한 번도 레스토랑을 운영해 본 적도 없고 맥주를 양조해 본 적도 없으며 아예 사업조차 해본 적 없는 사람한테 어떤 은행에서 80만 달러를 빌려준단 말인가? 아마 다들 미쳤다고 생각하지 않을까? 시각화된 스토리텔링이 얼마나 효과적인지를 보여 주는 사례다.

네이비씰은 특정 보고에도 시각화된 스토리텔링을 사용한다. 임무에 대해 보고할 때 각 팀의 리더는 팀원과 상관에게 임무를 시각화하고 스토리로 설명한다. 리더는 모두가 각자의 역할을 분명하게 인지하게 한다. 여기에는 불가피한 상황으로 인해 임무가 제대로 진행되지 않으면 어떤 사태가 벌어지는지까지도 포함된다. 당신도 이와 마찬가지로 동료들이 자신의 역할을 완전히 이해할 때까지 팀의 미션을 설명해 줘야 한다.

우리의 의식은 지적 능력의 극히 일부만을 나타낼 수 있을 따름이다. 나머지는 무의식이 지배하는데 이들 영역은 언어에 의해서는 쉽게 도달할 수 없고 감각적인 인상이나 이미지에 의해서 도달할 수 있다. 만약 대화가 언어에 기반한 분석적 영역에만 국한된다면 그 누구에게도 영감을 주지 못한다. 단순히 엑셀 시트나 ROI를 보고 내가 하는 양조 사업에 투자하지는 않는다. 내 비전이 진짜라고 느꼈기 때문에 투자를 한 것이다. 멋진 벽돌 건물 안으로 들어가면 벽난로에서는 장작이 타고 있고 놋쇠 주전자가 놓여 있다. 그들 자신이 맥줏집에 와서 즐거운 시간을 보내기를 원했다. 친구와 함께 온기를 느끼며 맛있는 맥주를 마시고 싶어 한 것이다.

미션을 사전 연습하라

무언가를 시작하려면 말은 그만하고 실행해야 한다.
– 월트 디즈니(1901~1966), 미국의 사업가, 디즈니사 창업주

자신의 미션을 명확하게 시각적으로 정의했다면 마음속에서부터 임무와 하나가 되어야 한다. 매일 아침 임무를 점검하고 매주 팀 회의에서도 함께 점검하라.

　네이비씰에 있을 당시에는 일단 임무에 대한 설명을 들으면 밖으로 나가서 사전 연습을 했다. 이는 마음속에서 다 함께 그 임무를 완벽하게 수행할 수 있을 때까지 연습함을 뜻한다. 네이비씰의 합동 특수작전 팀이 오사마 빈 라덴의 거처를 찾아냈을 때 수개월 동안이나 계획을 사전 연습한 후였다. 영화『제로 다크 서티』에서처럼 그냥 헬리콥터에서 뛰어내려서 빈 라덴을 잡은 게 아니다. 마음속에서 가상의 공간을 그리면서 몇 번이고 계속 연습했다. 잘한 점은 무엇인지, 일을 망칠 수 있는 요인은 무엇인지 보고를 들었다. 임무의 시작부터 성공까지의 과정을 세부 사항까지 하나하나 정교하게 그릴 수 있었다. 그래서 정작 빈 라덴을 실제로 저격할 기회가 왔을 때는 그저 또 하나의 임무였을 뿐이라고 여기며 쉽게 수행해 낼 수 있었다.

　미션을 사전 연습할 때 정신적, 육체적 요소 둘 다 포함하는 것이 이상적이기는 하다. 하지만 때로는 육체적인 사전 연습이 적절하지 않기도 하고 불가능하기도 하다. 최소한 정신적인 예행연습(자신의 마음 수련장에서 할 수 있는 시각화의 또 다른 형태)만이라도 하면 언제나 도움이 된다. 콜게이트 대학 시절 뛰어난 수영 코치 밥 벤슨을 만난 적이 있다. 운동성 향상에 시각화를 도입한 선구자로 우리는 그를 벤슨 코치님이라고 불렀다. 코치님은 내게 매일 밤 잠들기 직전에 평영으로 200야드를 헤엄치는 모습을 그려 보고, 시간을 측정하라고 했다. 쉬운 일이 아니었다. 상상을 하다가 가끔은 졸기도 했고 물에 뛰어들어서 한 바퀴 헤엄치다가 어느샌가 여자친구 생각을 하고 있기도 했다. 상상 속에서조차 수영복을 벗어던질 뻔 했지만 코치님은 계속 시각화를 해보라며 격려해 주었다.

훈련을 계속했고 석 달 뒤에는 그럭저럭 수영장을 8바퀴는 돌 수 있게 되었다. 반년이 지났을 때는 마음속 경기에서라면 항상 8바퀴를 돌 수 있었다. 자신감이 커지긴 했지만 그해 가을 런던에서 학기를 수강해야 했기에 실제로 검증해 볼 수는 없었다. 몇 달 동안 훈련도 못하고 경기에 출전할 수도 없었다. 그럼에도 불구하고 이듬해 봄철 선수권에 초청받아 경기에 출전했을 때 여전히 폭발적인 힘으로 박차고 나아갔다. 훈련을 하지 못했는데도 전과는 다르게 부드럽게 헤엄쳤다. 결승선에 도착한 후 고개를 들어 기록을 봤다. 놀라서 할 말을 잃었다. 역대 최고 기록, 1년 전 시각화를 해보면서 측정했던 바로 그 기록으로 헤엄친 것이다!

네이비씰이나 운동선수에게만 사전 연습이 필요한 건 아니다. 예를 들어 변호사라고 해보자. 법정에서 증인 신문을 하기 전에 미리 증인과 질문을 연습해 볼 수 있다. 자신의 입장과 변호사 입장에서 질문을 던져 보면 법정에서 무슨 일이 일어날지(그리고 증언을 할 때 취약한 부분이 어디인지) 예측할 수 있다. 사실 비즈니스 세계에서 이런 연습이 반드시 필요한데도 아직 그다지 일반적이지는 않다. 네이비씰의 나를 이기는 연습을 익힌 리더라면 이사회나 신제품 출시, 새로운 경영 계획을 수립할 때 사전 연습을 해볼 수 있다. 자신과 팀이 하나가 되어 주기적으로 미션을 확인하고 진행 중에 꼬일 수 있는 부분, 발생 가능한 문제들을 미리 파악해 놓는다면 실제로 그런 일과 맞닥뜨렸을 때 사전 경험을 바탕으로 능숙하게 해결할 수 있다.

★실전 연습★

보호할 수 있는 미션을 만들어라

이번에는 실제 사업이나 개인 생활과 연계된 가상의 미션을 연습한다. 예를 들어 새로운 제품이나 서비스, 공간을 새로 론칭하거나 체중을 감량하는 것이다.

파트 1: FITS 모델에 따라 목표를 선정하라

FITS 모델(적합성, 중요성, 적시성, 단순성)을 활용하여 잠재적인 목표(원칙 5에서 다시 다루겠지만 구체적이고$_{Specific}$, 측정 가능하고$_{Measurable}$, 달성할 수 있고$_{Achievable}$, 현실적이고$_{Realistic}$, 시기적절한$_{Timely}$, 즉 SMART해야 한다)를 분석하라. 이때 가장 가치가 높은 목표로 좁혀야 효과적인 미션 달성 계획을 수립할 수 있다. 내가 제시한 가이드라인을 이용하여 미리 선정한 목표를 평가해도 되고 여러 목표들 중 최적의 목표를 가늠할 수 있도록 1점부터 5점까지 점수를 매겨 봐도 된다. 점수를 매기는 방법은 새로운 사업이나 프로젝트의 가능성을 따져 보는 기회 분석 도구로도 유용하다.

❖ 적합성(Fit)

당신이 생각하고 있는 목표가 팀에 적합한가? 재능, 시간, 에너지를 최대로 활용할 수 있는가? 목표에 참여하기 위해서는 무엇이 요구되는가? ROI 측면에서 노력을 들일만 한가?

❖ 중요성(Importance)

넓은 범위의 전략적 미션을 달성하는 데 이 목표가 얼마나 중요한가? 미션을 달성할 경우 어떤 영향이 있는가? 경쟁자에게는 어떤 영향이 있는가?

❖ 적시성(Timing)

지금 이 목표를 쫓는 것이 맞는가? 너무 빠르거나 너무 늦지는 않은가? 준비되어 있는가? 목표를 찾아내고 목표에 도달할 수 있는가? 목표를 달성했을 때 경쟁자는 어떤 반응을 보일 것인가?

❖ 단순성(Simplicity)

목표가 단순하고 명확한가? 명예, 미래 역량, 팀의 결집력을 손상시키지 않고 달성할 수 있는가?

파트 2: 행동방침을 세워라(PROP)

높은 가치를 지닌 목표로 무장하라. 그 다음 PROP 시스템을 활용하여 적어도 3개의 행동방침을 세운 후 명확한 길을 하나 택하라.

❖ 우선순위(Priorities)

가치가 높은 목표들 중 미션을 성공으로 이끄는 3,4개의 목표를 정하고 우선순위를 매겨라. 가장 높은 가치를 지닌 목표를 달성하기 위해 고려해야 할 다른 우선순위는 없는가?

❖ 현재 상황(Realities)

지금 처해 있는 상황과 이런 상황으로 인해 목표나 전체 미션에 일어날 수 있는 영향을 명확히 파악하라. 이런 요인이 우선순위를 충족시키는 능력에 미치는 영향은?

❖ 선택지(Options)

우선순위 및 상황 평가에 기초하여 3가지 선택지나 행동방침을 정하고 순위를 매겨라. 가치가 높은 목표는 물론 궁극적으로는 미션까지 달성할 수 있는 선택지여야 한다. 최종 계획에서는 종종 2가지나 3가지 선택지를 전부 결합(아래 적은 창의력 생성 훈련을 활용하면 도움이 된다)하기도 한다.

❖ **나아갈 길(Path)**

어떤 행동방침이 가장 적합한가? 가장 적합한 행동방침이 나아갈 길이다. 전체 미션 달성 계획을 세울 때는 행동방침에 따라 각각의 목표 계획을 세워야 한다.

파트 3: 미션을 뜯어보라(SMACC)

파트 2에 나온 대로 초기 행동방침을 정하고 다른 사람들과 미션에 대해 대화할 때 이용할 시각화된 '스토리'를 만들어라. 내가 SMACC 이라고 부르는 프로세스를 이용하여 스토리를 표현할 수 있다.

❖ **상황(Situation)**

행동을 요하는 배경 상황은? 이 목표는 바로 지금 이 순간 팀에 적합한가? 중요한가? 시기적절한가? 단순한가? 모두가 미션의 배경을 이해하도록 세부 상황을 전부 그려 보고 조사해야 한다.

❖ **미션(Mission)**

미션이 정확히 무엇인가? 구체적이고, 측정 가능하고, 달성할 수 있고, 현실적이고, 시기적절한가(혹은 기간 내에 이룰 수 있는가)? 이에 대해서는 원칙 5에서 자세히 설명하겠다. 미션에는 목표를 반드시 포함하고 청중의 마음속에 이미지를 불러일으키는 단어를 사용하라.

❖ 행동(Action)

운영팀은 어떤 행동을 하는가? 관리와 물류 지원팀은? 행동은 계획의 요체이다. 어떠한 계획도 경쟁이 시작되면 살아남지 못한다. 다시 말하면, 현실에서는 조정이 불가피하다. 그러니 일이 잘 안 풀릴 때를 고려해서 대책을 마련해 둬야 한다.

❖ 명령(Command)

언제 무엇을 할지 누가 정할 것인가? 일단 미션이 시작되면 상황에 따라 리더가 바뀌기도 하기 때문에 명령 체계가 중요하다. 이에 대해서도 대책을 세워라.

❖ 소통(Communication)

동료나 외부 사람들과 어떻게 소통하는가? 누가 어떤 방법으로, 언제 무슨 메시지를 전달할 것인가?

시각적 표현을 사용하고 전문용어는 피해라. 예를 들어 "달이 이지러져서 조도가 10%일 것이다."라고 말하는 대신 "칠흑같이 어둡다."라고 말해라. 내가 코로나도 맥주사의 투자자를 구할 때 그랬던 것처럼 자신의 스토리를 말할 때 사진과 동영상을 활용해라. 팀원들도 각 단계의 미션을 완수할 때 시각화하게 하라. 미션에 따라 때로는 마음으로, 때로는 몸을 움직여서(혹은 둘 다) 적절하게 연습하라.

아이디어 연구소

미션을 실패로부터 보호할 수 있는지는 어느 만큼은 목표를 현명하게 선택하느냐에 달려 있다. 이번 장에서는 선택지를 평가하는 방법을 설명했는데 우선은 각각의 방법을 잘 알고 있어야 한다. 이 연습은 네이비씰의 브레인스토밍 기법으로 개인 차원에서는 물론 팀 차원에서도 효과적이다. 목표를 달성하기 위한 선택지를 검토할 때엔 마음이 긍정적이고, 활기 넘치고, 창의적인 상태인지 스스로 꼭 확인하라. 잠재의식의 힘을 활용할 수 있도록 도전의 내용을 명확하게 표현해라. 가능하다면 그림을 그려도 좋다.

이제 생각을 멈춰라. 눈을 감고 조용히 앉아 마음이 진정되기를 기다려라. 마음 수련장에 가서 앞에서 적었던 것처럼 평소대로 명상을 해라. 수련장에 도착하면 다시 한 번 자신이 어떤 도전을 하고 있는지 어떤 질문을 던지고 있는지 주의를 환기하라. 마음 수련장을 아이디어 연구소로 활용하고 가만히 스크린을 지켜보면서 반응을 기다려라. 무언가 생각이 떠오르면 당장 기록하고 싶겠지만 몰입에 방해받을 수 있으니 작은 녹음기를 손에 쥐고 있다가 녹음하거나 큰 소리로 말하고 믿을 만한 사람에게 적어 달라고 부탁하라. 명심하라. 실제 해결책을 생각하는 단계까지 가면 안 된다. 동료에게 상기시켜 달라고 부탁해도 된다. 마음을 비우고 맑게 하라. 의식 속에 떠오르거나 스크린에 비춰지는 것이라면 하나의 단어, 완전하게 틀을 갖춘 생각, 감정, 이미지, 무엇이든 기록하라.

5분~10분이 지나면 아이디어나 인상을 포스트잇에 옮겨 적고 벽이나 보드에 붙여라. 노트에 써도 된다. 그렇게 모인 포스트잇을 다시 검토하고 어떤 연결고리나 연상되는 생각이 떠오르는지 지켜보라. 처음 떠오르는 인상이 이상해 보일지라도 일반적으로는 처음 떠오르는 인상이 표적에 가장 가깝다. 그러니 인상을 평가하려 들지 마라. 어떤 생각도 좋다.

　팀 차원에서 연습하는 경우에도 기본적으로 원칙은 동일하다. 도전 과제를 크게 말하라, 모두가 같은 무대에 있어야 한다. 그다음 모든 참가자들이 자신만의 마음 수련장을 찾아가라. 마음 수련장이 익숙하지 않은 사람이라면 그냥 조용히 앉아 있어라. 각자의 아이디어, 이미지, 인상을 크게 말하고 한 명이 포스트잇에 내용을 기록하라. 무슨 생각이건 허용된다. 결과를 검토할 때 다른 사람을 평가하거나 놀리면 안 된다는 점을 명심하라.

남들이 하지 않는 것을 오늘 하라

남들이 하지 않는 것을 오늘 하라. 남들이 하지 못하는 것을 내일 하라.
— 삼림 소방대원들의 신조

네이비씰에 대해 잘 아는 사람이라면 지옥주 훈련에 대해 들어 봤을 것이다. 고문이라고 부르는 사람들도 있는데 하여간 모두가 녹초가 되는 기간이다. 엿새 동안 매일 24시간 훈련이 실시되고 교관이 일주일 동안 허락해 주는 수면 시간은 겨우 4시간뿐이다. 차가운 밤 공기 속에서 아니면 더 차가운 바닷물 속에서 대부분의 시간을 보내다 보면 거의 얼어 죽기 직전이 된다. 지옥주가 시작되는 일요일에서 화요일 밤, 동트기 몇 시간 전에 대부분이 포기해 버린다. 이때가 몸이 가장 약해지고 지쳐 있을 시점이기 때문이다. 그러나 수요일이 시작될 무렵, 너무 몸이 피곤하여 헛것이 보이기 시작할 때면 신비롭게도 몸이 다시 움직인다. 나흘 동안이나 잠도 못자고 고된 훈련을 받은 탓에 몸이 엉망이 되었는데 놀랍게도 적응하기 시작한다. 더 강해지기 시작하는 것이다.

많은 사람들이 평생토록 자아를 초월하지 못한 채 어른이 되어 세상에 안주하고 만다. 반면 네이비씰은 강도 높은 훈련을 실시하여 자아를 초월하는 방법을 알아냈다. 그 방법대로 이번 장에서 내가 당신을 밀어붙일 생각이다.

- ❖ 자기만의 20배수를 찾아라.
- ❖ 하기 싫은 일도 받아들여라.
- ❖ 규율, 추진력, 결의를 갖춰라.

최고의 내가 되기 위해서는 하기 싫은 일도 잘 받아들이고 실행해야 한다. 한번 해보자.

자신만의 20배수를 찾아라

위험을 무릅쓰는 것은 잠시 설 땅을 잃는 것이다.
위험을 회피하는 것은 자기 자신을 잃는 것이다.
– 키에르케고르(1813~1855), 덴마크의 철학자, 신학자

"니들이 할 수 있다고 생각하는 것보다 못해도 20배는 더 할 수 있어. 빨리 엉덩이 떼고 일어나서 바다에 뛰어들어!" 징크 중위가 확성기에 대고 소리쳤다. 그날 하루 대체 몇 번인지 기억도 못할 정도로 바다에 뛰어들었는데. 다시 벌떡 일어나 파도를 향해 뛰었다. 지옥주 훈련의 화요일 밤이었다. 모두가 서로 팔짱을 끼고는 파도를 맞으며 서 있을 때 징크 중위가 소리쳤다. "바닥에 앉아!" 팔짱을 낀 채 파도를 뒤로 하고 앉았다. 파도에 뒤흔들리고 주체할 수 없을 정도로 몸이 떨렸다. 조금이라도 따뜻해질까란 기대에 서로 꼭 붙어 있었다. 누군가 국가를 부르기 시작했다. 조금이나마 마음이 진정되었다. 오로지 이 '진화 과정(네이비씰은 훈련을 이렇게 부른다)'을 끝내는 데만 집중했다. 다른 건 생각할 수도 없었다. 아니 생각이 나더라도 훈련에 압도되어 생각을 지속할 수가 없었다. "한 번에 하나씩, 이 정도야 식은 죽 먹기지."라고 되뇌었다.

"이런 젠장!" 함께 헤엄치던 스완슨이 모래가 잔뜩 낀 입으로 외쳤다.

"심호흡 한 번 하고 하와이의 해변에 있다고 상상해 봐." 내가 농담을 건넸다. 훈련을 받으면서도 나는 그런 상상을 하고 있었다. 비록 상상이기는 해도 기분이 나아지는 건 분명했다.

그날 밤 스완슨과 나는 버텼다. 하지만 지원자들 중 10명이 포기했다. 목요일, 아직 훈련이 이틀이나 더 남은 시점에 30명 정도가 버티고 있었다. 진이 다 빠졌고 잠이 부족했다. 마음은 휴식을 갈망하였지만 몸은 더 강해지고 있다는 게 느껴지기 시작했다. 어쩌면 내가 생각하는 것보다 정말 20배는 더 할 수 있을지도 모른다. 내 한계는 어디일까? 궁금해졌다. 지금까지 수도 없이 스스로 설정한 과거의 기대치를 가볍게 넘어섰다. 또한 다른 수천 명의 사람들이 한계를 넘어서는 걸 지켜봐 왔다. 그런 탓에 지금 이 순간까지도 여전히 내 한계가 어디인지 궁금하다.

네이비씰이 최초로 '20배수'를 생각해 낸 전사 집단은 아니다. 고대에는 전사들이 전투에 대비해 요가 수행을 했다. 요가 수행에는 타파스(고행)가 요구되었다. 오랜 기간, 하루에도 몇 시간씩 지속되는 엄격한 훈련을 받아야 했다. 완벽하게 연마하려면 몇 년이나 걸리는 극도로 어려운 동작을 익혀야 했기에 그야말로 고행이었다. 요가 수행은 어려운 호흡 연습과 일정 기간 지속되는 명상을 결합한 것인데 이를 통해 약함을 떨쳐 내고 마음을 갈고 닦을 수 있었다. 고대 스파르타에서는 젊은 전사들의 정신과 육체를 강인하게 만들기 위해 '아고게'란 가혹한 훈련 프로그램을 도입했다. 소림 권법이나 닌자 인술과 같은 동양 무술에서도, 아파치 정찰병 같은 북미 원주민 전사들 사이에서도 마찬가지로 20배수가 통용되었다.

과학이 발전하고 물질적으로 풍요로워진 요즘, 더 이상 과거의 전사들이 견뎌 내야 했던 도전을 경험할 필요는 없다고 생각할 수도 있다. 그건 핵심을 놓치는 거다. 지금이나 그때나 힘든 훈련은 품격을 높여 준다. 반면 안락한 삶은 품격을 타락시킨다. 안락함은 스스로를 낮은 차원, 고통에 대한 공포에 가둬 놓는다. 누구나 자연스럽게 고통을 피하려 한다. 그런 행동이 몸과 마음을 얼마나 약화시키는지, 자신의 삶을 최대로 경험하지 못하게 막는지 알아차리지도 못한 채 말이다. 안락하게 느껴진다면 당장 거기서 벗어나야 한다. 20배수는 스스로 고된 노력을 기꺼이 받아들이는 자세이다.

물론 별로 신체 능력을 요하거나 신체 능력이 전혀 필요하지 않은 도전을 통해 경험이 쌓일 수도 있다. 두 달 동안 매일 요가 연습을 해

보라. 시간 여유가 있다면 아무런 정보가 없고 언어도 다른 나라로 여행을 하라, 그 나라에 빠져들어라. 아니면 그동안 계속 미뤄 뒀던 학위 취득에 도전하라. 모험심이 넘치는 사람은 비행기에서 뛰어내려 스카이다이빙을 하거나 장애물 경주 연습을 해도 좋다. 실력 좋은 운동선수들만 할 수 있는 건 아니다. 힘을 빠지게 하는 반복적인 나쁜 습관에서 벗어나서 마음에 강한 근육을 만드는 것이 핵심이다. 고행을 통해 20배수로 가는 첫 관문을 통과하게 되면 자신의 힘을 완전히 새로운 단계로 끌어올릴 수 있다.

새로운 도전과 마주함은 두려운 일이다. 두려움이 방해가 될 것이다. 한번은 기업의 고위 경영진들을 데리고 뉴멕시코주로 도전을 찾아 여행을 떠난 적이 있었다. 리오그란데 강이 내려다보이는 절벽에서의 30미터 라펠 강하가 그날의 마지막 훈련이었는데 한 명이 극도의 고소공포증이 있다는 걸 뒤늦게 알게 되었다. "에드, 호흡에만 집중하고 한 번에 한 발씩 내려와요."라고 내가 말했다. 에드는 미심쩍어 하며 수직으로 솟구쳐 있는 바위 표면을 내려다보더니 공황 상태에 빠져서는 결국 거꾸로 뒤집혔다. 실제로는 위험에 처해 있는 게 아니었다. 그런데도 공포에 휩싸여 도와 달라고 소리를 질러 대기 시작했다. 도와주고 싶은 마음이 굴뚝같았지만 이 상황을 통해 에드가 교훈을 얻으려면 스스로 바로 서야만 했다.

에드에게 소리쳤다. "비명 좀 그만 질러요! 집중하고 스스로 통제를 해봐요. 눈을 감고 심호흡을 해요." 내 말에 놀란 에드가 집중하기 시작했다. 내가 가르쳐 준 대로 하면서 다시 몸을 통제하기 시작했다. "자, 이제 밧줄을 잡고 발을 벽에 대었다가 힘껏 밀어요." 아래에서 에드에게 지시하면서 제발 평정심을 유지하기를, 불필요하게 다치는 일이 없기를 기도했다. 훈련 과정에서 이렇게 위험을 느껴 본 적이 없었다. 만약 상황이 잘못되면 내 사업도 위험에 처하게 될 우려가 있었다. 만약 훈련 중에 다치기라도 한다면... 아무리 그의 잘못이라고 하더라도 내 명성은 끝나고 만다. 소송을 걸지도 모른다. 다행히도 에드가 스스로를 운명의 주인이라고 자각하도록 도울 수 있었다. 에드는 내 지시에 따라 쉽게 몸을 바로 세워 천천히 아래로 몸을 끌어 내려왔고 나는 그를 힘차게 안아 줬다.

에드는 무사히 살아서 땅으로 내려왔다는 생각에 크게 기뻐했지만 한편으로는 약간 충격을 받은 것 같기도 했다. 내가 가르치는 훈련들을 잘 받아들여 왔기에 20배수 도전에 대해 알려 주었다. 아울러 공포에 맞서서 스스로를 통제하고 마침내 극복해 낸 걸 칭찬해 주었다. 수료 축하 만찬에서 다들 에드가 이뤄 낸 성취를 축하하며 건배했다. 그 뒤로 에드를 다시 보지는 못했지만 1년 뒤 에드의 상사를 만날 기회가 있었다. 얘기를 들어 보니 에드는 엄청나게 살을 빼서 몸매가 훨씬 좋아졌고 업무에 있어서도 더욱 자신감을 갖게 되었다고 한다. 심지어 승진도 했다고 한다. 우리 회사에서는 리오그란데 강에 거의 빠질 뻔했던 에드의 이야기가 전설처럼 회자되고 있다. 에드는 자기만의 20배수를 찾고 새롭게 자신의 이야기를 써내려 갔다.

도망치지 말고 맞서라

당신은 누구인가? 남이 만든 연극 속 엑스트라인가? 아니면 자신의 드라마를 쓰는 작가인가? 당신의 자아의식을 규정하는 주관적인 스토리와 당신의 행동에 영향을 미치는 객관적인 현실, 둘이 교차하는 지점에서 당신이 지금 이 순간을 어떻게 인식할지가 결정된다. 누구나 자신의 주관적인 스토리가 목적과 높은 가치에 부합하기를 바란다. 누구나 고결함과 뛰어난 능력을 갖기를 원한다. 그 모두를 반드시 이뤄 내려면 자신만의 스토리의 작가이자 주연 배우가 되어 객관적인 현실조차 성장의 기회로 활용해야 한다.

그러나 우리들 대부분은 약해 빠진 내면의 목소리에 무릎을 꿇고 만다. 결점투성이인데다가 그저 다른 사람들의 영향을 받아 생겨났을 뿐인 믿음인데도 말이다. 변화의 물결에도 너무 쉽게 흔들리고 주위의 일에도 쉽게 반응한다. 대중문화나 외부 사건이 주관적 현실을 만들어 내고 강화한다. 이런 사례를 보면 알 수 있듯 우리는 환경에 적절하게 반응하지 못하고 진실성과 균형 감각이 결여된 채로 그저 남들의 이야기 속에서 엑스트라로 살아갈 따름이다.

모든 사회적 기준으로 볼 때 성공했고 완벽해 보이지만 무언가 결핍되어 있고 내면을 들여다보면 더 많은 일을 할 능력을 지닌 사람들을 종종 만나고는 한다. 예를 들어 조는 자신의 분야에서 뛰어난 성과를 내고 있었고 잘 생기고 다정하기까지 한 사람이었지만 내면의 자아의식이 분열되어 개인 생활에서 커다란 불안을 안고 있었다. 처음 조를 만났을 때 그는 불만스럽고 피상적인 일련의 인간관계에서 벗어나고 싶어 했다. 성과를 내고 있는 업무에서만 편안함을 느꼈기에 자꾸만 업무 얘기로 화제를 바꾸려고 했다. 그런 탓에 조와 진정으로 친해지기가 무척 어려웠다.

처음 내가 운영하는 훈련 센터에 들어왔을 때 조는 어린 시절 알콜중독자인 어머니로부터 감정적으로 학대를 받아 트라우마가 생겼다는 사실을 털어놓았다. 이런 트라우마가 조를 불안하게 했고 욕구를 충족시키지 못한 채 어린 시절의 경험을 잊고 살아가기를 갈망하게 만들었다. 지금까지 자기계발과 치료에 수백 시간을 들였지만 54세가 되도록 여전히 스스로를 더 가치 있고 완전하게 느끼게 하는 방법을 찾고 있었다. 그러던 중에 조는 마음 캠프에서 열린 일반인 대상의 씰핏 54시간 지옥주 훈련 과정을 참관하게 되었고 마음의 자극을 받았다. 나에게 자신의 멘토가 되어 달라고 했다. 일부러 시련을 경험하게 해서 자신을 벼랑 끝으로 몰고 가 주기를 원했다. 말은 그렇게 하면서도 조는 자신이 바로 훈련을 시작할 수 없는 이유들을 대기 시작했다.

머리가 아니라 마음으로는 스스로에게 도전하고 지금까지의 자신의 믿음에 맞서야 한다는 사실을 알고 있는 것 같았다. 하지만 조는 자신이 대체 왜 그렇게 해야 하는지 알지 못했다. 더 큰 목적, 자신만의 "왜?"를 확신하지 못한 것이다. 처음에 조는 자신이 가장 잘 아는 분야, 즉 훈련을 경험한 뒤 제품화하려는 목적으로 프로그램에 참여하고 자신의 변화를 필름에 담으려는 의도로 내게 접근했다. 자신을 완전히 변화시키기 위해 프로그램에 참가해야지 반쯤은 돈벌이를 목적으로 참가하려는 의도가 뻔히 보여서 거절했다. 그러자 조는 씰핏 아카데미(마음 캠프 입과 전에 예비 과정으로 진행되는 3주 과정)와 마음 캠프를 수료할 필요가 있는지 내게 물었다. "조, 당신이 더 잘 알 텐데요!"라고 대답해 줬다. 조는 프로그램에 참가했을 때 얻을 수 있는 가장 큰 이익이 무엇인지 물었다. 내가 말했다. "조, 당신 안에는 진정한 자아의 목소리가 있어요. 당신에게 주어진 스토리를 지속적으로 업그레이드할 수도 있고 아니면 아예 새로운 스토리를 써볼 수 있어요. 용기를 내어 하려고만 한다면 처음으로 자신과 대면할 수 있을 거라구요."

조는 도전을 받아들였다. 마음 캠프에서의 50시간 연속 훈련을 포함하여 3주 동안 썰핏 아카데미의 과정을 끝냈다. 그 결과 조는 다시 태어났다. 나와 교관들은 조에게 신체적, 정신적, 감정적 도전을 경험하게 했다. 엄청나게 힘든 운동에 덧붙여, 5명이 팀을 이뤄 150킬로그램이 넘는 통나무를 들어 올리는 시합을 하기도 했고, 오랜 시간 명상도 했다. 훈련은 매일 아침 6시에 시작되어 밤 8시까지 계속되었다. 이 책에서 다루게 될 모든 훈련 내용을 총동원하여 조가 편안함을 느끼는 지점을 훨씬 넘어서 극한까지 몰고 갔다. 내면 깊은 곳에 있는 신념과 맞서도록 했고 잠재의식에 각인된 것과도 마주하게 했다. 조는 이내 자신의 정신과 마음을 채우고 있던 쓰레기들, 이를테면 어린 시절부터 오랜 기간에 걸쳐 자긍심을 통제하던 그릇된 신념 등도 대부분 손쉽게 버릴 수 있다는 사실을 깨달았다. 20배수를 찾게 되자 남들이 자신의 참모습을 받아들이지 못할 거라는 공포에서 벗어났다. 그뿐 아니라 있는지조차 몰랐던 정신적, 감정적 자원을 발견하고 문을 열 수 있었다.

조는 마음 캠프를 마친 뒤에도 계속 훈련을 받았고 우리는 그를 동료로서 따뜻하게 맞이했다. 조는 이제 자신을 더 명확하게 볼 수 있다. 연애를 할 때도 더욱 유쾌하고 친밀한 사람이 되었으며 사업의 성공과 부의 축적이라는 일차원적인 관심에서도 벗어났다. 흥미롭게도 일단 돌파구를 찾게 되자 사업 역시 크게 성장했다. 어떻게 하면 고객에게 최대한으로 봉사할 수 있을지 더욱 정밀하게 집중할 수 있게 된 것이다. 부동산 업자들이 탁월한 사업성과를 낼 수 있도록 도움을 주는 한편 사업을 재조정하여 고객이 더 건강하고 행복해질 수 있도록 돕는 것까지 영역을 넓혔다. 개인적인 성취 측면에서도 대학원에 진학하여 열정을 불러일으키는 주제인 영적 심리학을 공부하기 시작했다. 조는 "마침내 내 목소리를 찾았어요."라고 이야기하게 되었고, 그 목소리에 따라 자신의 변화를 기록한 책『자발적인 전사』를 자비 출판하기도 했다.

대부분의 사람들은 극한 상황에서의 도전을 꺼리는데 서구 사회를 살아가는 우리들에게 이미 익숙해져 버린 안락함이나 물질적 풍요를 생각하면 이해하지 못할 것도 아니다. 그러나 조가 증명한 것처럼 이런 식의 사고는 크게 잘못되었다. 만족, 흥분, 기쁨에 이르는 열쇠는 위대한 도전을 거쳐야 손에 넣을 수 있다. 산업화는 물질의 풍요를 주었지만 살면서 자연스럽게 경험하던 도전을 없애 버렸다. 그 결과 놀랄 만큼 많은 사람들이 비만, 허약한 건강, 존재감의 결여로 인한 목적의식의 부재, 그 외의 여러 문제들에 종속되었다. 다시 균형을 잡으려면 새로운 이야기와 사고방식이 필요하다. 모든 사람들이 스파르타 전사나 네이비씰이 되어야 한다고 주장하는 건 아니다. 현재의 상황을 초월하여 새로운 이야기를 만들어 내고 편한 게 좋고 힘든 건 나쁘다는 미신을 깨부수자고 주장하는 것이다. 각자가 자신이 처한 상황에 근거하여 '어렵다'고 판단한다. 즉 모두가 다르게 생각한다. 핵심은 한계까지 자신을 밀어붙이고 고된 노력을 긍정적으로 받아들이고 진정한 행복을 위해서 도전이 필요하다고 인정하는 것이다.

하기 싫은 일도 받아들여라

나는 그저 평범한 사람일 뿐이지만
신께 맹세하건대 평범한 사람들보다 더 열심히 노력했다.
– 윈스턴 처칠(1874~1965), 영국 수상

네이비씰의 교관들은 "고통은 나약함이 몸을 떠나는 과정."이라고 말하고는 한다. 이러한 은유는 힘을 북돋워 주는 매혹적인 연금술로 훈련 때의 고통을 훗날 싸움터에서, 경기장에서 혹은 삶에서 자신감으로 바뀌게 한다. 갈수록 일이 힘겨워질 때 네이비씰에서 잘 쓰는 유명한 말로는 "닥치고 그냥 받아들여!"도 있다. 그러니 내가 지옥주 훈련 때 그랬듯이 고통이 꺼려지더라도 일시적일 뿐이니 '그냥 받아들이면' 할 수 있다는 마음가짐이 생겨나고 아무리 어려운 임무 앞에서라도 약해지거나 징징거리지 않고 받아들일 수 있게 된다. 슈퍼맨이나 원더우먼일 필요는 없다. 단지 평균적인 사람들보다 조금만 더 고통을 참기만 하면 된다.

하기 싫은 일을 받아들이는 첫 단계는, 정신적인 노력이건 육체적인 노력이건 간에 앞으로 나서서 고통의 두려움과 맞서는 것이다. 우리 모두에게는 확실성과 안전성에 대한 뿌리 깊은 공포가 있다. 뭔가 제대로 안 돌아가고 있기 때문에 안전이 위협받고 있다고 몸이 당신에게 말해 주는 것, 그게 바로 고통이다. 그러나 의도적으로 스스로의 균형을 잃게 하여 성장을 경험하고 지속적으로 축적하면 예를 들어 고된 운동도 일시적인 고통이 아니라 고통을 거쳐 나중에 얻게 될 보상으로 받아들이기 시작한다. 하기 싫은 일을 받아들이면 고통이 퇴색되어 자각하지 못하게 된다. 네이비씰의 수중폭파 기초훈련 교관들은 나 자신이 해낼 수 있다고 생각하는 것 이상으로 나를 몰아붙였다. 그럴 때마다 처음에는 고통이 공포의 느낌으로 다가왔지만 나는 이를 흐트러짐 없는 투지로 바꾸었다. 마음과 몸이 균형을 잡자(한편으로는 내가 다치지 않았다는 걸 알게 되자) 경험이 나를 더 강하고 현명하게 만들었다. 공포 그 자체가 아니라 고통에 대해서는 조금도 두려워할 필요가 없다. 이는 네이비씰에 복무할 당시 반복적으로 경험했던 일이며 이후에는 습관이 되었다.

좋은 고통과 나쁜 고통의 차이를 이해하는 것이 중요하다. 언제는 밀어붙이고 언제는 줄여야 할지 알 수 있게 되기 때문이다. 내 멘토이기도 한 아쉬탕가 요가의 권위자 팀 밀러는 좋은 고통을 '통합시키는 고통', 나쁜 고통을 '분열시키는 고통'이라고 부르곤 했다. 육체적이건 감정적이건 좋은 고통은 성장과 연관되어 있고 우리를 더 강하게 만들어 준다. 예를 들어 운동으로 인한 고통이나 목표에 정밀 조준하기 위해 어려운 결정을 내려야 하는 고통을 생각해 보라. 반면 나쁜 고통은 육체적으로 또는 감정적으로 우리를 힘들게 하며 상처나 후회와 연관되어 있다. 나쁜 고통 때문에 중도에 포기하기도 하고 방해를 받기도 한다.

어떤 형태의 고통이건, 즉 좋건 나쁘건 고통을 피하려는 경향이 있다. 자신을 분열시키는 고통이라면 계속 피하는 것이 좋다. 그러나 자신을 완전하게 만드는 고통은 바람직한 것이니 좋은 고통은 수용하는 방법을 배워야 한다. 실제로 좋은 고통의 정도와 지속 시간은 정신의 힘으로 통제할 수 있다. 완전하게 만드는 고통으로부터 얻는 가치를 인정하고 오랜 기간에 걸쳐 가치를 받아들여라. 그러면 그 과정이 점점 더 쉬워져서 결국에는 고통을 즐기고 고통을 거쳐 자신이 지향하는 존재로 바뀌게 된다. 고통 자체를 너무 깊이 생각해 버리면 점점 그 고통은 더 강해지고 오래 지속되어 결국 무언가를 포기하게 만든다. 나중에는 고통을 피하게 만들기도 한다. 고통을 인정하고 고통이 가져다줄 긍정적인 이익처럼 관심을 즉각 다른 것들로 옮기는 것이 중요하다. 이내 고통의 양과 지속 시간이 줄어들고 가장 갈망하는 모습과 삶으로 지속 성장하게 된다.

긍정적인 것에 집중하라

고통스러운 상황은 누구나 피하고 싶어 한다. 이런 상황을 쉽게 받아들이려면 곧바로 다른 긍정적인 일로 관심을 옮겨서 마음 상태를 바꿔야 한다. 그런 다음 미소를 짓거나 한술 더 떠서 웃어 보라. 이런 행동이 네이비씰 훈련을 받을 당시 놀라운 결과를 만들어 냈다. 가장 힘든 훈련을 받을 때에도 굉장히 유쾌하고 좋은 기억들이 생겨났다. 웃는 얼굴을 하고 아무리 이상한 순간에도 유머를 찾아냈기 때문에 고통은 사라지고 대신 자신감과 용기가 커졌다. 한번은 이런 일이 있었다. 지옥 훈련주의 목요일, 내가 동료에게 농담을 건네는 모습을 교관이 보았다. 교관은 화를 내면서 당장 본때를 보여 주려고 했다. "디바인, 입 닥치고 당장 일어나!"라고 호통을 쳤는데 표정을 보니 와이키키 해변을 얼려 버릴 기세였다. '독사 교관' 앞으로 가서 차렷 자세를 취하고는 어떤 벌이 내려질지 기다렸다. "네놈이 그만두는 꼴을 보겠어. 그만둘 때까지 꼼짝도 않고 지켜봐 주지." 사무적인 미소를 지으며 교관이 말했다. 그 말에 미소로 화답했는데 틀림없이 교관은 내 미소를 좋아하지 않았을 것이다. 교관이 더 크게 미소 지었다. "버피(네이비씰이 고안한 전신 운동 프로그램으로 스쿼트 자세에서 시작, 플랭크 동작을 취한 후 팔굽혀 펴기를 하고 양발을 벌렸다가 원래 자세로 돌아온 뒤 일어나는 동작을 반복하는 운동) 1000회 실시!"

속으로 생각했다. "좋아, 한번 해보지 뭐. 날 죽이지 않는 이상 그만두게는 못 해. 죽는 것보다야 1000회 하고 통과해 버리는 게 낫지." 그리고 바로 시작했다. 8개 동작을 반복하며 횟수를 외쳤다. 50회를 하고 나자 이미 숨이 막힐 지경이었다. 일요일 오후부터 지옥주 훈련을 시작해서 거의 5일 동안을 잠도 못자고 밤낮으로 훈련을 받았다. 400회를 했을 때 무렵에는 감각이 없어졌지만 그래도 계속 움직였다. 700회에 이르렀을 때에는 육체적으로 정신적으로 한계가 왔다.

가라테의 검은띠 승단 시험 때처럼 비장의 무기를 이용해서 육체의 한계를 넘을 필요가 있었다. 그때와 달리 이번에는 이 순간을 빨리 긍정적으로 바꾸기 위한 유머가 필요했다. 그래서 마치 세상에서 가장 웃기는 얘기를 들은 것처럼 웃기 시작했다. 독사 교관이 다시 나를 빤히 보더니 당황한 표정을 지었다. 계속 움직이면서 마치 개그라도 하고 있는 것처럼 웃어 댔다. 번쩍하고 에너지가 몸에 흘러넘치는 것처럼, 100퍼센트 더 기분이 좋아졌다. 독사 교관의 눈을 쳐다보며 "이쯤이야 식은 죽 먹기죠."라고 말했다.

교관은 이번에는 진짜로 미소 지으면서 "디바인, 아주 잘했어. 훈련으로 복귀해."라고 말했다. 이 경험을 통해 그때 교관이 내면의 강인함을 보여 주는 법을 가르치려 했다는 걸 깨달았다. 교관은 나를 훈련생들 중에서도 특히나 강인한 훈련생이라고 생각하고 있었지만 확인을 위해 버피를 1000회씩이나 해낼 수 있을지 시켜 볼 필요가 있었다. 특히나 1000회를 끝낸다고 하더라도 그 걸로 끝이 아니라 또 다른 기합이 기다리고 있을 거라고 생각되는 상황에서 말이다. 교관은 내가 힘든 상황에서도 즐거움을 찾고 하기 싫은 일을 받아들이기 위해 유머를 이용할 수 있다는 걸 보고는 '합격 통지'를 주었다.

네이비씰처럼
고통을 긍정으로 변화시켜라
다음에 도전과 씨름할 기회가 생기면 일상의 변화건 고된 노력이 필요한 상황이

건 긍정적인 면에 초점을 맞추고 미소 짓고 심지어는 웃어 넘김으로써 하기 싫은 일을 해야 하는 순간을 받아들여라. 자신의 스토리의 주인이 되고 도전에 임하는 자세를 조정하는 힘을 키우려면 스스로에게 긍정적으로 말을 걸어야 한다. 이 순간의 고통이 자신의 목적과 최종 목표와 연결되어 있고 내면 깊은 곳에서 성공으로 향하는 상승 곡선에 올라타 있다는 사실을 깨달아라.

조직의 경우에도 다음 단계로 나아가고 동료가 도전의 시련을 이겨 낼 수 있도록 같은 방법을 써라. 누군가 고통스러운 표정을 짓거나 불편해한다면 웃게 하라. 처음에는 설득하기 어려울지 모르지만 계속 시도하다 보면 심리적으로, 생리적으로 이내 긍정적으로 느끼는 효과가 생겨난다. 다른 사람을 위해 강해지면 자신을 위해서도 강해질 수 있다. 단순히 표정과 언어 표현을 통제하는 것만으로도 자신의 이야기를 바꿀 수 있다는 걸 알게 되면 놀랄 만큼의 힘을 얻을 수 있다. 심지어는 그 상황이 유쾌하고 실제로 즐겁다는 사실을 깨닫게 된다.

도전을 찾아가라

도전을 피하면 더 심각하고 고통스러운 모습으로 어떻게든 다시 찾아온다. 때로는 불공평하기도 하지만 인간의 삶이 아름답고 특별한 것은 이 때문이다. 돈이나 감정이라는 갑옷으로 감싸고 술로 감각을 마비시키면서 도전을 피하면 피할수록, 자신을 보호하려 하면 할수록 도전은 점점 더 거세진다. 도전이 들이닥치기를 기다리는 대신 스스로 도전을 찾아가라고 권하고 싶다. 그렇게 해야 자신이 통제하는 환경 하에서 무기력함을 불살라 버릴 수 있다.

이번 장에서는 주로 육체적인 도전에만 초점을 맞췄지만 다른 도전의 경우에도 마찬가지로 효과가 있다. 육체적인 도전이 두렵다면 이유를 잘 살펴보라. 너무 쉽게 상황을 벗어나게 하지 마라. 남들이 오늘 하지 않는 일을 오늘 끝내는, 하기 싫은 일도 받아들이는 체질로 만들려면 스스로에게 진심을 다해 도전해야 한다. 업무상 설정한 목표를 성취하기 위해 자신에게 도전하는 차원이 아니다. 도달 불가능해 보이는, 엄청난 목표를 찾아내라는 거다. 함께할 팀원을 모으면 책임감과 추진력을 얻는 데 큰 도움이 된다.

이 글을 읽으면서 "좋기는 한데…"라거나 "만약에…"라고 말할지도 모르겠다.

❖ "좋기는 한데 시간이 없어요" 혹은 "좋기는 한데 적절하지 않아 보이네요."

❖ "만약 다치면 어쩌죠?"

❖ "좋기는 한데 당신은 네이비씰 출신이잖아요. 그러니까 그렇게 쉽게 말할 수 있겠죠."

다 변명이다. 명심하라. 당신에게 힘든 일이 남들한테는 쉬울 수도 있다. 핵심은 남이 아닌 자신에게 '엄청난' 목표를 찾아서 그걸 쫓는 것이다. 누구나 거대한 도전과 마주하면 저항감을 느낀다. 정상적인 반응이다. 밀어붙여서 저항감을 이겨 내는 것이 네이비씰의 나를 이기는 연습이다. 당신에게 저항감이란 휴가를 내서 아이들과 함께 3,300킬로미터에 달하는 애팔래치안 산맥을 트레킹하는 것일 수도 있고 직장 동료와 극한의 장애물 경주인 스파르탄 레이스에 도전하기 위해 훈련을 하는 것일 수도 있다. 친구로부터 10대 아들과 심한 갈등을 겪었던 지인의 얘기를 들은 적이 있다. 그분의 아들은 약물에 손을 대고 학교를 중퇴하는 등 안 좋은 길로 가고 있었다. 싱글

맘으로 홀로 아들을 양육하면서 하루하루 먹고살기도 힘들 정도였지만 그대로 내버려둘 수 없어 치료를 해보려 했지만 잘 안 되었다. 잘 알려진 방법들을 무수히 시도해 봤지만 계속 실패만 거듭했다. 결국 그녀는 보다 과격한 접근을 해보기로 결심했다. 아들을 데리고 전 세계로 항해를 떠났다. 처음에 아들은 격렬하게 저항했다. 하지만 고함을 쳐가면서 억지로 끌고 가서 배에 태웠고 1년 동안 바다를 누볐다. 그 도전과 모험이 그들 모자의 삶을 바꿨다. 20배수의 수평선을 열어주었고 전혀 기대하지도 못했던 방법으로 둘을 하나로 묶어 주었다.

체계화된 도전은 3가지 형태로 나타난다. 첫 번째 도전은 장기간에 걸쳐 지속적인 노력을 요구한다. 오랜 기간 주 5일 요가 수업을 듣는다거나 무술에서 검은띠를 따낸다거나 혹은 어떤 도전 기술을 완벽하게 연마하는 것 등이다. 석박사 학위 취득도 여기에 해당될 수는 있지만 가장 가치 있는 도전은 육체적, 정신적, 감정적, 직관적 그리고 영적인 요소를 모두 가지고 있다.

두 번째는 성과를 측정할 수 있는 도전이다. 비즈니스 세계에서는 측정할 수 없다면 진짜가 아니라고들 한다. 기준점과 주요 마일스톤을 정하면 미션을 달성하는 과정에서 각각의 작은 성공을 기록하고 발전을 기념할 수 있다. 이는 하기 싫은 일을 받아들이는 능력을 갖추는 데 중요한 기술이다. 크로스핏 게임즈CrossFit Games(크로스핏에서 주최하는 피트니스 이벤트)에 대비한 훈련을 할 때 운동을 표준화하여 매달 발전 정도를 측정했다. 그렇게 하니 내 힘과 기술, 운동 능력이 어느 정도인지 추적할 수 있었다. 기준점을 정하면 집중력이 유지되고 자신감이 생기고 의심이 없어진다. '중요한 그날'이 왔을 때는 어떤 상대를 만나도 연전연승할 수 있다.

벤치마킹의 개념은 비즈니스 세계에서 잘 알려져 있다. 이너소프트Inasoft란 소프트웨어 벤처의 임시 CEO가 되었을 때 나의 미션은 자본을 조달받아서 성장하는 회사가 되도록 다리를 놓는 것이었다. 코로나도 맥주사의 지분을 처분한 후 앞으로는 미션에 정밀 조준하겠다는 결심을 하고 CEO 자리를 수락했다. 이번에는 일련의 명확한 목표를 세워서 성과의 기준점으로 삼기로 했다.

1. 주요 5개사를 대상으로 소프트웨어 베타 테스트를 실시하고 인증을 받는다.

2. 개인 투자자와 지역 사업 파트너 20명을 대상으로 홍보 활동을 한다.

3. 캘리포니아 남부를 거점으로 하는 벤처 투자사 테크 코스트 앤젤Tech Coast Angel을 대상으로 힘든 자금 유치 활동을 완수한다.

4. 실리콘 밸리의 벤처 투자자로부터 자금을 확보한다.

3번 항목까지 끝냈을 무렵에는 벤처 투자업계의 큰손들로부터 400만 달러에 달하는 자금을 유치할 만큼 신뢰를 받게 되었고 자신감과 추진력도 생겨났다. 개인의 발전을 측정할 때도 마찬가지로 유효하다. 진척 상황을 파악하지 않는다면 옳은 길로 가고 있는지, 성장을 하고 있는지 대체 어떻게 알겠는가? 육체적인 강인함, 정신력과 영적 능력을 측정하기 위해 어떤 기준점을 설정할 수 있는가?

세 번째 도전은 마음 캠프 같은 가혹한 경험이나 요트 세계 일주, 등산 같은 탐험을 말한다. 흔한 일은 아니지만 조금씩 노력을 더해 가면서 준비가 가능하다. 내 동료들 중 상당수는 분기마다 장애물 경주나 장거리 하이킹 같은 작은 도전을 한다. 그러고는 18개월 정도에 한 번씩 큰 도전을 계획한다.

이러한 3가지 형태의 도전은 정신적, 감정적 회복탄력성을 구축하고 자신감을 기르며 공포에 대한 두려움을 줄여 준다. 상승 곡선의 밑바탕이 되고 하기 싫은 일을 받아들일 때 힘이 된다. 그 결과 다른 사람들이 오늘 하지 않는 것을 할 수 있게 해주고 삶에서 무엇을 이룰 수 있을지에 대한 강력하고 새로운 자신만의 이야기를 끌어낸다.

규율, 추진력, 결의를 갖춰라

우리가 반복적으로 행하는 것. 그게 바로 우리 자신이다.
그렇다면 탁월함은 행동이 아닌 습관이라 할 수 있다.
— 아리스토텔레스(기원전 384~322), 박학다식한 그리스의 철학자

188센티미터에 100킬로그램인 빅 데이브를 '건장하다'고만 하기에는 부족한 느낌이 든다. 남자답다고만 해버리는 것도 옳지 않다. 전직 심해 다이빙 전문가이자 역도 선수인 데이브는 잠수병으로 인해 주기적으로 찾아오는 고통에서 벗어나려고 하루에 2번씩 근력 운동을 해야 했다. 하지만 데이브의 가장 인상적인 점은 바로 그의 성격이다. 데이브와 내가 중동 지역을 담당하는 네이비씰 3팀에 있던 시절, 어느 날 다이빙 장비를 챙기면서 그에게 왜 그렇게 다이빙을 좋아하느냐고 물었다.

"다이빙 그 자체도 사랑하지만 다이빙으로 인해서 변해 가는 내 모습도 사랑해." 데이브가 말했다. "다이빙을 하려면 완전히 집중해야 하지. 하나라도 실수하면 그 길로 끝이야. 세부적으로 계획을 세우고 준비를 하려면 규율이 필요하지만 그뿐만 아니라 새로운 세상을 보고 새로운 기술을 탐험하는 데 마음이 끌려야 해. 남들보다 더 오래, 더 힘든 연습을 하겠다는 결의도 있어야 하고."라고 덧붙였다. 2년 뒤 데이브는 샌디에이고 해안을 따라 10시간이나 잠수를 했는데 심장이 더는 버티지 못했고 결국 다이빙의 세계를 떠나야 했다. 하지만 탁월함을 습관으로 만들어 버렸던 데이브의 사례는 여전히 내 안에서 공명을 일으키고 있다.

탁월함을 습관으로 만들기

자주 일어나지는 않는 큰 행동 사이사이에 매순간, 매일 우리가 행하는 작은 행동이 습관이다. 대부분의 습관이 나쁜 습관은 아니지만 그렇다고 해서 '탁월한 습관'인 것도 아니다. 자신이 선택한 분야에서 최상위 0.1%가 되고자 한다면 정밀 조준을 가능하게 하는 기법들을 익혀야 하고 하기 싫은 일도 받아들여야 한다. 그렇게 해야 탁월함을 습관으로 만들 수 있다. 습관에 관한 한 가장 좋은 접근법은 원하지 않는 행동을 없애는 데 초점을 맞추지 말고 그것들을 새로운 습관으로 대체해서 오래된 습관을 떠나보내는 것이다. 흡연처럼 고

약한 습관을 운동처럼 건강한 습관으로 대체하는 것이 여기에 해당된다. 게으름처럼 성격상의 습관을 하기 싫은 일을 받아들이는 것처럼 더 유용한 습관으로 대체하는 것 역시 해당된다. 습관이 자신을 정의한다. 믿음직한 습관을 보면 믿음직한 성격이 보인다. 규율, 추진력, 결의와 같은 성격상의 습관을 들이도록 노력하라.

우리 모두는 배움, 훈련, 극기와 같이 규율을 갖춘 접근법을 통해 성장할 수 있다. 열정적으로 추진하고 목표에 집중하고 어려운 도전에 맞서고 일이 이해할 수 없는 방향으로 풀렸을 때도 결코 포기하지 않으면 더욱 강하게 성장한다. 또한 아마 다른 무엇보다도 남들이 오늘 하지 않는 것을 오늘 해내는 헌신을 통해 드러나는 조용하지만 강한 투지와 인내를 통해서 스스로가 가장 많이 성장하게 된다.

규율

규율은 습관을 점화시키는 불꽃이다. 습관의 불은 매일 점화되어야 하고 규율은 점화 과정에서 가장 기본이 되는 에너지원이다. 규율은 더 큰 목적을 따름을 의미한다. 매일 힘들게 훈련하고 규율을 발전시켜야 하지만 훈련 그 자체에 종속되거나 단지 멋있어 보이려고 혹은 자아를 보듬으려는 목적으로 습관을 만들어서는 안 된다. 완전한 인간, 완전한 리더가 되기 위해 발전하겠다는 더 높은 목적을 따라야 한다. 이번 장의 서두에서 말했듯이 규율이란 불편함을 감수하고 하기 싫은 일을 받아들이도록 마음을 훈련하는 데서 시작한다.

하루아침에 이런 규율이 만들어지거나 생겨나지는 않는다. 시작은 작은 한 걸음부터다. 훈련에 전념하는 것이 첫걸음이다. 지금 당장 매일 1마일을 더 뛰는 식으로 자신을 단련하라. 조금만 더 끌어올려라. 단지 보여 주려 하거나 '하던 대로만 하지 말고' 가능한 한 모든 걸 배우려고 노력하라. 팀이나 회사에서 남들이 무엇을 하는지, 동종 업계에서 남들이 어떤 역할을 하는지, 세상이 어떻게 돌아가고 있는지 알아야 한다. 질문할 때도 훈련할 때도 사적인 만남에서도 기회를 찾아 배우며 폭넓게 독서하라. 잘 모르겠다면 알아내려고 노력하라. 약간은 알고 있다면 더 많이 배우려 애써라. 결코 지금의 영예에 안주하지 마라. 각고의 노력이 일상적인 일이 되면 탁월한 성과가 뒤따라온다는 점을 명심하라.

추진력

규율이 습관을 만드는 힘이라면 추진력은 행동의 이면에 있는 동기다. 그 누구보다도 다이빙 기술을 갈고 닦겠다는 불같은 정열 덕분에 빅 데이브는 네이비씰의 다이빙 프로그램에서도 선두에 서서 계속 나아갔다. 나는 남들에게 영감을 주고 개인과 세계의 변화를 불러오는 데 봉사하고 싶다. 그 목적을 이루려는 열망이 나로 하여금 네이비씰의 나를 이기는 연습을 당신과 공유하게 했다. 열망, 믿음, 노력을 통해 비범한 성과를 이뤄 낼 수 있다는 기대가 추진력을 북돋운다. 더 깊은 차원에서 자신이 추구하는 바에 헌신할 때 규율이 힘을 발휘하고 추진력이 더 강해진다.

어떻게 하면 추진력이 생길까? 우선 삶의 주요 관심사항을 목적과 연계시키고 관련 미션을 정의하라. 예를 들어 앞에서 언급한 바와 같이 내 훈련 철학과 연습 방법을 남들과 공유하는 것이 내 목적과 직결된다. 내가 경험한 사례와 가르침을 통해 남들에게 영감을 주고 그 과정에서 개인과 세계의 변화를 불러오는 것이 바로 내 목적이다. 추진력은 당신이 계속 정밀 조준할 수 있게 하고 미션을 달성하기 위해 노력하는 과정에서 다음 목표로 나아갈 수 있게 한다. 매일 기록을 남기는 연습은 결단의 순간에 자신의 목적이 마음속 가장 중심에 자리 잡게 하는 데 효과적이다. "이 행동이 나를 목적에 더 가까이 다가가게 하는가? 아니면 더 멀어지게 하는가?" 이런 질문을 던지면 스스로를 돌아볼 때 큰 도움이 된다.

열정과 가치가 있는 목표에 집중한다면 추진력은 평생 지속되는 에너지원을 제공해 준다. 하지만 추진력에는 어두운 면도 있으니 주의해야 한다. 오로지 '나'만의 이유에 경도되면 고집스러움을 결단으로 착각하게 되어 삶에서 '우리'라는 관점을 잃어버릴 우려가 있다. 그리하여 동료와 가족, 팀원들이 자신들이 알고 있던 멋진 친구는 어디로 가고 고집쟁이만 나타났는지 걱정하게 된다. 이런 식의 추진력 때문에 지나치게 일에만 매달려서 아이들과 시간을 보내지 못하기도 하고 다 함께 성사시킨 프로젝트의 공적을 가로채기도 한다. 최강의 전사로서 힘을 발휘하려면 '나 혼자만이 아니라 다 함께 하는' 추진력이 필요하다. 즉 성장하고 새로운 것을 배우되 자신은 물론 팀에게도 이익이 되고 조직의 요구와도 균형을 맞춰야 한다. 탁월한 다이빙 실력을 갖추겠다는 열정이 빅 데이브의 추진력의 원천이었으나 그가 아무리 혼자 노력을 하더라도 팀에 이익이 안 된다면 아무런 의미가 없다. 빅 데이브는 그 사실을 잘 이해했기에 탁월한 추진력을 바탕으로 네이비씰의 수중 임무 절차를 새로이 수립할 수 있었다. 수중 탐지 기술의 선구자였으며 최신의, 때로는 실험적이기도 한 장치와 장비들을 테스트하면서 끊임없이 한계를 초월했다. 빅 데이브의 이런 노력 덕분에 네이비씰은 해양 임무를 더 잘 수행하게 되었다. 이런 성과에 안주하지 않고 물속에서 길을 찾고 선박을 공격하는 기술을 가르치는 3주짜리 네이비씰 훈련 과정을 개발하기도 했다. 지금도 네이비씰은 수중 전투 임무를 수행할 때 빅 데이브가 개발한 프로그램을 이용한다.

결의

추진력이 동기를 불어넣어 준다면 결의는 장기적으로 미션에 헌신하게 해준다. 빅 데이브는 매일 밤 팀에서 가장 늦게까지 남아 훈련을 했다. 모두가 일과를 끝냈을 때조차도 결의에 찬 전사는 홀로 남아 기술을 연마하고 장비를 다듬고 새로운 것을 배운다. 세계 톱클래스의 연주자라고 해서 기교 측면에서 언제나 가장 뛰어난 재능을 타고나지는 않는다. 그러나 그들은 각자의 분야에서 최고가 되기 위해 그 누구보다 열심히 노력하고 결의로 가득 찬 사람들이다. 그들은 남들이 오늘 하지 않는 것을 오늘 하는 사람들이다.

덤벼라!

도전을 기다리지 말고 도전을 찾아서 덤벼라. 마라톤 같이 육체적인 일이건 어려운 대화와 같이 감정적인 일이건 도전에 맞설 때는 신중하게 접근해야 한다. 매주 하나씩 작은 도전을 만드는 식으로 경계를 조금씩 허무는 게 좋다. 단순히 새로 부여된 의무를 거절하는 것일 수도 있고 정기적으로 하는 운동을 5분 더 하는 것일 수도 있다. 그런 다음 더 중요한 노력과 계획을 요하는 월별, 분기별 도전 항목을 선정하라. 하루 종일 하이킹을 하거나 자신을 불편하게 만드는 수행(예를 들어 묵언 수행이나 관계 형성 과정 같이 대부분의 사람들이 두려워하는 수행)에 참여해 보면 좋다. 1년에 한 번은 엄청난 도전을 골라서 스스로를 자극하며 그것을 이뤄 내라.

자기만의 20배수를 찾아라

처음 20배수 도전을 할 때 도움이 될 만한 아이디어가 몇 가지 있다. 달성하기 매우 어려워 보일 수도 있다. 그게 바로 핵심이다! 물론 각자의 준비 상황에 맞춰 조정할 수도 있다. 똑같이 적용하기 어려운 사람도 있다. 그런 사람은 무리하지 말고 우선 의사의 상담을 받아라. 씰핏닷컴에서 20배수 도전에 대한 아이디어를 찾아봐도 좋고 각자가 아이디어를 생각해 봐도 좋다.

엄청난 강도의 육체적 도전

스스로 정말 건강하다고 생각한다면 목표를 높게 잡아라. 에버레스트 등정에 도전하거나 씰핏 아카데미 혹은 마음 캠프에 참가하거나 자전거로 전국 횡단을 하거나 애팔래치안 트레일을 이 끝에서 저 끝까지 걷거나 야외 생존 전문 교육 기관인 볼더 아웃도어 서바이벌 스쿨에 참가하거나. 집에서는 팔굽혀펴기 1000회나 턱걸이 1000회나 윗몸일으키기 1000회에 도전하라(반복할 때마다 진척 상황을 기록하는 것을 잊지 마라).

강도가 조금 덜한 육체적 도전

지구력 훈련이나 익스트림 스포츠를 하라. 운동 초보거나 중급 수준이라면 핫 요가에 도전하거나 크로스핏 센터에 다니거나 동네에서 개최되는 마라톤 대회에서 뛰거나 인터넷으로 씰핏, 언비터블 마인드 프로그램에 참가하는 걸 고려하라. 집에서는 1마일 런지 워킹을 시도하라.

노력을 요하는 비육체적 도전

　선교 활동이나 적십자, 연방비상관리국, 국경 없는 의사회처럼 돌아다니면서 봉사할 수 있는 일에 자원하라. 장애를 입은 참전용사와 함께하는 방법도 찾아보라. 씰핏에서는 최근 들어 CEO들이 부상당한 지 얼마 안 되는 군인들과 짝을 이뤄 함께 도전하는 12시간짜리 프로그램을 실시하고 있다. 참전 용사들에 대한 봉사 차원에서 시작했는데 너무나도 강렬하게 삶을 바꾸는 경험이라서 결과적으로는 참전 용사가 아니라 CEO들과 심지어는 우리 직원들에게도 도움이 되었다. 살던 곳을 떠나 중국으로 영어를 가르치러 간 지인이 주위에 없는가? 당신이라고 해서 왜 못 하겠는가? 1주일 동안 자신을 매우 불편하게 만드는 프로그램을 찾아 등록하라. 잘 살펴보면 자신의 패러다임을 산산이 깨부수고 성장으로 이끌어 주는 수많은 기회가 있다.

Principle 5

정신력을 다져라

다른 사람들이 포기한 뒤에도 끝까지 매달릴 때 성공을 이룰 수 있다.
– 윌리엄 페더(1889~1981), 미국의 작가, 출판가

　탁월함을 습관으로 만들면 스스로가 집중하는 모든 미션을 향해 떠나는 기나긴 여정으로 자신을 데려다준다. 그래서 보다 행복하고 충만하고 의미 있는 삶으로 이끄는 자신의 목적을 충족시킬 수 있다. 대체 어떻게 해야 다른 사람들이 포기하고 난 뒤에도 매달릴 수 있는가? 어떻게 해야 그냥 포기해 버리지 않을 수 있는가? 굉장히 어려운 질문이다. 나한테 이 질문을 던지는 사람들은 모두가 묘책을 원한다. 미안하지만 묘책 따위는 없다. 인생을 걸고 도전하거나 이 책에서 설명하는 훈련을 거쳐야, 즉 고된 시련을 겪어야 불굴의 정신을 얻게 된다.

　흥미롭게도 네이비씰의 수중폭파 기초훈련을 통과한다고 해서 반드시 가장 뛰어난 운동 능력의 소유자인 건 아니다. 어떤 유형의 사람들이 네이비씰 훈련을 통과하는지 심리학자들이 조사한 적이 있다. 조사 결과 그들이 겨우 찾아낸 결론은 '투지'를 가진 사람이라는 것이다. 나는 서부 영화에 나왔던 존 웨인을 떠올린다. 투지를 가진 사람들은 가장 먼저 들어가서 가장 나중에 나온다. 언제나 만면에 미소를 띤 채 일을 해결하는, 가장 용맹한 싸움꾼이다. 네이비씰에서 '투지'란 정신력을 의미한다. 자, 그렇다면 어떤 훈련을 받아야 투지가 생겨나는가?

씰핏 아카데미의 참가자에게 처음에 시키는 훈련 하나는 팔굽혀펴기 자세로 45분 동안 버티기다. 물론 5분만 지나면 대부분이 쓰러진다. 쓰러지면 다시 일으키고 쓰러지면 다시 일으켜서 전술적으로 정신력을 키우게 만든다. 결국에는 성공적으로 훈련을 끝낸다. 참가자들 자신도 놀라고 만다. 자신이 해낼 수 있을 거라고 생각조차 하지 못했던 기준에 도전하고 이루게 함으로써 육체적인 한계가 사실은 정신적 한계에서 비롯된다는 사실을 깨닫는다. 그들 대부분에게는 이 훈련이 첫 20배수 경험일 텐데 그들을 지도하면서 씰핏 아카데미에서 훈련을 받는 동안은 물론 남은 삶 속에서 평생 활용할 수 있는 5가지 기본 기술을 언급한다. 현재 네이비씰에서는 이들 5가지 기본 기술 중 4가지 항목, 즉 각성 통제, 주의 통제, 효과적 목표 설정, 시각화를 정신력의 '빅4'라 부르며 가르친다. 이들 조합에 감정 회복탄력성을 추가해 내면의 힘에 감정이 어떤 영향을 주는지 말하고자 한다. 감정 회복탄력성은 투지를 키울 때도 중요한데 그럼에도 불구하고 곧잘 간과되곤 한다. 정신력을 구축하기 위해 네이비씰의 나를 이기는 연습에서 가르치는 5가지 기술은 다음과 같다.

❖ 반응 통제하기

❖ 주의 통제하기

❖ 감정 회복탄력성 키우기

❖ 효과적인 목표 세우기

❖ 마음속에 구체적으로 그리기

반응을 통제하라

용기란 억압 하에서도 품위를 지키는 것이다.
– 어니스트 헤밍웨이(1899~1961), 미국의 작가, 언론인

네이비씰은 이를 각성 조절이라 부르는데 아마 당신이 생각하는 것과는 다를 것이다. 네이비씰에서는 호흡을 생리적인 각성 혹은 '투쟁-도피-동결' 반응(이전에는 '투쟁-도피' 반응으로 알려져 있었다)을 억제하는 수단으로 각성 조정을 가르쳤다. 우리로 하여금 어떤 반응을 하도록 만드는 교감 신경계와 위험이 사라졌을 때 다시 균형을 잡게 만드는 부교감 신경계 간의 연결 고리가 호흡이다. 교감 신경계가 활성화되면 혈액 속으로 코티솔, 아드레날린, 에피네프린, 노르에피네프린과 같은 호르몬 분비가 촉진되어 즉각 육체적, 심리적 변화가 일어난다. 이에 따라 다가오는 상황에 맞서 몸이 빠르게 행동할 준비가되는 것이다. 그러나 자신의 의지로 이들 신경계를 다시 균형 잡게 하지 못한다면, 좋지 못한 상황이 실제로 발생한다기보다는 비유적으로 골치 아픈 일이 벌어질 확률이 매우 높아진다.

실제로 닥쳐오건 비유적이건 그런 위기의 순간에 살아남기 위해 즉각적, 무의식적으로 보이게 되는 반응은 "휴~." 하고 몇 차례 깊은 숨을 내쉬는 것이다. 일반적으로 심호흡은 스트레스를 차단하는 스위치 역할을 한다. 한편으로는 원칙 2에서 배운 것처럼 집중을 유지하기 위해 선제적으로 취하는 조치로도 유용하다. 몇 세기동안 이 사실을 알고 있던 전사들은 호흡 연습을 주요 훈련의 하나로 삼았다. 싸움터에서나 구조 작전에서 침착함을 유지하는 능력은 용기 있는 행동을 하기 위한 전제 조건이다. 여성들은 진화 단계에서부터 이를 잘 알고 있어서 출산 시에 거의 자동으로 심호흡(이러한 자연스러운 반응을 체계화한 것이 라마즈 분만법이다)을 하게 된다.

현대 서구 사회에서 호흡 연습은 약간만 남아 있을 뿐 거의 사라진 기술이다. 연구 결과에 따르면 오늘날 대부분의 사람들은 폐의 전체 능력 중 극히 일부만을 사용할 뿐이며 많은 에너지를 그냥 내버려두고 있다고 한다. 각성된 상태에서건 일상의 순간에서건 마찬가지다. 마음을 진정시키고 정밀 조준할 준비를 하는 데 깊은 횡격막 호흡이 얼마나 도움이 되는지는 이미 살펴보았다. 그러나 때로는 최선을 다해 노력하는데도 불구하고 호흡이 너무 얕아지게 된다. 특히 혼란 상태이거나 매우 도전적인 상황일 때 각성 조절은 마치 언덕 아래로 질주하는 기차를 멈추는 것처럼 어렵게만 느껴진다. 기본 전제는 깊게 호흡하는 방법을 기억하는 것이다. 몸이 자동으로 반응하여 각성을 조절하고 심호흡을 할 수 있도록 훈련해야 한다. 이 훈련을 체계화한 것이 '상자 호흡'이란 호흡법이다.

상자 호흡에 대해서는 이번 장의 마지막에서 설명한다. 상자 호흡을 매일의 훈련 계획에 더한다면 큰 보상을 얻을 수 있다. 상자 호흡을 매일 연습하면 숨을 쉴 때마다 혈액으로 산소가 충분하게 공급된다. 또한 업무를 할 때 최적 수준으로 연료가 공급되고 폐와 장기가 해독된다. 심호흡 연습을 꾸준히 하면 마음이 차분해지고 중심이 잡힌다.

네이비씰처럼

스트레스 징후 인식하기

스트레스 반응을 조절하는 법을 배우기 전에 먼저 스트레스를 인식하는 법을 배워야 한다. 교감 신경계가 과도로 활성화되면 다음 징후가 나타난다.

❖ 심장 박동수와 호흡의 증가, 혈압 상승
❖ 배탈(경련, 메스꺼움)
❖ 땀 분비 증가(손바닥 포함)
❖ 현기증
❖ 가청 범위 축소, 터널시(시야가 좁아지는 현상) 발생
❖ 불규칙한 수면

스트레스를 받았을 때를 떠올려 보라. 이러한 징후를 경험했는가? 도전이 닥쳐올 때, 위협에 직면할 때마다 신체 반응에 주의를 기울여 보기 시작하라. 일반적으로 건강 상태가 좋을 때에도 1개나 그 이상의 징후가 나타날지도 모른다. 만약 징후가 나타난다면 다른 징후는 없는지 잘 살펴보라. 생각보다 더 많이 스트레스를 받고 있을 수도 있다.

주의를 통제하라

역사상 가장 위대한 발견은 단지 자신의 태도를 바꾸는
것만으로 자신의 미래를 바꿀 수 있다는 사실이다.
– 오프라 윈프리(1954~), 미국의 미디어 여왕, 배우

주의 통제는 네이비씰의 긍정적 자기 대화 방식이다. 가장 기본 단
계로는 자신에게 긍정적으로 말함으로써 부정적인 것으로부터 주의
를 돌린다. 원칙 2에서 배웠던, 마음을 통제하는 DIRECT 프로세스
를 능동적으로 활용해야 하는데 이번에는 위기나 도전 상황에서 주
의를 집중하는 데 활용하기로 한다.

외면의 의식은 본질적으로 인풋을 받아들이고 스토리라는 필터에
통과시킨 다음 의미를 뽑아낸다. 문제는 너무 많은 부정적인 생각이
마음에 흘러들어 올 때 생겨난다. 의식은 부정적인 것들에 머물러 있
고 그것들에 사로잡힌다. 익숙한 얘기 아닌가? 어떤 대상에 집중하건
결국 그것이 현실이 되어 버린다는 걸 잘 알고 있다. 설사 원하지 않
는 것에 집중하더라도 말이다. 부정적인 인풋은 우리의 잠재의식에
파괴의 씨앗을 심는다. 의식과 힘을 합쳐 실패라는 음모를 꾸민다.

긍정적인 자기 대화 기술은 쉽게 말해서 내면의 대화에 주의를 기
울인 뒤 그것을 긍정적이고 성과 지향적인 언어로 변환하는 것이다.
대부분의 사람들은 가만히 앉아서 자신의 생각을 들여다보는 데 시
간을 쓰지 않는다. 우리의 생각이 곧 우리 자신인 것은 아니라는 사
실을 깨달으려면 거쳐야 하는 가장 중요한 단계인데도 불구하고 말

이다. 생각은 우리를 통제하지 않는다. 그건 그저 생각일 뿐이다. 생각이 가지고 있는 유일한 힘은 바로 우리가 주고 키운다는 것이다. 자신과 자신의 생각 사이에 정신적 거리를 만들어 버렸다면 이제 생각을 길들이고 다뤄야 할 때다. DIRECT 프로세스가 과제 달성에 도움이 되긴 하지만 위기 상황에서는 효과가 덜 할 수 있다. 그런 탓에 관심을 재빨리 다른 곳으로 옮길 필요가 있을 때는 또 다른 수단을 활용한다.

북미 원주민의 전설 '내 안의 늑대들'에 따르면 우리 안에는 악한 늑대와 선한 늑대가 살고 있는데 둘이 서로 주도권을 쥐기 위해 끊임없이 싸우고 있다고 한다. 네이비씰에서는 조금 다르게 묘사한다. 서로 대립되는 힘인 '겁쟁이 개'와 '용맹한 개'가 그것이다. 자신이 키우고 있는 2마리의 개 중 누가 싸움에서 이기느냐가 관건이다. 겁쟁이 개 역시 자신의 일부이기 때문에 없애지는 못한다. 공포란 자연스러운 것이고 때로는 필요하기도 하다는 걸 기억해라. 겁쟁이 개를 없앨 수는 없지만 힘을 약하게 할 수는 있다. 부정적인 생각과 에너지가 겁쟁이 개를 키우고 그 결과 자신을 나약하게 만들고 성과를 저하시키며 건강을 악화시킨다. 겁쟁이 개를 가두고 그 에너지를 확신과 변화에 쏟을 수도 있다. 동시에 용맹한 개를 키워야 한다. 긍정적인 생각과 에너지가 용맹한 개를 키우고 정신과 육체와 영혼을 강하게 만든다. 용맹한 개를 키우면 더 친절하고 참을성 있고 관대하고 강력하며 현재에 충실할 수 있다. 충돌을 피하고 더 나은 리더가 된다. 어려운 일도 주저하지 않고 받아들인다. 더 이상 공포의 지배를 받지 않는다.

자신에게 "내가 어떤 개를 키우고 있는가?"라고 질문을 던지기만 하면 된다. 틈틈이 자신이 어떤 개를 키우고 있는지에 신경을 쓰면 사고 패턴을 다른 차원에서 이해하게 된다. 다시 한 번 강조하자면 DIRECT 프로세스를 활용하여 자신의 사고 패턴을 알게 되면 내면의 대화를 긍정적으로 유지하고 주의를 효과적으로 통제할 수 있다. 애당초 주의를 기울여야 할 대상, 즉 성공에 주의를 기울일 수 있다. 이번 장의 마지막 부분에 실전 연습과 조언을 적었다. 조직에 속해 있다면(넓게 보면 아무 조직에도 속해 있지 않은 사람을 본 적은 없지만) 조직 차원에서 이 방법을 적용하고 앞장서서 전파하라.

동료들에게 겁쟁이 개와 용맹한 개에 대해서 설명하라. 다음에 일이 잘 풀리는 상황이 오면 논쟁을 중지시키고 못 하겠다는 부정적 태도를 막고 이렇게 말하라. "아니, 지금 어떤 개를 키우고 있는 거야? 용맹한 개를 키우자구!" 상황을 정확히 파악하고 논쟁이나 문제를 긍정적인 방향으로 재구성하라. '용맹한 개'는 새롭고도 매우 강력한 수단이다. 동료들의 태도가 곧바로 더 나은 방향으로 옮겨갈 것이다.

감정 회복탄력성을 키워라

낙관론자는 모든 어려움에서 기회를 보고,
비관론자는 모든 기회에서 어려움을 본다.
— L.P. 잭스(1860 ~ 1955), 미국의 교육자, 철학자

1994년 네이비씰 3팀에 있을 때 SCARS(방어 능력을 중심으로 한 특공 무술)란 육탄전술에 대해 창안자인 제리 피터슨과 함께 연구할 기회가 있었다. 300시간에 달하는 강도 높은 훈련을 받으면서 근육이 혹사당하는 것 이상으로 더 심하게 지치고 있다는 사실을 서서히 깨달았다. 나를 지치게 만드는 것은 고된 육체 훈련뿐만은 아니었다. 하루에도 수백 번씩 감정이 롤러코스터를 타며 녹초로 만들었다. 처음 며칠 동안은 어색하기도 했고 머뭇거리기도 했다. 동료들 역시 나보다 그다지 나을 게 없어 보였다. 사실 가장 큰 공포는 곧잘 돌출 행동을 하곤 하는 몇몇 동료들과 함께해야 하는 데서 비롯되었다. 그들은 통제 불능이었고 자칫하다가는 뼈를 부러트리거나 그 이상의 부상을 입힐 우려가 있었다. 한번은 동료의 공격을 받아 앞니가 부러지는 바람에 화가 났던 적도 있었다. 화가 치밀어 올라 하루 종일 그에게 화를 내기도 했다. 그러나 내 행동을 본 제리는 자기 자신도 통제하지 못하고 감정을 긍정적인 방향으로 돌리지 못하는 전사라면 매번 지게 될 거라며 나를 꾸짖었다. 감정 때문에 산만해지는 바람에 다음 목표에 집중할 수 없다면 자연스럽게 방어적이 될 수밖에 없다. 공격적인 상대라면 어떤 경우에든 결과는 보나마나다.

감정 회복탄력성은 정신력을 구축하는 데 중요하다. 회복탄력성이란 상황이 좋지 않게 풀리더라도 재빨리 원상태로 회복하는 힘이다. 직업을 잃고 거절당하고 큰 타격을 입었을 때 어떻게 반응할 텐가? 부정적인 감정에 지배되어 거부 반응을 보이거나 방어적인 자세를 취할 것인가? 각성 조절과 주의 통제도 못 하는 상태로 내버려둘 것인가? 아니면 감정을 계속 조절해서 긍정적, 공격적인 반응으로 돌아오겠는가? 그래서 자긍심을 되찾고 앞으로 나아가는 자신의 운명의 주인이 되겠는가?

감정을 동력으로 활용하라

세상에는 컵에 물이 반 밖에 없다고 생각하는 사람과 물이 반이나 차 있다고 생각하는 사람이 있다는 얘기는 다들 들어 보았을 것이다. 지나치게 이분법적인 생각이기는 하지만 이 얘기에서 정말 알아야 하는 건 누군가는 완전히 부정적인 반면 누군가는 완전히 긍정적이라는 사실이다. 물이 반 밖에 없다고 생각하는 부류는 부정적인 생각을 부정적인 감정 상태와 결합한다. 그래서 스스로를 결핍된 감정이 넘치는 결핍된 세계관에 가두어 버린다. 반이나 차 있다고 생각하는 사람들은 정반대다. 긍정의 기술을 배우기는 했지만 긍정적으로 생각하면서 부정적으로 느끼는 이른바 감정의 연옥에 갇혀 있는 것도 가능하다. 여러분 중 상당수는 긍정적인 자기 대화에 대해 들어 본 적이 있을 것이다. 연습을 해본 사람도 있을지 모르겠다. 그러나 자기 대화는 일부에 지나지 않는다. 완전히 긍정적이 되려면 긍정적으로 말하고 긍정적으로 시각화하고 긍정적으로 느껴야 한다. 그렇게 하지 않으면 감정 상태가 긍정적인 자기 대화나 이미지와는 반대로 작용하여 만족스럽지 못한 결과를 초래한다. 감정을 제대로 인식하는 것부터 시작한다. 당신의 감정은 긍정적인가 아니면 부정적인가?

SCARS 과정을 밟으면서 내 자신이 정신적으로는 긍정적이지만 감정적으로는 부정적이라는 걸 깨달았다. 동료가 이빨을 부러뜨렸을 때 정신적으로는 계속 긍정적이었다. 그래서 머릿속으로는 '괜찮아, 그럴 수도 있지, 더 크게 다칠 수도 있었는데 뭘'이라며 올바른 생각을 했다. 그러나 동료의 부주의한 행동의 결과로 병원 진료를 받아야 된다는 분노가 수면 아래에서 긍정적인 생각들을 좀먹어 들어가기 시작했다. 강도 높은 훈련을 받으려면 100% 집중을 해야 하기 때문에 조금이라도 안 좋은 부분이 있으면 속도를 늦출 수밖에 없다. 한편으로는 분노와 화로 인해 근육이 경직되어 전투무술 동작을 제대로 취할 수가 없었다. 부정적인 감정을 인식하게 되자 긍정적인 감정으로 부정적인 감정을 이겨 내기 위해 초기 단계의 DIRECT 프로세스를 이용했다. 이후의 훈련 과정 중에는 부정적인 생각을 멈추게 하는 데 공을 들였다. 부정적인 감정을 대체하고 새로운 감정으로 만들었다. 분노의 감정이 결의로 바뀌었고 불확실한 감정 상태를 무언가 새로운 것을 배운다는 흥분으로 대체했다. 감정이 부정적이 되거나 비생산적이 될 때마다 멈추려고 애썼다. 그러자 즉시 자신감이 생겨나고 더 큰 효과를 얻게 되었다.

감정을 변화시켜라

DIRECT 프로세스는 감정을 통제하는 상황에서는 약간 다르게 활용해야 한다. 감정을 통제하고 부정적인 생각을 건강한 표현으로 바꾸겠다는 태도로 프로세스에 접근해야 한다. 처음으로 감정을 감지하면 우선 그 감정이 자신의 몸 안에 존재한다는 것을 인정하라. 피부와 근육에 담겨 있는 감정을 인식하라. 자신과 감정 사이에 일정한 거리를 만들어 주기 위해 깊이 호흡하라. "내 생각이나 느낌과는 달라."라는 주문과 결합하면 좋다. 이렇게 거리를 만들어 주면 일단 감정이 차단되었다가 다시 생겨나게 되어 보다 건강한 표현으로 집중과 에너지를 돌릴 수 있다. 긍정적인 자기 대화와 간단한 시각화를 통해 잠재의식에 새로운 감정 상태를 전달하라. 자신이 지향하는 긍정적인 감정 상태로 바뀌는 과정을 지켜보라.

이런 연습을 하기 위해 아래에 적어 놓은 주요한 부정적 감정과 각각에 상응하는 더 건강한 감정을 살펴보라. 조용한 장소에 앉아 긴장을 풀고 눈을 감아라. 한 번에 하나씩 부정적인 감정을 떠올려 보라. 예를 들어 분노를 느꼈던 때를 떠올릴 수도 있다. 그때 머릿속을 지나갔던 생각과 몸이 느꼈던 바를 떠올려라. 연습인데도 불구하고 당신의 몸이 그때의 감정을 똑같이 되살린다는 걸 깨달아라. 이제 DIRECT 프로세스에 따라 부정적인 생각을 더욱 긍정적인 생각으로 바꾸고 몸이 각각의 변화를 어떻게 느끼는지에 주목하라. 필요하다면 긍정적인 특성을 실제로 느끼고 표현했을 때의 기억도 떠올려서 그 때의 경험을 보다 생생하게 느껴라.

주요 감정 : 건강한 표현
분노 : 명확성, 결의
공포 : 빈틈없음, 열의
탐욕 : 만족, 너그러움
의심 : 호기심, 흥분
질투 : 수용, 사랑

이상의 방법으로 훈련을 한다면 곧 익숙해질 것이다. 다음에 어떤 일이 있어났을 때 그에 반응하여 부정적인 감정을 경험한다면 자동으로 DIRECT 프로세스를 시작하라. 그러면 감정의 풍경을 변화시키고 새로 활력을 얻어 다시 싸움으로 돌아갈 수 있게 된다.

이미 DIRECT 프로세스를 활용하여 정신과 주의를 통제하고 있다. 이제 이 연습을 감정으로까지 확대하라. 결국 사랑이나 공포 같은 근원적 감정(삶의 최초의 순간에 경험하는 감정으로 인간이 경험하는 긍정적, 부정적 현실을 영구히 특징짓는 감정)을 제외한 대부분의 감정은 생각의 힘으로 저장된다. 부정적인 감정을 찾아내서 멈추고 긍정적인 감정으로 전환할 수 있다. 감정으로 인하여 어떤 생각을 하게 되느냐가 아니라 감정이 어떻게 느끼는지를 알아내는 방법을 배우는 것이 핵심이다. 우리는 마음은 물론 몸으로도 감정을 경험한다. 그런 탓에 정신으로는 감정을 억제하고 부정함에도 불구하고 때때로 몸이 반응하는 것을 느끼게 된다. 예를 들어 화가 나면 근육이 경직되고 두려움을 느끼며 숨을 멈추게 된다. 특정한 근육이 경직되고 호흡이 어려워지고 마음이 어떤 생각과 이미지에 사로잡혀 감정의 경험을 억제한다. 반대의 경우도 가능하다. 무슨 얘기인가 하면 근육의 긴장을 풀고 원래의 호흡을 찾고 마음을 고쳐먹는 방법을 배울 수도 있다는 거다. 상황을 좀 더 완전하게 이해하고 처음으로 상황을 의식적으로 느낄수 있게 된다.

자긍심을 세워라

부정적인 감정은 자아의식을 약화, 축소한다. 자신의 내면이 선량하다는 믿음은 자긍심을 세우는 데 매우 중요하다. DIRECT 프로세스의 '훈련 단계'를 이용하여 긍정적인 감정 상태가 새롭게 기질의 일부가 될 때까지 훈련한다면 자연스럽게 자긍심이 올라갈 것이다. 주의를 통제하는 동시에 끊임없이 긍정적인 자기 대화를 하면 자신에 대해 몇 배나 더 긍정적으로 느낄 수 있다. 기록을 하면서 정기적으로 감사하는 연습을 하면 긍정에 계속 집중하는 데 도움이 되고 특히 부정적인 생각이나 느낌에 휩싸일까 봐 걱정될 때 힘이 된다. 아침 의식의 일부로 자신의 좋은 점을 적어도 하나를 기록하라. 저녁 의식에서는 자신이 감사하는 것을 적어도 하나를 기록하라(이러한 의식의 개요에 대해서는 부록 2에 적었다). 감동을 받았다면 하나만 적지 말고 그 이상을 기록하라. 특히나 끔찍한 하루를 보내서 자신에 대해서도 그날 하루에 대해서도 긍정적인 생각이 바로 떠오르지 않는다면 '더 나아지려는 내 열망, 그게 내가 지금 느끼고 있는 좋은 점이야.'라거나 '오늘 하루 살아 있음에, 건강하고 일을 하고 있음에 감사드려.'라고 적어도 좋다.

낙관주의자가 되어라

일이 다 잘 풀릴 거고 모든 일은 목적이 있어서 일어난다는 믿음을 가지고 언제나 낙관적으로 생각하라. 감정 회복탄력성은 이런 면에서 영적인 발전과도 상통한다. 네이비씰의 나를 이기는 연습을 하면 성공하고자 하는 의지를 강하게 키워 나가고 하나하나의 작은 승리를 거둘 때마다 점점 낙관적인 생각이 강해짐을 깨닫게 된다. 20배수 도전을 하고 정신력을 키우는 훈련 과정에서 자신감이 늘어가게 되면 각각의 목표를 마주하고 미션을 완수할 때마다 스스로 규정지은 한계가 사라지고 전사의 영혼이 강해지는 것을 느낀다. 영혼에 대해 얘기한다고 해서 꼭 종교를 전제로 하는 것은 아니다. 하지만 만약 당신이 종교적인 사람이라면 믿음 역시 긍정적인 면이 성장하는데 연료가 될 것이 분명하다. 일부 교육생들은 영적 감각이 확장됨에따라 자신의 가지고 있는 신앙의 전통과도 더 깊은 관계가 맺어졌다고 말하기도 했다.

영성이나 영혼의 근원을 어떻게 정의하는가와는 상관없이 그 힘을 낙관적 인생관을 키우는 쪽으로 돌려야 한다. 인생이란 도전의 희생자가 되면 안 된다. 대신 인생이 줄 수 있는 가장 값진 교훈을 찾기위해 끝없는 여행을 하는 전사가 되라. 나중에 보게 될 '한 가닥 희망찾기' 훈련이 연습에 유용하다.

자신에게서 눈을 떼라

자신에게만 관심이 있는 사람은 남을 위해 봉사하는 사람보다 방어적이 되기 쉽고 감정적으로 성숙하지 못하는 경향이 있다. 네이비씰에서는 승리하기 위해 자신에게서 눈을 떼고 동료를 바라보는 법을 가르친다. 시간이 흐르면 이런 노력이 자연스럽게 그들의 일부가 되고 형제애라는 유대감이 형성된다. 자신에게도 마찬가지로 노력하면 겸손함과 관대한 태도는 물론 감정적으로 굳센 결의가 생긴다. 우리 모두가 발전하는 데 있어 매우 중요한 단계이다. 그러니 신중하게 고려해 볼 가치가 있다.

진정한 동료는 서로의 필요에 주의를 기울이고 협조와 봉사의 자세로 함께 일하며 필요할 때 도움을 준다. 싱크대를 청소하는 것이건 쓰레기통을 비우는 것이건 팀 공동의 필요를 외면하지 않는다. "리더가 편하게 일하게 하려면 어떻게 해야 할까? 동료가 좀 더 효율적으로 일할 수 있게 하려면 어떻게 해야 할까?" 스스로에게 물어보라. 봉사하려는 자세가 되어 있다면 모두가 이전과는 전혀 다른 수준으로, 한발 나서서 역할을 수행한다. 다만 마지못해 하거나 업무의 일부로 하는 건 봉사가 아니라 의무라는 사실에 주의하라. 봉사는 긍정적인 힘을 몇 배로 증가시키고 개인이나 팀의 '영적인 은행 계좌'에 에너지를 저금하며 받는 사람도 주는 사람도 더 나은 존재로 향상시킨다. 하지만 이런 환경에서 봉사가 아닌 의무는 아무런 가치가 없거나 심지어는 은행 계좌에서 에너지를 인출하는 것처럼 부정적이 될 수 있다.

효과적인 목표를 세워라

세상이 당신의 삶에 빚을 졌다고 생각하지 마라.
세상은 아무 것도 빚진 것이 없다. 세상은 원래부터 그냥 여기에 있었다.
– 로버트 존스 버데트(1844~1914), 미국의 성직자이자 유머 작가

원칙 3에서 가치를 기준으로 목표의 순위를 매기는 방법을 설명했다. 이 방법을 활용하면 우선순위가 흔들리지 않고 결과적으로 목표를 성공으로 이끄는 데 계속 정밀 조준할 수 있다. 이제 한걸음 물러나 최초의 목표와 전반적인 미션을 어떻게 정할지 살펴보자.

전반적인 미션처럼 크고 장기적인 목표건 주요 목적을 향한 여정에 있는 작고 단기적인 목표건 간에 목표를 세울 때마다 정신력에 양분을 주는 성공의 상승 곡선에 불을 붙여야 한다. 이는 자신이 얻으려고 노력하는 대상('이유')을 찾고, 긍정적인 추진력을 얻기 위해 시각화하고 집중할 대상을 스스로에게 부여하는 과정이다. 목표를 이룰 때마다 맛보는 성공의 희열과 온몸에 휘몰아치는 자신감이 자아의식을 확장시키고 감정 회복탄력성을 제고하며 다음 도전에 더 쉽게 맞서게 해준다. 그러나 처음부터 적절한 목표를 세우면 목표를 훨씬 더 쉽게 달성할 수 있다.

잘 수립된 목표란 정확하고 긍정적이고 기록할 수 있는 목표이다. 그런 목표는 측정 가능하고 삶과 연계되어 있으며 적절한 시간 계획 하에 수립된다. 기간이 너무 짧으면 내용이 알차지 못한 목표거나 그렇지 않더라도 결국 실패를 맛보고 만다. 그렇다고 기간이 너무 길면

급하다는 생각이 들지 않기 때문에 자신의 정한 목표의 시야를 벗어나 버린다. 그래서 반드시 자신이 보유하고 있는 기술과 자원으로 달성할 수 있는 목표여야 한다. 적절한 목표를 설정할 때 필요한 마지막 요소는 무엇일까? 목표는 자신의 현재 상황을 반영해야 한다. 이런 속성이 앞서 언급한 SMART(구체적이고, 측정 가능하고, 달성할 수 있고, 현실적이고, 시기적절한 혹은 기간 내에 이룰 수 있는)이다.

모든 목표는 중간 단계건 전체 미션 단계건 SMART의 기준을 통과해야 한다. SMART한 목표를 몇 개 놓고 그 가운데 가장 가치 있는 목표를 조준(목표의 우선순위를 결정)해야 한다. 이때 원칙 3에서 배운 FITS 모델을 이용하면 좋다.

어려운 일일수록 목표는 작게 잡아야 한다. 이런 '미세 목표'는 전체 미션을 정밀하게 쪼개 놓은 것으로 목적을 달성하려면 미세 목표에 초집중해야 한다. 일을 실행할 때의 기준점이 되기도 한다. 교육생들에게 45분 동안 팔굽혀펴기 자세를 유지하라고 시키면 다들 팔이 부들부들 떨리는 게 보인다. 45분 내내 집중하라고 요구하지는 않는다. 1분 1분에 집중하고 버티라고 주문한다. 지옥주 훈련을 받을 당시 나는 네이비씰의 삼지창 배지를 받는 데 초점을 맞추지 않았다. 나와 동료가 지금 이 순간 받고 있는 훈련을 무사히 끝내는 데만 초점을 맞췄다.

한 번에 너무 많은 목표를 세우지 마라. 한 번에 너무 많은 목표를 세우면 정밀 조준 능력이 흐트러진다. 네이비씰은 큰 차원의 전체 미션이건 작은 차원의 개별 목표건, 한 번에 하나에만 집중한다는 사실을 기억하라. 비현실적인 시간 계획은 실망을 불러올 가능성이 있다.

현실에 맞게 목표를 수정하지 않는 건 자신의 사고가 융통성 없음을 보여 줄 뿐이다. 우리가 키워 나가려고 노력하는 창의성과는 정반대 지점이다. 과정상의 목표나 '존재' 목적이 결여되어 있으면 실제로 개선을 하고 지속하는 데는 충분히 집중하지 못한 채 오직 성취에만 경도될 우려가 있다(다만 더 큰 존재 목적으로 가는 도중이라면 성취를 목표로 포함하는 것도 때로 필요하기는 하다). 끝으로 발전을 측정하고 기록하면서 매일 스스로 확인해야 한다. 이게 얼마나 중요한지는 아무리 강조해도 지나치지 않는다. 매일 확인하면 궤도에 머물고 가속도를 유지하며 자신에게 책임을 질 수 있게 된다. 이번 장의 마지막에 적은 실전 연습 부분에서 네이비씰의 나를 이기는 연습에 따라 목표를 설정하는 방법을 자세하게 설명하겠다.

마음속에 구체적으로 그려라

위대한 생각들로 마음을 가꾸어라.
그러면 당신이 생각하는 것보다 더 높은 곳에 이를 수 있을 것이다.
– 벤저민 디즈레일리(1804~1881), 영국 수상, 국회의원

도전 과정에서 굳건한 단기 목표에 집중하고 긍정적인 자기 대화에 몰두하며 심호흡도 하고 있는데 내면에서는 재앙 같은 결과만 떠오른다면 어떻게 될까? 생각해 보라. 실패가 뻔히 보이지 않는가. 그렇기 때문에 정신력을 불러오는 도구로 시각화가 다시 등장하게 된다. 3가지 형태로 시각화를 연습할 수 있다. 인도된 명상, 정신적 투영, 정신적 예행연습. 인도된 명상은 마음속에서 특정한 경험을 할 수 있게 하는 일련의 이미지들을 활용하는 것인데 일반적으로 휴식과 치유를 촉진하고 잠재의식에 다가가도록 해준다. 시각화의 종류는 다양하다. 예를 들면 '고요한 물' 프로그램이나 마음 수련장 연습도 포함된다. 무수히 많은 경우에 실제 응용이 가능하기 때문에 다수의 영적 전통이나 자기계발 교육 기관에서도 이용된다. 그러나 정신력과 정신적 투영, 정신적 예행연습을 하는 데 더 효과적이다.

원칙 1에서 '미래의 나'를 시각화하는 정신적 투영 방법을 배웠다. 자신이 목표를 달성하는 모습을 시각화하라. 결과를 최대로 끌어내기 위해 가능한 한 생생하게 상상하라. 실제로 그곳에 있는 것처럼 색깔을 인식하고 소리를 듣고 냄새를 맡고 맛을 보고 감정을 느껴라. 이 과정을 반복하고 내면으로 '찾아가면서' 미래의 나의 모습을 강화하라. 잠재의식 속에 가상의 씨앗을 심으면 가능성 있는 미래를 개연성 있는 미래로 바꿀 수 있다. 잠재의식을 활성화시켜서 의식과 조화를 이뤄 작동하게 하라.

원칙 3에서 가상의 사전 연습과 마음속에서 기술을 연마하고 행동해 보는 정신적 예행연습에 대해 설명했다. 정신적 예행연습을 반복하면 가상으로 연마한 기술이 잠재의식과 신경계에 각인되어 내면과 외면이 일치하게 된다. 연구 결과에 따르면 정신적 예행연습에 몰두하는 것만으로도 실제 예행연습과 유사한 결과를 만들어 낸다고 한다. 이미 익숙해진 상태라 실제로도 향상된 성과를 내기 때문이다. 타이거 우즈는 정신적 예행연습 덕분에 경기에서 뛰어난 성적을 올렸다고 밝혔다. 물론 다른 누구보다도 더 많은 스윙 연습을 하기도 했겠지만.

정신적 투영과 정신적 예행연습은 둘 다 정신력을 이루는 데 중요하다. 힘든 상황에서도 궤도를 벗어나지 않으려면 두려움을 다루는 기술이 필요하기 때문이다. 시각화를 통해 두려워하는 무언가를 미리 '경험'함으로써 실제로 두려움과 맞닥뜨렸을 때 공포반응을 완화할 수 있다. 예를 들어 남들 앞에서 말하는 걸 두려워한다면 마음속에서 연설을 예행연습하라. 자신 있게 말하고 청중들을 매료시키고 그들의 관심을 사로잡는 모습을 그려 보라. 실제로 연설할 상황이 왔을 때 주눅이 들지 않을 것이다.

성과의 상당 부분은 마음을 완벽하게 통제하는 능력에 달려 있다. 시각화가 성공하면 교육생들은 다들 매우 흥분한다. 정말로 결과를 바꿔 놓을 수 있기 때문이다.

상자 호흡

좌식 명상 자세를 취하라. 편하기만 하다면 다른 자세도 좋다. 등을 꼿꼿이 펴고 턱은 약간 안으로 잡아당겨라. 가만히 앞을 응시하거나 눈을 감아라. 손은 무릎 위에 가볍게 얹고 호흡에 주의를 기울여라.

❖ 천천히 몇 차례 횡격막 호흡을 하라. 넷을 세면서 숨을 들이마시고 곧바로 넷을 세면서 완전히 숨을 내쉬어라. 준비 운동 삼아 4차례 반복하라.

❖ 이제 상자 호흡 연습을 시작한다. 넷을 세면서 천천히 코로 숨을 쉬어라.

❖ 넷을 셀 동안 숨을 멈춰라. 호흡의 질에 집중하면서 마음속으로 어떤 생각이 들어가는지 관심을 기울여라. 마음이 흔들리면 다시 서서히 호흡에 신경 써라.

❖ 넷을 세면서 천천히 코로 숨을 내쉬어라

❖ 다시 넷을 셀 동안 숨을 참아라. 호흡의 질에 주의를 기울이고 마음을 지켜보라.

이 과정을 적어도 5분 동안 반복하고 한 번에 20분 동안 할 수 있을 때까지 연습하라. 시간이 흐르면 숨을 들이마시고 내쉬고 참는 시간을 늘릴 수 있게 된다. 마음을 안정시키고 꼼지락거리지 않으려고 노력하라. 생각이 떠오르면 그냥 내버려 두고 다시 호흡에 주의를 기울여라. 상자 호흡법을 아침 의식의 일부로 삼아라(부록 2 참조). 낮 동안에는 이메일을 읽을 때라든가 기회가 생길 때마다, 아니면 과도한 스트레스를 느낄 때 '막간 운동' 삼아 상자 호흡을 하라.

스트레스를 성공으로 전환하기

금전 문제처럼 만성적이고 낮은 수준의 스트레스건 전투처럼 극심하고 극단적인 스트레스건 스트레스에 대한 반응을 통제하기 위해서는 다음 3단계 과정을 연습하고 숙달해야 한다. 여기에는 원칙 2의 실전 연습에서 다뤘던 정신 통제나 회복탄력성을 위한 DIRECT 프로세스(감지하고, 중지하고, 생각을 돌리고, 열정을 북돋고, 대화하고, 훈련하기)도 포함된다. 아울러 생리적 반응을 통제하기 위한 심호흡과 결합하면 한 단계 더 나아갈 수 있다.

1단계: 부정적인 생각과 감정을 다루는 법은 이미 배웠다. DIRECT 프로세스를 연습하여 스트레스를 받는 상황이 발생했을 때 몸과 마음이 상황을 감지하고 자동적으로 반응하려고 하면 재빨리 알아차리고 반응을 멈춰라.

2단계: 반응을 통제하라. 상자 호흡으로 교감 신경계의 반응을 변화시켜라. 스트레스 반응이 다시 촉발되는 것을 막을 수 있다.

3단계: 몸과 마음을 침착하게 유지하고 압박이 느껴지더라도 계속 심호흡을 하면서 집중하라(상자 호흡을 하지 않아도 된다. 숨을 들이마시고 내쉴 때 숫자를 셀 필요도 없고 숨을 참을 필요도 없다). 이와 동시에 가능하다면 긍정적인 자기 대화를 하여 자긍심을 강화하고 바로 정신적 투영을 실시하여 낙관적인 마음을 불러 일으켜라. 호흡을 깊이 하면서 통제하는 한편 긍정적인 방향으로 주의를 통제하고 좋은 이미지를 그리면서 파괴적인 생각과 감정이 스며들지 못하게 할 수 있다. 전에 연습했던 대로 모든 것을 긍정적이고 건강하게 유지하려면 자신의 반응과 언어를 계속 감시해야 한다. 명심하라.

연습을 반복하면 상황이 명확하게 보이고 집중력과 회복탄력성이 향상되어 스트레스가 사라지는 것을 느낄 수 있다. 자신이 발전한다는 사실을 인식하게 됨에 따라 자연스럽게 자신감이 생긴다. 그 결과 성공으로 향하는 상승 곡선에 올라탈 수 있도록 지속적으로 양분이 공급될 것이다.

어떤 개를 키우고 있는가?

하루에도 주기적으로 몇 차례 정신을 쉬게 하면서 정신의 상태에 주목하라. 무엇을 하고 있건 간에 일단 멈추고 조용히 그 순간의 생각과 '감정의 상태'를 점검하라. 필요하다면, 분노, 질투, 평화, 흥분 등의 단어로 분류하면서 감정을 확인하라. 당장은 감정을 명확하게 알 수 없더라도 떠오르는 단어가 어떤 개와 관련되는지, 즉 용맹한 개인지 겁쟁이 개인지 알기만 하면 스트레스를 받아서 부정적으로 느끼고 있는지 아니면 몰입하면서 긍정적으로 느끼고 있는지 알게 된다. 자신의 정신과 감정이 어떤 상태인지 알게 되면 DIRECT 프로세스를 활용하여 정신과 감정을 긍정적인 상태로 유지할 수 있다.

조언 1: 팔목에 고무줄을 끼워라. 고무줄이 눈에 띌 때마다 잡아당기고는 바로 그 순간의 생각과 느낌에 주의를 기울여라. 언제나 앞으로 달려 나가는 유형이라면 특히 도움이 된다. 쉽게 눈에 띄고 주의를 끌 수만 있다면 고무줄이 아니라 다른 걸로 대체해도 좋다.

조언 2: 핸드폰 등으로 일과 중 매 2,3시간 간격으로 타이머를 설정해라. 타이머가 울리면 위에 적은 단계대로 연습하라. 사무실에서나 집에서 하기에 좋은 방법이다.

조언 3: 어떤 방법을 사용하건 간에 1주일 동안은 매일 연습하고 그때의 생각과 연습 결과를 기록하라. 생각이 떠오를 때의 마음의 상태를 파악하고 DIRECT할 수 있다고 생각되면 주 3회로 연습을 줄여라. 매순간 어떤 개를 키우고 있는지 습관처럼 파악할 수 있게 되었다고 느낄 때까지 연습하라.

스마트한 목표 세우기

수첩을 들고 조용히 앉아서 원칙 1에서 정의를 내렸던 자신의 열정과 가치, 목적을 떠올려 보라. 이제 삶에서 자신이 되고자 하고 이루고자 하고 가지고자 하는 모든 것을 생각하라. 내년에는? 5년 뒤에는? 빠짐없이 다 적어라.

❖ 가장 흥분되고 목적을 완수하도록 움직이게 하는 인생의 목표와 미션 3개를 고르라. 그다음 그것들을 3년과 1년의 목표로 세분화하라. 이 목표들을 SMART한 용어로 정리하라. 목표를 이뤘을 경우 어떤 느낌일지, 목표를 이루지 못했을 경우 어떤 느낌일지를 적어 보라.

❖ 몇 차례 심호흡을 하면서 마음을 편히 하라. 마음 수련장으로 들어가라. 그곳에 설치한 스크린을 이용하여 목표를 이뤘을 때의 자신의 모습을 마치 지금이 순간 실제로 목표를 이룬 미래를 살고 있는 것처럼 가능한 한 상세히 그려보라.

❖ 1년의 목표를 세분화한 분기별 목표 중 최상위 3개에 대해서도 같은 과정을 반복하라.

이 과정을 끝냈다면 명확한 참고 자료가 되도록 보기 좋게 리스트를 정리하라. 모든 목표를 체계화하고 분기별 목표를 월별, 주별, 일별 목표로 더 세분화하고 싶다면 부록 1에 있는 집중 계획표를 활용하라. 부록 2에 있는 매일 아침 의식의 일환으로 집중 계획을 검토하라.

지금까지 네이비씰의 나를 이기는 연습에서 배운 기법을 활용하여 이들 목표 중 몇몇은 이미 추구하고 있는지도 모르겠다. 훌륭하다. 계속 밀고 나가라! 그러나 이미 세운 목표라 하더라도 위에 적은 프로세스를 따라야 한다는 걸 명심해라. 그렇게 해야 제대로 된 목표에 제대로 집중해서 확실하게 승리하는 정신력을 키울 수 있다.

Principle 6

깨부숴라

"나는 다 알아."라고 말하는 순간 발전은 멈춘다.
– 샤론 리(1952~), 미국 작가

"마크, 문제가 있어요." CFO인 리사가 걱정스러운 표정으로 사무실에 들어왔다. 이제 막 웹사이트를 새로 개설하고 e커머스 사업인 네이비씰닷컴을 시작한 시점이었다. 나날이 발전하는 웹 기술을 최대한 활용하여 외주 제작한 새 웹사이트는 글로벌 금융 위기로 인해 말 그대로 하룻밤 사이에 매출이 40%나 감소한 사업을 회복시키려는 노력의 일환이었다. 그러나 안타깝게도 일이 계획대로 돌아가지 않는 것 같았다. 리사는 "새 웹사이트로 들어오게 하는 데 실패한 것 같아요. 일반 검색이 80%나 감소했어요."라고 말했다.

리사는 아직 더 나쁜 소식은 모르고 있었다. 매달 12만 5천 달러의 수익을 내면서 번창하던 온라인 스토어가 불과 몇 달 사이에 매출이 2천 달러까지 하락했다. 웹 개발자가 일을 망쳐 버린 덕분에 자금도 바닥나 버렸고 몇 년간 쌓아온 성장 동력마저 일거에 잃어버렸다.

일반 검색은 어찌할 방법이 없다. 웹사이트의 트래픽이 증가하려면 시간이 걸린다. 겨우 사업을 유지할 수는 있었지만 더 이상 직원들은 물론이고 나 하나도 버티기 어렵다는 걸 알았다. 깨부숴야 할 필요가 있다고 판단했다.

사무실에 홀로 앉아 앞으로 사업이 어떻게 될지 심사숙고하고 미래를 그려 보기 위해 정신을 집중하였다. 2007년 정부 계약에서 손을 뗀 후 네이비씰닷컴에 막대한 자금을 쏟아부었다. 시작은 작은 트레이닝 센터였다. 씰핏의 콘셉트를 구현해 나가는 동안 네이비씰닷컴을 자금원으로 활용하려 했다. 과거의 나였다면 사업을 원상태로 회복하기 위해 있는 힘을 다 했을 것이다. 더 많은 자금을 유치하려고 애쓰는 한편 아마 다른 사람을 고용해서 웹사이트를 고치려 했을 것이다. 비슷한 상황에서 남들에게라면 아마 일이 잘 돌아가게 할 다른 방법이 있을 거라고, 잘 찾아보라고 권했을 것이다. '이미 너무 많은 걸 쏟아부었어. 이렇게 끝낼 수는 없잖아'라고 생각하는 게 인지상정이다.

그런데 지금 이 순간 더 큰 그림을 그려 보니 앞으로도 너무 많은 시간과 돈이 필요할 뿐만 아니라 그 정도로 충분히 열정이 있지도 않다는 걸 깨달았다. '어떤 일이 있더라도 해낼 수 있다'는 생각이 들었지만 그 틀을 깨려고 의식적으로 노력했다. 새로운 사업에 집중하기 위해 옛 사업은 흘려보내기로 했다. 그렇게 하자 내 안의 에너지가 새로운 방향으로 옮겨 가고 낙관적인 생각이 커가는 게 느껴지기 시작했다. 기회는 혼란 속에서 모습을 드러낸다. 이 길이 옳은 길이라는 걸 '알 것 같았다'. 네이비씰 복무를 마치고 정부 계약을 거절한 뒤 한 번도 강하게 느껴 보지 못한 감정이었다.

파산을 피하려면 우선 조직을 간소화해야 했다. 그날 하루가 끝나 갈 무렵 얼마 안 되는 네이비씰닷컴의 조직을 정리하고 사업에 대한 기대를 새로운 분야에 돌리기로 결정했다. 쉬운 결정은 아니었다. 하지만 내 신념과 직감을 따져 보니 불행과 깊은 안타까움(누가 정리해고를 하고 싶겠는가?)은 힘들지만 꼭 필요한 결정을 내리는 과정에서 일시적으로 느끼는 감정이라는 생각이 강해졌다. 올바른 길이라는 확신이 들었다. 위기 상황에서도 직원들에게 계속 정보를 제공해 준 덕분에 다행히 직원들도 현재 상황을 잘 알고 있었다. 직업을 잃거나 해고하는 것은 둘 다 사업의 기본이지만 직원들을 떠나보낼 때도 예의는 지켜야 한다고 믿는다.

다음 날 아침 아내 샌디와 함께 지금의 상황을 이해하려고 노력하면서 지난 몇 년 동안 하지 않았던, 내키지 않는 일 몇 건을 처리해야 했다. 내가 씰핏을 하나하나 이뤄 갈 때 아내는 엄청난 도움을 주었다. 아내와 딸 신디, 사위 리치의 도움에 힘입어 네이비씰닷컴을 다시 정상화시키고 지속 가능한 사업으로 만들었다. 월급을 다시 받기까지 2년이나 걸렸지만 씰핏이 네이비씰의 잔해를 딛고 날아오른 경험을 통해 무언가를 더 나은 것으로 새로 만들기 위해서는 때때로 깨부숴야 할 필요가 있다는 교훈을 얻었다. 깨부수는 법을 배우려면 아래 항목을 참고하라.

❖ **완전히 몰입하기**
❖ **실패를 빨리 경험하기**

❖ 차이점을 찾아 기회를 포착하기

❖ 혁신하고 재빨리 적응하기

이번 장에서는 자신을 위해 이러한 교훈의 힘을 활용하는 법을 설명한다.

완전히 몰입하라

하거나 하지 않거나지 한번 해보겠다는 건 없다.
– 요다, 「스타워즈 에피소드 5: 제국의 역습」에서

2004년 이라크에서는 선출직 지도자들의 안전이 큰 문제였는데 '국가 재건'이란 관점에서 보면 이들의 안전은 국무부 소관이었다. 그러나 국무부는 이라크가 혼란스러운 상황인데다가 극도의 위협이 존재하는 교전 지역이라 작전을 수행할 수 없다며 손을 떼버렸다. 대신 국무부는 W중령 지휘 하에 있는 네이비씰 1팀에 그 미션을 넘겨 버렸다.

중령과 그의 팀은 미션을 성공시키기 위해 우선 빨리 깨부숴야 했다. 위험 지역에서 VIP 한 명을 데리고 나오는 임무와 1년 365일 지구상에서 가장 위험한 지역에서 외국 정부의 선출직 공무원 5명을 보호하는 임무는 차원이 전혀 다르다. 한 사람을, 한 번, 한 장소에서 보호할 때 활용하도록 고안된 보호 지침을 활용해 일상적인 활동을 하는 다수의 사람을 어디서 공격해 올지 모르고 일회성으로 끝나지도 않을 위협으로부터 보호해야 했다. 대체 어떻게 해야 할까? 예상했겠지만 네이비씰 1팀은 방법을 찾아냈고 60일 동안 미션을 성공적으로 수행해 냈다. 네이비씰 1팀이 빠르게 선제적으로 공격하고 새로운 기술을 찾으며 정립했던 개념을 근간으로 이번 장을 풀어 나가겠다.

배를 불태우고 배수진을 쳐라

동료가 자신의 목숨을 믿고 맡길 수 있을 만큼 진심을 다해 헌신하려면 배를 불태워 달아날 여지를 없애고 배수진을 쳐야 한다. 탈출구를 봉쇄했기 때문에 도전의 기치를 올리고 앞으로 나아가야만 한다. 중요한 결단의 순간에 '어쩌면' 따위는 없다. W중령과 팀원들이 실제로 입증해 보였다. 사실 네이비씰에게 단순 경호 업무는 터미네이터에게 애를 보라고 하는 것과 마찬가지지만 일단 명령이 내려지면 대답은 "네, 문제없습니다!"이다.

확신은 타성을 깨부수고 추진력을 얻는 데 필수적이며 강력한 에너지원이 된다. 확신은 오로지 몰입할 때만 찾을 수 있다. 어정쩡하게 몰입한다거나 어쩌면 몰입할 수도 있다거나, 그런 건 없다. "그래, 문제없어!"라고 말할 때 비로소 긍정적인 의지와 에너지를 확실하게 쏟을 수 있다. 반대로 "한번 노력해 보지."라는 건 약해 빠진 패배주의다. 태도의 문제이기도 하고 행동의 문제이기도 하다. 예를 들어 보

자. 네이비씰닷컴이 실패했을 때 그만둘 수도 있었지만 그만두는 대신 사업을 재창조하고 우선순위를 새로 정하고 기대치를 조정하는 데 몰입했다.

지금 사회에서 헌신의 가치가 얼마나 떨어졌는지 알고 있는가? "네가 말한 대로 행동해야 해, 이상."이라고 주장하는 대신 "최선을 다해 노력했다."는 걸 영예롭게 생각한다. "정말 하려고 했는데 상황이 여의치 않았다."며 받아들여 버린다. 「스타워즈」에서 루크 스카이워크를 냉엄하게 지도했던 요다처럼 말하자면 "하거나 하지 않거나지 한번 해보겠다는 건 없다!" 가지고 있는 전부를 바쳐야 한다. 그렇게 못하겠다면 "아니."라거나 "지금은 안 돼."라고 말하라.

길을 찾아라, 아니면 만들어라

최강의 전사들은 이미 어떻게 처리해야 하는지 알고 있는 것에만 몰입하지는 않는다. 네이비씰의 좌우명은 '길을 찾아라, 아니면 만들어라'이다. 몰입하면 알아낼 수 있다. 어떤 도전도 완전히 새롭거나 독특하지는 않다. 지금 가지고 있는 사고방식의 틀을 깨려면 미래에 대한 예측과 과거의 아이디어를 섞어야 한다. 그래야 현재의 해법을 찾을 수 있다.

2004년, 많은 사람들이 이라크의 상황이 호전되고 있다고 느꼈다. 백악관이 네이비씰에 경호 업무를 맡겼을 때 W중령은 철저하게 조사를 한 후 상황이 실제로는 나빠질 수 있다는 걸 깨달았다. 반란군이 아직 성숙하지 못한 이라크의 민주주의를 와해시키고 네이비씰의 미션을 실패로 만들기 위해 노력하고 있었기 때문이다. 언제 피살될지 모르는 이라크 지도자들을 지킬 수 있는 방법을 알아내려면 외부와 단절되어 있어서는 안 되었다. W중령과 네이비씰 1팀은 우선 현재의 국무부 규약을 살폈다. 또한 아프가니스탄에서 카르자이 대통령을 경호했던 네이비씰 팀과도 접촉했다. 이라크에서 수송대를 경호했던 블랙워터나 트리플 캐노피 같은 민간업체와도 연락을 취했다. 위협을 탐지하고 추적하기 위해 활용할 만한 신기술은 없을지 조사했다. 함께 일하게 될 이라크 측 담당자들을 어떻게 조직하고 어떻게 협력할지에 대해서도 브레인스토밍을 했다. 미션을 달성하기 위한 계획 하에 정보를 모으고 거르고 추려 냈다. 마침내 완전히 새로운 SOP(관리 운용 규정)를 만들었다. 지금까지 그 누구도 교전 지역 한가운데서 이 정도 규모로 수행한 적이 없는 미션을 달성하기 위한 전략도 수립했다. 처음부터 그들은 깨부수겠다는 의지를 갖고 새로 더 잘 만들 수 있는 방법을 찾기 위해 몰입했다. 그 결과 다양한 형태로 400번도 넘게 시도된 이라크 지도자들에 대한 살해 기도를 방지하고 지도자들을 보호해 냈다. 특수 작전을 수행하는 동시에 이라크 군을 훈련시켜 자신들을 대체하게 하기도 했다. 겨우 100명 남짓한 부대원이 이뤄 낸 놀랄 만한 위업이었다.

네이비씰 1팀은 경호 부대의 전형적인 지침을 '깨부쉈다'. 기존의 지침은 위협이 존재하되 상시적이지는 않은 상황에서 한 개인, 또는 한 가족을 보호하는 수준이었다. 그들은 다양한 형태로, 다수의 적들이 공격해 오는 교전 지역 최전선에서 효과적으로 활용할 수 있는 새로운 접근법을 만들어 냈다. 단지 보호막을 쳐놓고 공격받았을 때 방어하는 수준이 아니었다. 네이비씰 1팀은 한발 더 나아가서 이라크 지도자들에 대한 잠재적 위협까지 알아냈다. 그런 다음 특수 작전 팀을 보내 적을 추적하고 위치를 파악해서 적이 공격해 오기 전에 사전 차단했다. 각각의 임무가 결합되어 하나의 종합 작전이 되었다.

예를 들어 알카에다의 고위 지도층이 당시 이라크 대통령이었던 말리키를 노리고 있다는 첩보를 네이비씰 정보 요원들이 입수했을 때 용의자가 신원이 노출된 다른 반란군과 접촉하는지 여부는 물론 핸드폰, 비디오, 블로그 등을 통해 주고받는 연락까지 모니터링하기 시작했다. 현지인들 중 신뢰할 만한 정보 제공자들로부터 모은 조각 정보에서 중요한 결론을 도출해 냈다. 계획 단계에서부터 모든 정보가 바그다드 중심부를 향하고 있었다. 적의 소재를 파악하기 위해 새로 개발한 SOP를 바탕으로 정보팀은 마침내 목표가 있는 장소와 시간을 특정할 수 있었다. W중령과 네이비씰 1팀이 직접 행동을 개시했고 반란군이 공격을 감행하기 전에 체포할 수 있었다.

이와 같은 작전을 비롯하여 근본적으로 유사한 다른 작전들도 수행하기는 힘들지만 적을 계속 수세로 몰기 위해서는 어쩔 수 없는 선택이었다. 네이비씰은 위협이 다가오기를 기다리지 않는다. 위협을 향해 공격적으로 움직인다. 경호를 받고 있는 이라크 지도자들을 공격하려고 계획을 세웠던 테러리스트들도 이내 마을에 새로운 '보안관'이 나타났다는 사실을 알게 되었다. 이런 노력의 결과로 얼마나 많은 잠재적 테러리스트들이 공격을 포기했는지는 알 길이 없다. 그러나 상당수의 테러리스트들이 공격을 중단하고 보다 쉬운 목표를 찾는 쪽으로 방향을 전환하였음은 의심의 여지가 없다.

실패를 빨리 경험하라

성공이란 실패를 거듭하면서도 열정을 잃지 않고 나아갈 때 얻을 수 있다.
– 윈스턴 처칠(1874~1965), 영국 수상

세상은 혼란에 빠져 있고 운명은 준비된 자를 돕는다고 믿는다. 불행하게도 때로 혼란은 당신이 아무리 미션을 잘 보호하고 새로운 길을 찾는 데 몰입하더라도 통제하기 어렵다. 혼란스러운 상황에도 불구하고-때로는 혼란스러운 상황으로 인해- 앞으로 나아가는 행위는 근본적으로 위험을 내포하고 있다. 네이비씰의 나를 이기는 연습에서는 위험을 피하지 않기 때문에 아마 실제로는 성공을 경험하는 일보다 실패를 경험하는 일이 필연적으로 더 많을 것이다.

한 가지 좋은 소식은 예전과는 달리 더 이상 실패가 문화적으로 부끄러운 일이 아니라는 점이다. 직장을 잃고 사업이 완전히 망하고 회사건 개인이건 파산 신청을 하는 건 아주 흔한 일이 되었다. 요즘처럼 빠르게 돌아가는 세상에서는 새로운 기술이 하룻밤 사이에 산업을 바꿔 놓는다. 사업도 사회적, 정치적 풍경도 바람에 날리는 모래처럼 빠르게 변한다. 이에 따라 '빨리 실패하기'가 그 어느 때보다 중요해졌다. 의도적으로 무언가를 깨부수려면 관점을 바꿔야만 한다. 그래야 실패를 기대할 수도 있고 환영할 수도 있다. 개인적, 직업적 성장의 기회가 실패 속에 숨어 있기 때문에 실패를 찾아야 한다. 사실 실패만이 상황을 새로 더 낫게 만드는 데 필요한 통찰력과 교훈을 가져다준다. 이 사실을 깨닫는다면 실패가 방해가 되지는 않을 것이다.

내가 초기에 운영했던 프로그램에 피츠버그에서 온 철강 노동자가 참가했다. 수영 연습을 하러 바다에 갔는데 그가 바다으로 가라앉았다. 헤엄도 못 치고 물에 뜨지도 못했다. 너무나 겁에 질려 자신이 물속으로 가라앉고 있다는 말조차 못했다. 잠시 동안의 공포가 지나간 후 그를 뭍으로 끌어내었다. 네이비씰 훈련 항목에 바다 수영이 있기 때문에 이에 근거하여 우리도 당연히 바다 수영을 프로그램에 포함시켰다. 그러나 군대와는 아무런 연도 없는 보통 사람들이 점점 더 많이 훈련에 참가하게 되자 바다 수영을 할 만큼 수영 실력이 좋지 못한 사람들도 어쩔 수 없이 끌어들이고 있는 게 아닐까 의심스러워졌다. 이와 같은 명백한 실패(실패라고 적고 배움의 기회라고 읽는다)에 반사적으로 대응해서 수상 훈련을 취소하는 대신 프로세스를 다시 생각했다. 너무 위험하기 때문에 모든 참가자들을 깊은 바다에서 수영하게 시킬 수는 없었다. 하지만 허리 정도 깊이의 물에 들어가 통나무를 메게 하든가 물가에 서로 팔짱을 낀 채 앉게 한 후 '파도 고문'을 경험하게 할 수는 있었다. 이렇게 하면 차디찬 거센 물의 위험과 도전을 계속 느끼면서도 실제로 익사할 위험을 없앨 수 있었다.

네이비씰 시절의 동료 올든 밀스는 퍼펙트 푸시업Perfect Pushup 제품으로 엄청난 성공을 거뒀다. 올든의 퍼펙트 푸시업 출시 과정을 보면 빨리 실패하는 것이 얼마나 강력한 힘을 지녔는지 확실히 알 수 있다. 올든이 만든 첫 제품 바디 레브Body Rev를 내가 운영하는 네이비씰닷컴에서 판매해도 될지 테스트하던 기억이 난다. 이놈의 물건을 대체 어떻게 사용하는지 알 길이 없었다. 바디 레브는 손에 들고 있는 기기를 회전시키며 움직여서 코어 근육과 상체의 힘을 발달시키는 기구이다. 실제로 해보면 기기가 몸 앞에서 원을 그리며 돌아간다 (그래서 몸이 회전한다는 의미인 바디 레브란 이름이 붙었다). 150만 달러를 모아 여성 피트니스 시장을 겨냥하여 정보성 TV 광고를 구상, 제작하였는데 가만히 보니 나만 제품 사용법을 몰랐던 건 아니었나 보다. 바디 레브는 실패하고 말았다. 소비자들이 사용하기 너무 복잡하다고 느끼기도 했고 올든이 피트니스 시장에서 너무 작은 부분을 공략했기 때문이기도 했다. 수중에는 딸랑 2만 5천 달러가 남았고 성과는 거의 없었다.

이제 네이비씰에서 배운 능력, 실패를 스승으로 받아들이는 능력이 빛을 발할 차례다. 시간은 너무 촉박했고 수중에 남은 돈은 얼마 되지 않았다. 회의론자들은 이런저런 이유를 대며 시끄럽게 떠들어 댔다. 올든은 눈을 가리고 귀도 막고는 오로지 어떻게 이 상황을 타개하고 몇 달 안에 대박을 터트릴 수 있을지에만 강력하게 집중했다. 실패한 제품이지만 다른 시장에 맞게 잘 수정하여 손쉽게 위험 부담을 줄인 제품을 만들거나 아니면 사업을 완전히 접고 다른 길로 갈 수도 있었다. 올든은 완전히 새로우면서 다루기 쉬운 제품인 퍼펙트 푸시업을 개발하기로 했다. 제품의 고정 손잡이를 회전하는 사면에 장착하면 팔굽혀펴기를 하는 동안 손목, 팔꿈치, 어깨가 회전한다. 보다 인체공학적으로, 보다 기능적인 움직임이 가능하다. 이전의 실수

에서 교훈을 얻은 올든은 이번에는 몇몇 남성 스포츠 잡지(남성 스포
츠 잡지는 올든이 잘 알고 있는 시장이며 이전에 목표로 했던 여성 잡지보다
피트니스 제품을 광고하기에는 더 검증이 된 시장이다)에 지면 광고를 실
었다. 또한 남의 돈을 빌려 거창하게 광고를 하기보다는 자신이 가진
한도 내에서 광고 지면을 샀다. 이내 자신의 자금으로 정보성 TV 광
고를 만들 수 있을 정도로 수익을 올렸고 전국적인 인지도가 생긴 퍼
펙트 푸시업을 1년 만에 24,000군데 소매점에 공급했다.

시행착오를 체계화하라

빨리 실패하기는 네이비씰의 문화와 원칙에 내재되어 있다. 훌륭
한 리더는 실패가 중요한 역할을 함을 이해하고 실패를 받아들인다.
역풍에 지나치게 예민해서는 안 된다. 일이란 가끔 잘 안 풀리기도
한다. 의도가 좋았다면 그럴 때 마녀 사냥을 해서는 안 된다. 대신 무
엇이 잘 안 되었고 왜 잘 안 되었는지를 배워라. 다시 처음으로 돌아
와서 새로운 방법을 가지고 앞으로 나아가라. 만약 조직의 문화를 바
꿀 만한 위치에 있지 않다면 기초적인 수준에서부터 동료들이 더 많
은 위험을 감수하게 장려하고 만약 실패했을 경우에는 충격을 대신
받아들여서 방패가 되라. 그렇게 하면 자신의 경력에는 해가 되지 않
을까 걱정될 수도 있고, 실제로 마이너스가 될 수도 있다. 그러나 이
런 행동이 팀을 앞으로 나아가게 하는 힘이 되고 자신을 리더로서 성
장하게 한다. 항상 큰 그림에 집중해라. 중요한 건 자신의 성장과 성

공이다. 최고의 리더로 진화하기 위해 반드시 현재의 일만 고수할 필요는 없을지도 모른다. 만약 상사가 동의하지 않고 당신이 떠나기를 원한다면 다른 누군가가 당신의 계획을 기꺼이 알고자 하고, 당신의 철학을 끌어안으려 할 테니 안심하라. 앞장서서 기꺼이 공격을 받고자 하면 조직의 윗선에 있는 누군가도 똑같이 하게 할 수 있다. 적어도 당신이 이뤄 내는 결과를 통해 조직의 위험 감수 성향을 높이는 방향으로 영감을 줄 수 있다.

내가 주장하는 바는 자신과 팀, 그리고 이상적으로는 조직을 위해 시행착오를 체계화해야 한다는 점이다. 빨리 실패를 하면 모두가 배우고 다 함께 빠르게 추진력을 얻을 수 있다. 실패란 다음과 같은 학습 과정에서 겨우 하나의 단계일 뿐이다.

1. 무언가 새로운 것을 시도하라.

2. 실패하라.

3. (a) 이를 통해 배운 교훈을 분석하라

   (b) 추진력을 얻고 다시 실패하지 않기 위해 어떻게 접근 방법을 수정할지 분석하라.

4. 반복하면서 변화를 실행하라.

5. 다음을 대비해 자신의 생각을 바꾸고 개인과 팀 차원의 통찰력을 결합하라. 새로운 지식을 반영할 수 있도록 시스템과 프로세스를 조정하라.

6. 다시 시도하고 미션에 성공할 때까지 2~5의 과정을 반복하라.

이 과정은 빨리 실패하는 습관을 만들어 준다. 실패가 모든 것이 끝나 버리는 파괴적인 '종말'이 아니라 충분히 예상할 수 있는 사건이 된다. 빨리 실패하는 것이 긍정적인 명령으로 작용하여 불가피한 도전도 극복해 낼 추진력을 키우고 끊임없이 새로운 해법을 찾게 해 준다. 성장을 향한 본질적인 탐구가 충족되어 모두가 더 행복해지고 더 좋은 성과를 낸다. 조직을 위해 위험을 감수하려는 사람은 그 누구도 억압받거나 제재를 당해서는 안 된다.

위험 회피 성향을 제거하라

때로는 실패에 대한 공포와 이전의 실패에서 기인한 위험 회피 성향이 실패를 불러오기도 한다. 다이빙을 하는 순간 망설이면 보드에 부딪쳐 머리가 깨질 수도 있다. 손실을 입을지 모른다는 두려움 때문에 비즈니스 협상이나 주식 거래에서 단호하게 행동하지 못하면 기회를 놓치고 배움과 성장의 기회인 실패를 경험할 수 없다. 이로 인해 사업 파산 같은 더 끔찍한 결과를 초래할 수도 있다. 위험을 회피하려는 사람들은 다음과 같이 실패의 원인을 찾는다.

❖ 그 일에 적합하지 않았다.

❖ 팀원들이 일을 망쳐 놓았다.

❖ 시장/세상이 내 편이 아니었다.

❖ 애당초 그 프로젝트나 사업은 실패할 운명이었다.

어느 만큼은 사실일지 모르겠지만 이런 나약한 믿음은 전혀 도움이 안 될 뿐더러 성과를 얻도록 힘을 주지도 않는다. 비난할 대상을 찾는 대신 책임을 감수하고 실수를 통해 배우는 것, 그게 바로 네이비씰의 나를 이기는 연습이다. 실패했다. 그래서 어쩌라고? 다시! 네이비씰닷컴은 크게 실패했다. 그렇다고 웹 개발자를 비난하고 공격해 봐야 무슨 소용이 있겠는가. 실패가 비난과 연민의 대상이 되어서는 안 된다. 실패를 통해 얻게 될 통찰력을 생각한다면 실패는 오히려 칭송받아야 한다. 실패는 배움을 위한 양식이며 스승이다. 위험을 감수하지 않으면 실패하지 않겠지만 배울 수도 성장할 수도 없다. 다음 번에 뛰어난 성과를 낼 수도 없고 최상의 해법도 찾을 수 없다.

차이점을 찾아 기회를 포착하라

> 큰 기회를 찾고자 한다면 큰 문제를 찾아라.
> – 잭슨 브라운(1940~), 베스트셀러 「인생의 작은 지침서」 작가

인생은 실패란 형태로 많은 기회를 가져다준다. 그러니 빨리 실패하기의 개념을 의식적으로 받아들인다면 배움과 성장의 기회를 향해 속도 높여 나갈 수 있다. 네이비씰의 나를 이기는 연습을 배운 리더라면 깨부술 수 있는 기회를 선제적으로 찾을 수 있고 또한 찾아야만한다. 그래야 상황을 새로이 더 낫게 만들 수 있다.

빠르게 발전하는 기술은 기업, 정부, 삶 등 모든 영역에서 변화를 가속화했다. 이런 새로운 현실이 과거의 경계를 허물고 차이를 만들고 그 차이에서 수많은 기회들이 생겨난다. 우리가 지금 경험하고 있는 과도기에는 더 많은 혼란과 더 많은 현실적인 차이점, 더 많은 기회가 있다. 이 기회를 잡아야 한다.

현재에서 작업하라

대부분의 사람들은 이러한 기회를 알아차리지도 못한다. 그들은 항상 어깨 너머만 바라보면서 과거에는 어땠는지에만 사로잡혀 있고 그리운 과거로 돌아가기만을 바란다. 이미 지나가 버린 것들이 돌아오기만을 갈망하고 있기 때문에 이런 부류의 사람들은 염세적이고 불만에 가득 차 있기 마련이다. 변화를 거부하고 미래를 살펴볼 능력도 없고 의지도 없기 때문에 속도가 떨어질 수밖에 없다.

어떤 사람들은 최악의 상황을 두려워하면서 늘 미래만 생각하고 일이 잘되기를 기대한다. '만약에?'라고 부정적으로 생각하면서 "더 이상 기다릴 수 없어."라든가 "내가 승진을 하면." 같은 말을 하는 사람들이 이런 성향을 가지고 있다. 그러나 이런 사람들은 다음에는 일이 다 잘 되겠지라고 기대만 하는, 틀에 박힌 생활에서 벗어나지 못할 수도 있다. 과거의 실수로부터 배우지 못하기 때문에 그런 실수를 사실상 영원히 반복할 것이 분명하다. '나중에'라고만 생각하는 사람들은 행동을 취할 용기가 부족해서 종종 기회를 놓친다. 세상이 비교적 안전해진 요즘에는 사람들이 느끼는 공포의 상당 부분이 잘 알지 못하는 미래를 상상하기 때문에 생겨난다. 그래서 실패나 앞으로 일어날지도 모르는 끔찍한 것들을 그려 보면서 어두운 미래만을 생각하는 사람들은 부정적인 생각의 수렁에 영원히 갇혀 있게 된다. 성공과 풍요로운 미래를 그려 보는 방법을 배우지 못하면, 아니 그런 방법을 배울 수 있을 때까지는 '나중에'라는 생각 탓에 당신의 뇌가 부정적인 편견에 빠지고 만다. 부정적인 마음 상태에서 강력하고 용기 있는 행동을 하기란 불가능하지는 않을지라도 매우 어렵다.

창의적인 마음은 현재에서만 작동한다. 반면 이성적이고, 사고하는 마음은 과거나 미래에 머문다. 어느 하나에만 빠져 있지 말고 셋 다 활용해야 한다. 미래에 대해서는 낙관적이고 목표 지향적이기를 바라고, 과거로부터 배우고 과거를 받아들여야 한다. 마지막으로 현재의 새로운 기회에 정밀 조준한 채로 있어야 한다. 미래로부터 과거나 현재로 쉽게 초점을 옮길 수 있다면 과거와 현재의 현실 사이의 차이점을 쉽게 알아차리고 다른 사람들이 하지 못하는 상황에서도 깨부수고 나갈 좋은 기회를 찾을 수 있다.

미래에서 과거나 현재로 쉽게 초점을 옮길 수 있도록 마음을 수련하는 것이 첫걸음이다. 이 원칙을 효과적으로 이용하기 위해 경쟁자의 사고 모델의 약점 역시 찾아야 한다. 이런 지식과 더불어 경쟁자의 시스템이 어떻게 조직되고 분할되는지를 파악하면 숨겨진 기회를 포착할 수 있다. 2,000년도 더 전에 살았던 손자는 나만 알고 적을 모르면 승패를 주고받게 되며 나를 알고 적도 알면 백번 싸워도 위태롭지 않다고 했다.

좋은 말이다. 그러나 손자의 이론은 당신의 마음이 어떤 하찮은 정보를 접하더라도 인식하고 처리할 수 있다는 걸 전제로 한다. 우리들 대부분은 정신적인 사각지대란 약점을 가지고 있기 때문에 이와 같은 다면적인 지식을 얻기란 쉽지 않다.

사각지대를 찾아서 없애라

마음은 매순간 어마어마한 양의 정보를 받아들이는데 받아들인 정보를 이해하기 전에 일단 걸러 내는 것이 틀림없다. 마음은 특정한 의식 패턴이나 익숙하고 편안한 사고방식에 굳어져 있다. 이런 패턴은 조직이나 문화 속에서 반복되고 공식화되고 훈련되어 하나의 시스템으로 각인된다. 시스템 안에서는 다르게 생각하거나 행동하지 않고 맹목적으로 따르기 때문에 숨은 기회를 포착하지 못한다. 훌륭한 리더란 사각지대를 없애기 위해 의식화된 행동을 깨부수려고 항상 신경을 쓰고 있다.

네비이씰 3팀에 있을 때 해군 폭발물 처리반의 수중 침투 방지용 돌고래를 평가하라는 임무를 부여받았다. 이들 돌고래들은 적의 잠수요원들이 해상의 민감 지역으로 침투하는 것을 저지하도록 훈련받았다. 통상의 훈련에서는 단순히 목표를 향해 잠수해서 돌고래가 발견할 수 있도록 하면 된다. 돌고래들은 발견할 때마다 안면 보호구에 강하게 부딪쳐 온다. 돌고래들은 이 놀이를 좋아하는 게 분명해 보였지만 우리는 그다지 즐겁지 않았다. 게다가 이 임무를 통해 진정한 가치를 끌어내 보고 싶었다. 어느 날 나를 비롯한 팀원 5명이 한 팀이 되어 한밤중에 물속을 헤엄쳐 갔다. 수로의 바닥에 바싹 붙어 있다가 돌고래들이 선천적으로 가지고 있는 음파 탐지 능력을 이용하지 못하도록 잠수복에 숨겨둔 손바닥 크기의 수중 음파 탐지기를 켰다. 아마 그 소리는 돌고래들에게는 바다 밑바닥에서 락콘서트를 하는 것처럼 들렸을 게 틀림없다. 나와 파트너는 여유 있게 돌고래들을 통과하여 목표로 다가갔다. 다른 동료들도 모두 통과했는데 오직 한 조만이 혼란에 빠진 포유동물이 갑자기 얼굴로 들이닥치는 바람에 통과하지 못했다.

이 이야기의 핵심은 이렇다. 시스템 내의 다른 팀들과 마찬가지로 폭발물 처리반도 같은 방식을 반복하며 임무를 수행하면 새로운 임무 수행 방식을 미처 보지 못하는 사각지대가 생기고 그 결과 위험에 노출된다. 내가 보기에 폭발물 처리반은 일상적인 훈련을 그다지 진지하게 여기는 것 같지 않았다. 그들은 현재의 상황에 편안함을 느끼고 있었다. 적군이 돌고래들을 대상으로 미처 예상하지 못한 독특한 전술을 쉽게 이용할 수 있다는 사실을 간과하고 있었다. 그런 사고방식을 가지고 있다면 전투에서는 죽을 수도 있고 사업에서는 점유율을 잃기도 하고 더 심한 결과를 초래할 수도 있다. 늘 승리하려면 차이점을 찾아내서 기회를 포착해야 한다. 그런 다음 혁신하고 빠르게 적응하여 남들이 알아차리기 전에 차이를 없애야 한다.

혁신하고 재빨리 적응하라

새로운 아이디어를 가진 사람이더라도 그 아이디어가
성공하기 전까지는 그저 괴짜일 뿐이다.
— 마크 트웨인(1835~1910), 미국의 작가

해병대의 구호는 대단한 가치를 지닌 '셈페르 피델리스Semper Fidelis', 즉 '항상 충성'이다. 해병대는 언제나 전우와 해병대와 조국에 충성한다. 그들 모두에게 신의 가호가 있기를. 네이비씰에는 모두가 동의하는 비공식 구호가 있으니 '셈페르 검비Semper Gumby', 즉 '항상 유연하게'다. 자유자재로 굽혀지고 변형되는 고무로 된 만화 주인공 이름을 따서 만든 구호다. 이는 네이비씰이 엄청나게 혼란스러운 상황 속에서 어떻게 작전을 수행하고 시스템 내의 차이점을 찾아 기회를 포착하고 현장을 장악하는지를 설명하는 단초가 된다. 압도적인 화력이나 일급비밀인 기술 덕분이 아니다. 아니, 그보다는 상황에 따라 혁신하고 적응하는 매우 인간적인 기술 덕분이다.

예를 들어, 첫 번째 이라크 전쟁 '사막의 폭풍' 작전에서 내 친구 디츠 중위와 그가 지휘하는 네이비씰 소대는 임무 수행 중 도전에 직면했다. 해안까지 들키지 않고 대량의 C4 폭발물을 운반해야 하는데 그러자면 눈에 잘 띄는 커다란 배를 동원하거나 네이비씰 요원들이 각자가 옮길 수 있을 만큼 폭발물을 지고 몇 번씩이나 위험을 무릅쓰며 헤엄쳐야 했다. 그때 사병 하나가 부기 보드를 이용하면 파도를 뚫고 C4 폭발물을 넣은 배낭을 옮길 수 있다는 아이디어를 냈다. 디츠 중위는 놀라는 한편 이 독특한 아이디어가 훌륭하다는 걸 바로 알아봤다. 장담하건대 그 누구도 부기 보드를 특수 작전에 이용한다는 생각을 해본 적은 없다. 그러나 이야말로 임무 수행에 대응할 수 있는 해법이었다. 부기 보드를 준비해 달라는 요청을 받고 본부에서 다소 놀라기는 했지만 보란 듯이 임무에는 성공했다.

이와 같은 유연함이 남들은 보지 못하는 기회를 활용하는 네이비씰의 핵심 능력이다. 기회가 왔을 때 단호하게 행동하는 능력이 곧 승리의 추진력이다.

과감한 행동으로 타성을 깨부숴라

네이비씰의 훈련과 무술, 요가를 오랜 기간 수련하면서 이들 전통이 많은 면에서 전사의 성장 모델과 연계되어 있음을 깨달았다. 그래서 각각의 베스트 훈련을 하나의 완전한 훈련 모델로 융합시키고 싶었다. 2007년 정부 계약을 따내려던 시도가 금방 끝난 후 새로운 도전을 추진할 기회가 왔지만 어떤 사업 모델을 통해 사람들에게 나의 훈련 모델을 전달하면 될지 여전히 명확한 아이디어가 없었다. 모든 각도에서 조사한 끝에 멀리서 배우는 대신 일단 부딪쳐서 그때그때 배워 나가기로 했다. 그래서 과감하게 도전적으로 크로스핏 짐을 열었다. 크로스핏은 네이비씰이 도입한 기능적 신체 단련 시스템이라 할 수 있는데 크로스핏 짐을 연 것은 스스로도 단련하는 한편 다양한 전술을 시도해 보면서 적절한 사업 모델을 알아내기 위한 의도도 있었다. 썰핏이란 수업을 시작했고 내 이론을 검증해 보기 위해 마음 캠프도 발전시켜 나갔다. 초기 버전이긴 했지만 크로스핏, 힘과 인내심 개발, 정신력 기술, 요가를 망라한 종합적인 훈련법을 가르친 것이다. 또한 정신력 및 수행 심리학과 관련하여 가능한 한 모든 것을 찾아 공부하기 시작했다. 그렇게 학습한 용어와 연구가 내 실험적 학습을 적절하게 뒷받침해 주었다. 성격 개조 트레이너로서의 새로운 경력을 펼쳐 나가려면 이 주제에 대한 전문가가 되어야 한다고 생각했다. 위험을 회피하거나 실패를 두려워할 여유가 없었다. 빨리 실패할 필요가 있었다.

위험 회피와 실패에 대한 공포 다음으로는 아마도 망설임을 창의성을 죽이고 행동을 지연시키는 가장 흔한, 타성이라고 부르는 이유일 것이다. 혼란 속에서 과감하게 행동하기란 쉽지 않다. 특히나 압박을 받거나 지쳐 있을 때는 더 그렇다. 중요한 사실은 어떠한 계획일지라도 계획이 없는 것보다는 낫고 지금 당장 실행한 좋은 계획이 너무 늦게 실행한 완벽한 계획보다 낫다는 거다. 네이비씰의 나를 이기는 연습을 연마한 리더는 결코 분석만 하다가 시간을 허비하지 않는다. 혁신을 하고 새로운 기회를 활용하기 위해 적응하느라 너무나도 바쁜데 어떻게 그럴 시간이 있겠는가?

반사적으로 나타나는 반응을 옹호할 생각은 없다. 생각도 하지 않고 행동하라는 얘기도 아니다. 내가 말하고자 하는 건 정보가 부족하더라도 그 정보를 바탕으로 '이 정도면 충분'하다고 생각되는 계획에 익숙해져야 한다는 점이다. 또한 빨리 실패하면서 자신의 자원을 활용할 수 있어야 의사결정 능력이 점점 더 좋아질 거라는 믿음이 생겨나고, 그러한 믿음에 대한 확신을 계속 키워 나갈 수 있다. 실패할까 두려워서 아예 시작도 못 하는 우를 범해서는 안 된다. 직감이 당신을 인도하게 하라(직감에 대해서는 다음 장에서 탐구한다). 행동을 하면 관점이 변한다. 앞으로 나아가면 더 단단하게 조여진다. 그러니 잠깐 동안 상황을 평가한 뒤에는 결단을 내리고 이 책에 나온 기법을 활용하여 자신을 이끌어라. 가능한 한 빨리 행동을 취하고 윤리적, 긍정적 길을 선택하라.

어떤 행동을 취해야 할지 불확실하다면 가능한 자원을 알아내는 것부터 시작하라. 그다음 오래된 패턴을 깨부수고 당신과 팀의 집중력을 지금 주어진 도전으로 돌리는 습관을 들여라. 조사를 실시하고 경험이 풍부한 사람들과 연계하고 팀에 준비 과정을 위임하여 움직이게 하는 노력도 수반되어야 한다. 어떤 상황이 닥칠지 경계할 수 있도록 팀에 '준비 명령'을 내릴 수도 있다. 어떤 회사라 하더라도 특유의 업무 스타일-구성원들에게 절차라든가 큰일을 준비하고 실행하는 프로세스-이 기업 문화처럼 존재한다. 새로운 임무가 주어지면 타성을 깨고 에너지를 몰입시킬 수 있는 새로운 업무 스타일을 만들수 있다. 또한 신규 주주의 일정과 우선순위를 고려해야 할 상황이 생기기도 한다.

예를 들어 새로운 사업이나 서비스를 시작하려고 하는데 투자자와의 계약 협상도 잘 진행되고 있는 상황을 생각해 보자. 팀원들에게는 시장을 조사하거나 도메인 이름을 무엇으로 할지 아이디어를 내라는 준비 명령을 내릴 수 있다. 매주 운영 회의를 진행하기에 앞서 팀원들을 매일 만나고 주주를 주간 컨퍼런스콜에 참여시키는 계획을 세울 수도 있다. 그렇게 한다면 모든 사람들이 갑자기 들이닥친 상황에 맞추기 위해 우선순위와 일정을 이리저리 바꾸기 시작하게 된다. 계약 체결 시점에는 이미 만반의 준비를 하고 행동을 기다리고 있을 것이다.

네이비씰처럼

과단성을 습관으로 만들기

자신감 있게 깨부수려면 과단성이 습관이 되어야 한다. 작은 것부터 연습하라. 예를 들어 다음에 누가 당신에게 무슨 영화를 볼지, 어디에서 저녁식사를 할지 의견을 물어보면 남에게 떠넘기지 말고 "네가 원하는 것이면 다 좋아."라고 말하라. 즉시 결정하라. 업무에서도 마찬가지다. 특히 새로운 프로젝트를 시작할 때 연습하라. 무엇을 해야 할지 100% 확실해질 때까지 질질 끌지 마라. 준비 명령을 내려서 모든 사람들을 움직이게 하고 핵심 인력에게 정보 수집 업무를 맡겨라.

혼란스러울 때 더 잘하라

혼란이 일상이 된 때-국가나 산업, 회사가 급격한 변화의 시기에 있을 때-는 우리 마음도 혼란을 겪는다. 이런 때는 변치 않는 무언가를, 이를테면 안정적이었던 과거 시스템의 편린이라도 찾아보려 한다. 때로는 상황이 정상화되고 있는 것처럼 보이는 증거를 찾아 매달리기도 한다. 이런 것들은 대개 그릇된 지표라서 잘못된 결정을 유도할 우려가 있다. 상황이 파탄 나 버리면 시간을 들여 새로운 정상 상태에 적응하는 대신 드물기는 하지만 과거의 정상 상태로 되돌아가기도 한다. 모두가 과거를 돌아보거나 상황이 잠잠해지기를 기다리고 있을 때, 그때가 바로 급변하는 환경에서도 혁신을 이루는 방법을 배울 더 좋은 기회라는 걸 알아야 한다. 네이비씰의 나를 이기는 연습을 연마한 리더라면 이런 상황에서 주로 2가지 방법으로 대응한다.

❖ 과거에 정해진 시스템에 따라 기계적으로 대응하지 말고 대신 혼란 속에서 새로운 업무 방식을 모색하라. 시스템이 다시 균형을 찾게 되면 위협과 혁신의 기회 양갈래 길을 구분할 수 있게 된다.

❖ 과거의 업무 방식을 답습하고 안주해서는 안 된다. 위험을 키울 우려가 있다. 자신과 팀의 업무 방식을 수시로 바꿔서 시각을 늘 신선하게 유지하는 한편 상대방을 혼란에 빠트려라.

처음에는 불편하겠지만 혼란을 친구로 만들고 정복하면 돌아오는 이익은 크다. 돌파구를 찾고 탁월한 결과에 이르려면 오래된 습관을 새로운 습관으로 바꿔야 한다는 것을 명심하라. 끊임없이 변화하는 습관을 들이면 혼란이나 급격한 변화에 직면했을 때 어떤 불편함이라도 무시할 수 있다. 결과적으로 새로운 방식을 더 잘 찾아내고 사각지대를 피하면서 오래된 방식을 깨부수는 능력이 강해진다. 그리하여 관습의 속박으로부터 마음이 해방되고 창의성이 넘쳐흐르게 된다. 내 경우에는 효과가 좋았다. 사실 나는 너무 오래 똑같은 상태가 지속되면 불안해진다. 마음속이 어수선해지고 사고가 정체되고 창의성이 사라진다. 끊임없이 변화할 때 더 안심된다. 계속 위기 상황에 머물면서 상황을 타개하기 위해 지속 성장해야 하기 때문이다.

'판에 박힌 일상은 적'이라는 표현이 있다. 반복적인 행동과 의례적인 생각이 만들어 낸 사각지대로 인해 더 좋은 기회를 활용하지 못하고 심지어는 위험에 이르게 할 수도 있다는 경고라 하겠다. 그러나 같은 반복이라도 창의성을 억압하고 막기도 하고 혁신에 집중할 수 있도록 주의할 여지를 남겨 놓기도 한다. 매번 똑같은 방식으로 똑같은 일을 하는 바람에 몸에 깊이 배어 버린 습관들-보통 무의식적 습관인데 설사 의식을 하더라도 신중한 의사 결정 없이 해버리게 되는 습관들-은 창의성을 억압한다. 하지만 성과를 달성하고 자각하기 위한 강력한 도구로서 아침과 저녁 의식을 행하거나 SOP처럼 임무나 중요 단계에 공통으로 적용되는 기초를 다지는 연습을 한다면 최고의 성과를 이루기 위한 행동을 잠재의식에 각인할 수 있다. 이들은 좋은 반복이자 습관으로 창의성과 성공으로 가는 문을 열어 준다.

결정을 내릴 때는 육체적, 정신적 준비 태세를 민감하게 고려해야 한다(다른 말로 하면 생리적, 심리적 상태이다). 슬럼프에 빠져 있거나 피로하거나 부정적이거나 침울하지 않은가? 이런 상태에서는 중요한 의사 결정을 내리기 어렵다. 결정을 내리기 전에 준비 태세를 바꾸고 약간의 긍정적인 말로 마음을 충전하라. 무언가 중요한 결정을 고민할 때마다 매번 같은 회의실을 쓰고 있지는 않은가? 환경을 바꾸려는 시도를 하면 결정을 내리기에 앞서 에너지와 사고방식을 바꿀 수 있다. 나는 끊임없이 사무실 위치를 바꾸는 걸로 트레이닝 센터에서 소문이 자자하다. 하지만 자리를 옮길 때마다 미세하지만 사업이 다르게 보인다. 사실 사무실을 너무 자주 옮기다 보니 결국 제대로 된 사무실을 포기하고 말았다. 하지만 그렇게 자주 옮겨 다닌 결과 판에 박힌 생활로 인해 생기는 사각지대와 마음속 잡동사니를 없앨 수 있게 되었다. 더 좋은 결정을 내릴 수 있게 되었을 뿐만 아니라 시간을 기준으로 볼 때 방해받지 않고 글쓰기나 다른 창의적인 일들에 25%나 더 생산적으로 집중할 수 있게 되었다. 다음을 참고로 하여 반복되는 일상을 깨부숴라.

❖ 운동(씰핏이나 크로스핏 사이트에서 좋은 사례를 찾을 수 있다.)

❖ 음식의 종류, 양, 식사 시간

❖ 휴가지와 기간(미안한 얘기지만 매년 같은 시기에 같은 장소로 가는 것은 지루하다.)

❖ 매일, 매주 진행하는 회의 장소나 연례 워크숍의 장소

❖ 정신적, 감정적 도전

❖ 여가 활동(매주 같은 골프장에 가는 건 뇌세포에 새로운 자극을 주지 못한다.)

이 책에 나오는 수많은 원칙과 마찬가지로 깨부수려는 노력 역시 궁극적으로는 자신의 능력에 대한 깊은 자신감에서 비롯된다. 그런데 그런 자신감은 대체 어디서 나오는 걸까? 글쎄, 이 책에서 시키는 대로 실전 연습을 하면 자신감이 늘어나는 것을 분명히 느끼게 되고 자신이 진정 얼마나 성취할 능력이 있는지 이해하게 된다. 이미 마음속 깊은 곳에서는 알고 있다. 활용하기만 하면 된다.

네이비씰처럼

다양성을 습관으로 만들기

매일, 매주 반복하고 있는 행동을 전부 적어 보라. 몇 시에 일어나는가? 샤워를 하기 전에 이를 닦는가? 샤워를 하고 나서 이를 닦는가? 이를 닦기 전에 이메일을 확인하는가? 의례적으로 하게 되는 생각이 있는가? 우리는 자신에게 거짓말을 잘 한다. 그러니 친한 친구나 배우자에게 당신이 어떤 반복적인 행동과 사고방식을 가지고 있는지 물어보는 게 낫다. 리스트를 완성했으면 이제 각각의 습관을 어떻게 깨부술지 옆에 적어 보라. 매일 다른 시간에 일어나 보라. 평소와는 다른 길로 출근해 보라. 이메일부터 확인하지 말고 하루에 딱 두 번만 이메일을 확인해 보라. 하루 동안 단식을 하거나 주스 클렌즈(주스만 마시면서 몸을 해독하는 것—옮긴이)를 해보라. 기존의 습관을 흔들어 놓을 새로운 습관을 만들라. 그렇게 하면 뇌에 새로운 길이 생기고 사각지대를 없애고 판에 박힌 사고를 피할 수 있으며 전반적으로 삶의 재미가 늘어날 것이다. 물론 팀 차원에서도 어렵지 않게 이런 연습을 해볼 수 있다.

★**실전 연습**★

한 가닥 희망 찾기

한 가닥 희망 찾기는 주요 업무로부터 배우고 습관적으로 반복하는 대신 강력하게 의도적으로 깨부수는 통찰력을 활용하는 데 많은 도움이 된다. '실패'와 마주할 때 반드시 필요한 연습이지만 승리했을 경우에도 마찬가지로 유용하다. 어떤 상황에서라도 배울 점은 있다. 업무, 도전, 임무를 완수하고 나면 수첩을 들고 조용한 장소를 찾아가라. 심호흡 또는 상자 호흡을 통해 마음을 차분하게 하라. 자, 이제 스스로에게 '감사'의 질문을 시작하라. 도전해서 살아남았고 큰일을 이뤄 냈다. 누구에게 감사를 표해야 하고 누구에게 고마운 마음을 가져야 하는가? 자신도 포함하라. 가족, 동료, 스승, 지원부서, 심지어는 라이벌까지 생각하라. 이런 연습을 하면 빨리 실패하고 효율적으로 깨부수기 위해 필요한 긍정적인 사고방식을 갖기 시작하게 된다.

다음으로는 성과를 돌아보라. "어떻게 했지? 무엇을 배웠지? 나만의 20배수를 해냈던가? 개선할 점은 무엇인가? 다음에 훨씬 더 잘할 수 있을까? 시간과 에너지를 들일 가치가 있는 일이었나? 다시 할 것인가?" 스스로에게 물어라. 그리고 반성한 내용을 적어라. 결정을 내릴 필요는 없다. 잊어버리거나 기억이 변질되기 전에 이 순간 떠오르는 핵심 생각을 적기만 하면 된다.

성과를 얻기는 했는데 곰곰이 생각해 보니 유쾌하지 않은 면이 있다면 긍정적인 교훈을 뽑아내라. 무엇을 배웠는가? 한 가닥 희망이 보였는가? 무엇인가? 일이 왜 그렇게 되었는가? 성공을 했건 못했건 간에 결과를 얻었음은 분명하다. 무엇이 일어났는지를 어떤 시각으로 바라볼지, 결과에서 어떤 긍정적 반응을 만들어 낼지는 자신에게 달려 있다. 이는 매우 강력한 프로세스이다. 계속 집중하여 용맹한 개를 키우고 완전히 엎어졌을 때라도 실패에서 긍정적인 면을 볼 수 있게 해준다.

기회 파악하기

이 연습을 통해 이전까지는 아마도 숨어 있던 잠재적 기회를 볼 수 있는 능력을 얻을 수 있게 된다. 수첩을 손에 들고 자신의 관심 분야에서의 어떤 인간관계를 맺고 있는지 다음 질문에 답해 보라.

1. 당신의 분야에서 여전히 과거에만 집중하고 있는 유명 인물이나 회사를 떠올려 보라. 그들은 어떤 과거에 빠져 있는가? 어떤 믿음 때문에 그렇게 행동하는가?

2. 당신의 분야에서 미래에만 집중하고 있는 유명 인물이나 회사를 떠올려 보라. 그들은 어떤 희망사항에 빠져 있는가? 어떤 믿음 때문에 그렇게 행동하는가?

3. 당신의 분야에서 유명 인물이나 회사를 떠올려 보라. 그들이 어떻게 현재에 정밀 조준하고 있는가? 어떤 믿음이 그들을 이끄는가? 그들의 눈부시게 빛나는 성과로부터 배울 점은 무엇인가?

 자신의 답에 만족한다면 자리에 앉아서 몇 분 동안 상자 호흡을 하라. 그러고 나서 조금 더 침묵을 지키며 앉아 있어라. 준비되면 스스로에게 질문을 던져라.

1. 과거만 바라보게 만드는 믿음이 있는가? 만약 있다면 무엇인가?

2. 미래만 바라보게 만드는 믿음이 있는가? 만약 있다면 무엇인가? (미래를 지향하더라도 현재의 시점에서 실행해야 한다는 걸 명심하라.)

3. 믿음이 나 자신을 제약하고 있음을 인정하라. 지금 내게 열려 있는 기회는 무엇인가?

4. 이런 기회들 중 가장 좋은 기회를 활용할 수 있는가? 활용할 수 없다면 나를 막고 있는 건 무엇인가? 앞으로 나아가려면 무엇을 해야 하는가?

 어떠한 통찰이 떠오르더라도 반드시 기록하라.

Principle 7

직관력을 키워라

직관적인 사고는 신이 주신 선물이고 이성적인 사고는 충실한 종이다. 우리가
창조한 사회는 충실한 종을 존경하는 대신 신이 주신 선물은 잊어버렸다.
– 알버트 아인슈타인(1879∼1955), 독일 태생의 혁신가, 천재 과학자

이성적인 사고로 깨부수고 새롭게 만드는 것은 한 면일 뿐이다. 창
의성과 뛰어난 아이디어는 대부분 잠재의식에 숨어 있는 내면에서
나올 것이다. 이처럼 강력한 지력을 이용하는 방법을 배우면 새로운
차원으로 인식하고 성과를 낼 수 있게 된다. 이런 기술이 20년 뒤에
는 흔한 일이 될 거라 믿는다. 경쟁에서 쉽게 활용할 수 있도록 도움
을 주고자 한다.

특정 상황에서 좋지 않은 예감을 느끼기도 하고, 실제로 일이 일
어나기도 전에 무언가 일어날 거라고 생각되기도 하고, 이전에도 겪
었던 것 같은 데자뷔를 경험하기도 했을 것이다. 대부분의 사람들과
마찬가지로 아마 당신도 무시했을 것이다. 이런 순간에 세심하게 주
의를 기울이고 자신과 남을 위한 직관력을 기르는 기회로 삼기를 권
한다. 비즈니스 세계에 있는 많은 사람들이 아마 이런 '마법'(달리 표

현해도 좋다) 같은 이야기를 비웃을지도 모르겠다. 하지만 현대의 전사 조직들을 보면 직관력을 연구하고 계발하는 데 대한 관심이 고조되고 있음을 알 수 있다. 1960년대 초반 소련군은 최면, 염력, 예지몽, 신통력, 초능력 등 신비로운 심령술 연구를 실시했다. 기밀 해제되어 공개된 냉전 시대 CIA 보고서에 따르면 소련은 정신적 투영(!!!)을 이용하여 인간의 척추를 부러뜨리고 신통력을 이용하여 미국의 미사일 기지를 염탐하는 데 성공했다. 미국도 자극받아서 관련 연구를 시작했음은 물론이다.

육군 특수 부대 그린베레와 해군의 네이비씰은 초기에 '트로이 목마'라는 프로젝트를 실시했다. 부대 하나를 격리시켜서 6개월간 합기도(적의 운동 에너지와 위치 에너지를 감지하고 통합하고 돌려쓰는 능력에 집중하는 무술)를 연마하고 명상 수련을 하게 했다. 사격의 정확성과 정신 집중 능력, 스트레스에 대한 주관적 반응을 기준 삼아 군인들을 평가했는데 프로젝트가 끝날 무렵에 군인들의 집중력, 정확성, 스트레스 관리 및 '직관적 인식'이라고 묘사된 능력이 향상된 것으로 나타났다.

공군의 '스타게이트' 프로젝트는 특수요원들을 훈련시켜 '원거리 투시'라고 부르는 신통력을 활용하려는 계획이었다. 피실험자는 방에 앉아서 격자 좌표나 지명 정보만을 제공받은 뒤 멀리 떨어진 지역을 정신적으로 투영할 수 있었다. 흥미롭게도 그들은 자신들이 본 것을 단어나 그림으로 어느 만큼은 정확하게 전달할 수 있었다.

아파치 정찰병으로부터 영감을 받은 훈련에서 나 역시 비슷한 경험을 했다. 아파치족은 탁월한 전사로 잘 알려져 있는데 그들의 고된 육체적, 정신적 훈련은 고대 스파르타 전사나 일본의 사무라이처럼 내가 존경하는 다른 전사들의 훈련 전통과 일맥상통한다. 나는 특히 자연 속에서 추적 능력과 지각 능력을 키우기 위해 아파치 족의 훈련을 활용했다. 훈련은 대개 명상과 시각화로 시작하는데 자신을 찾기 위한 스피릿 워킹도 포함된다. 훈련의 일환으로 숲길의 시작 지점을 실제로 걷지는 않고 생각만으로 조사한 적이 있다. 그런 다음 훈련장에서 마음속에 그 길을 투영했다. 몰몬 사원처럼 보이는 건물이 황금빛에 휩싸여 있는 모습이 눈에 들어왔다. 나중에 실제로 그 길을 걸었는데, 맙소사, 직관을 통해 보았던 풍경이 보였다. 벼락에 맞아 껍질이 벗겨진 채 오후의 황금빛 햇살을 고스란히 받고 있는, 거대하고 아름다운 나무가 홀로 우뚝 서 있었다. 이 경험, 그리고 다른 유사한 경험을 통해 직관적인 언어가 이성적인 언어와는 다르다는 것을 알게 되었다. 직관적인 마음은 이미지와 감각을 통해 소통한다. 연습을 통해 이를 보고 이해하는 방법을 배울 수 있다.

지구라는 별에 사는 당신에게 직관이란 어떤 의미를 가질까? 직관의 기술은 창의성과 위험 회피 능력, 그리고 더 높은 수준의 사고와 소통의 원천이다. 지금까지 이 책에서 설명한 겉으로 드러나는 기술과 더불어 이번 장에서 다루는 내면으로 체화되는 기술도 활용해야 '깨부수는' 힘을 키울 수 있다. 삶에 실질적인 도움이 되는 수단으로 직관력을 키우고 이용해야 할 때며 이를 위해 다음의 훈련이 필요하다.

❖ **지각 능력 확대하기**
❖ **감각 인식 능력 강화하기**

❖ 당연함의 오류에서 벗어나기

❖ 내면의 지혜와 친해지기

의식을 확장하라

분노에 휩싸여 과거를 돌아보게 하지도 말고, 두려움에 떨며 미래를
향하게도 하지 말게 하소서. 제대로 인식하면서 둘러보게 하소서.
– 제임스 서버(1894~1961), 미국의 삽화가, 유머작가

지각 능력이란 상황 전체와 부분에 대해 동시에 세심하게 주의를
기울이는 능력이다. 우리 모두는 세부 사항에 주의를 기울이는 한편
모든 방면에서도 다 고찰하고 싶어 한다. 직관력을 기르려면 지각 능
력의 범위를 확대하고 내 의지대로 잠재의식을 이용할 수 있어야 한
다. 직관력을 이용하는 기술은 더 많은 정보를 흡수하고 그 정보를
잘 감지할 수 있는 방식으로 접근해야 습득할 수 있다. 더 나은 결정
을 내리고 위험이나 문제를 회피할 수 있도록 도움을 주는데 특히 그
자리에서 당장 처리해야 하는 일이 있거나 혼란스러운 상황에서 유
용하다.

지각 능력을 확대하기 위해 눈의 움직임과 호흡을 결합해 보자. 언
비터블 마인드 훈련에서는 눈을 이용하는 방법 2가지를 가르치는데
바로 집중 지각 능력과 이완 지각 능력이다. 집중 지각 능력은 모든

세부 사항까지 눈을 통해 몰입하여 보는 것이고 이완 지각 능력은 의식이 미처 깨닫지 못하는 부분까지 마음에 각인하면서 정보를 흡수한다는 차이가 있다. 눈에 집중할 때는 마음에도 집중해야 하고 집중을 방해하는 것들은 차단하라. 목표에 정밀 조준할 때 매우 도움이 되는 기술이다. 그러나 상황을 더 깊이 인식하는 데 필요한 주요 정보는 어쩌면 집중을 방해하는 것들에 들어 있을 수도 있다. 신속하고 과감한 행동을 하게 하거나 빨리 실패할 수 있는 자신감을 주는 중요한 단서들이 있을지 모른다. 예를 들어 보자. 한가지에만 집중할 경우 나무만 보고 숲은 못 보게 된다. 의사 결정에 중요한 정보가 담겨 있는 전체 패턴을 못 보는 것이다. 그래서 나무와 숲 모두에 주의를 기울일 필요가 있다.

집중 지각 능력에서는 눈을 마치 레이저 광선처럼 이용하여 고도로 집중하며 살펴본다. 이렇게 응시하면 에너지를 발하게 되기도 한다. 『인체 에너지 장』의 저자이자 콜린 A. 로스 인스티튜트의 설립자인 로스 박사의 최근 연구에 따르면 눈에서 나오는 에너지는 수백 미터나 이동할 수 있다고 한다. 한 번이라도 사슴을 몰래 쫓아가 본 적이 있는 사람은 고도로 집중하면서 사슴을 보면 순간적으로 사슴이 깜짝 놀라 달아나 버리는 경험을 했을 것이다. 사슴이 에너지를 느끼는 것이다. 이런 식으로 눈을 활용하면 의식이 정보를 관찰하고 처리하는 과정에 완전하게 관여하게 된다. 하지만 더 흥미로운 일은 집중을 하지 않을 때 일어난다.

이완 지각 능력은 눈의 초점을 흐리게 하는 기술로 눈이라는 창문을 통해 정보가 흘러 들어왔다가 마음으로 흘러가게 한다. 부드러운 시선으로 눈을 크게 뜨고 있지만 특정 지점을 바라보고 있는 건 아니다. 야간에 주변시를 이용하는 것과 유사하다. 아파치족 정찰병들은 이를 '광각시'라고 불렀는데 표적에 몰래 접근하거나 지각 능력을 심화시킬 때 활용했다. 우리의 눈을 이와 같은 방식으로 이용하면 정보가 잠재의식으로 들어가고 나오는 상태로 뇌가 빠져든다. 그 순간 당장은 필요하지 않은 정보일 수도 있다. 그러나 나중에 다른 상황에서 정보가 필요해지면 직감이나 번뜩이는 영감, 샘솟는 창의성의 형태로 발휘된다. 이런 잠재의식의 원천을 활용하는 방법을 익힌 사람들은 사회에서 종종 천재로 여겨졌다. 예를 들어 아인슈타인은 낮잠을 즐기는 걸로 유명했는데 가끔은 어려운 방정식을 푸는 데 골몰해 있다가도 잠에 빠져들고는 했다. 아인슈타인의 번뜩이는 영감의 상당 부분은 낮잠에 빠져들거나 낮잠에서 깨어날 때, 혹은 부드럽게 눈을 뜨고 뇌가 휴식을 취할 때 생겨났다. 네이비씰이 도전을 거듭하면서 몰입할 때도 똑같은 현상이 일어난다고 생각한다. 이들 원칙을 적용한다면 당신 역시 천재가 될 수 있다!

직관력을 활용하여 절정의 학습 상태로 돌입하는 열쇠는 집중 지각 능력과 이완 지각 능력 각각에 맞춰 특정한 호흡을 하거나 에너지를 유지한 채 둘 사이를 이동하는 것이다. 집중 지각 능력을 활성화시킬 때는 에너지 창고를 채우는 것처럼 깊고 강하게 코로 숨을 들이마시고 내쉬어라. 사실 그렇게 숨을 쉼으로써 세포 단위까지 산소를 공급하고 산소로 가득 찬 혈액을 뇌로 빠르게 내보내는 것이다. 이제 실제 행동에 나설 준비가 되었다. 아직 행동에 나설 필요는 없고 가능한 한 많은 정보를 흡수하기를 원한다면 이완 직관 능력으로 돌아가면 된다. 이완 직관 능력을 활용할 때도 깊게 호흡하면 되나, 천천히, 좀 더 규칙적으로 호흡을 통제해야 한다. 이를테면 상자 호흡 같은 것이다. 이제 에너지 상태가 고요한 연못처럼 잔잔해졌다. 부드럽게 눈을 뜨고 주변 환경을 두루 살피는 광각시 상태로 들어가서 모든 것을 받아들여라.

순찰 중인 네이비씰 소대를 떠올려 보자. 네이비씰은 모두 이완 지각 능력을 사용하여 주시한다. 호흡은 부드러우며 통제되어 있다. 정보를 받아들이고 잠재의식 깊이 새겨 넣는다. 갑자기 후방을 지키던 대원이 이상한 느낌을 받고 머리카락이 곤두선다. 그게 무엇인지는 궁금해하지 않는다. 대신 분대에게 정지하라는 신호를 즉시 보낸다. 곧바로 모든 네이비씰 대원들이 집중 지각 상태로 들어간다. 위험을 느끼게 하는 근본 단서를 찾기 위해 시각에 집중한다. 호흡이 깊어지고 더 강해지면서 산소를 소중하게 받아들인다. 이제 한껏 고조되고 경계하고 있다. 금방이라도 행동에 나설 준비가 되어 있다.

네이비씰처럼

KIM 게임

네이비씰은 KIM 게임Keep in Memory을 이용하여 기억에 저장해 두는 연습을 한다. 세부 사항에 주의를 기울이고 지각하는 능력을 개발하고 각인하는 과정을 통해 기억에 접근하는 연습이다. 집중 지각 능력과 이완 지각 능력을 연습하는 데 큰 도움이 된다. 혼자서 할 수도 있으나 팀 단위로 하면 더욱 효과를 볼 수 있다. 우선 아무 물건이나 20개를 골라서 바닥이나 테이블 위에 올려놓되 위에 이불을 덮어서

안 보이게 하라. 어떤 물건인지 보면 안 된다. 그다음 몇 분 동안 심호흡을 하고 마음을 비우면서 준비를 하라. 준비가 되면 이불을 걷고 60초 동안 물건들을 살펴보라. 이완 지각과 집중 지각을 번갈아 이용하면서 세부 사항과 전체를 다 받아들여라. 이불을 다시 덮어라.

당신은, 혹은 당신의 팀은 물건을 몇 개나 떠올릴 수 있는가? 얼마나 세부적으로 기억하는가? 집중 지각과 이완 지각 상태에 공히 익숙해지고 모든 물건의 세부 사항을 미세한 차이까지 기억할 수 있게 될 때까지 반복 연습하라. 연습할 때마다 정보를 빨아들이고 유지하는 능력이 향상된다. 언제 어디에서나 지각 영역이 확대되고 감지하기 힘든 세부 정보까지 이내 기억할 수 있게 될 것이다.

비즈니스 환경에서도 유사하게 적용할 수 있다. 중요한 회의를 주관할 준비를 하고 있는 상황이라면 세부 사항을 흡수하려는 의도로 이완 지각 상태로 순찰하는 것과 같다. 당장 눈앞에 있지 않더라도 직관적으로 중요한 정보를 얻고 있는 것이다. 회의 시간이 다가오면 집중 지각으로 옮겨가서 참석자들에게 말을 건네며 모든 사람들의 안건을 파악하고 어떤 정보가 전달되어야 할지를 인식해서 전체 회의의 목적을 자신이 관리할 수 있게 하라. 회의 중에는 필요에 따라 집중과 이완 사이를 오가라. 예를 들어 집중 지각을 이용하여 세부 질문을 한 뒤 이완 지각을 통해 다시 넓게 파악하면서 직관력을 단서로 무슨 얘기를, 누구에게 할지 준비하라. 지금의 주제가 참석자들의 관심을 끌지 못한다거나 혼란을 초래하고 있다는 직감이 드는가? 방향을 바꿔라. 구석에 앉아 있는 사람에게서 강한 부정적 기운이 느껴지는가? 관심 사항이 있는지 물어 보라. 이완 지각을 통해 참석자들과 좀 더 밀접한 관계를 맺을 수 있고 스스로도 몰입할 수 있다.

훈련을 통해 이런 기술을 습득하고 행동하기 위해서는 약간의 노력만 있으면 된다. 이상적으로는, 자신의 의지에 따라 왔다 갔다 하는 법을 배울 수 있다. 직감이 보내는 신호에 따라 행동할 준비를 하는 한편 최적 상태로 학습할 수 있다. 이러한 능력을 완전히 몰입하고 긍정적인 마음으로 '빨리 실패하려는' 자세와 결합하라. 그러면 패배를 모르는 기계처럼 되어 두려움 없이 깨부술 수 있다. 최고의 성과를 낼 수 있는 환경을 새롭게 만들어 낼 수 있다.

나이를 먹고 여행을 하고 더 많은 경험을 쌓으면 지각 능력은 확대된다. 그러나 항상 자신의 머릿속에만 머물러 있다면 지혜로워지는 길은 영영 막혀 버린다. 자신의 머릿속에서 빠져나와서 감각과 잠재의식에 숨겨진 천재성과의 연결고리를 강화함으로써 지각 능력을 의도적으로 확대하는 법을 가르치고자 한다.

감각 인지 능력을 강화하라

그동안 무시했던 감각들을 활용하기 시작한다면 그 대가로
완전히 새로운 눈으로 세상을 볼 수 있게 될 것이다.
– 바바라 셔(1935~), 미국의 연설가, 베스트셀러 「위시크래프트: 소원을 이루는 기술」 저자

휴대폰도 노트북도 없이 장기간 자연 속에 머물러 있다가 나왔을 때 얼마나 기분이 좋은지 느껴 본 적 있는가? 있다면 이유가 뭐라고 생각하는가? 외부의 마음을 차분히 가라앉힐 수 있을 만큼 느긋해졌

고 내면의 지혜가 고개를 들었기 때문이다. 아아! 느긋해지고 느낌에 주의를 기울이면 마음챙김(명상 용어로 매 순간 순간의 알아차림이란 의미-옮긴이)의 감각을 기를 수 있다. 마음챙김은 내면의 자아와의 연계가 깊어지도록 이끌어 주고 지혜가 흘러넘치도록 현재의 상태를 좀 더 지각하는 연습이다. 마음챙김을 하려면 자신의 모든 감각을 통해 더 많은 정보를 받아들이는 감각 인식 능력을 개발해야 한다. 피부와 코, 귀, 입, 눈이 무엇을 말하고 있는가? 가능한 한 모든 정보를 받아들이고 있는가? 만약 그렇다면 그 사실을 알아차릴 수 있는가?

MBA를 졸업하고 회계사가 되어 사회생활을 막 시작했을 무렵에는 나 역시 내가 지금 말하고 있는 식으로는 전혀 인식하지 못했다. 오히려 지각과 직관을 약간 차단하고 있다고 느꼈고 새로운 정보를 받아들이지 않은 채로 사고하는 데 익숙했다. 내가 자라면서 배운 대로만 보려하면서 속단했다. 아니면 과학적인 방법을 이용하여 이론을 제시하거나 가능성을 조사하고 검증하고 많은 생각 끝에 해법을 정하는 식으로 문제 풀이에 접근했다. 나만 그런 것이 아니라 대부분의 전문가들에게 이는 전형적인 문제 풀이 방식이었고 지금도 마찬가지다. 결과적으로 같은 배를 타고 있던 많은 전문가들이 발견한 바와 마찬가지로 내 결정은 1차원적이었다. 내면 깊이 자리 잡은 지혜와는 단절되었고 다른 사람들의 지혜와도 연계되지 못했다.

그러나 나카무라 회장님께 명상 훈련을 배우기 시작한 뒤 모든 게 서서히 변하였다. 더 많은 느낌을 경험하게 되었을 뿐만 아니라 주위 사람들에게 '귀 기울이는' 능력도 커졌다. 진정으로 사람들과 연계하고 소통할 수 있었기 때문에 비즈니스 세계로 돌아왔을 때 크게 도움이 되었다. 미리 입력되어 있는 대로 반사적으로 대응하는 대신 일단 멈춰 서서 '마음을 비우고' 들을 수 있게 되었다. 그 결과 남들이 생각하고 느끼는 바를 더 잘 이해하고 그에 맞춰 대답할 수 있게 되었다.

마음챙김을 의도적으로 연습하지는 않지만 네이비씰의 훈련에는 분명히 비슷한 특성이 포함되어 있다. 오랜 시간 침묵을 지키고 지각 능력을 향상하고 정신의 명민함과 강인함을 키우는 훈련이 그것이다. 나카무라 회장님이 가르쳐 주신 기초 외에 네이비씰의 이런 기술들 덕분에 영예롭게 수석으로 훈련을 마칠 수 있었다고 생각한다. 훈련을 받는 동안 교관의 일상적인 감정 변화를 감지할 수 있었고 호흡과 마음을 느긋하게 함으로써 스트레스를 관리할 수 있었다. 그리하여 혼란의 한복판에서도 차분한 태도를 유지할 수 있었다. 교관의 눈빛과 미세한 표정 변화에 세심하게 주의를 기울임으로써 그들이 진짜로 심각한 건지 아니면 그냥 우리를 골탕 먹이고 있는 건지를 구분하는 능력을 길렀다.

지각 능력이 계속 발달하자 이전까지 리더가 되어 본 경험이 없음에도 불구하고 네이비씰의 수중폭파 기초훈련에 입소했을 때는 자연스럽게 리더가 되어 있었다. 예를 들어 다른 훈련생도가 추진력을 잃었을 때 그 조짐을 감지할 수 있었다. 감성과 이성 둘 다에서 느껴지는데 누군가 그만두려 한다는 걸 알아차릴 수 있었다. 시간이 지나면 실제로 그 훈련생이 그만두고는 했다. 내면의 대화를 더 잘 인식하게 되자 생각을 긍정적인 방향으로 더 잘 전환하게 되었다. 말은 아끼고 온몸으로 듣는 데 익숙해졌다. 내가 직접 질문을 해야 하거나 팀 전체에 핵심적인 통찰을 줄 수 있을 때만 말을 했다.

네이비씰을 떠나 비즈니스 세계로 다시 돌아와서 매일 요가, 무술, 명상 훈련을 하자 지각과 직관 기술이 한층 더 발달했다(코로나도 맥주사가 큰 실패를 겪었을 때는 불행하게도 이런 훈련들을 중단해야 했다!). 요즘에는 감각을 활용하여 남들이 무슨 말을 할지 미리 파악하지 않고는 중요한 회의에 들어가거나 전화 통화를 할 생각조차 안한다. 호흡 통제 연습을 하고 마음을 가라앉히는 것부터 시작해서 내면 상태에 대한 단서를 찾고 잠재의식 속에서 다른 사람들과 환경에 대해 인식할 수 있는 메시지를 찾기 위해 온몸으로 살핀다. 예를 들어 누군가가 불안해하거나 불신에 차 있다고 직감하면 그 사람의 눈을 바라보거나 직접 따뜻한 말을 건네는 데 집중한다. 누군가가 솔직하지 못하고 정보가 얼마나 공유될지 신경을 많이 쓰고 있다는 신호를 포착하면 직감적으로 불편함이 느껴진다. 때로는 누군가의 부정적이고 자신감 없는 에너지가 느껴지는데 그럴 때면 그 사람을 피하거나 영향을 최소화하기 위해 온힘을 다해 노력한다. 부정적인 에너지를 가지고 있는 사람이 사정권 내에 있으면 그 방을 떠난다. 그 자리를 떠날 만한 적당한 이유가 없다면 어떤 부정적인 에너지도 침투하지 못하도록 내 몸 주위에 보호막이 있다고 상상한다. 회의에서는 이런 식으로 균형을 유지하는 방법이 잘 통한다.

자신의 감각으로 바꾸고 자신의 감각에 의지함으로써 감각 인식 능력을 키워라. 연습 방법 목록에도 추가하라.

네이비씰처럼

감각을 연마하라

시간을 내서 양손을 귀에 대고 눈을 감아라. 어떤 일이 일어나는지 그저 듣고 알아차려라. 처음에는 아마도 숨 쉬는 소리가 화물열차 소리처럼 들릴지도 모르고 이미지나 섬광이 보일 수도 있다. 얼마 전에는 이런 내면의 감각을 인지하지 못했다! 이 훈련을 개인적인 지각 상실 탱크라고 생각하라(만약 이것들 중 하나에라도 접근할 수 있다면 무슨 수를 써서라도 이용하라. 사실 깊은 침묵에 빠지게 하는 어떠한 노력—예를 들어 스쿠버 다이빙, 암벽 등반, 낙하산 점프, 크로스컨트리 스키 등—이라도 감각 인식 능력을 제고한다). 어둠 속에서 참고할 만한 아무런 소리나 시각 정보 없이 감각 인식과 마음챙김의 상태로 깊이 빠져들 수 있다. 내면에서 일어나는 모든 것이 다 중요하다. 이제 귀에서 손을 떼라. 조용히 앉아서 들어라. 내면에서 들리는 소리를 받아 적어라. 더욱 몰입하여 들어라. 다른 무슨 소리가 들리는가? 한 번 더 하라. 이전에는 뇌가 상관없다고 여겨서 중요성이 덜한 잠재의식으로 보내 버렸던 겹겹이 쌓인 소리들을 알아차릴 수 있다.

오감을 하나하나 차단한 후 고립된 감각에 의도적으로 집중하고 더 깊이 파고드는 방식으로 각각의 감각에 대해 반복적으로 연습할 수 있다. 예를 들어 눈을 감거나 완전한 어둠 속에 있을 때 무엇이 보이는가? 눈을 떴을 때 가장 처음 보이는 것은 무엇인가? 주의 깊게 살핀다면 무엇을 인지할 수 있는가?

당연함의 오류에서 벗어나라

행복하려면 정신적으로 자기 자신에게 충직해야 한다. 부정은 믿느냐 안 믿느냐에
달려 있지 않다. 자신이 믿지 않는 것을 믿는다고 주장하는 것이 바로 부정이다.
– 토마스 페인(1737~1809), 영국 출신으로 미국에서 활동한 정치이론가, 철학자

내면의 감각적 풍경과 더불어 외면의 물리적 환경을 더 잘 인식하게 되면 직관력이 강해지고 잠재의식과 더 많은 대화를 나눌 수 있게 된다. 하지만 외부에서 받아들이는 메시지를 어떻게 확신할 수 있을까? 혼란의 한복판에서 결단력 있게 행동해야만 할 때 직감이 믿을 만한지 아닌지 어떻게 알 수 있을까? 마음은 믿기 힘들 정도로 복잡하다. 이 책에서 마음의 힘을 통제하고 감독하는 많은 방법을 설명하긴 했지만 마음은 어쩔 수 없이 타협의 대상이 된다는 얘기다. 안 그런가?

인생의 경험, 특히나 어린 시절의 경험은 오래 지속된다. 놀랄 만한 사건들-생존과 번영을 위해 실제로 기억할 필요가 있는 사건들-은 기억 중추에 저장된다. 반면 대부분의 세부 사항들은 잠재의식에 깊이 각인된다. 각인된 부분이 곪아 터지도록 내버려두면 때로는 부정적이거나 파괴적인 믿음으로 굳어져 버려서 경험 자체보다도 더 감지하기 힘든 방식으로 오랜 기간 우리의 행동을 좌우한다. 이와 같이 굳어져 버린 믿음을 당연함의 오류라고 부른다. 숨어 있는 것 같지만 사실 당신에게만 안 보이는 거고 다른 사람에게는 또렷이 잘 보이기 때문이다. 당연함의 오류는 어느 정도는 사각지대 개념과도 유사하다. 다만 사각지대를 유발하는 틀에 박힌 사고나 행동 양식과 달리 당연함의 오류는 우리의 행동을 유발하는 분석되지도 않고, 파괴적인 믿음이자 해결할 수도 없는 부정적 감정이라는 점에서 차이를 보인다.

당신의 어머니가 사소한 일, 이를테면 비싸지도 않고, 쉽게 바꿀 수 있는 꽃병을 깼다고 굉장히 화를 냈다면 성인이 되어서도 끝없는 불안과 잦은 감정 폭발을 경험하게 될지도 모른다. 아무런 원인도 없고 어떤 상황을 촉발할 만한 일이 아니라고 하더라도 이런 감정이나 행동은 정당하고 지극히 정상적이다. 또한 누군가 당신에게 화가 나 있다고 느껴지면 대립을 피하기 위해 극단으로 흐를 가능성도 있다. 깊이 감춰진 믿음은 잠재의식이 직간접적으로 의식적인 욕구에 반하여 행동하게 할 수도 있다. 이런 믿음은 무언가를 '깨부숴야' 하는 상황처럼 긴장되고 혼란스러운 상황에서는 특히나 직관과 의사결정에 자신감을 갖지 못하게 방해한다. 또한 동료, 주주 및 당신을 돕고 당신이 원하는 피드백을 주려는 사람들과 진정으로 소통하는 것을 막는다. '당연함의 오류'에 가로막힌 채 다른 사람들의 이야기를 듣는다면 그들의 이야기를 놓치게 된다. 그들 역시 당신의 이야기를 놓치게 된다.

최고의 성과를 얻고자 한다면 내면과 외면을 일치시켜야 한다. 이 책에서 이 주제를 반복하여 다루는 까닭은 내면과 외면의 일치야말로 최대의 효과를 얻게 하는 여러 기술의 근간이 되기 때문이다. 쉽게 말하면 자신의 숨겨진 경험으로 다시 연결되어 그것을 다시 체험해야 한다는 의미이다. 자, 분명히 해두자. 계속되는 우울증, 해롭고

무분별한 행동, 옴짝달싹 못 하게 만드는 수치스러운 감정 등과 같이 극단적인 상태라면 전문 치료사의 상담을 받아야 한다. 의문의 여지가 없다. 그러나 다양한 지각 훈련 경험을 통해 내가 깨달은 바로는 제대로 된 수단만 알고 있다면 상당 부분은 우리 스스로 다룰 수 있다. 원칙 2를 탐구하면서 마음속에 세웠던 수련장은 내면을 움직이게 하는 수단이 된다. 마음 수련장에서 미래의 자신의 모습과 목표를 시각화할 뿐만 아니라 안전해진 환경에서 과거를 다시 체험할 수 있다. 마음 수련장에서는 과거를 재생하면서 자신이 지금 가지고 있는 믿음과 행동이 어떻게 발전되어 왔는지 과정을 지켜보게 된다. 주로 그런 믿음과 행동이 자신을 방해하고, 좋은 결정을 내리는 능력을 해치고 있을지 모른다.

당연함의 오류를 찾으려 했던 나의 노력이 하나의 예가 될 것이다. 10대 시절 나는 다른 사람들과 떨어져 있다고 느꼈고 깊이 관계를 맺는 데 어려움을 겪었다. 이로 인해 몇 번의 고통스러운 인간관계를 경험했고 살아오면서 조금이라도 여성의 감정적 필요를 충족시켜 줄 수가 없었다. 20대 후반까지도 내게는 계속 도전이었다. 심지어는 바꿔 보려는 시도조차 하지 않아서 전문 치료사인 여자친구가 내게 바꾸라고 강요를 해야 할 정도였다. 그러나 문제의 근원을 적절하게 다루지 않고 행동에만 집중을 했기 때문에 그런 성향이 사라지지 않았던 것이 분명하다. 대신 그 성향은 변화하고 다르게 나타나게 되었다. 특히 비즈니스 세계에서 도전을 받고 곤란한 상황에 처했을 때 이상할 정도로 대화에 집중한다는 사실을 깨달았다. 한번은 이런 적이 있었다. 컨설팅 회사에서 일하고 있을 때였는데 경험 많은 동료가 내

제안에 대해 약간의 의문을 나타냈다. 그녀는 내게 몇 가지 간단하지만 합리적인 질문을 던져서 내 가정에 대해 스스로 생각하게 했다. 돌이켜 생각해 보면 그녀는 중요한 점을 지적했고 실제로 해법은 중간 지점쯤에 있었다. 그러나 그때는 내 지성과 능력에 대놓고 도전하는 것처럼 느껴졌다. 심장 박동이 빨라지고 몸이 비상경계 상태에 돌입하면서 싸움을 준비했다. 그녀의 질문에 언성을 높이고 필요 이상으로 공격적인 어조로 대답했다.

이러한 사례는 심각한 '당연함의 오류'를 보여 준다. 이런 파괴적인 행동을 평생 반복하고 싶지는 않았다. 전문 치료사를 만나기 시작했고 동시에 나만의 방식을 개발하기 시작했다. 마음 수련장에서 '미래의 나'를 그려 보는 과정을 역으로 이용하여 어린 날의 몇몇 일들로 돌아갔다. 특히 내가 16살 때 부모님과 소통하지 못하고 크게 어긋났던 일, 그 밖에 아버지가 여러 번 자신만의 '당연함의 오류'에 빠져 상대적으로 사소한 일에 감정을 통제하지 못하고 나와 동생에게 화를 냈던 일들을 떠올렸다. 이런 일들로 인한 공포와 죄책감, 즉 나 자신의 당연함의 오류로 깊이 들어가게 되자 이내 자기 방어 기제가 젊은 날의 나를 외부와 단절시키고 성인이 되어서도 마찬가지로 비평적인 피드백에 격하게 반응하게 만들었다는 사실을 깨달았다. 이 과정을 통해 자신에 대해 큰 통찰을 얻었다. 또한 자기 인식을 통해 성격을 진화시키고 개인적인 인간관계나 업무상의 인간관계 양 측면에서 더 나은 소통의 기술을 갖는 데 큰 도움이 되었다.

이러한 노력은 엄청난 인내심과 용기를 요한다. 어려움을 돌파하려면 저항을 무릅쓰고 나아가야 한다. 이번 장 마지막 부분의 실전 연습에서 훈련 과정을 설명할 것이다. 마음 수련장에서 수행을 하면 직관을 들을 수 있다. 단순히 생각하는 것이 아니라 마음과 직감을 통해 생각을 느낄 수 있게 된다. 직관력을 키우면 당연함의 오류나 잘못된 믿음에 기반한 행동을 할 때 몸이 경고를 보내기 시작한다. 자연스럽게 무언가 잘못되었다고 느끼게 된다.

내면의 지혜에 눈을 떠라

생각하는 것은 쉽다. 행동하는 것은 어렵다. 생각한 대로 행동하는 것이 가장 어렵다.
– 요한 볼프강 폰 괴테(1749~1832), 독일의 시인, 정치가

위에는 수백만 개의 신경세포가 있어서 종종 '작은 뇌'라고 불린다. 기본적으로는 음식을 소화시키기에 충분할 만큼의 혈액이 순환하고 있는지 감지하고 배가 고플 때를 알려 준다. 좀 더 민감하게는 몸 전체에서 어떤 일이 일어나고 있는지 정보를 줘서 결과적으로 잠재의식에서 나오는 메시지에 반응하게 한다. 위험이 코앞에 숨어 있거나 무언가 잘 안 되고 있다면 몸이 알아차리고 느낀다. 위가 신호를 받아들이고 움직임을 준비하기 위해 팔다리로 혈액을 돌린다. 뇌는 위협을 인지하지 못할 수도 있지만 위는 이상한 느낌을 받을 수도 있다. 직감을 믿는다 함은 이런 정보를 듣고 인정하는 것이다. 직감적으로 불편하고 불안하면 무언가 잘못되었다는 걸 깨닫는다. 좋은 느낌이 들면 자신감을 가지고 차분하게 계속 나아갈 수 있다.

　이 책에 나온 대로 연습을 계속하면 잠재의식을 더욱 자각하게 되고 잠재의식과 친밀해진다. 다음 단계는 잠재의식으로 가는 통로를 열고 더욱 분명하게 대화하는 것이다. 직감이 자유롭게 흘러갈 수 있게 하여 직감을 통해 단순히 느끼는 감정보다 더 세부적인 정보를 얻을 수 있다(특히 위기 상황에서는 직감이 강력한 메시지일 수는 있지만). 아울러 현재의 의사 결정을 방해하는 짐(예를 들면 당연함의 오류)을 없애 버리는 수단도 된다. 좋은 소식을 알려 줄까? 당신은 이미 방법을 알고 있다. 바로 마음 수련장이다! 원칙 2에서 자신만의 마음 수련장을 만드는 법을 배웠는데 이는 시각화 연습을 강화하는 데 매우 유용하다. 이번 장의 마지막 부분 실전 연습에서 마음 수련장을 더 잘 받아들여서 활용하는 방법을 배우게 되면 의식과 잠재의식 사이의 통로를 열어 주고 지각과 직감 능력을 심화시킬 수 있다. 궁극적으로는 마음 수련장을 2가지 주요 목적에 맞게 개발하게 된다. 우선 마음 수련장을 만들고 매일 그곳에 가서 정신 투영과 예행연습을 함으로써 시각화 능력을 기르고 내적 구조를 군건히 해서 더 많은 힘을 얻을 수 있다. 다음으로는 마음 수련장에서 체계적으로 내적 자각과 직감 훈련을 해서 보다 현실적이 된다. 어떤 식으로 활용하건 마음 수련장은 성공 가능성을 몇 배 늘려 준다.

　중요한 결정에 앞서 깊이 있게 분석한 뒤 몇 가지 선택지로 압축시켰을 때 직감에 따른 의사 결정 능력을 가장 효과적으로 이용할 수 있다. 하지만 어느 선택지가 가장 좋을지까지 좁힐 수는 없다. 연습 수준을 높여 마음 수련장에 가상의 코치나 조언자를 초빙해서 지도를 받을 수도 있다. 누군가 떠오를 때까지 그저 기다려 봐도 좋고 실제로 알고 있는 사람을 조언자로 삼아도 좋다. 믿고 따랐지만 이제는 더 이상 함께할 수 없는, 예를 들면 이미 돌아가신 현명했던 할아버지일 수도 있다. 또는 과거에 살았던 중요한 인물일 수도 있는데 나폴레온 힐은 그의 주요 저작 『생각하라 그러면 부자가 되리라』에서 에이브러험 링컨을 자신의 정신적 조언자라고 밝혔고 『마음의 창조학 마인드 컨트롤』이란 유익한 책을 쓴 호세 실바는 자녀들에게 명상 공간에 가상의 조언자를 초빙하게 했다고 말했다. 바깥 어딘가에 존재하는 현실감 떨어지는 무언가가 아니라 자신이 인지할 수 있는 사람을 바로 여기에 조언자로 불러 질문을 던질 수 있다. 내 경험에 따르면 이 연습은 매우 긍정적인 결과를 불러온다. 솟구치는 영감을 찾거나 도전에 대한 해법을 찾고 있을 때면 나는 주로 조용한 방에 앉아 아이디어를 구한다. 먼저 분석적인 사고로 도전에 대한 해법을 찾으려 노력한다. 원칙 3의 실전 연습에서 다룬 PROP(우선순위/현실 상황/선택지/나아갈 길) 기법을 활용해 가능한 해법을 조사하고 심사숙고한다. 장애물과 맞닥뜨리면 내가 맞닥뜨린 도전에 대해 글로 적거나 그림을 그렸다. 그러고 나서 앉을 곳을 찾아서 몇 분간 상자 호흡을 한 뒤 마음 수련장에 들어가 도전을 시각화한다. 때로는 조언자에게 묻기도 하고 때로는 그냥 앉아서 마음 수련장에 설치해 놓은 스크린에 이미지나 글이 떠오르기를 기다린다.

이는 마음챙김 명상의 한 형태인데 적극적으로 정신적 활동을 멈추려 노력하지 않고 마음이 알파 상태로 들어가 안정될 때 솟아오르는 무언가를 지켜보는 것이다. 해법은 스스로 모습을 드러낸다. 몇 분

만에 혹은 몇 시간 만에 나타나기도 하고 어떤 때는 밤에 꿈속에서 나타나기도 한다. 앞에서 실전 연습 '기회 파악하기'에서 본 것처럼 기회를 파악하는 수단으로도 사용되어 왔다. 모든 시각화 연습이나 훈련은 우선 조용히 앉는 것부터 시작한다. 마음 수련장 안에서 더 나은 해답이나 아이디어가 나오기 때문이다. 지금까지 배운 실전 연습과 간단 연습을 해보고 마음 수련장에서의 명상과 결합하면 효율이 향상되고 정신력과 직관력을 계속 키울 수 있다.

직관력을 깨워라

원칙 1의 실전 연습에서 설명한 프로세스를 이용하여 마음 수련장에 들어가 몇 분 동안 그냥 머물러 있어라. 마음 훈련을 할 수 있는 장소를 가졌음과 삶의 모든 것에 대해 감사를 표하라. 그다음 마음 수련장에 조언자를 초빙하라. 조언자가 누구일지 미리 알고 있을 필요는 없다. 사실 누가 조언자일지 이성적으로 생각하지 않는 것이 더 낫다. 그냥 누가 나타날지 지켜보라! 내 경우에는 전사의 힘을 가진 긴 머리 노인이 나타났는데 내가 아파치족 정찰병이라고 믿고 있는 그 모습 그대로였다. 지금까지도 그는 조언자 역할을 해주고 있다. 조언자가 나타나면 그/그녀에게 감사드리고 옆에 앉도록 권한 후(나는 방 안에 조언자를 위한 전용 공간을 마련해 두었다.) 질문을 드려라. 교육생들 중 상당수가 각자의 조언자와 다양한 주제에 대해 보람찬 대화를 나누고 있고 이전에는 미처 몰랐던 지식을 조언자로부터 전수받고 있다고 말하고 있다. 하지만 처음부터 대화가 시작되기를 기대하지는 마라. 대신 쏟아져 들어오는 이미지와 감정, 아니면 그저 올바른 대답이라는 느낌만 강하게 받아라. 이런 과정이 끝나면 시간을 내

준 데 대해 조언자에게 반드시 감사해야 한다.

이 연습에는 분명히 신뢰라는 요소가 필요하다. 하지만 장담하건대 일단 조언자와 편한 사이가 되면 평생 동안 지속될 멋진 파트너십이 생겨난다. 항상 수첩이나 녹음기를 가까운 곳에 두기를 권한다. 특히 마음 수련장에서 질문을 던지거나 문제를 제기했을 때는 나중에 꿈속에서 답이 떠오를 수도 있고 잠들 무렵이나 잠에서 깰 무렵 섬광처럼 번뜩이기도 하니 수첩이나 녹음기가 침대 근처에 있어야 한다.

곤란한 상황에 처해 열심히 상황을 분석했는데도 나아갈 길이 불확실하다면 우선 상황 해결의 열쇠가 될, 간단히 "예/아니요."로 대답할 수 있는 질문을 고민해서 만들어라. 긍정적으로 말하고 관련자 모두에게 도움이 되도록 내면의 자신에게 질문을 던져야만 한다. 이 질문에 대한 최적의 해답을 알고자 하는 욕구를 강하게 느껴라. 별로 관심도 없는 바보 같은 질문이나 이슈에 에너지를 허비하지 마라. 질문을 들고 마음 수련장으로 가라.

예를 들어 이 책을 읽은 뒤 팀을 재조직하고 싶은 마음이 들 수도 있다. 새로운 마케팅 임원을 채용할지를 두고 논의를 한다고 해보자. 조용한 방으로 가서 자리를 잡고 앉아서 마음 수련장으로 향해라. 마음 수련장에 들어갔다면 질문을 던져라(만약 조언자가 있다면 조언자에게 질문을 던져라.) "이 사람이 이 역할에 적합할까요?" 질문을 던지자마자 떠오르는 이미지, 감정, 감각에 세심하게 주의를 기울여라. 아무것도 떠오르지 않는다면 중단하라. (조언자에게 와주셔서 감사하다는 인사는 잊지 마라.) 그러고 나서 다음 24시간 동안 계속하여 세심한 주의를 기울여라. 때로는 곧바로 마음속에 불편함이 느껴지기도 한다. 그건 "안 돼!"라는 의미다. 마음이 갑자기 해방되고 탁 트이면서 편안해지면 "맞아!"라는 의미이다. 마음속에서 상징이나 이미지를 볼 수도 있다. 다시 한 번 이미지와 관련된 특성이나 느낌에 주의를 기울여라. 열차 사고 장면이 떠오른다면... 글쎄, 말하지 않아도 무슨 뜻인지 이해할 것이다.

더 효율적으로 마음 수련장 연습을 할 수 있도록 고급 정보 몇 가지를 알려 주겠다.

1. 마음 수련장에 들어가서 목표를 시각화하기 전에 무엇을 갈망하는지 분명히 하고 목표가 이미 이뤄진 것처럼 긍정적 어휘로 명확하게 표현해야 한다. 이 과정이 목표를 달성하는 데 도움이 된다는 믿음을 가지고 시각화를 실시해야 한다.

2. 시각화를 통해 얻고자 하는 것과 당연함의 오류에서 비롯된 믿음이 말해 주는 것 사이에서 일관된 자세를 취해야 한다. 금전적인 목표를 시각화한다고 생각해 보자. 목표를 그리면서 잠재의식 속에서는 이룰 수 없다거나 이룰 만한 가치가 없다고 생각한다면 시각화의 긍정적인 효용이 상쇄되어 버린다. 자신이 갈망하는 결과와 배치되는 믿음은 모두 제거한 뒤 시각화에 들어가야 한다. 마음 수련장을 이용할 때는 우선 자신의 당연함의 오류를 알아내고 가치의 씨앗을 심어야 한다. 그다음 보고 믿고 실현시키는 작업을 시작한다.

3. 잠재의식으로부터 정보를 민감하게 인식하고 수용하는 능력을 개발해야 한다. 처음에는 어렵겠지만 열린 마음으로 마음 수련장 연습을 한다면 반복과 경험을 통해 능력이 생겨난다. 마음 수련장으로 '조언자'를 초빙하는 과정이 도움이 된다.

4. 마음 수련장 연습을 끝냄과 동시에 문을 열고 행동을 취하고 싶을 것이다. 내면의 지혜로 향하는 문을 열고 긍정적인 시각화로 잠재의식에 각인하는 법을 배운다면 통찰력이 쉽게 생겨나고 때로는 우주가 당신의 승리를 위해 잠재의식과 힘을 합치는 것처럼 보인다.

당연함의 오류 없애기

　전설적인 톨텍 인디언(10~12세기 멕시코에서 번성했던 인디언-옮긴이) 들은 동료 전사에게 삶의 모든 주요한 순간, 태어날 때까지 거슬러 올라가서 '요약 반복'이라고 부르는 연습을 하게 했다. 모두가 이렇게 극단까지 가기를 원하지는 않는다. 다만 네이비씰의 나를 이기는 연습을 따르는 전사라면 진정한 자기 인식과 콤플렉스, 부정적인 정신적, 감정적 짐에 방해받지 않고 행동하는 것이 매우 중요하다. 시각화와 신성한 침묵 기술이 뒷받침되면 (적어도 5분 동안 맑고, 고요한 마음을 유지하고 마음이 재잘대는 소리에 산만해지지 않고 세부적인 감각까지 시각화할 수 있게 될 때) 곧바로 당연함의 오류 연습을 정기적으로 시작하기를 권한다. 처음에는 매주 한 번, 그다음에는 당연함의 오류가 얼마만큼 강하냐에 따라 빈도를 늘리거나 줄인다. 1차로 부정적인 감정의 짐을 처리한 뒤라 하더라도 전문 치료사와 매년 실시하는 '정신 검사'의 일부로 이런 연습을 포함하는 것도 좋다. 진척도를 평가하는 지침도 곧 알려 주겠지만 우선은 연습 자체가 중요하다.

　자, 시작한다. 앞에 나온 프로세스대로 자신을 진정시키고 마음 수련장으로 들어가라. 일단 마음 수련장에 들어가면 당연함의 오류를 탐구하기 위해 자신의 의도를 크게 혹은 마음속으로 말해라. 마음의 스크린에 갈망하는 미래의 이미지를 투영하는 대신 시간을 거슬러 올라가서 지금까지 살면서 불편하고 불쾌하고 너무나 고통스러웠던 사건들을 살펴보라. 만약 다시 찾아내고 싶은 특정한 사건이 있다면 바로 그때로 가도 된다. 그렇지 않다면 무엇이건 집중의 대상이 될 만한 사건이 떠오르게 하라(마음속에서 특정 행동이나 사건을 떠올리는 것으로 시작할 수도 있다). 어떤 시간과 장소에 마음이 머물게 되면 스크린에 이미지가 천천히 흘러가게 하고 마치 자신이 과거로 돌아간 것처럼 이미지를 통합하라. 지금 이 순간 그때를 다시 겪어 내는 것처럼 모든 감각을 동원하여 그 경험을 구현하라.

몸에서 일어나는 모든 느낌과 감정에 주의하라. 특히 반응이 어디에서 나타나는지 어느 정도로 심리적인 불편을 느끼는지 주의하라. 이런 반응은 부정적인 감정의 에너지가 어디에 저장되어 있고 얼마나 강렬한지 파악하는 데 도움이 된다. 실전 연습을 계속하는 동안 그곳을 집중적으로 자각해야 한다. 예를 들어 위에서 불편한 감정을 경험할 수도 있고 가슴이 조여 오면서 심장이 요동칠지도 모른다. 강렬함의 정도가 사건의 심각성을 나타낸다. 그다지 강렬하지 않을 때를 1, 매우 강렬할 때를 10으로 하고, 자신의 반응이 얼마나 강렬한지 1부터 10까지로 점수를 매겨 보라. 만약 반응이 10점이라면 이 사건이 당신에게 매우 깊이 영향을 주는 것이므로 처리에 많은 시간을 들일 필요가 있다. 반응이 2점 정도라면 빨리 처리해 버리고 다음으로 넘어가면 된다.

다음으로는 젊었을 때의 당신을 현재의 마음 수련장으로 불러내서 현재의 당신과 만나게 하라. 다시 말해서 고통스러운 사건이 10살 때 일어났다고 하면 10살 때의 당신이 현재의 당신 앞에 서 있는 모습을 그려 보라. 젊었을 때의 당신을 명확하게 볼 수 있게 되면 분노를 유발했던 그 사건에 대해 젊었을 때의 당신에게 말을 건네라. 이제는 다 괜찮다고 말하라. 젊은 날의 자신의 잘못이 아니고 다 끝났으며 모두가 용서받았다고. 이제 고통을 내려놓고 속상한 마음을 떠나보내라고 말하라. 어쩌면 젊었을 때의 자신을 끌어안거나 다른 식으로 위로해 주는 모습을 상상할 수도 있겠다. 마지막으로 젊었을 때의 자신에게 감사하고 작별 인사 전에는 현재의 자신과 하나가 되어 달라고 부탁하라. 아마 동의해 줄 것이다. 심지어는 젊었을 때의 자신과 현재의 자신이 하나로 합쳐지는 모습을 보는 단계까지 나아갈 수도 있다.

바보 같은 얘기라고 생각할 수도 있지만 할 수 있는 데까지 해보라. 날 믿어라. 강력한 연습이다. 인생의 괴로웠던 사건에 대해 이 연습을 하자 젊었을 때의 내가 해방되는 것을 느꼈다. 젊었을 때의 내가 펄쩍펄쩍 뛰면서 재주를 넘기 시작했다!

연습의 마지막 단계는 마음 수련장의 스크린에 옛날에 일어났던 사건을 다시 불러와서 한 번 더 젊었을 때의 자신과 관련된 사람들을 그려 보는 것이다. 흘러가는 영상 속 이미지나 자신의 느낌에 어떤 변화가 있는지 주목하라. 젊었을 때의 자신이 스트레스를 덜 받고 있지 않은가? 몸짓이 더 강력해지고 자신감이 생기지 않는가? 그 사건에 관련된 다른 사람들이 덜 무섭고 화도 덜 내고 있지 않은가? 감정이 저장되어 있다고 생각하는 곳으로 자각을 불러오라. 이제 어떤 느낌이 드는가? 다시 강렬함의 정도를 1점에서 10점까지 매겨 보고 처음에 매겼던 점수와 비교해 보라. 설사 얼마 차이가 안 날지라도 분명히 줄어든 것을 느낄 수 있다. 동일한 사건에 대해서 이 과정을 반복하라. 젊었을 때의 자신이 완전하고 건강한 모습으로 나타나고, 관련된 사람들이 더 이상 위협이 되지 않고, 저장되었던 부정적 감정이 소멸될 때까지 반복하라(강도가 1이나 0이 될 때까지를 말한다).

어떤 당연함의 오류는 너무나 뿌리 깊기도 하고 자신에게 도달하는 데 두려움을 느끼게 할 수도 있다. 그럴 때는 훈련받은 전문 치료사가 필요할 수도 있다. 신경계를 통해 당연함의 오류에 도달하는 방식인 EMDR(안구운동 민감소실 및 재처리 요법, 눈동자를 움직여서 뇌의 데이터 처리 방식을 조율하는 기법으로 심리적 외상을 치료하는 데 도움이 됨-옮긴이) 훈련을 받은 전문가를 찾아보기를 추천한다. 주의 사항이 하나 있는데, 만약 어린 시절 육체적으로나 감정적으로 심하게 학대를 받았다면 전문가의 도움 없이 위에서 말한 방법으로 '스스로를 치료'하려 하지 마라.

이 연습을 하기에 적절한 대상이 무엇일지 궁금할 것이다. 내 생각으로는 이미 당신은 당연함의 오류에 도전할 만한 대상을 느끼고 있다. 각자의 경험과 성격은 다르다. 그러나 이 연습을 할 만한 당연함의 오류 사건들을 파악하려면 우선 최적의 건강 상태, 성과, 인간관계 및 일반적으로 행복에 방해가 되는 자신의 명백한 성격적 특성과 반응을 지켜보는 것부터 시작하라. 이를테면 극단적이거나 부당한 분노, 약한 사람을 괴롭히려는 충동, 만성적으로 나타나는 부정적 감정(자신에 대해서건 이 세상 전부에 대해서건), 우울함, 건강하지 못한 성적 행동이 그것이다. 만약 그럴 만한 용기가 있다면 배우자나 친한 친구, 담당 의사에게 통찰력을 구해라. 때로는 자기 자신보다는 다른 사람들이 당연함의 오류가 미치는 영향을 더 잘 알아차린다.

진정한 소통

이 연습은 다른 사람이 말을 하지 않고 감정을 어떻게 표현하는지, 그리고 자신이 말을 하지 않고 감정을 어떻게 표현하는지 둘 다에 대한 지각을 확대해 준다. 결과적으로 직관력의 근육을 키우는 데 매우 유용하다. 핵심은 상대방이 말할 때 집중 지각을 유지하는 것이다. 동시에 상대방이 말에 자신의 생각과 감정이 어떻게 반응하는지 이완 지각을 유지해야 한다. 감각 지각과 감정 회복탄력성을 키우게 되면 자연스럽게 내적인 지각에 더 익숙하게 된다는 사실에 유념하라. 말할 필요를 느끼게 되면(이 연습을 일상적으로 반복하다 보면 점점 더 말할 필요를 못 느끼게 된다) 대답하기 전에 잠시 멈춰라. 다음의 상황에서만 입을 열고 말하라.

❖ 말해야만 하는 이야기가 정직한 것일 때

❖ 말해야만 하는 이야기가 대화에 가치를 더해 주고 도움이 될 때

❖ 말해야만 하는 이야기가 긍정적이고 상대방에 대한 존경과 진정한 관심에서 비롯되었을 때

항상 공격을 생각하라

길이 나 있는 곳으로 가지 마라.
길이 없는 곳으로 가서 자신의 길을 남겨라.
– 랄프 왈도 에머슨(1803~1882), 미국의 에세이 작가, 시인

특히나 비즈니스 세계에 있는 사람이나 집단은 대부분 방어적인 태도를 취한다. 일이 잘 안 풀릴 때는 웅크리고 앉아서 폭풍을 참고 견딜 준비를 한다. 더 이상 방어적인 마음에 사로잡히지 않게 하려는 것이 내 목적이다. 최고를 기대할 수 없는 상황이라면 우선 무슨 일이 일어나고 있는지 보라. 현장을 살피고 만일의 사태에 대비한 대책을 갖춰 최악에 대비한 뒤 기회가 엿보이면 바로 행동을 취하라. 어떤 상황 하에서도 그 분야에 발을 들여놓으면 반드시 승리할 거라 믿고 기대하면서 행동을 취할 준비를 해놓을 수 있다. 이를 위해서는 '항상 공격을 생각하는' 사고방식으로 태도를 새롭게 조정해야 한다.

같은 팀, 가족, 공동체 안의 사람들과의 상호관계도 충분히 어렵지만 문화적 경계를 넘어서 다른 팀, 가족, 공동체의 사람들과 상호작용을 하게 되면 상황이 완전히 엉망이 되어 버릴 우려가 있다. 인간

관계에서 비롯되는 오해, 사업상 갈등, 국가 간 전쟁은 인간 경험의 일부이며 앞으로도 오랜 기간 계속될 것이다. 개인, 팀, 조직 차원에서 서로 윈윈이 되는 해법을 찾는 것은 중요하기도 하고 칭찬할 만하기도 하다. 하지만 여러 지역에 걸쳐 있는 다국적 기업에서는 당연히 어렵기도 하다. 그런 탓에 공격을 지향하는 사고방식으로 무장한 네이비씰만의 독특한 전술, 전략, 수단이 전 세계를 무대로 활동하는 리더에게는 가치 있는 방법이 될 수 있다. 세계화 추세가 우리 모두에게 영향을 미치고 있는 만큼 이런 기술은 중소기업에도 동일한 가치를 지닌다.

사업을 하다 보면 상황이 엉망이 될 때가 있다. 회의실이 아니라 싸움터에 있는 것처럼 보이기도 한다. 이럴 때는 이길 수도 있다는 희망에 만족하지 마라. 상황을 자신에게 유리하게 만들어라. 공격을 지향하는 사고방식을 가지고 승리를 쟁취하는 고도의 기술은 다음과 같다.

- ❖ 확고한 자신감 키우기
- ❖ 레이더 가동하기
- ❖ 예상치 못한 것을 하기
- ❖ 빠르고 민첩하게 실행하기

집에서건 직장에서건 여가 시간이건 기회와 위협을 어떻게 받아들이고 대처하느냐에 따라 승리자가 될지 희생자가 될지 결정된다. 운명이 언제 어디에서 덮쳐 올지 모른다. 네이비씰의 나를 이기는 연습을 통해 성공하려면 승리하는 태도를 키우고 보다 공격 지향적인 리더가 되어야 한다.

확고한 자신감을 키워라

미래를 예측할 수 있는 가장 좋은 방법은 스스로 미래를 만드는 것이다.
— 에이브러험 링컨(1809~1865)

원칙 5에서 네이비씰 3팀에 있을 당시 공격 지향의 사고방식으로 30일에 걸쳐 300시간에 달하는 공격 및 백병전 훈련을 받았던 경험을 감정 회복탄력성과 관련하여 이야기했었다. 처음으로 '자신감을 가지게 된 훈련'이었다. 무술 수련을 하면서 수많은 귀중한 도구와 경험을 얻었다. 하지만 여전히 갈 길이 멀다는 걸 잘 알고 있다. 수석 교관인 제리 피터슨은 내게 "마크, 가라테의 기술을 잊어야만 해. 안 그러면 죽고 말거야."라고 말했다. 가라테의 방어적인 성격은 짐이 되었다. 내 몸에 배어 있는 가라테 기술로 인해 뜻하지 않게도 실제 위협이나 기회와 마주했을 때 몸이 천천히 반응하거나 아예 반응하지 않게 되어 버렸다. 행동을 바꾸기 위해서는 내 표현을 바꿀 필요가 있다는 걸 깨달았다.

표현을 바꾸는 것은 그저 용맹한 개를 키우고 긍정적인 자세를 유지하는 것보다 더 중요하다. 그러므로 깊게 파고 들어가야 한다. 긍정적이더라도 여전히 나약한 표현을 사용하면 무력해진다. 방어, 차단, 회피 같은 단어를 사용하면 마음이 몸에 신호를 보내 후퇴하고 방어하고 속도를 늦추게 만든다. 단어는 이미지를 자극한다. 그래서 마음속 이미지 역시 방어적이 되고 나약해진다. 나는 이 사실을 깨닫지 못한 채로 완전히 몰입할 수 있는 능력을 약화시켜 왔다.

네이비씰 훈련을 통해 시작점을 명확하게 설정하고, 육체적 강인함, 정밀 조준 능력, 정신력을 강화했음에도 불구하고 여전히 이기도록 프로그램 되어 있지 않다는 사실에 정말 놀랐다. 위기 상황에서 긍정적인 자기 대화를 해야 한다는 점은 이해는 하고 있었지만 내 사전에서 나약하고 방어적인 표현을 뿌리 뽑고 보다 강하고 공격 지향적인 표현으로 바꾸는 데까지는 확대시키지 못했다. 자신도 그렇다고 생각된다면 간단한 연습을 해보자.

네이비씰처럼

사용하는 표현을 바꿔라, 태도를 바꿔라

매일 일상적으로 사용하는 표현을 냉정하게 평가해 보라. 부정적이거나 '속도를 떨어뜨리는' 단어를 사용하지는 않는가? 아래 단어 목록 중 왼쪽 줄의 단어들이 마음속에 어떤 이미지를 떠올리게 하는지 기록하라. 오른쪽 줄의 단어들이 마음속에 떠올리게 하는 이미지와 비교해 보라. 차이가 많이 나지 않는가? 그 밖에 자주 사용하는 방어적이고 부정적인 단어들을 적고 그 표현을 대체할 긍정적인 단어들을 적어 보라. 직접 만든 부정적인 단어와 긍정적인 단어들을 놓고 위에서 해본 이미지 연습을 반복하여 올바른 방향으로 나아가라. 매일 새로운 단어를 사용하는 연습을 하고 매주 결과를 기록하라. 새로운 습관, 제2의 천성이 될 때까지 지속하라.

```
방어하다 / 공격하다
좋은 / 훌륭한
막다 / 치다
후퇴하다 / 달려들다
할 수 없다 / 할 것이다
시도한다 / 실행한다
실패했다 / 배웠다
아마도 / 분명히
```

정신력을 이용하라

네이비씰의 수석 교관 제리는 긍정적인 마음을 유지하고 우위를 확보하기 위해 공격 지향적인 표현과 전술을 사용해야 하고 공격해 오는 상대방이 평정심을 잃고 방어 태세를 취하게 만들 필요가 있다는 점을 우리들에게 주입시켰다. 제리는 실험용 마네킹을 놓고 시범을 보였다. 방어적으로 보이거나 심지어 방어적으로 생긴 것들은 '폭력 행위'(억제된 공격성에 대한 용어로 군대 내 문제에 해당된다.)의 대상이 되었다. 제리는 방어적인 사고방식이 우리를 얼마나 둔화시키는지 보여 주며 우리를 가볍게 뚫고 지나갔다. 또한 우리를 일부러 화나게 함으로써 응어리진 감정과 마주하고 그런 감정을 더 잘 통제할 수 있게 만들었다.

우리들 30명의 훈련생은 네이비씰 부대 앞 해변 모래턱에 정렬해서는 한 시간 내내, 쉬지도 않고 계속하여 대련하고는 했다. 포기하고 싶었지만 교관들이 내버려두지 않았다. 그중 루 힉스라는 네이비썰 교관이 있었다. 특히나 공격적이었는데 내가 생각하기에 나를 대상으로 시범을 보이는 걸 참 좋아하는 것 같았다. 내 기량이 빠르게 발전하고 있었기 때문에 루가 보기에는 좋은 상대였을지도 모르겠다. 훈련 20일차, 내 움직임과 동작이 평소보다도 더 부드럽고 자신감에 차 있었으며 공격적이기도 했다. 루는 나를 시험하기 위해 훨씬 더 강력하게 공격해서 내 콧대를 꺾으려고 했다. 아니나 다를까 내가 감정적으로 반응하도록 도발했다. 솔직히 루를 죽여 버리고 싶었다. 내 기술을 멋지게, 마음껏 펼치려고 하던 때(굳이 말하자면 그렇게 해본들 내가 손해보는 일이었다), 내 머릿속에서 멘토인 나카무라 회장님의 목소리가 들렸다. 수석 교관 제리의 충고도 울렸다. "가라테 무도인(=전사)은 정신과 감정의 통제력을 잃어서는 안 된다." 나는 정신력(앞에서 기술한 내용)을 이용하여 감정을 다시 통제할 수 있었고 훈련을 지속했다. 루는 내가 새롭게 자신감을 갖고 침착해진 것을 깨닫고는 흥미를 잃고 다른 훈련생을 괴롭히려고 옮겨 갔다.

마지막 10일 동안에는 가능한 한 공격적인 마음을 유지하려 애쓰는 한편 감정을 통제하기 위해 정신력을 이용했다. 공격적인 마음과 정신력은 함께 발현되어야 한다. 공격적인 사고방식은 목표를 향해 절제된 방식으로 감정적인 에너지를 집중할 수 있게 해준다. 싸움을 할 때 제대로 훈련받지 못한 사람의 눈에는 잘 훈련되고 강렬한 감정 상태가 격렬한 분노로 비친다. 매우 위협적으로 느껴진다. 그러나 이는 분노가 아니다. 통제된 에너지다. 그날 이후로 나는 감정 통제력과 회복탄력성을 향상시키려고 힘써 왔다.

공격적인 표현을 연마하고 감정 통제와 정신력으로 확고한 자신감을 키우면 네이비씰과 같은 공격적인 사고방식에 잘 다가가고 있는 것이다. 그러나 인간의 두뇌는 놀랄 만큼 복잡한 메커니즘이라서 생존을 위해 잠재적으로 정신적 함정을 만들 수 있을 정도다. 아무리 공격 지향적이라고 느끼더라도 이런 함정이 실수를 유도할 수 있고 노력이 궤도를 벗어나게 만든다.

정신적 함정을 피하라

공격적으로 사고하려면 빠르게 판단해야 하고 확고한 자신감을 가지려면 이러한 판단을 신뢰해야 한다. 그러나 우리는 모두 어느 정도는 정신적 함정을 가지고 있기 때문에 제대로 되지 못한 성급한 판단을 내리게 된다. 정신적 함정은 대단히 중요하고도 결정적인 선택을 잘못된 자각에 기초한 지뢰로 바꿔 버린다. 어디에 지뢰가 묻혀 있는지 알게 되면 피할 수 있다. 네이비씰의 강인함과 강철 같은 확신으로 앞으로 나아갈 수 있다.

아마도 가장 흔한 정신적 함정은 '확증 편향'일 것이다. 상자에 갇혀 무언가를 옳다고 믿어 버리게 되면 자신의 견해를 지지해 주는 확증만을 찾게 되고 그와 반대되는 증거는 차단해 버린다. 확증 편향은 우리가 빠지고 마는 많은 정신적 함정 중의 하나로 제대로 된 의사 결정을 내리려는 시도를 방해하는 함정이다. 다른 흔한 정신적 함정에도 주의해야 하는데 예를 들면 다음과 같다.

❖ 의심스러운 것을 조사하는 대신 피하기

가장 좋은 예는 요가이다. 수년간 대부분의 미국 남성들은 요가는 여자들이나 약골들, 혹은 머리에 타월을 두르고 있는 이상한 사람들이나 하는 거라고 생각했다. 그러나 사실 요가는 믿기 힘들 만큼 고도로 발달된 자기계발 프로그램으로 정신을 번쩍 들게 하고 인생을 바꿔놓는다. 수많은 네이비씰 대원을 포함해 수천 명에게 씰핏 요가를 가르치면서 이런 잘못된 믿음을 깨는 데 이바지 해왔다.

❖ 당신에게 무언가를 준 사람에게 빚을 졌다고 느끼기

공항에서 꽃을 나눠 주는 하레 크리슈나(힌두교의 한 종파-옮긴이) 교도나 공짜로 감사의 말씀이 적힌 스티커를 보내 오는 자선단체를 생각해 보라. 무언가를 공짜로 얻게 되면 신세를 지고 있고 답례를 해야 한다고 느끼기 때문에 이러한 명백한 조작에도 반응하여 행동한다.

❖ 당신이 알고 있는 누군가에게 좋은 것이라면 당신한테도 똑같이 좋을 거라고 굳게 믿기

이러한 형태의 확증 편향은 대규모로 발생할 경우 '군중 심리'가 된다. 사업을 하다 보면 사람을 추천받는 것도 좋긴 하지만 그 사람이 당신과 잘 맞지 않으면 부정적 영향을 미칠 수 있다(만약 당신과 추천인이 필요로 하는 바가 다르거나 성격이 다르면 같은 일에 대해서 서로 만족하지 못할 가능성이 높다). 또는 폰지 사기(다단계 금융사기) 같은 벼랑으로 양 떼를 몰아갈 수도 있다.

❖ 행동하기 전에 사회적 증거를 기다리기

(다수의 언동이 옳아 보여 자신도 그것을 따라하는 현상-옮긴이)

이 또한 군중심리다. 상당수의 사람들이 다수가 움직이기 전에는 신기술이나 패션 트렌드를 시도하지 않으려 한다. 이런 경향의 사람들은 중요한 기회를 놓치기 십상이다. 워렌 버핏은 모든 사람들이 빠져나올 때가 그 시장에 투자를 할 시점이고 모든 사람들이 사들일 때가 시장에서 빠져나올 시점이라는 유명한 말을 남겼다.

❖ 일단 시작한 일에 계속 매달리기

이 함정에 빠진 사람들은 실패한 주식 투자나 사업 계획에 끝까지 매달려 결국 추락한다. 이런 정신적 함정의 포로가 된 사람들은 충분한 이유가 있을 때조차도 절대로 손에 쥔 것을 놓지 못한다.

❖ 권위자의 아이디어, 생각 및 결정의 가치나 진실성을 부풀리기

이런 경향은 자신의 믿음에 인과 관계를 만들려는 욕구에서 비롯된다. 불행하게도 어떤 직업이나 계급에 머무른 시간과 좋은 결정 사이에는 통계적인 상관관계가 없다. 권위에 대해서는 언제나 의문을 가져라!

정신적 함정에 빠지는 것을 막기 위해 읽어 보면 좋을 만한 책으로 2002년 노벨 경제학상 수상자인 대니얼 카너먼 교수의 획기적인 저서 『생각에 관한 생각』을 강력하게 추천한다. 또한 워렌 버핏의 회사인 버크셔 해서웨이의 부회장이자 그 자신도 300억 달러 자산가인

찰리 멍거의 글도 찾아 보라. 멍거는 이 주제에 대해 통찰력 있는 발언들을 많이 남겼다. 버핏이나 멍거처럼 걸출한 억만장자들도 자신의 마음을 완전히 신뢰하지 않았다. 그렇다면 당신이나 나 역시 당연히 경계해야 한다.

레이더를 가동하라

삶의 궁극적인 가치는 단순히 생존하는 것이 아니라 자각과 명상의 힘에 달려 있다.
– 아리스토텔레스(기원전 384~322), 박학다식한 그리스 철학자

20대에는 허세를 자신감으로 착각했다. MBA를 나온 회계사에, 가라테 검은띠도 갓 따냈고, 네이비씰이 되어 가는 도중이었기에 스스로를 정말 멋지다고 생각했다. 그러다가 장교 후보 학교 겨울 방학의 어느 날 밤 좋은 교훈을 얻었다. 12월 마지막 날, 가족 별장이 있는 뉴욕주 레이크 플래시드에서 동생 브래드와 함께 바에 갔다. 바가 문을 닫을 무렵이었다. 우리는 좀 더 일찍 그곳에서 나왔어야 했다. 머리를 빡빡 민 상태였고 온몸으로 '나는 특별해'란 아우라를 내뿜고 있었다. 그 모습이 동네 사람들을 짜증나게 했을 것이다(요즘 같으면 나 역시 짜증났을 것이다). 음료를 한 잔 주문하려다 보니 바텐더가 무척이나 예뻤다. 미소를 지으며 그녀에게 이름을 물었다. 솔직히 말하면 나는 감옥 같은 곳에서 한 달을 보내다가 막 풀려난 상태였다(장교 후보 학교에서는 사람들과 그다지, 아니 사실 전혀 어울릴 수 없었다). 그래서 내 동생 이외에 손을 잡을 만한 다른 누군가를 찾고 있었다. 하지만 그녀는 나를 대수롭지 않게 생각했고 "지미, 지금 또 한 명 꼬였어."라고 소리 쳤다. 그녀가 누구한테 말한 건지, 무슨 의미였는지 전혀 몰랐지만 돌 이켜 생각해 보면 그녀는 내게 전혀 관심이 없었던 거다.

갑자기 20대 후반으로 보이는 작고 날렵한 사내가 등 뒤에서 내게 달려들더니 올가미로 죄는 것처럼 내 목에 팔을 둘렀다. 변명을 하자 면 밤늦은 시간이기도 했고 여자의 관심을 끌어 보려고 열심이었던 탓도 있어서 경계 태세를 늦추고 있었다. 공격을 받고 그만 기절했다. 정신을 잃으면서도 머릿속으로는 이 모든 게 사실이 아니기를 바라 고 있었다. 안간힘을 쓰며 저항했지만 너무 늦었다. 결국 의식을 잃고 바닥에 쓰러졌다. 때맞춰 동생이 화장실에서 돌아오지 않았더라면 그대로 죽었을지도 모르겠다. 잠시 후 의식을 되찾고 바닥에서 일어 나 멍하니 바보처럼 서 있었다. 동생이 나를 공격한 사람과 팽팽하게 대립하고 있는 게 보였다. 똑같은 상황이 반복되는 걸 피하려고 동생 의 팔을 잡아끌고 바를 나왔다.

그 순간이 인생의 전환점이 되었다. 그때까지는 솔직히 어떤 상황 에서 누구를 상대하더라도 자신을 지킬 수 있을 거라 생각했다. 젠장, 가라테 검은띠잖아. 그로부터 2주 동안 타박상을 입은 목을 치료하면 서 반성했다. 가라테 수련은 시작에 불과하다는 사실을 깨달았다. 아 무리 노력을 해본들 갑작스럽게 찾아오는 위험이나 싸움을 피하고 살아남기 위해서는 단순히 주먹을 날릴 수 있는가보다는 상황을 제 대로 인식하는 편이 더 가치가 있다. 주변 상황을 항상 인식할 수 있는 능력을 키워야만 진정으로 확고한 자신감이 생겨난다는 것을 알게 되었다. 그래야 두 번 다시 불의의 일격을 당하지도 않고 의식을 잃고 꼼짝 못 하는 일을 겪지 않는다.

네이비씰에 있을 때 쿠퍼 컬러 코드(제프 쿠퍼 중령의 이름을 딴 것으로 사격술 훈련에 사용했다)를 사용하여 마치 우리 몸 내부에 레이더가 있는 것처럼 의식을 예민하게 만들었다. 각각의 색은 무지에서부터 폭력적인 행동까지 의식 상태의 차이를 나타낸다. 흰색은 주변 환경을 전혀 인식하지 못하는 상태이다. 노란색은 경계 상태로 위협과 기회를 파악한다. 주황색은 서서히 준비 단계로 올라가는 상태이며 필요하다면 싸우거나 시작할 준비를 한다. 마지막으로 빨간색은 완전히 몰입하여 행동하는 상태로 총을 쏘거나 움직임을 취하게 된다.

네이비씰은 기본적으로 노란색 단계에 있도록 교육받는다. 그래야 적을 발견했을 때 빠르게 행동하여 기습할 수 있다. 여러분도 똑같이 행동할 것을 권한다. 목숨이 달린 상황에 맞닥뜨릴 것 같지는 않지만. 어떤 종류의 위협이나 적을 의식해야 할까? 당신의 자리를 노리는 개인이건 특정 시장에서 당신 회사를 쫓아내려 하는 조직이건 당신의 경쟁 상대가 바로 적이다. 시장이 변하고 있다는 경고 신호부터 당신 회사 제품을 진열대에서 밀어내는 경쟁사의 최신 제품, 대량 해고를 초래할 글로벌 금융 붕괴, 심지어는 회사의 파산까지 모든 것이 위협이 될 수 있다.

이번 장의 마지막에 나오는 '노란색 레이더' 실전 연습과 차이점을 찾아내어 기회를 포착하는 기술을 결합하면 내적 자각 능력을 강화하는 한편 상황 인식 능력도 키울 수 있다. 위협이 다가오고 있다는 걸 깨달았을 때 네이비씰처럼 빠르게 공격적으로 행동하는 법도 배워야 한다. 혁신하고 상황에 맞춰 조정하며 예상치 못한 일을 하여 경쟁 상대의 허를 찔러서 기회를 활용해야 한다.

예상하지 못한 일을 하라

규칙은 자기 자신의 규칙을 만들려 하지 않는 사람들을 위해 만들어진다.
— 척 이거(1923~), 미 공군 퇴역 준장

원칙 6에서 상황을 새로 더 잘 만들 수 있도록 깨부수는 방법을 배웠다. 이제 우리의 사고 과정 그 자체와 세상을 바라보는 방식을 새로 만들고자 한다. 그렇게 하면 예상하지 못한 일을 해서 독특한 (놀랄 만한) 결과를 얻을 수 있게 된다.

예상하지 못한 일을 하려면 근본적으로 사람들과 다른 각도에서 사물을 바라보아야 한다. 다른 사람들이 보지 않는 것을 보도록 훈련하면 타고난 창의성의 문이 열린다. 사람들은 일반적으로 남들이 '규칙'을 따르리라고 예상한다. 경쟁에서처럼 문자 그대로 규칙일 때도 있고 또는 문화규범에서처럼 어느 정도는 추상적일 때도 있다. 그런 탓에 예상하지 못한 일을 한다 함은 흔히 규칙을 깨는 것을 의미하게 된다. 네이비씰은 백지 상태로 '모든 선택지가 가능하다'는 생각을 가지고 있다. 낡거나 불완전한 규칙이라면 적의 규칙은 물론 자신들의 규칙조차도 따르지 않는다. 현재의 상황을 고수하지도 않고 과거에 행해진 방식 그대로 하는 것도 좋아하지 않는다.

독특한 사고방식의 바탕에는 언제 적용하고 언제 적용하지 않을지를 아는 능력이 깔려 있다. 윤리적 경계 안에서 규칙을 깨는 것은 특별하고도 고급스러운 기술이다. 이를 통해 적들이 네이비씰이 있을 거라고 예상하지 못한 곳에서나 다른 사람들이 미처 못 보는 곳에서 기회를 포착하여 활용한다. 개인, 문화, 시스템이 항상 같은 방식으로 같은 일만 반복한다면 살금살금 다가가서 판에 박힌 생활 속에서 새로운 길을 찾아낼 수 있다. 엄청난 기회가 있는 것이다. 전면전 상황처럼 상황이 극단적이면 극단적일수록 규칙 역시 극단적으로 깨부숴야 한다. 네이비씰의 수중폭파 기초훈련을 받을 당시 교관들은 "디바인, 속이고 있는 게 아니라면 노력하고 있는 게 아니야."라고 즐겨 말하고는 했다. 교관들이 동료나 내게 거짓말을 하거나 속이라고 권하는 것이 아니다. 일반적으로 용인되는 행동 규범과 규칙을 아슬아슬하게 넘지 않는 선에서 한계를 초월함으로써 관습에 얽매이지 말고 생각하라는 것이다.

한 가지만 분명히 해두자. 비윤리적인 행동을 하라는 얘기가 아니다. 관습에 얽매이지 않는 행동을 하라는 얘기다. 그 둘을 나눠 주는 경계선이 있냐고? 있다. 네이비씰은 엄격한 윤리적 근거(처음에 나온 네이비씰의 윤리를 떠올려 보라)를 배운다. 어떤 규칙이 깨부수기에 적절할지, 언제 깨부수는 것이 적절할지 명확히 알 수 있다.

어떤 규칙을 깨부숴야 하는가?

지금까지는 신념과 원칙의 형태로 강한 윤리적 근거를 가지고 있었다. 신념과 원칙은 함께하면 강력한 시작점이 되어 불안정한 상황에서도 굳건히 버티고 서 있게 하고 항상 자신 앞에 놓인 올바른 길을 보게 만든다. 이 점을 고려할 때 어떤 규칙을 깨부수는 것이 좋을까? 대답은 간단하지 않다. 사실, 상황에 달려 있기 때문이다. 하지만 일반적으로 깨부숴야 할 규칙은 다음과 같다.

- ❖ 나약한 행동을 대변하는 규칙들. 성과를 방해하는 낡아 빠진 사고나 구조 모델들(예컨대 생산성이나 효율성을 향상시켜 줄 새로운 기술을 수용하지 못하는 '회사 상사들'이 만들어 놓은 것들. 일이 응당 어떻게 되어야 한다는 기대를 들 수 있다)
- ❖ 자신과 경쟁 상대에 대한 판단을 흐리게 하고 의도하지는 않지만 일을 끝낼 완벽하게 좋은 기회를 막는 규칙들(민간 장비는 특수 작전에 적합하지 않다는 군대 내의 지배적인 견해가 예가 될 수 있다. 네이비씰 3팀의 맥레이븐 중령이 1990년대 비밀리에 침투하기 위해 온통 검게 칠해진 무음 제트 스키를 사용하기로 결정하면서 깨트린 '규칙'이다)
- ❖ 각자의 세계관에 비춰 봤을 때 시대에 뒤떨어지고, 비현실적이며, 비윤리적인 규칙들. 국제적으로 통용되는 기준에 반하고, 솔직히 바보 같으며, 그리 중요하지 않으면서 착취적인 것들(예를 들어 아프가니스탄 여성이 남성과 함께 일할 수 있는 직업을 찾는 행위는 전통 문화에 바탕한 규칙을 깨는 것이다. 비무슬림 국가에서는 여성의 권리를 제한하는 그런 기준을 옹호하는 직원들이 거의 없는데도 말이다)

지금은 내가 운영하는 썰핏에서 이사를 맡고 있는 랜스 커밍스는 네이비씰 출신인데 해병대의 보안 상태와 대응 태세를 평가하기 위해 소대를 이끌고 해병대 시설에 침투한 적이 있었다. 평가 사실을 미리 알고 있던 해병대는 보안 계획을 2배로 늘렸다. 해병대의 움직임을 예상한 커밍스와 소대원들은 동네 소방서에 가서 도움을 요청하였다. 그날 밤 그들은 임무 수행을 위해 빌려 온 소방차를 타고 사이렌을 요란하게 울리면서 해병대 시설의 정문으로 향했다. 규칙은 무조건 지켜야만 한다고 배운 해병대 정문 경비병들은 자신들이 속았다는 사실도 몰랐다.

해병대는 명령과 규율을 강조하고 자신들이 받아들인 규범에서 벗어나기를 거부했다. 네이비씰은 그런 해병대의 문화에서 파생된 규칙을 깨부쉈다. 네이비씰의 관심은 오로지 임무를 완수하는 데 있다. 몇몇 해병대 정문 경비병들이 당황하긴 했겠지만 관습에 얽매이지 않는 네이비씰의 방식은 제대로 효과를 발휘했다.

2004년 내가 예비역 장교로 이라크에 배치되었을 때도 비슷한 사례가 있었다. 미국 특수 작전 사령부의 파견대가 네이비씰 1팀에 배속되었는데 그들이 사막 이동용으로 만들어진 차량을 타고 도착했다는 걸 알게 되었다. 해병대가 바그다드에서 직면했던 상황과 마찬가지로 상시적으로 폭파 위협이 있는 도심 지역 환경에 그 트럭들은 전혀 적합하지 않았다. 대체 어떻게 임무를 수행하겠다는 것인지 의문이었다. 불행하게도 해병대의 조달 시스템 때문에 새로운 장갑차량(험비)이 배치되기까지 6개월 동안은 아무것도 할 수가 없었다. 자신들이 처음 수송해 온 차량을 타고서는 기지 밖으로 나갈 수조차 없었기 때문이다. 파견대는 체면을 구기고 미국으로 복귀해야 할 상황이었다.

해병대에게는 다행스러운 일이 있었으니 네이비씰은 동료가 계획한 대로 싸울 수 있게 하기 위해서는 규칙을 깨는 것 따위는 아랑곳하지 않는다는 점이다. 매일 진행되는 작전 회의에서 이 사태를 알게 되자마자 지휘관은 '자산 재분배 전문가'라고 애정을 담아 부르던 존슨 준위에게 지시했다. "바트, 그냥 처리해 줘 버려. 잘 알면서 그래." 존슨 준위는 미소를 지으며 부하들에게 지시를 내리기 시작했다. 1주일 뒤 10대의 험비 차량이 정문을 통과해 달려 나가는 모습이 보였다. 네이비씰과 합류한 해병대는 장갑차량으로 자신들을 보호를 해준 걸 보고 놀라기도 했고 고마워하기도 했다. 지휘관은 해병대에게 차량을 '기증'한 주방위군에 3배로 답례를 했다.

어떤 규칙이 깨졌는가? 글쎄, 주로 해병대와 주방위군 양측의 조달 시스템을 관리하는 규칙이었다. 그렇지만 경험이 풍부한 참전 용사라면 누구나 웃으면서 얘기할 것이다. "별 일 아냐. 전시에는 늘 그런걸 뭐." 그게 바로 내가 하려는 말이다. 네이비씰은 시스템을 우회함으로써 규칙을 깼다. 해병대는 전달받은 험비를 이용함으로써 규칙을 깼다. 주방위군은 가장 먼저 네이비씰에 자산을 양도함으로써 규칙을 깼다. 하지만 그때는 전쟁 중이었고 평화 시에 만들어진 규칙이 성과를 저해했기 때문에 그 누구도 규칙을 깨는 것 따위는 아랑곳하지 않았다. 결국 어느 규칙을 변경할 것인지 얼마나 변경할 것인지를 정하는 기준은 그 당시의 상황과 전후 사정이다. 전쟁 상황에서는 누구도 존슨 준위의 결정에 도전하지 않았다. 왜냐하면 우선순위가 높은 임무를 수행하는데 그가 취한 행동이 대단히 중요했기 때문이다. 그러나 아마도 평화 시였다면 그런 행동은 영창감이었을 것이다.

네이비씰처럼

언제 규칙을 깨야할지 파악하기

아래의 질문들을 이용하여 어떤 규칙을 깨야 할지, 언제 깨야 할지를 기준을 파악하라.

1. 자신이 윤리적이라고 생각하는 기준에 비추어 볼 때 그 규칙이 윤리적인가?
2. 자신의 법률 체계에 비추어 볼 때 합법적인가?
3. 규칙을 깨부숨으로써 잠재적으로 어떤 긍정적인 성과를 얻게 되는가?
4. 규칙을 깨면 '권한을 지닌 담당자들'과 곤란한 관계에 처하게 되지는 않는가?
5. 그렇다면 허가를 요청하는 대신 도움을 구하는 것이 낫지 않은가?
6. 규칙을 깨부숨에 따라 상처를 입는 사람은 없는가?
7. 만약 누군가 상처를 입게 된다면, 상처를 입는 사람은 나쁜 사람들뿐인가?
8. 일어날 수 있는 최악의 사태는 무엇인가? 다음 날 이 소식이 뉴욕타임스에 실린다고 하면 어떤 결과가 초래될 것인가?

지금 당장 깨부숴야 할 규칙들

관습에 얽매이지 않는 사고를 하려면 각자를 행동하게 만드는 규칙을 조사하고 더 이상 도움이 되지 않는 규칙은 깨부숴야 한다. 그렇게 하면 창의력을 자극하고 혁신과 뛰어난 결과로 이끌 수 있다. 공격적인 사고방식으로 바꿔 나가기 위해 흔한 규칙들을 살펴보자.

어떻게 흔하지 않은 방식으로 그런 규칙들에 접근할 수 있을지 탐구해 보자. 이런 규칙을 깨면 성공에 한발 더 가까워질 것이다.

깨부숴야 할 규칙 1: 멀티태스킹을 잘하라

모르고 있을 수도 있겠지만 멀티태스킹이 효율적이라는 신화는 깨진 지 오래다. 그러나 여전히 강력한 영향력을 지니고 있고 아이폰을 비롯한 스마트한 기술들이 도입되면서는 특히나 더하다. 우리의 두뇌가 지금 당장 관심을 가져야 할 것 대신에 수많은 다른 멋진 것들에 관심을 갖게 돼서 집중을 할 수가 없다. 껌을 씹으면서 배를 문지르는 것처럼 두뇌가 동시에 여러 가지 일을 잘 처리할 수도 있지만 진정으로 집중할 수 있는 건 한 번에 하나뿐이다.『원씽: 복잡한 세상을 이기는 단순함의 힘』의 저자인 게리 켈러에 따르면 오래된 정보보다 새로운 정보를 선호하는 심리적 성향으로 인해 멀티태스킹을 할 때 더 많은 실수가 유발된다. 예를 들어 보자. 시간 감각이 왜곡된다. 중요한 업무를 완수하는데 원래 필요한 시간보다 훨씬 더 많은 시간이 소요된다. 이 업무 저 업무를 왔다 갔다 하느라 시간을 허비한다 (켈러는 업무 시간의 28%가 이에 해당된다고 추정했다). 각각의 업무에 쏟아붓는 지력이 감소된다. 결국 모든 업무의 성과가 약화될 우려가 있다. 멀티태스킹을 하는 사람들은 한 번에 한 가지 일에 집중하는 사람들보다 덜 행복하다는 켈러의 연구 결과가 흥미롭다.

깨부숴야 할 규칙 2: 좋은 사람들은 앞서지 않고 꼴찌로 남는다

내가 생각하기에 나는 아주 괜찮은 사람이다. 하지만 마음 캠프를 처음 시작했을 무렵 나를 수업에서 만났다면 그렇게 말하지 않았을 것이다. 아마 그 당시 무관심하게 보고 지나간 사람이라면 틀림없이 나를 괴물이라고 생각했을 것이다. 그걸 부정적으로 생각하지는 않지만 말이다. 단호하게 집중하는 사람은 흔히 엄격하거나 차갑거나 심지어는 비열하다고 여겨진다. 상관없다. 이길 수 있다면 성격이 좋아도 되고 단호하게 집중해도 되고 다 괜찮다. 당신이 고도로 집중하고 있을 때라도 중요한 사람들(당신을 실제로 잘 알고 있는 사람들)은 그저 결의에 찬 표정일 뿐이고 설사 무뚝뚝하거나 비열하게 보일지라도 그런 의도가 아니라는 걸 잘 알고 있다. 사회나 조직에서 '좋음'이란 일반적으로 잘 어울리기 위해 열중하는 것을 의미한다. 동료 집단으로부터 받는 압력에 굴복하고, 상사에게 굽실거리고, 비기는 것을 이기는 걸로 간주하고, 상대방의 기분을 상하지 않게 하려고 실력이 떨어지는 'B급' 선수들이 팀에 남아 있는 걸 용인한다. 이 모든 것이 평범한 결과를 가져온다. 이기기 위해 비열해질 필요는 없다. 하지만 좋은 사람들이 꼴찌가 될 필요도 없다.

깨부숴야 할 규칙 3: 많을수록 좋다

실제로는 거의 맞는 경우가 없지만 아직까지도 우리 사회의 지배적인 믿음이다. 개인이나 조직의 가장 큰 관심사는 아닐지 모르겠지만 사다리의 위로 올라갈수록 더 많은 책임이 주어진다. 조직이 커지면 커질수록 원래의 사명과 고객, 투자가, 주주로부터 점점 더 멀어진다. 하지만 큰 사업일수록 '시장'의 관점에서는 더 잘 보인다. 해야 할 일의 목록에 업무, 약속, 프로젝트, 리더십 역할 등을 더 많이 적어 넣을수록 실제로 의미 있는 일을 끝낼 가능성은 점점 낮아진다. '단순 간결'의 일 처리 원칙을 적용하면 좋다. 인생이나 업무의 주요한 목 표와 일치하는 일만 하면 된다. 조직 차원에서도 마찬가지다. 일상의 업무를 목표와 일치하는 1~3가지의 중요한 업무로 좁혀서 적은 일을 더 잘하려고 노력하라.

깨부숴야 할 규칙 4: 공정하게 싸워라

동네 술집에서 당신이 술값을 내야 하는 상황이다. 술고래가 계속 마셔 대는 것을 막을 수 있다고 생각하는가? 당신과 경쟁 관계에 있 는 동료가 상사에게 프리젠테이션을 하면서 당신의 프로젝트나 결과 물에 대해 호의적으로 세부 사항까지 강조해 주리라고 기대하는가? 싸움(경쟁)이란 행위는 근본적으로 불공정하다. 공정한 싸움 같은 건 존재하지 않는다. 싸워야 한다면(정말 주먹질을 하거나 회의실에서 언쟁 을 하거나) 공격적이어야 하고 관습에 얽매이지 않은 방식으로 접근 해야 한다. 기습적으로, 속도감 있게 경쟁자를 물리쳐야 한다. 그러 나 서로 치열하게 경쟁하면서도 동시에 너무나 잘 협력할 수도 있다. 네이비씰 대원들은 매일 함께 훈련을 받는다. 협력적인 팀워크를 만 들어 내려는 노력의 일환이다. 그러나 모든 훈련이 결국에는 강한 승 부욕을 자극하여 손에 땀을 쥐게 하는 경쟁으로 바뀌어 버린다. 좋은 경영이란 경쟁과 협력 사이에서 이와 같은 균형을 잘 유지하는 것이 다. 균형을 잘 유지하려면 자신의 기량과 팀에 기여할 수 있는 능력 에 대해 강한 확신을 가져야 한다. 그래야 그 과정에서 이기지 못할 수도 있다는 걱정일랑 하지 않고 남을 도울 수 있다.

깨부숴야 할 규칙 5: 항상 진실을 말하라

벌써부터 불만을 터트리는 게 보인다. 진지하게 하는 말인데 이 글을 읽는 사람 중에 거짓말 안 해본 사람 있나? 내 말인즉 누구에게, 어떤 진실을 말할 것인지를 아는 게 중요하다는 거다. 모두에게 말할 수도, 일부에게만 말할 수도, 그 누구에게도 말하지 않을 수도 있다. 다른 사람을 보호하기 위해서나 적을 속이기 위해서 진실을 일부 숨기는 것이 좋을 때도 있다. 때로는 입을 다물고 바보로 여겨지는 것이 입을 벌렸다가 바보임을 입증하는 것보다 훨씬 낫다. 리더의 평판을 해칠 수도 있는 정보를 가진 상황이 예가 될 것이다. 리더가 실수를 하거나 어리석은 짓을 했을 수는 있다. 그렇다고 해서 그 실수가 한 인간으로서 그의 전부를 나타내는 것도 아니고 당신이 앞장서서 대못을 박아도 안 된다. 누가 이 상황에 대해 물어본다면 끼어들지 말고 잠자코 있는 게 나을 지도 모른다. 반면 누군가 당신을 이용하려 들거든 미리 나서서 의견을 밝히는 게 더 좋을 때도 있다. 목표를 달성하기 위한 팀 전체의 노력을 심각하게 저해하는 행동을 하고 있는 동료의 예를 들 수 있다. 이 경우 동료에 대한 충실함보다는 팀과 조직에 대한 충성심이 더 커야 한다. 동료를 보호하기 위해 거짓말을 하는 (혹은 입을 다무는) 대신에 이미 상사에게 보고했으니 솔직하게 인정하면 상사도 너그럽게 대할 거라고 동료에게 거짓으로 알려 줄 수도 있다. 이런 작은 거짓말을 이용하면 팀이나 임무를 위험에 처하게 하지 않고도 동료가 필요로 하는 도움을 줄 수 있다. 혹은 상황이 정말 정당화될 수 있다면 진실을 덮어 둬도 좋다. 도덕적이려면 어려운 결단을 내릴 수 있어야 한다.

깨부숴야 할 규칙 6: 하루 세끼를 잘 챙겨 먹어라

이 책에서 영양에 대해 많이 다루지는 않았다. 그러나 탁월한 성과를 추구하는 리더라면 자신의 몸과 마음에 양분을 공급하는 것이 매우 중요하다는 사실을 이해해야 한다. 당신이 이루는 성과의 적어도 50%는 영양에 달려 있다고 믿는다. '하루 세끼'라는 신화는 산업 시대의 근무 일정에 따라 생겨났을 뿐이다. 원래 인간의 몸은 필요할 때 먹도록 설계되어 있다. 나는 배가 고파지면 먹는다. 그래서 귀중한 점심시간도 비워 둘 수 있다. 최고의 리더들에게 점심시간은 곧 '훈련 시간'이다. 그 시간에 운동을 할 수도 있고 네이비씰의 나를 이기는 연습을 할 수도 있다. 산책을 하거나 일과는 상관이 없는, 이를테면 정신과 신체와 영혼을 재충전할 수도 있다. 나는 무엇을 먹는가 하면 나에게 맞게 조정한 팔레오 다이어트(구석기 시대 원시인들의 식단-옮긴이)와 채식을 즐긴다. 설탕과 곡물가공품(시리얼, 파스타, 빵)의 탄수화물은 끊었다. 대신 지방이 없는 살코기나 견과류 같이 채식에 기반한 단백질, 채소와 과일의 탄수화물, 아보카도나 올리브 오일처럼 몸에 좋은 지방을 섭취하고 있다. 적은 것이 때로는 많은 것이다. 그러나 가끔은 실컷 먹고 몸을 혼란스럽게 만들어서 평소처럼 적게 먹는 것이 얼마나 좋은지를 상기해 보는 것도 나쁘지 않다. 내 개인적인 경험에 따르면 80%의 시간을 제대로 행동하면 나머지 20%는 멋대로 행동을 해도 된다. 자신을 부정하기에는 인생은 너무 짧다. 20%의 시간이 무언가 고대할 것을 만들어 줄 것이다.

깨부숴야 할 규칙 7: 항상 진실해라

당신이 팀원들에게 진실하기를 원한다. 리더에게 진실성은 매우 중요하다. 그러나 대부분의 사람들은 잘 모르는 사람들에게는 진실하게 대하기 어려워한다. 수줍음을 타고 다른 사람 앞에서 자연스럽게 행동하지 못하는 것은 리더에게는 불리한 요소이다. 그러므로 실제로 잘하게 될 때까지는 때로는 꾸미기도 해야 한다. 연기를 해야하는 순간도 있다. 대부분의 사람들에게는 자연스럽지 않겠지만 연기하는 법을 배우면 청중을 사로잡는 기술을 습득할 수 있다. 훌륭한 배우가 되려면 껍질에서 벗어나 감정을 최대한으로 끌어내서 자신의 의지대로 그 감정을 이용하는 법을 배우고 남들 앞에서 극적으로 보여 줘야 한다. 연기나 연설 수업(비영리 스피치 클럽인 토스트마스터즈도 많은 도움이 된다)을 들어 보라. 그렇게 해서 새로운 팀이나 조직 내에서 덜 친한 직원들과 함께 일할 때도 실력을 발휘하라.

깨부숴야 할 규칙 8: 좋은 것은 거저 얻을 수 없다

오늘날 시장에서 진정한 상품은 신뢰라 할 수 있다. 어떻게 해야 고객이나 의뢰인의 신뢰를 얻을 수 있을까? 아무런 대가를 바라지 않고 고객과 의뢰인의 목표를 달성할 수 있게 도우면 된다. 무료 백서, 무료 샘플, 무료 상담 등등 소비자들은 점점 더 공짜를 기대한다. 물론 당신이 제공하는 것들이 진정한 가치를 지녀야 한다. 소비자들이 실제로 이용할 수 없는 제품이나 실행할 수 없는 서비스를 제공한다면 아무런 도움이 되지 않는다. 고객에게 무상으로 더 많은 가치를 제공하면 할수록 당신의 제품과 서비스를 구매하게 된다. 어렵게 번

돈을 당신에게 더 많이 투자하게 되는 것이다. 친구들에게도 소문을 내서 좀처럼 얻기 힘든 구전효과까지 얻을 수 있다. 대부분의 사람들은 고객이 되지 않겠지만 당신의 제품과 서비스를 사랑하는 소수의 고객들 중에서 평생 후원해 줄 충실한 추종자들이 생겨난다. 썰핏닷컴에서는 불과 5년 전이라면 상상도 못 했을 정도의 정보와 자료를 무상으로 배포하고 있다. 기꺼이 이런 일을 하다 보니 결과적으로 수십만 명의 열정적인 추종자들이 모여들게 되었다.

빠르고 민첩하게 실행하라

다락방에 앉아 충분할 만큼 강렬하게 불타오르게 하라.
그러면 그가 온 세상에 불을 지필 것이다.
– 생떽쥐베리(1900~1944), 프랑스의 작가이자 비행사

내가 네이비씰 3팀에 있을 당시 지휘관이었던 윌리엄 맥레이븐 제독은 자신의 저서 『특수 작전 이론』에서 역사적으로 성공적이었던 특수 작전에서 공통적으로 발견되는 5가지 원칙을 밝혔다. 목적, 반복, 보안, 기습, 속도가 그것이다. 20년 뒤, 미국의 모든 특수 작전 부대를 지휘하는 자리에 오른 맥레이븐 제독은 오사마 빈 라덴 체포 과정에서 그 원칙을 그대로 따랐다.

5가지 원칙 중 지금 내가 초점을 맞추는 것은 적이나 경쟁 상대의 마음을 사로잡는 2가지, 바로 기습과 속도이다. 네이비씰은 빠르게 행동하는 데 매우 능숙하여 거의 언제나 적들을 놀라게 했다. 빈 라덴 체포 작전 때도 너무나 신속하게 은신처에 침투한 탓에 아무도 대응을 하지 못했다. 심지어는 파키스탄 군대가 기상하기도 전에 그곳을 빠져나왔다. 상황에 따라 도중에 작전을 변경하는 고도의 전술 덕분에 헬리콥터 2대 중 1대가 지상으로 추락했음에도 불구하고 임무를 완벽하게 수행할 수 있었다. 빠르고 민첩한 행동이 탁월한 성과를 내는 데 얼마나 도움이 되는지 보여 주는 좋은 사례다.

비즈니스 세계에서도 마찬가지다. 속도가 당신을 경쟁자보다 앞서게 하고 경쟁자들의 허를 찌르며 매순간 경쟁자들을 놀라게 한다. 애플이 창의성으로 명성을 얻고 있다고 한다면 삼성은 속도에서 높은 점수를 받고 있다. 삼성이 너무나 빠른 속도로 아이패드와 경쟁할 태블릿을 만들어 내자 애플은 놀랄 수밖에 없었다. 사람들은 구글이 만들어 낸 구글 글래스에 찬사를 보낸다. 그러나 구글의 창의적인 제품을 빠르게 모방하여 시장의 관심을 사로잡는 회사가 어디일지 지켜보는 것 역시 흥미로운 일이다. 현실을 직시하자. 정보는 생성되는 즉시 이동하고 서로 긴밀하게 연결되어 있다. 전 세계 대부분의 사람들이 거의 즉시에 방향을 바꿀 수도 있다.

기술 발전으로 인해 세계화의 영향을 받는 지역이 늘어남에 따라 변화의 속도가 빨라지고 있다는 건 다들 잘 알고 있을 것이다. 멈춰서 있으면 추진력도 가시성도 기회도 잃어버린다. 결국 온 세상이 불타고 있는데도 혼자만 냉동인간처럼 잠들어 있는 것과 다름없다. 네이비씰은 임무 수행 시 엄청난 속도로 계획을 세우고 실행하는 법을 배운다. 통상 지상 전투 부대가 계획을 세우고 목표를 달성하는 데 사흘 정도 걸린다. 그러나 네이비씰은 계획을 세운 뒤 심지어 예기치 못한 장애가 발생할 때조차도 불과 몇 시간 내에 연달아 다수의 목표를 공격한다. 그들과 마찬가지로 네이비씰의 나를 이기는 연습을 익힌 리더도 다음 사항을 실천함으로써 빠르게 실행할 수 있는 상황을 만들어야 한다.

❖ 현장의 사람들을 신뢰하기

❖ SOP 적용하기

❖ 공격하고, 이동하고, 의사소통하는 절차 이용하기

현장의 사람들을 신뢰하기

신뢰는 리더십을 전하는 과정이며 반드시 양방향으로 흘러야 한다. 병사들은 리더를 신뢰해야 하고 리더는 병사들을 신뢰해야 한다. 신뢰가 낮으면 위험을 무릅쓰려 하지 않고 혁신을 약화시키기 때문에 손실이 커지고 실행도 늦어진다. 신뢰가 낮으면 근본적으로 민첩한 상태를 유지하기 어렵게 된다. 그래서 일을 망쳐 버린다. 신뢰가 높으면 반대의 결과를 낳는다.

물론 서로 얼굴을 맞대고 임무를 수행할 때 신뢰는 더 쉽게 높아진다. 한 번도 만난 적이 없거나 주로 서로 다른 지역에서 떨어져 일하게 되면 상황이 곤란해진다. 오늘날의 회사에서는 이로 인한 문제가 점점 더 늘어가고 있다. 예를 들어 인터넷 회사 야후는 사실상 직원들이 분산되어 근무하는 시스템의 선구자로 미래 지향적인 방식을 도입한 회사로 여겨졌다. 시간이 흘러 새로 CEO가 된 마리사 메이어는 다수의 재택근무자들의 생산성이 떨어졌다는 사실을 알게 되었다. 많은 직원들이 원격 재택근무를 함으로써 결속력과 협력을 강조하는 문화가 약화되어 있었다. 메이어는 회사의 문화를 바꾸는 힘겨운 싸움에 직면했다. 많은 직원들의 불만에도 불구하고 야후는 2013년초 재택근무 제도를 폐지했고 회사로 출근할 수 없거나 출근을 거부하는 직원들은 그만두게 했다. 유연근무 제도를 도입하려는 움직임이 지속되는 가운데 야후의 사례는 비즈니스 세계에 진지한 화두를 던졌다. 최고의 성과를 내려면 팀은 가까이 모여 있어야 한다. 네이비씰이 서로 떨어져서 이메일과 컨퍼런스콜로만 대화하다가 정해진 시간에 빈 라덴을 잡기 위해 모인다고 상상해 보라.

직원들이 떨어져서 일할 수는 없다는 의미인가? 좋든 싫든 간에 서로의 눈을 처다보면서 '영혼을 담아' 만나는 걸 대신할 수는 없다. 더 나아가서 '얼굴을 보며 함께 일하지 않는' 누군가와 깊은 신뢰를 쌓기란 어려운 일이다. 모든 사람이 같이 일하는 것이 불가능하다면 다음의 조언을 활용하여 신뢰를 쌓아 보라.

❖ 컨퍼런스콜은 가능하면 영상 통화로 하라. 나는 주로 스카이프를 이용한다.

❖ 중요한 계획을 수립하는 회의라면 직접 만나서 하라. 참석할 수 없는 사람이 있다면 컨퍼런스콜을 하라.

❖ 서로의 노력을 동기화시키기 위해 매주 직접 만나거나 컨퍼런스콜로 간단히

보고하라.

❖ 업무가 끝나면 축하 행사를 하고 참여를 독려하라.
❖ 팀원들이 서로 만날 수 있는 기회를 찾아라.

　네이비씰 지원자들을 위한 전국적인 멘토링 프로그램을 처음 시작했을 때 1순위로 전국 각지에 있는 26곳의 모병 사무소를 하나하나 방문했다. 그저 책상 앞에 앉아서 이메일로 모든 일을 편하게 처리할 수 있을 거라는 환상에 빠져 있을 수도 있었다. 사실 계약만 놓고 보면 지역 모병 사무소를 찾아가서 시간을 쓸 필요는 없었다. 그것도 한 달에 2주 동안이나 길바닥에 내 돈을 뿌려 가면서 말이다. 그런데 그렇게 찾아다닌 결과 무슨 일이 일어났는지 아는가? 모든 지휘관과 모병팀인 나의 방문에 흥분했고 사무실에 앉아서는 결코 알 길이 없었을 많은 질문과 관심이 수면 위로 올라왔다. 결과적으로 프로그램은 대성공이었다.

　비즈니스 리더건 네이비씰의 장교건 후방에서 계획을 세우는 사람들은 시간도 넘쳐 나고 의사결정의 지침이 될 안전책도 가지고 있다. 그러나 밑바닥에서 올라온 현장의 진실과 단절되면 현장으로부터의 정보를 신뢰하지 못하게 되고 최선의 행동방침을 찾는 것도 어려워진다. 물론 조언을 구하고 전략적인 시각을 바탕으로 철저하게 고려한 다음 결정을 내릴 수도 있다. 하지만 그렇게 내린 결정은 현장의 의견이 반영되지 못하고 시기적절하지 않거나 긴급한 상황을 다뤄야 하는 작업자들에게는 이해하기 어려울 수도 있다.

　신뢰가 결여된 탓에 후방 조직이 내린 나쁜 결정을 좋은 결정보다 더 많이 지켜봤다. 그래서 나는 현장에 있는 사람들, 실제로 행동하는 사람들의 의견과 결정을 신뢰하는 것이 중요하다고 믿는다. 많은 리더가 그렇게 하기는 하지만 후방에서 미세 관리를 해버리면 의사 결정을 내려야 하는 모든 당사자들 간의 신뢰가 약화되고 현장의 담당자가 결정을 내리기를 주저하게 된다. 추후에 비판당하거나 질책당할 것을 걱정해 그 결정에 확신을 갖고 있는데도 불구하고 주저하는 것이다. 이로 인해 성과는 악순환으로 빠져들고 판단 실수로 인해 값비싼 대가를 치르게 된다. 후방에서 큰 틀의 관리를 하는 리더는 현장 조직이 현장 상황에 적절하게 의사 결정을 할 수 있게 만들어 줘야 한다. 후방에서 현장 조직이 일을 망쳤을 때 업무를 어떻게 도와주고 조정할지, 만약의 사태에는 어떻게 대비할지, 방패막이가 되어주기 위해 어떻게 자원을 지원하고 책임을 질지 리더의 위치에 맞는 의사 결정을 해야 한다. 현장의 결정을 신뢰하면 보다 빠르고 민첩하게 일하고 비용을 절감하고 성과를 제고할 수 있다. 현장에서 계획을 잘 파악하고 자신들의 역할을 할 수 있도록 신뢰하고 방해하지 마라.

SOP를 적용하라

SOP는 흔하게 발생하는 업무를 단순 반복 업무(실제로는 절차라 할 수 있다)로 만들어 비행기의 자동 운항처럼 현장 근무자들이 편하게 처리할 수 있게 해준다. 그렇게 함으로써 발생 가능성이 낮은 새롭고 독특한 문제들이 생겼을 때 현장 근무자들이 이에 대응하는 데 귀중한 자산을 집중할 수 있게 한다. 어떤 임무라도 일정 부분은 똑같다. 네이비씰이라고 한다면 임무를 계획하고 보고하는 절차, 각각의 구체적인 반복 업무(특정 지역 순찰, 헬리콥터 탑승, 작전의 일환으로 구조물에 진입하기 등)를 준비하는 방식 혹은 소통 방식이 이에 해당된다. 네이비씰은 매번 모두가 같은 방법으로 정확하게 수행해 낼 수 있을 때까지 절차를 훈련한다. 이를 통해 모든 대원들이 소중한 시간과 에너지를 일반적인 절차가 아닌 매번 차이가 나는 임무를 계획하고 환경의 변화에 재빨리 반응하는 데 쓸 수 있다.

신제품을 출시하는 경우를 보자. 과제 관리, 저작권 또는 상표권 등록, 웹사이트 구축, 검색 엔진 최적화 등의 기본 업무는 매번 같은 절차를 밟는다. 조직이 이런 절차를 배우고 새로 만드느라 쓸데없이 시간 낭비할 필요는 없기 때문에 동일한 업무를 처음보다는 두 번, 세 번 반복할 때가 항상 더 쉽게 된다. 이런 측면이 현실적으로 반복되는 업무이고 이 과정이 없으면 신제품의 출시는 불가능하다(적어도 효율적이지는 않다). 그래서 이런 업무에 대해서는 제대로 된 SOP를 만드는 게 가능하다. 마찬가지로 서버가 다운되거나 생산이 지연되는 것처럼 흔히 일어나기는 하지만 일회성으로 발생하는 문제들에 대해서는 사전에 예상하여 미리 대략적이나마 대책을 수립해 둘 수 있다. 그렇다고 하더라도 신제품을 출시할 때마다 각각에 맞게 마케팅 활동을 계획하고 실행하기는 해야 한다. 모든 제품은 각기 다른 목표 시장에 따라 각기 다른 성과를 예상하며 출시한다. 당신의 팀이 이미 공통의 절차를 숙지하고 있다면 제품을 독특하게 보이도록 강조하고 이상적인 고객군의 관심을 받을 수 있는 혁신적인 방법을 찾아내는 데 모든 시간과 창의성을 바칠 수 있다. 또한 예기치 못한 변화, 예를 들어 제품에 대한 대중의 인식에 영향을 미칠 수 있는 조사결과가 새로 나왔을 때, 미션 전체에 영향을 주지 않을까 걱정할 필요 없이 그 문제를 해결하는 쪽으로만 쉽게 화력을 전환할 수 있다.

SOP를 적용할 수 있는 분야는 다음과 같다.

❖ 업무 스타일 – 일별, 주별, 월별, 분기별, 연도별 계획

❖ 단순간결KISS 모델을 이용한 기회 분석

❖ 소통 방식. 특히 이메일, 회의, 보고 청취, 언론 대응

❖ 자연 재해나 총격, 납치와 같이 우연히 발생하는 사건에 대한 긴급 대책

SOP를 만들려면 우선 절차상의 주요 포인트를 분석하는 것부터 시작해야 한다. 주요 포인트는 절차의 일부이지만 만약 중단되면 전체 시스템에 연속적으로 문제를 초래한다.

주요 포인트를 보호하는 한편 최선을 다했는데도 불구하고 실패했을 경우 수습을 위한 SOP를 만들어야 한다. 이와 동시에 성공을 위한 전반적인 노력에 크게 도움이 되는 시스템을 강화하는데도 약간의 자원이나마 투입해야 한다. 그래야 나중에 조직이 방해받지 않고 집중할 수 있게 된다. 앞서 설명한 대부분의 원칙, 방법과 마찬가지로 개인, 팀, 조직 차원에서 실행할 수 있다. 생각해 보라. 만약 실패한다면 어떤 시스템이나 행동이 전체 미션을 중단시킬 것인가? 어떤 시스템이나 행동이 민첩하고 속도감 있게 유지하려는 노력에 직접적으로 영향을 주겠는가?

네이비실 3팀에 있을 당시 지휘관이었던 맥레이븐은 1994년 팀을 맡게 되자 우선 팀 전체의 주요 포인트를 분석했다. 그는 베트남전까지 거슬러 올라가서 우리가 동남아시아에서 전쟁을 벌일 때 어떤 인프라와 정책이 우리를 최고로 만들었는지 파악했다. 한편 그가 보기에는 미국의 다음 싸움터가 될 곳, 바로 중동에 대한 문화적 감수성과 민첩함을 제고하는 데 필요한 어학 능력이 팀에 결여되어 있었다. 주요 포인트에서 이처럼 취약한 부분들이 동남아시아 이외의 지역에서도 발생할 수 있는 새로운 위협에 대응하는 팀의 능력을 크게 저해할 수도 있었다. 또한 일단 배치가 된 이후에도 우리의 노력을 방해할지 모른다는 점을 파악하고는 선제적인 계획을 수립했다. 맥레이븐은 중동에 더 집중하기 위해 네이비씰 3팀 조직을 재편하고 대원들을 외국어 교육 기관으로 보내 아랍어와 페르시아어를 배우게 했다. 해양 특수 작전에 대비해 훈련시키고 배치하는 등 지휘관으로서 임무에 대해 정밀 조준하는 동시에 주요 포인트를 강화함으로써 다음 전쟁을 시야에 넣고 준비하게 했다. 이전 작전과는 사뭇 달랐다. 2001년 알카에다의 공격을 받았을 때 네이비씰 3팀은 빠르고 민첩하게 대응했다. 이는 맥레이븐의 노력 덕분이었다.

사업을 영위하고 공통적으로 반복되는 특정 임무를 추구하는 데 전반적인 역할을 하는 주요 포인트를 파악했다면 그것들을 반복적인 과제와 반복적이지 않은 과제로 나눠라. 또한 일반적으로 주요 포인트를 강화하기 위해 어떤 일회성 업무를 수행해야 할지 고려해야 한다. 이를 통해 자신이 관여하는 모든 임무에 계속 정밀 조준할 수 있다. 마지막으로 반복되는 과제에 대해 SOP(일반적으로는 누가 무슨 행동을 취할지 순서를 정해 놓은 목록이나 플로차트)를 만들어서 팀원들이 꿈속에서도 그에 따라 행동할 수 있도록 훈련시켜라. 앞에서도 말했듯이 이렇게 하면 팀원들이 중요한 계획 수립, 실행 시간 및 에너지를 임무 수행을 위한 중요하고 반복적이지 않은 과제에 집중할 수 있다.

주어진 과제를 수행할 책임이 있는 모든 팀원들은 SOP를 완벽하게 익혀야 한다. 보다 복잡하고 중차대한 SOP, 예를 들어 주요 포인트에 대한 SOP의 경우라면 적어도 2명의 팀원들이 각각의 SOP를 중복하여 숙지해야 한다. 이는 보잉 747기를 조종하기 위해 기장과 부기장 모두가 SOP를 숙지하는 것과 비슷하다고 하겠다. 일이 잘못되었을 때를 대비한 긴급 대책도 마찬가지로 준비해야 한다. 이 또한 SOP로 문서화할 수 있고 문서화되어야 한다. 적과 마주치면 어떠한 계획도 살아남지 못한다!

SOP는 하룻밤 사이에 만들 수도 없고 훈련시킬 수도 없다. 그러나 효율적으로 활용하고 꾸준히 적용한다면 단순한 문서화와 반복 과정이 번개처럼 빠르게 공격적인 사고방식으로 계획하고 실행하게 해줄 것이다.

공격하고, 이동하고, 의사소통하라

사업 환경이 점점 더 싸움터와 같은 특성을 띠게 됨에 따라 리더에게는 민첩함과 신속함이 중대한 요소가 되었다. 이는 또한 공격적인 사고방식의 필수 요소이기도 하다. 네이비씰의 리더는 상황을 지속 인식하고, 엄격하게 SOP를 발전, 적용하며, 반복적인 요소와 만약에 대비한 대책을 계획에 담고, 즉석에서 화력을 전환하는 능력을 숙지함으로써 민첩함을 유지한다. 한편으로는 실패에 대한 두려움 없이 새로운 시도를 감행하고 빨리 실패하기 위함이기도 하다. 리더는 민첩함을 통해 임무 내내 속도를 유지할 수 있다. 가장 바쁜 상황에서 네이비씰이 민첩함을 제고하고 속도를 유지하기 위해 사용하는 방법은 '공격하고, 이동하고, 의사소통하는' 과정이다. OODA(observe-orient-decide-act) 주기라고도 하는데 군이 전술적인 의사 결정을 내릴 때 참고하는 사항이다. OODA는 작고하신 존 보이드 공군 대령이 만든 말로 군대에서뿐만 아니라 비즈니스 리더가 전략적인 의사 결정을 내릴 때도 민첩하고 신속함을 유지할 수 있게 돕는 간단하면서도 멋진 도구이다.

OODA는 '관찰하고 대응 방향을 잡고 대응책을 결정하여 행동하는' 것을 의미한다. 원래 공중전 상황에서 끊임없이 발생하는 생과 사를 가르는 의사 결정의 순간에 명확한 결정을 내릴 수 있도록 만들기 위해 개발되었다. 이 과정이야말로 비즈니스상에서 빠르게 실행하기 위해 필요한 것이다. OODA는 정보를 빠르게 처리하고 반응하게 만든다. OODA를 따르면 그때그때 상황에 맞게 좋은 결정을 내리는 데 매우 능숙해진다. 지겹도록 상황을 분석만 하거나 집단 의사 결정에서 일어나기 마련인 흐리멍텅한 해법에 사로잡히는 것을 피할 수 있다.

보이드가 알아낸 간단하지만 강력한 사실은 빠른 의사 결정을 내리고 경쟁자의 의사 결정을 늦출 수 있다면 결과물이 당신에게 유리한 방향으로 바뀐다는 점이다. 좋은 SOP, 효율적인 거시 관리, 공격적인 의사 결정으로 OODA 주기를 빠르게 할 수 있다. 속도와 기습으로 적(또는 경쟁자)의 마음을 흔들어서 어쩔 수 없이 반응하게 만들고 방어적인 태도를 취하게 함으로써 그들의 주기를 늦출 수 있다. 가장 빨리 OODA 주기를 활용하는 사람이 우위를 점하게 된다.

내 친구 올든이 퍼펙트 푸시업 제품을 출시했을 때 팔굽혀펴기 기구를 파는 다른 피트니스 업체들은 낌새도 채지 못했다. 올든은 자신이 처한 상황을 관찰했고 첫 제품의 실패를 경험했다. 사용하기 편해진 신제품, 퍼펙트 푸시업을 만드는 데 자신의 사고력과 점점 줄어드는 자원을 맞췄다. 경쟁자들이 활용하는 정상적인 유통 채널은 건너뛰고 중간 소매점 없이 바로 판매하는 전략을 세웠다. 너무나 기습적인 움직임이었기에 경쟁자들은 미처 반응할 시간도 없었다. 경쟁자들은 전통적인 유통 채널, 즉 월마트, 타겟, 스포트어소리티 같은 대규모 소매점을 통해 운동기구를 판매하는 방식을 고수하고 있었다. 반면 올든은 남성 잡지에 광고를 싣고 정보성 광고 캠페인을 벌이는 등 고객에게 직접 다가갔다. 소비자들의 관심을 사로잡으면서 재빨리 우위를 점했고 초기에 벌어들인 수익을 전부 마케팅에 재투자 하면서 새로운 광고를 실었다. 정보성 광고로 시장에 깊숙이 침투해 들어가며 계속 압박을 가했다. 고객의 마음속에 퍼펙트 푸시업을 완전히 각인시킨 이후에야 비로소 매장에서 경쟁 제품 옆에 퍼펙트 푸시업을 나란히 진열했다. 올든은 OODA 주기를 계속 따르면서 더 빠르게 결정을 내렸다. 반면 반응 속도가 느렸던 경쟁자들은 뒤처졌다.

공격적인 리더는 과도한 계획으로 일을 망치지 않는다. 대신 상황이 바뀌면, 항상 그렇기는 하지만, OODA 주기를 이용하여 상황에 맞게 방향을 바꾼다. 어떻게 적용할지에 대해서는 실전 연습에서 설명하겠다.

항상 공격을 생각하게 되면 정신과 영혼에 앞으로 나아가려는 가속도가 생기게 된다. 또한 이길 수 있다는 능력에 대해 확고한 자신감을 갖고 어떤 문제에도 적극적으로 맞서는 노력을 하게 된다. 경쟁자들은 스스로를 보호하고 잠재적인 사업부진에 대비해 위험을 회피하는 데 에너지를 쏟는다. 반면 굉장히 효율적인 실행 방법을 배운 리더는 변화를 살피고 재빨리 조정하면서 전력을 다해 집중하고 뛰어든다. 날카롭게 상황을 인식하면서 너무 빠르고 부드럽게 움직이기 때문에 적들은 당신이 다가오는 걸 보지도 못할 것이다. 아니면 당신이 바람처럼 자신들을 지나쳐서 기회를 거머쥐는 모습을 지켜보게 된다. 왜냐고? 당신을 돕는 칼날, 네이비씰의 나를 이기는 연습을 따르기 때문에 어떤 상황에서라도 성공할 수 있는 것이다.

★실전 연습★

노란색 레이더

이 연습을 통해 소극적 경계 상태인 '노란색 경계 상태'를 유지하는 연습을 하라. 예를 들어 식당에 갈 때 노란색 레이더의 스위치를 반드시 '켜짐'으로 하라. 우선 식당 밖의 환경을 살피면서 무엇을 알아차릴 수 있는지 보라. 얼마나 많은 사람이 있는지, 어떤 옷을 입고 있는지, 특정 패턴이 있는지 파악하려고 노력하라. 그런 다음 패턴에 맞지 않는 것이 있는지 살펴라. 예를 들면 혼자 먹으려고 기다리는 사람이 있는가? 어딘가로 가고 있지도 않고 무언가를 하고 있지도 않으면서 그저 우두커니 서 있는 사람이 있는가? 편집증 환자처럼 보이지 않게 주의하면서 그저 특이한 것이 있는지 파악하고 직감을 이용하여 주변 환경을 느껴라.

식당으로 들어가면 식당 밖에서 했던 것과 마찬가지로 식당 안을 살펴라. 패턴을 찾고 그 패턴에 맞지 않는 것이 있는지 파악하라. 식사를 즐기는 동안 자연스럽게 식당 안을 관찰할 수 있도록 식사의 주빈에게 식당의 안쪽 자리에 앉도록 권하라. 식당에서 시간을 보내는 동안 일어나는 움직임을 마음속에 계속 기록하라. 거기 있는 내내 마음을 수동적인 '노란색 경계 상태'로 유지하라. 영화관, 쇼핑센터, 은행 등에 갈 때도 이 연습을 반복하라. 그렇게 하면 종국에는 지각 상태가 영구히 향상되어 집에 있을 때도, 일을 할 때도, 여행을 할 때도, 심지어는 놀고 있을 때도 지속할 수 있다.

자신만의 SOP를 개발하라

공격적으로 생각하면 미래를 준비하게 되고 그 순간 빠르고 부드럽게 행동하는 능력에 집중할 수 있다. 업무의 어떤 측면을 SOP로 바꿀 수 있을지 파악하려면 다음의 질문을 던져 보라.

❖ 나와 우리 팀이 반복적으로 행하는 절차와 행동은 무엇인가?

❖ 이 절차의 주요 포인트는 무엇인가?

❖ 주요 포인트와 연계된 핵심 과제 중 반복할 수 있고, 측정할 수 있고, 훈련할 수 있는 것은 무엇인가?

이제 SOP를 순서대로 적고 운영자들을 위한 간단한 훈련 계획으로 발전시켜라. 성공을 최대로 이끌어 내기 위해 기어가고, 걷고, 뛰는 모델을 사용하라. 과제를 시작할 때 한 차례 정확성을 기하고, 다음에는 중간 정도 페이스로 정확성을 기하고, 최종적으로는 빠른 속도로 정확하게 실행하는 것을 목표로 하라. 예상하지 못한 문제가 생길 수 있기 때문에 불필요하다고 생각되더라도 계속 반복하라. 세상은 혼란스럽고 운명은 준비된 자에게 호의를 베푼다는 걸 기억하라.

OODA 주기

OODA 주기는 빠르게 계획을 수립하는 수단이다(원래 공대공 전투에 쓸 목적이었다는 점을 상기해 보라). 비즈니스 리더에게 OODA는 유동적인 환경에서 압박을 받으며 빠른 의사 결정을 내려야 하는 상황에서 가장 잘 쓰인다. 앞서 말했던 내 친구 올든의 퍼펙트 푸시업 출시 사례가 예가 되겠다.

경쟁과 관련하여 자신의 위치를 관찰하라(Observe). 경쟁자들의 다음 움직임이 어떤 영향을 주는가? 상황을 인식하는 기술을 활용하여 큰 그림뿐만 아니라 세부 사항까지도 파악하라. 예를 들어 당신의 제품이 시장에 처음 선보이는 제품이고 품질 면에서도 우월하지만 다소 비싼 축에 속한다고 해보자. 경쟁자들이 가격이 더 싼 모방 제품을 출시하여 당신 제품보다 더 잘 팔지도 모른다.

가능한 한 빨리 당신이 관찰한 새로운 현실에 맞게 대응 방향을 잡아라(Orient). 아직 움직이지는 말아라. 목표가 무엇인가? 예를 들어 경쟁자를 물리치는 것인가? 어떤 대가를 치르더라도 시장점유율을 회복하는 것인가? 아니면 제품의 가치를 인정받기 위해 가격에 덜 민감한 새로운 시장을 찾고, 새로운 시장 진입을 위해 기존 제품군을 포기하고, 고객에게 가치를 교육할 수 있는 새로운 방법을 찾으면서 품질을 유지하는 것인가? 가격을 낮추면 이익에는 어떤 영향이 미칠 것인가? 경쟁자는 어떻게 대응할 것인가? 가격 전쟁을 시작하면 당신 회사에는 어떤 영향이 있는가? 대응 방향을 정함은 수집된 정보를 평소의 계획 주기보다 빠르게 처리하고 분석하는 것이다. 네이비씰 작전에서는 OODA가 거의 실시간으로 진행된다. 회사에서라면 평소 몇 달이 걸리는 계획 주기를 며칠이나 몇 주로 바꾸는 것을 의미할 수도 있다.

행동방침을 결정하라(Decide). 실력이 가늠되는 순간이다. 좋은 결정에 따라 행동하는 것은 뛰어난 결정에 따라 행동하지 않는 것보다 더 낫다. OODA 주기를 빠르게 할 수 있는 좋은 결정을 내려라. 그렇게 해서 치열한 경쟁 시장에서 잠재적으로 경쟁사의 속도를 늦춰라. 예를 들어 설명하면 시장에서 제품을 차별화해 주는 우월한 품질과 제품을 구입하였을 경우의 효용을 강조하는 정보성 캠페인을 통해 제품을 뒷받침하라. 동시에 지적 재산권 보호를 위해 신청을 하고 충성스러운 고객들의 도움을 받아 당신의 제품이 얼마나 놀라운지 블로그를 통해 알리고 경쟁사의 싸구려 제품에 주의할 것을 요청하라.

행동하고(Act) 즉시 피드백을 확인하라. 파워블로거들의 블로그를 모니터하고 경쟁사의 반응을 지켜보라. 어떤 피드백으로부터도 배우고 감시 초소를 새로 세우면서 OODA 주기를 반복하라.

Training

네이비씰의 나를 이기는 연습 훈련

당신의 행동이 어떤 결과를 불러올지는 알 수 없다.
하지만 아무런 행동도 하지 않으면 아무런 결과도 얻을 수 없다.
– 마하트마 간디(1869~1948), 인도의 민권 운동가이자 지도자

어느 정도 나이가 들고 나니 인생에서 성장을 도모하지 않으면 퇴보하기 시작한다고 굳게 믿게 되었다. 이는 육체에도 마찬가지로 적용된다. 자연 상태라면 인체는 발전하고 성장하고 진화하고 한동안은 정점에서 기능을 한다. 그러고 나서 퇴화하고 약해지는데 처음에는 서서히 진행되다가 나중에는 훨씬 빨리 진행된다. 그러나 각각의 시기에 맞춰 적절하게 영양을 공급하고 운동을 한다면 계속 성장하도록 육체를 자극할 수 있다. 육체와 마찬가지로 지능도 20대 중반이면 어느 정도는 발달을 멈추게 된다. 그러면 그 이후로는 어떻게 되는가? 끊임없이 향상되도록 애써야 하는가? 아니면 이게 현실이라는 걸 받아들이고 그냥 그쯤에서 내버려둬야 하는가?

분명히 말하건대 지능도 막 성인이 되었을 때 자리 잡은 수준을 뛰어 넘어서 발달시킬 수 있다. 이 책의 핵심은 그 방법을 알려 주는 것이다. 훈련을 시작하면 이 책의 원칙이 당신의 일부가 될 때까지 현재의 모습과 미래의 모습을 구체화하면서 삶과 심도 있게 결합시키게 된다. 그 길을 가는 동안 원칙들이 때로는 새롭고 놀라운 방식으로 도움이 되어 탁월한 성과를 이룰 수 있도록 명확성, 집중력, 힘을 향상시킬 수 있다.

시작하기 전에 경고를 해두자면 이 세상에 완벽이란 없다. 우리 모두에게는 놀랄 만큼 다양한 결점이 있다. 그러나 완벽한 노력은 있다. 일시적으로 차질이 생기거나 실패(모든 실패는 배우고 성장하는 기회라는 점을 기억하라)를 경험할지는 모르겠지만 훈련을 하면서 완벽하게 노력하면 성공을 이룰 수 있다. 매일매일 모든 면에서 점점 더 나아진다. 매일 단 1퍼센트일지라도 시간이 더해지면 굉장한 결과를 얻게 된다. 지금 자신에게 알맞은 방법으로 매일 훈련하고 연습하라. 시간이 지나면 필요로 하는 것도 달라지고 노력의 결과로 성장도 경험하게 되니 그에 맞춰 훈련 계획을 적용해 나간다. 계획 자체를 세우기에 앞서 우선은 훈련의 원칙을 보다 상세하게 살펴보자.

느림은 곧 부드러움이고, 부드러움은 곧 빠름이다

*꿈을 이루기까지 시간이 너무 오래 걸린다는 이유만으로 꿈을
포기해서는 안 된다. 어차피 시간은 흘러가기 마련이다.*
– 얼 나이팅게일(1921~1989), 미국의 동기부여 전문가이자 작가

처음 내가 이런 식의 통합 훈련을 시작했을 때는 더 열심히 하기만
하면 발전을 앞당길 수 있다고 생각했다. 이미 하고 있던 것보다 더
많은 선 명상, 가라테 수련, 책, 세미나, 그리고 신체 단련으로 스스로
를 몰아붙였다. 더 많이 하면 더 빨리 도착할 거라 생각했다. 틀렸다.
이런 접근 방법은 좌절과 번아웃 상태를 초래하고 결국 훈련을 그만
두게 만든다. 발전을 강제할 수 없다는 걸 깨달았다. 그저 발전을 가
능하게 할 수 있을 뿐이다. 이 사실을 이해하고 나니 '느린 것이 부드
럽다'는 생각으로 접근하기를 권하게 된다. 속도를 늦추고 완벽한 노
력을 추구하면 몸과 마음이 더욱 완전하게 개념과 기술을 흡수한다.
그렇게 함으로써 실제로 행동할 필요가 있을 때 '부드럽고 빠르게'
란 개념과 기술을 활용할 수 있게 된다. 네이비씰에서도 비슷한 개념
을 이용하여 '기어가고, 걷고, 뛰는' 리듬에 맞춰 각각의 훈련에 임한
다. 아이들처럼 걸을 수 있기까지는 기어야 하고 뛸 수 있기까지는
걸어야 한다. 훈련을 받을 때 기어가는 단계에서는 근본 원리와 기본
기술을 배운다. 이 책이 지금까지 알려 준 것이 바로 그 단계이다. 근
본 훈련을 통해 더 빨리 움직일 수 있게 되고 훈련에 더 깊이 파고 들
어갈 기초를 마련하게 된다. 기초가 없으면 중심을 잃고 길에서 벗어

나거나 좌절감으로 나락에 빠져 버릴 수도 있다. 필요한 기간만큼 이 단계를 가지면 된다. 또한 시작할 때의 기술 수준이 어느 정도인지 시간 제약은 없는지에 달려 있기도 하다. 내 교육생들 중 일부는 몇 주 만에 기본을 익히고 속도를 낼 준비를 한다. 반면 어떤 교육생들은 1년이 걸리기도 한다. 자신의 발전 속도를 받아들이고 새로운 기술을 배우는 것을 즐겨라.

일반적으로 정규 훈련을 한두 달 받고 나면 앞으로 나아가고 싶어질 것이다. '걷기' 단계에 온 것을 환영한다. 이제 훈련에 편안함을 느끼고 발전하고 있음을 스스로도 알게 된다. 그러나 아직 훈련과 완전히 하나가 되지도 못했고 훈련이 습관이 되지도 못했다. 이 단계에서는 인생의 도전에 맞서 육체적, 정신적 통제력과 감정 회복탄력성을 키우기 시작한다. 단순해진 삶 덕분에 가벼워진 느낌을 받고 사명에 정밀 조준한 모습을 보게 된다. 남들과 달라진 자신, 굉장히 확신에 차 있고 성공한 자신이 나타나기 시작한다. 그러나 걷기 단계는 온통 도전으로 가득 차 있다. 누군가는 이 단계에서 훈련을 중지하고 보통은 예전의 낡은 생활 방식으로 다시 돌아간다. 결국 모든 흥분과 새로움이 사라져 버린다. 코스를 벗어나지 않도록 이번 장에서 몇 가지 방법을 추천한다.

발전의 마지막 단계인 '뛰기'는 의식하지 않고도 정점에서 능숙하게 실행하는 것이다. 네이비씰의 나를 이기는 연습에서 숙달이란, 기사 작위를 받고 원탁에 앉는 것 같은 신비한 목적을 이룰 때까지 죽어라 노력하는 것과는 다르다는 점을 명심하라. 나를 이긴다는 것은 전략, 전술, 수단, 그리고 동기를 부여하는 여정이라 할 수 있다. 네이비씰의 나를 이기는 연습에서는 더 많이 지각하고 더 많은 힘으로 길을 찾기 위해 힘쓴다. 일단 이 길에 발을 들여놓으면 평범한 일을 탁월하게 잘해 내게 되어 탁월한 결과를 얻기 시작한다. 그리고 마침내 그 과정이 자연스럽게 된다. 그게 바로 숙달이다.

통합 훈련 모델

반성하지 않는 삶은 살 가치가 없다.
— 소크라테스(기원전 469~399)

네이비씰의 나를 이기는 연습은 삶에서 탁월한 결과를 이뤄 내기 위해 최강의 전사처럼 생각하고 행동할 수 있도록 다양한 기술을 습득할 것을 요구한다. 이들 기술을 배우고 숙달할 수 있게 이 책에서 많은 연습 방법과 도구를 소개했다. 예를 들어 '고요한 물이 깊이 흐른다'는 신성한 침묵을 통해 결과적으로 마음챙김과 지각의 기술을 함양하는 기술이다. FITS, PROP, SMACC 등은 임무를 계획하는 도구로 정밀 조준할 수 있게 해준다. 다른 연습에 대해서도 두루 다뤘는데 방법을 직접 설명하지는 않았다. 이미 무엇인지 알고 있을 거라 생각되기도 하고 자신이 추구하고자 하는 것에 대해서는 보다 상세한 지침을 찾을 것이라 생각되기도 해서이다. 예컨대 교육생들에게는 훈련의 일부로 요가를 장려한다. 요가가 후술할 '5개의 산'을 총망

라하는 한편 생리학적 통제, 주의 통제, 유연성, 코어 근육 등을 포함하여 마음챙김이나 지각과 관련된 많은 기술들을 강화시켜 주기 때문이다.

아마 지금쯤이면 알아차렸겠지만 훈련 중 일부는 필요할 때만 활용하면 된다. 반면 어떤 훈련은 5분 또는 그 이상 규칙적으로 할 때 가장 효과적이다. 이 모든 정보가 통합된 훈련 계획을 만드는 가장 효과적인 방법은 아침과 저녁의 의식으로 활용하는 것이다. 이에 대해서는 부록2에서 대략적인 개요를 적어 두었다. 아침과 저녁의 의식이 매우 짧고 최소한이라고 하더라도 이런 훈련 요소들을 포함하여 시작할 것을 권한다. 주요 연습 일부를 매일의 훈련으로 만들면 노력에 집중할 수 있는 한편 하루를 강력한 훈련 시간으로 시작하고 마무리 할 수 있게 된다. 교육생들에게 아침과 저녁의 의식은 없어서는 안 될 요소라는 사실을 깨달았다. 그 의식들이 매일 중요하고, 근본적인 기술들과 결합하여 정신적, 감정적, 직관적, 영적 영역에서 당신을 반드시 더 강하게 해줄 것이기 때문이다. 아침 의식은 긍정적이고 활기에 넘치는 하루를 만들어 주는 능력이 있다는 점에서 특히 효과적이다. 아침 의식 동안에 특정 연습을 해보거나 더 나은 효과를 불러오는 새로운 기술을 실행해 보면 좋다. 저녁 의식은 하루의 성과를 각인하고 가장 중요한 교훈이나 통찰력을 얻고 미래에 일어날 일에 대한 만족감과 확신이 가득한 상태로 잠자리에 들 수 있게 하는 완벽한 도구이다.

부록 2에서는 추가로 두 측면에서 의식에 대해 설명할 예정이다. 일이 일어나기 전과 일이 일어난 후의 의식이다. 경쟁 또는 사업상

회의 전이나 후에 필요한 경우 이들 의식을 실시한다. 의식을 통해 최적의 성과를 내기 위한 무대를 마련하고 어떤 면에서 앞섰고 어떤 면을 개선할 여지가 있는지 파악함으로써 유종의 미를 거둘 수 있다. 차질이 생기거나 실패하더라도 한 가닥 밝은 희망을 찾아라. 경험을 통해 배워라. 새로운 통찰력을 반영할 수 있도록 훈련 계획을 새로 짜고 최종적으로는 현재로 다시 돌아가서 집중하라.

의식과 더불어 개인적인 발전 정도, 시간 제약, 특별한 필요 사항 등에 따라 각각의 경험 수준에 맞춰 몇 가지 훈련과 실전 연습들로 구성된 통합 훈련 계획을 만들어라. 그렇게 하면 네이비씰의 나를 이기는 연습을 하는 동안 추진력을 얻을 수 있다. 다시 상기시켜 주자면 통합 훈련은 인간의 5가지 능력을 동시에 훈련하는 것이다. 5가지 능력이란 이 책의 서론에서 간략하게 언급한 '5개의 산'을 의미하며 다음과 같다.

1. 신체적: 생활 신체 기능과 신체 통제 능력 개발

2. 정신적: 집중력과 정신력 개발

3. 감정적: 감정 통제 능력과 회복탄력성 개발

4. 직관적: 지각 능력과 직감 개발

5. 영적: 영혼 또는 마음 계발(감정과 의지가 하나가 되어 움직이게 하기)

이들 능력은 네이비씰의 나를 이기는 연습의 8가지 원칙을 포괄하며 서로 뒤얽혀 있어서 개별적으로 훈련을 하기는 어렵다. 대신 이 5가지 산을 함께 개발하는 훈련을 하면 결과적으로 네이비씰의 나를 이기는 연습의 원칙을 숙달하기 위해 노력하는 데도 도움이 된다. 이 책에서는 주로 정신적, 감정적, 직관적 산에 초점을 맞췄다. 이들 능력을 훈련함으로써 자연스럽게 전사의 정신이 강해지고 깊어진다. 신체적 산에는 그리 많은 시간을 할애하지 않았다. 그렇지만 이번 장을 읽고 나면 훈련 계획이 신체적 활동 역시 필수 요소로 포함하고 있다는 걸 알 수 있다.

네이비씰의 나를 이기는 연습에 신체적 활동을 포함시킨 이유는 내가 씰핏 교육생들에게 가장 먼저 신체 단련을 가르치는 것과 같은 이유이다. 발전 정도를 보고 느끼거나 부족한 점을 파악하기에는 신체 단련이 가장 쉽다. 교육생들(그리고 당신)이 신체적 장벽과 한계를 극복하기를 원한다. 그 과정에서 나머지 4개의 산으로 이어지는 통로가 구축된다. 게다가 신체 단련은 몸에 대한 통제력을 키워 주고 평생 동안 안정적이고 건강하고 강력한 토대를 만들어 준다.

신체 단련 계획을 수립할 때는 생활 신체 기능에 초점을 맞출 것을 강력하게 권한다. 근력, 체력, 지구력, 운동능력 및 내구성을 키워 주는 프로그램을 만들어야 한다. 생활 신체 기능 훈련을 하면 실생활에서 힘이 들어가는 어떤 활동을 하더라도 처리할 수 있다. 멀리 떨어진 산꼭대기까지 30킬로미터가 넘는 트레킹을 하거나 아니면 단지 슈퍼마켓에서 무거운 장바구니를 들고 오는 일일 수도 있다. 또한 요가나 태극권 같이 심신을 함께 수양하는 훈련으로 생활 신체 기능 훈련을 보충할 것을 권한다. 심신 수양을 함으로써 집중력, 평온함, 자기 인식 능력과 더불어 유연성과 근력을 키울 수 있다(그러나 이런 훈련들만으로는 매일 몸을 움직이는 데 필요한 능력을 전부 키울 수는 없다. 또한 신체 단련을 대체할 수도 없다).

출발점을 평가하라

능력은 당신이 할 수 있는 것이다. 동기가 당신이 무엇을 할지
결정한다. 그리고 태도가 얼마나 잘해 낼지를 결정한다.
- 루 홀츠(1939~), 미국의 스포츠 칼럼니스트, 전직 미식축구 코치

앞에서도 말했지만 반복해야 한다. 인생에서 극적인 변화를 갈망
한다면 원하지 않는 것에 초점을 맞춰서는 이뤄 낼 수가 없다. 실패
를 경험하는 것은, 마음속에 그려 보는 가상의 실패일지라도 당신을
더욱 짓누르고 마는 불안을 야기할 뿐이다. 대신에 이 책을 통해 긍
정적인 정신적, 육체적 에너지를 승리를 그려 보고 얻기 위한 방향으
로 쏟음으로써 성공을 미리 경험하는 법을 배웠다. 하지만 성공에 도
달하기 위해서는 우선 어디에서 시작해야 할지부터 알아야 한다.

이번 장에서는 자신에게 맞는 수단과 훈련을 선택하는 데 도움이
될 자기 평가를 실시할 것이다. 질문을 심사숙고해 보면 특정한 '산'
에 대해 더 개발할 필요가 있는지 없는지를 느낄 수 있게 된다. 이 과
정을 끝내고 나면 당신이 지금 있는 인생의 위치에서 특히 중요하다
고 생각되는 네이비씰의 나를 이기는 연습 원칙의 목록을 만들어 보
라. 이 책을 다 읽었다면 아마 한두 가지 원칙이 즉시 마음 깊은 곳에

서 떠오를 것이다. 마지막으로 지금 당신이 하고 있는 부수적인 활동을 모두 적어 보라. 예를 들어 아마 일주일에 한 번이나 두 번 정기적으로 요가 수업에 참여하고 있을 수 있다. 아니면 수년 동안 크로스핏 운동의 열렬한 지지자였을 수도 있다. 어쩌면 이미 시각화 연습을하고 있고 긍정적인 주문을 외우고 있을 수도 있다.

평가를 해본 결과 다른 새로운 훈련을 위해 기존의 몇몇 훈련을 대체하거나 축소할 수도 있다. 그러나 현재에도 특정한 요건은 이미 만족시키고 있다는 사실도 알게 될 것이다. 만약 이미 무술 수련을 하고 있다면 요가를 훈련에 추가하고 싶지 않을 수도 있다. 이미 신체능력이 좋다면 계획에 굳이 더 많은 운동을 추가할 필요는 없다(어쩌면 운동 시간 일부를 다른 필요에 새로이 할당하는 결정을 내릴 수도 있다). 시각화하는 데 쓰는 시간이 좀 더 효율적으로 체계화될 수 있다.

출발 지점을 명확하게 그릴 수 있게 되었다면 자신에게 맞게 짠 훈련 계획에 따른 업무 스타일과 더불어 수단과 연습을 선택하는 단계로 나아간다.

자기 평가 질문

〈신체적〉

1. 그냥 약식으로 몇 개의 기구들로만 훈련을 하거나 집근처에서 몇 킬로 달리는 대신 피트니스 센터에서 철저하게 기능성 운동 계획을 따르고 있는가?

2. 하루 온종일, 그리고 운동을 하는 동안 몸이 편안하고 안정적인가?

3. 몸이 불편하다는 느낌 없이 오랫동안 가만히 앉아 있을 수 있는가?

4. 자신의 나이에 맞는 의사의 건강 기준을 충족시키고 있는가?

5. 바로 손에 잡히는 음식이나 식탐을 만족시키는 음식을 되는 대로 먹는 대신에 하루 종일 무엇을 먹고 마시는지 의식하고 있는가?

6. 부상, 질병, 부정수소(원인을 확실히 모르는 상태로 몸 여기저기에 불편을 느끼는 증상─옮긴이)가 없고 어떠한 어려움도 없이 의무를 다하고 일을 하고 사회 활동을 할 수 있는가?

이 질문들 중 적어도 3개 이상에 '아니요'나 '아마도(실제로는 '모른다'는 의미)'라고 대답했다면 강도 높은 기능성 운동 프로그램의 효과를 볼 수 있을 것이다. 1주일에 3회, 1시간씩 꾸준히 씰핏, 크로스핏, 또는 P90X 같은 운동을 시작할 것을 권한다. 몇몇 질문에 '아마도'라고 대답한 사람들이라면 현재의 일상을 개선할 여지가 있지는 않은지 살펴볼 필요가 있다(역시 동일한 운동을 권한다). 대부분의 질문에 '네'라고 대답했다면 잘하고 있는 거다. 신체적인 영역에서는 훌륭하다. 현재의 프로그램에 굳이 변화를 줄 필요는 없다.

〈정신적〉

1. 신체 건강을 유지하는 노력과 마찬가지로 정신력을 강화하기 위해 정기적으로 훈련을 하는가?

2. 비행기 조종사가 침착하게 비상조치 체크리스트를 따르듯이 자신의 반응을 통제하면서 스트레스를 받는 상황에 대처하는가?

3. 자신감을 가지고 있는 분야에서 빠르게 결정을 내리고 행동을 취함으로써 '정보 과다로 인한 분석 불능' 상태를 피해갈 수 있는가?

4. 주어진 상황에서 사실과 해석을 잘 구분해 낼 수 있는가?

5. 도전에 직면했을 때 좀처럼 포기하지 않고 늘 인내심을 갖고 계속 해내는가?

3개 이상의 질문에 '아니요'나 '아마도'라고 대답했다면 훈련 계획에서 정신 계발을 강조해야 할 것이다. 우선 상자 호흡이나 '고요한 물이 깊이 흐른다'로 시작해라. 그러고 나서 매일 집중 훈련에 전념함으로써 DIRECT 프로세스를 개발하라. 동시에 부정적인 생각을 없애고 긍정으로 가득 찬 주문을 발전시켜 나가라. '네'라고 대답했다면 정신 계발을 위해 현재 하고 있는 것들을 계속하는 한편 다른 4가지 영역의 훈련을 강조하라. 상자 호흡과 DIRECT 프로세스의 모든 측면을 권장한다.

〈감정적〉

1. 나중에 후회할 결정, 행동, 발언을 초래할 수 있는 부정적인 감정 대응을 참아 낼 수 있는가?

2. 건강하고, 생산적인 방식으로 감정을 느끼고 표현할 수 있는가?

3. 감정이 격해졌을 때 어떤 부정적인 감정이 이런 상태를 촉발했는지 돌아볼 수 있는가? 최근에 어떤 감정이 감정적인 대응을 자주 촉발했는지 알고 있는가?

4. 스트레스 상황에 처했을 때, 예를 들어 누군가 난폭 운전을 하거나 공항 카운터에서 문제가 생겼을 때 자신의 의지대로 감정 상태를 조절할 수 있는가?

5. 화가 났지만 그냥 문제 삼지 않고 덮어둠으로써 관련된 모든 사람들을 평화롭게 한 적이 있는지 생각해 보라(대립이 두려워서 피한 상황을 말하는 것은 아니다).

6. 사람들을 만날 때 친근하게 마음을 여는 것이 쉬운가?

3개 이상의 질문에 '아니요'나 '아마도'라고 대답했다면 감정 계발에도 마찬가지로 집중하는 노력이 필요하다. 함께 일하는 동료들과 진실한 소통을 할 수 있게 하는 주요 수단은 감정을 자각하고 '당연함의 오류'를 시각화하는 훈련을 하는 것이다. 장기적으로는 요가가 좋은 방법이고 20배수를 스스로 설정하여 도전하는 것도 좋다. 감정 영역에서 자신 있게 '네'라고 대답했다면 직관적, 영적 영역으로 옮겨 가도 좋다.

〈직관적〉

1. 지난 몇 번의 대화에서 말하기보다는 주로 들었는가?

2. 오늘 아침에 보았던 모르는 사람 3명의 옷이나 외모를 묘사할 수 있는가?

3. 결정을 늦게 내리는가? 그렇게 함으로써 곤란한 상황이나 속단할 우려를 피하는가?

4. 평소 스스로 마음이 편안하다고 생각하는가? 지속적으로 높은 수준의 자존감과 만족감을 경험하는가?

5. 지난주 다른 사람의 말을 적극적으로, 진심을 다해 들었던 순간 세 번을 떠올릴 수 있는가?

6. 섬광처럼 번뜩이는 직감이나 통찰력을 인정하고 강화하고 있는가? 아니면 직감과 통찰력은 무작위로 떠오르는 것이니 중요하지 않다며 무시하는가?

3개 이상의 질문에 '아니요'나 '아마도'라고 대답했다면 당신의 직관은 휴면 상태이다. 깨워야 할 때다! 당신에게 맞는 주요한 방법으로는 고요한 물이 깊게 흐른다, 마음 수련장, 상자 호흡, 요가 및 기타 심신 훈련이 있다.

〈영적〉

1. 위기나 망설임의 순간에 흔들리지 않고 자신을 지탱해 주는 가치가 담긴 명확한 신념이 있는가?

2. 자신의 목적을 알고 있는가? 대부분의 시간과 에너지를 그 목적을 완수하는 데 쏟고 있는가?

3. '큰 그림'을 염두에 두고 도전과 실패를 웃으면서, 긍정적인 태도로 견뎌 낼 수 있는가?

4. 자신의 목표와 꿈을 이루기 위해서라면 기꺼이 희생을 감수하려 하고 실제로 희생할 수 있겠는가?

5. 자신의 삶이 가치로 가득 차 있음을 느끼는가?

6. 일반적으로 볼 때 현재를 느끼고 있는가? 평화로운가?

이 항목에서 2,3개 질문에 '아니요'라고 대답했다면 원칙 1,2와 연관된 항목들로 돌아가는 것이 좋다. 특히 네이비씰의 나를 이기는 연습 평가에 더 많은 시간을 쏟고 부록 1에 나온 집중 계획 시트를 채워라. 일간, 월간 집중 계획을 하루 2번씩 검토할 것을 권한다(아침과 저녁 의식의 일부로 만들어라). 그런 다음 적어도 일주일에 20분은 월간 집중 계획을 검토하는 데 할애하라. 그렇게 해야 다음 주의 집중 계획 역시 목표를 향해 적절히 나아가게 할 수 있다. 마찬가지로 매달한 번은 적어도 20분 이상 분기별, 연도별 집중 계획을 검토하라. 그래야 다음 달의 집중 계획을 연간 계획과 일치시키고 새로 만들 수 있다. 더불어 자신이 선택한 종교적, 영적 연습도 계속 연마할 것을 강력하게 권한다. 만약 부모님이 당신에 가르쳤던 전통이 진실하게 느껴지지 않는다면 어렵겠지만 새로운 전통을 찾아라. 기독교 예배건 힌두신에게 드리는 기도건 무신론에 가까운 명상이건, 마음의 평화를 가져다주고 삶에 더 깊은 의미와 더 높은 차원의 명령이 있다는 느낌을 주는 연습을 꾸준히 할 때에만 영적 산의 취약함은 가장 잘 다뤄질 수 있다.

시간이 부족하여 곤란할 때

이미 정신없이 바쁜 삶에서 시간을 더 많이 내는 게 얼마나 어려운지 나도 잘 알고 있다. 얼핏 생각하면 현재의 일을 그만두고 네이비씰의 나를 이기는 연습에만 전념하여 집중할 필요가 있어 보이기도 하지만 그건 그냥 환상일 뿐이다. 사실 네이비씰의 나를 이기는 연습에서 가르치는 방법과 훈련은 배우기 쉽고 삶과 조화를 이룰 수 있다. 뿐만 아니라 훈련을 오래 하면 할수록 삶에 더 집중할 수 있다. 삶이 더 단순해지고 명확해진다. 그렇게 함으로써 귀중한 훈련 시간을 더 많이 확보하게 된다.

2012년 노동통계국의 조사에 따르면 15세 이상 미국인들은 하루 평균 2.8시간 TV를 시청했다. 일주일이면 거의 20시간이다! 그렇게

나 많은 시간 동안 TV를 시청하는 대신 할 수 있었던, 자신의 정신과 육체와 영혼에 긍정적인 영향을 줄 수 있는 일들을 상상해 보라. 쉽지 않다는 건 안다. 그러나 먹고살기 위해서 지금 일어나고 있는 사건들을 실시간으로 파악해야 하는 상황이 아니라면 TV는 없애 버리는 게 좋다. TV를 없애는 것이 불가능하다면 훈련을 시작한 후 적어도 30일 동안은 TV 뉴스를 시청하는 것만이라도 그만둬라. 이 기간 동안 주의해서 볼 필요가 있는 몇몇 중요한 뉴스, 이를테면 자연 재해 관련 뉴스만 보라.

왜 TV 뉴스를 멀리해야 하는가? 문제는 대부분의 사람들이 뉴스처럼 보이는 것들이 홍수처럼 끊임없이 밀려들어 오는 데 중독되어 있다는 사실이다. 허나 그런 뉴스 대부분은 유명인, 정치가에 대한 불필요한 가십이나 사소한 사건일 뿐이다. 게다가 화면에서 눈을 떼지 못하게 하기 위해 '공포감을 조성'(결국 광고주와 수입을 끌어들인다)하기 때문에 TV 뉴스는 부정적인 것으로 악명 높다. 시간이 흐르면 잠재의식에도 큰 영향을 준다. 고성능 컴퓨터와 마찬가지로 마음 역시 무엇을 인풋 하느냐에 따라 아웃풋이 결정된다.

귀중한 시간을 아끼려면 자신이 정말로 필요로 하는 정보가 무엇인지 '잘 알고 있어야' 하고 부정적인 인풋은 피해야 하며 대신 신문과 인터넷 뉴스의 헤드라인을 살펴봐야 한다. 정보가 중요해 보인다면 기사 자체를 더 파고 들어가도 좋다. 내 경우는 삶에 영향을 주거나 비즈니스 트렌드를 보여 주거나 개인적으로나 사업 측면에서 위협이 될 수 있는 기사들을 찾기 위해 구글 뉴스는 하루에 2번, 월스트리트 저널은 가능할 때마다 검색하고 있다.

아무리 쥐어짜도 정말로 시간 여유가 없다고 생각하는 사람들을 위해 몇 가지 조언을 하겠다.

❖ 샤워 시간을 줄이거나 아침에 신문 읽는 시간을 줄여라. 아니면 아침 의식을 위해 기상 시간을 30분 앞당겨라. 아침 의식은 20분이면 충분하다. 요가나 마음을 수련하는 기타 훈련(5분), 상자 호흡(5분), '고요한 물이 깊이 흐른다' 시각화 연습(5분)을 포함하라. 그날 하루의 집중 계획을 간략하게 검토하고 완벽한 하루가 펼쳐지는 것을 그려 보면서 마무리하라(5분).

❖ 일과 중에는 주기적으로 일을 멈추고 "내가 지금 어떤 개를 키우고 있지?"란 질문을 던지고 강력한 주문을 외워라. 특히 부정적인 느낌이 들거나 하루에 대한 집중력과 통제력을 잃고 있다고 느껴질 때 효과적이다. 짧게, 5분이라도 시간 여유가 생길 때라든가 커피 한 잔을 하거나 엘리베이터를 기다릴 때 할 수도 있다.

❖ 점심식사를 하러 나가는 대신 그 시간에 운동을 하라. 1시간 이내로 기능성 운동을 잘 마칠 수 있을 것이다. 나중에 자리로 돌아와서 무언가 먹거나 아니면 필요한 만큼 식사를 하라. 배고픔을 느낄 때 가볍게 영양분을 섭취하면 된다.

❖ 늦은 오후 재충전을 위해 10분 동안의 알찬 휴식 시간을 가져라. 강한 의지를 가지고 일과를 마무리 하도록 해라. 상자 호흡을 하고(5분) 짧게 '미래의 나'를 그려 보라(5분).

❖ 저녁식사 때는 휴대폰과 TV를 끄고 사랑하는 사람과 진실한 대화를 하는 연습을 하라.

❖ 밤에는 TV를 보거나 인터넷 서핑을 하는 대신 책을 읽어라. 단지 15분이라도 좋은 소설책을 읽거나 영감을 주는 논픽션을 읽으면 새로운 세상을 경험하고 더 나은 사람이 될 수 있다. 자기 자신에게서 관심을 돌림으로써 집중력을 높이고 낙관주의와 긍정적인 태도를 향상시키는 흥미로운 방법이다.

❖ 잠들기 전 20분 동안 저녁 의식을 실시하되 다음을 포함해야 한다. 상자 호흡

(5분), 한 가닥 희망 찾기(5분), 내일의 집중 계획 적기(5분), 목표를 이룬 다음 날의 모습이 평소처럼 특별한 노력 없이 흘러가도록 시각화하기(5분)

누구든지 훈련할 시간을 약간이라도 쥐어짜 낼 수 있다. 수면 습관과 업무 일정을 조금 바꾸는 것일 수도 있다(하지만 숙면은 희생하지 않는 것이 중요하다. 더 조용한 시간을 찾아서 일찍 일어나려고 한다면 밤에 일찍 잠자리에 드는 것을 잊어서는 안 된다). 의무를 일부 내려놓고 업무를 다른 사람에게 위임하는 식으로 자신의 삶을 단순화할 수도 있다. 대개는 비효율적인 시간을 효율적인 시간으로 대체할 수 있는가에 달려 있다. 시간을 조금밖에 못 내더라도 시작을 하면 네이비씰의 나를 이기는 연습은 당신의 삶을 분명히 바꿔 놓을 것이다. 목표를 이루기 위해 마음을 차분히 하고 집중하는 동시에 당신 자신과 당신의 가족이 당연히 받아야 할 사랑과 지지를 얻을 수 있다.

훈련 계획

20년 후에 당신은 했던 일보다는 하지 않았던 일 때문에 더 실망할 것이다. 그러니 밧줄을 풀어 버리고 안전한 항구를 벗어나 무역풍에 몸을 싣고 당신만의 항해를 떠나라. 탐험하라. 꿈꿔라. 발견하라.
– 마크 트웨인(1835~1910), 미국의 작가, 유머 작가

무엇을 하고 있고 무엇을 필요로 하는지 명확하게 그려 볼 수 있게 되었다. 이제 아래에 있는 한눈에 보는 훈련표를 확인하라. 5개의 산과 네이비씰의 나를 이기는 연습과 관련된 모든 훈련 내용이 열거되어 있다. 각각에 얼마나 시간을 들일 것인지도 기입하는 것이 좋다. 항목들을 훑어 보고 자기 평가를 통해 각자의 훈련 계획을 발전시키는 데 필요한 적절한 도구와 연습 방법을 고르는 데 훈련표를 참고하라. 표에서 시간이나 빈도의 범위가 설정되어 있으면 그간의 활동 경험과 필요를 기준으로 훈련 시간과 양을 정하라. 예를 들어 시각화 경험이 풍부하다면 '미래의 나'를 그려 보는 훈련은 일과에 짧게 반영하면 된다. 반면에 시각화 개념이 낯선 사람이라면 시각화 능력과 정신력을 키우기 위해 아마 매일 15분이나 그 이상을 할애해야 할 것이다.

대부분의 훈련 계획은 한 주 단위로 매일의 계획을 수립한다. 아래 나와 있는 3가지 샘플 계획 역시 동일하게 짜여 있다. 각각의 계획에는 주별, 월별, 분기별, 연도별 요소도 일부 추가되어 있다. 내가 짠 계획대로 하려면 매일 3,4시간 정도 걸린다(대부분은 신체 단련인데 내 라이프 스타일과 경력에 있어 핵심이 되는 부분이기 때문에 매일의 훈련 시간에서 가장 큰 부분을 차지하고 있다). 만약 훈련에 할애할 시간이 많지 않다면 그에 맞춰 조정을 해야 한다. 신체 단련 시간을 약간 줄일 수는 있지만 적어도 전체 훈련을 하는데 1,2시간은 써야 한다. 하지만 5개의 산 모두를 향상시키면 일상생활뿐만 아니라 어떤 상황에서도 더 효과적으로 사고하고 행동하게 된다. 나의 경우 결과적으로 인생에서 얼마나 많은 시간을 아꼈는지를 생각하면 그저 놀랄 따름이다. 건강해진 덕분에 병을 앓고 의사를 찾아가고 회복하는 데 들어가는 시간 역시 줄어들었다.

한눈에 보는 훈련표

연습/의식	원칙/기술	필요 시간	신체적	정신적	감정적	직관적	영적
네이비씰의 나를 이기는 연습 평가*	기준점을 설정하라	월 단위로 업데이트/변경 필요 사항 파악		X	X		X
'미래의 나' 그려보기*	기준점을 설정하라	매일 5~15분		X		X	X
고요한 물이 깊이 흐른다*	정밀 조준하라	매일 5~15분		X	X	X	X
목적에 대해 상상하기(시각화 연습)	정밀 조준하라	매일 5~15분		X			
문 앞의 감시병*	정밀 조준하라	1분씩 매일 수차례		X	X	X	
마음에 명령내리기(DIRECT)*	정밀 조준하라	1분씩 매일 수차례		X	X	X	
단순간결(KISS)*	정밀 조준하라	매일 5~15분		X	X		X
아이디어 연구소	사명을 보호하라	매일 5~15분		X		X	
고통을 긍정으로 변화시켜라	남들이 하지 않는 것들을 오늘 하라	필요에 따라 5분	X	X	X		
덤벼라!	남들이 하지 않는 것들을 오늘 하라	주별 또는 월별	X	X	X		
자기만의 20배수를 찾아라*	남들이 하지 않는 것들을 오늘 하라	분기별 또는 연별	X	X	X		X
감정을 변화시켜라*	정신력을 다져라	필요에 따라		X			
상자 호흡*	정신력을 다져라	매일 5~15분	X	X		X	X
스트레스를 성공으로 전환하기*	정신력을 다져라	필요에 따라 5~15분	X	X			
어떤 개를 키우고 있는가?*	정신력을 다져라	1분씩 매일 수차례	X	X	X		
SMART한 목표 세우기*	정신력을 다져라	매일 확인, 월별/분기별/연별 검토/업데이트		X			

연습/의식	원칙/기술	필요 시간	신체적	정신적	감정적	직관적	영적
과단성을 습관으로 만들기	깨부숴라	필요에 따라		X	X		
다양성을 습관으로 만들기	깨부숴라	필요에 따라		X	X		
한 가닥 희망 찾기*	깨부숴라	매일 1~2분 또는 필요에 따라		X	X		
기회 파악하기	깨부숴라	매분기 10~20분		X			
KIM 게임	직관력을 키워라	매주 5~15분		X			
감각을 연마하라	직관력을 키워라	매주 5~15분				X	
직관력을 깨워라*	직관력을 키워라	필요에 따라 5~15분				X	
진정한 소통*	직관력을 키워라	매일 10~30분		X	X	X	X
사용하는 표현을 바꿔라, 태도를 바꿔라*	공격을 생각하라	필요에 따라		X	X	X	
노란색 레이더*	항상 공격을 생각하라	주기적으로		X	X	X	
씰핏, 크로스핏 등*	기능성 운동	매주 60분씩 3~5회	X	X			
신성한 침묵(고요한 물이 깊이 흐른다 또는 다른 명상)*	마음챙김/자각	필요에 따라 5~15분		X	X	X	X
심신 단련(요가, 기공, 태극권, 춤)*	마음챙김/자각	매일 5~15분, 매주 2~3회, 총 60분	X	X	X	X	X
긍정적 자기 대화 & 주문*	긍정적 자기 대화/주의 통제	필요에 따라		X	X		X
집중 계획 & 목표 검토*		매일 5~15분		X			
전문적인 상담 치료*		필요에 따라 60분(최소 매년)		X	X	X	X

한눈에 보는 훈련표 관련 보충 설명

1. 기본이 되는 훈련에는 *표시를 해두었다. 얼마나 자주 훈련에 포함할지는 경험과 필요에 좌우되겠지만 현재 훈련 수준이 어느 정도인지와 관계없이 네이비씰의 나를 이기는 연습을 하는 리더라면 누구에게나 핵심 요소다.

2. 필요 시간은 내가 추천하는 시간의 양과 빈도를 말한다. 각자의 일정과 필요에 맞춰 얼마나 시간을 할애할지 결정하라. 시간 범위가 적혀 있지 않은 경우는 최소 필요 시간이 없다는 의미다. 해당 훈련은 각자가 필요로 하거나 원하는 만큼 자유롭게 시간을 늘리면 된다. 몇몇 훈련들, 예를 들어 KISS나 DIRECT와 같은 훈련들은 초기에는 자주 연습을 해줄 필요가 있다. 그러나 훈련이 내포하는 개념이 일단 습관이 된 뒤에는 빈도를 낮춰도 된다.

3. 원칙 3에서 설명한 바와 같은 미션 계획 도구 등은 훈련표에 포함시키지 않았다. 그 자체로는 훈련을 하거나 연습할 수 없는 것들이기 때문이다.

자신의 리듬에 맞춘 계획

나의 개인 훈련 프로그램과 더불어 내가 가르치고 있는 2명의 교육생, 멜라니와 제프의 일과를 적었다. 3가지 계획 모두 통상 오전 9시부터 오후 5시까지 업무 시간에 맞춰 보다 엄격하게 통제된 평일의 계획과 대다수의 미국인들이 가족과 시간을 보내고 휴식을 취하는 주말의 계획으로 나뉘고 평일과 주말 계획은 차이를 보인다. 어디까지나 각기 다른 필요와 의무를 가진 3명이 어떻게 훈련 일정을 세웠는지 보여 주는 사례일 뿐이다. 각자의 근무 시간이나 라이프 스타일에 따라 한두 시간 앞당기거나 미룰 수도 있고 주중보다 주말에 더 많은 훈련을 하는 식으로 조정해도 된다.

나의 주간 훈련 계획

철저한 운동 스케줄(매일 2시간 동안 운동을 한다) 때문에 나의 하루 훈련 시간은 4시간이 조금 넘는다. 운동이야말로 일과의 핵심이다. 훈련을 더하기 위해 점심시간도 활용한다. 이 계획은 예로 들기에는 좀 엄격한 감이 있어 실제로는 나도 약간의 융통성을 발휘하고 있다. 예를 들어 일이 너무 바쁜 날에는 점심시간 20분 동안에만 요가를 한다. 혹은 특정 업무 프로젝트에 집중하기 위해 훈련 시간을 더 많이 줄이기도 한다. 그런 식으로 하루하루 일정과 내가 필요로 하고 원하는 업무 상황에 따라 훈련 시간과 훈련 내용을 바꿔 준다.

주말에는 늦잠을 자기도 하고 훈련과 관련된 행사가 있거나 중요한 프로젝트가 있을 때는 일하기도 한다. 주말은 가족을 위해 시간을 아껴 두고 싶다. 주말에도 아침 훈련은 계속한다. 토요일에는 가볍게 운동을 하고 일요일에는 내가 '적극적인 회복'이라고 부르는 활동들, 서핑, 장시간 뛰거나 걷기 또는 아들 데본과 자전거 타기 등을 한다.

월 단위로는 다음을 추가한다. 20배수 도전. 전문 치료사와의 정신 검사(2회). 마사지(2회). 장거리 달리기, 짐을 지고 행군하기 또는 수영(2회). KISS 검토(1회). 네이비씰의 나를 이기는 연습 평가 확인(1회). 밤에 데이트하기(매주 1번은 하려고 애쓰고 있지만 때로는 출장으로 인해 불가능할 때도 있다. 그래서 적어도 한 달에 4번은 데이트하는 걸 목표로 하고 있다).

분기 단위로는 다음을 추가한다. 개인적, 직업적 발전을 도모하는 주말 세미나(1회). 분기별 집중 계획 및 목표 검토. 아내 또는 아들, 혹은 셋이 함께하는 주말여행. 주말에 가족과 떨어져 있을 때는 요가나 기공, 호신술, 또는 명상과 같은 심신 수련을 지속한다.

연 단위로는 다음을 추가한다. 일주일간(혹은 그 이상)의 세미나 또는 명상 피정. 연간 집중 계획 및 목표 검토. 가족과 함께 하는 열흘에서 2주간의 휴가. 수행이나 휴가 기간에도 훈련을 지속하지만 어디에 있느냐, 무엇을 하느냐에 따라 일정을 조절한다.

나의 주간 훈련 계획

시간	월요일	화요일	수요일	목요일	금요일	토요일	일요일
05:30	기상	기상	기상	기상	기상		
05:30 ~ 06:00	아침 의식	아침 의식	아침 의식	아침 의식	아침 의식		
06:00 ~ 06:45	아침식사 / 아들 등교 준비	아침식사 / 아들 등교 준비	아침식사 / 아들 등교 준비	아침식사 / 아들 등교 준비	아침식사 / 아들 등교 준비	아침 의식	아침 의식

07:00 ~ 09:00	씰핏	아들 등교 시키기 / 씰핏	씰핏 스트렝스 (1시간) / 씰핏 자기방어 (1시간)	씰핏	씰핏 스트렝스 (1시간) / 씰핏 자기방어 (1시간)	크로스핏	휴식 및 가족과 의 시간 (종일)
09:00 ~ 12:00	업무	업무	업무	업무	업무		
12:00 ~ 13:00	요가 (30~45분) / 점심식사	상자 호흡 (10분) / 명상 워킹 (45분) / 점심식사	요가 (30~45분) / 점심식사	상자 호흡 (10분) / 명상 워킹 (45분) / 점심식사	요가 (30~45분) / 점심식사	아들과 시간을 보내면서 진정한 소통하기 (출장이나 세미나 참석이 아니면 하루의 대부분)	
13:00 ~ 17:00	업무 (특별한 프로젝트에 집중)	업무 (특별한 프로젝트에 집중)	업무 (특별한 프로젝트에 집중)	업무 (특별한 프로젝트에 집중)	업무 (특별한 프로젝트에 집중)		
17:00 ~ 18:00	태극권	기공	태극권	기공	씰핏 팀 운동		
18:00 ~ 18:15	막간 연습: 용맹한 개 확인 & '미래의 나' 그려보기 (15분)	막간 연습: 용맹한 개 확인 & '미래의 나' 그려보기 (15분)	막간 연습: 용맹한 개 확인 & '미래의 나' 그려보기 (15분)	막간 연습: 용맹한 개 확인 & '미래의 나' 그려보기 (15분)	막간 연습: 용맹한 개 확인 & '미래의 나' 그려보기 (15분)		
19:00 ~ 21:00	가족과 저녁식사를 하면서 진정한 소통	가족과 저녁식사를 하면서 진정한 소통	가족과 저녁식사를 하면서 진정한 소통	가족과 저녁식사를 하면서 진정한 소통	가족과 저녁식사를 하면서 진정한 소통	데이트 또는 사회 활동	가족과 저녁식사를 하면서 진정한 소통
21:00 ~ 22:00	독서, 아내와 시간 보내기	독서, 아내와 시간 보내기	독서, 아내와 시간 보내기	독서, 아내와 시간 보내기	독서, 아내와 시간 보내기		
22:00 ~ 22:30	저녁 의식 (10분) / 일별 집중 계획 (20분)	저녁 의식 (10분) / 일별 집중 계획 (20분)	저녁 의식 (10분) / 일별 집중 계획 (20분)	저녁 의식 (10분) / 일별 집중 계획 (20분)	저녁 의식 (10분) / 일별 집중 계획 (20분)	저녁 의식 (10분) / 일별 집중 계획 (20분)	
22:30	취침	취침	취침	취침	취침		취침

멜라니의 주간 훈련 계획

먹고살기도 바쁜 싱글맘 멜라니는 어느 날 삶의 가장 중요한 부분을 놓치고 있다는 걸 깨달았다. 특히 가족을 잃고 있었다. 나를 만나기 전까지는 자신을 어떻게 바꿔야 할지 몰랐다고 털어놓았다. "반복되는 실패 속에서 아이를 키우는 걸 그냥 받아들이게 되었죠. 스스로를 통제할 수도 없었고 지칠 대로 지쳤고 두려웠어요!" 그 시절을 떠올리며 멜라니가 말했다. 얼마나 많은 싱글맘들이 똑같은 곤경에 처해 있을런지. 내 아내 샌디 역시 나와 만나기 전까지는 몇 년 동안 싱글맘이었다. 그러나 멜라니와 샌디의 회복탄력성은 나를 놀라게 했다.

멜라니는 자녀 교육 수업도 들었고 여러 가지 상황에 대처할 수 있는 방법도 배웠다. 하지만 그런 방법들은 2명의 아이들(6살 릴리언과 4살 드레이크)를 좀 더 효율적으로 다룰 수 있는 약간의 조언과 속임수일 뿐이었다. 멜라니는 분명히 다른 차원의 해결책이 있을 거라 느꼈다. 그녀의 삶과 라이프 스타일이 더 나아지도록 완전히 새롭게 뜯어고쳐 줄 깊이 있는 무언가 말이다. 멜라니는 내가 운영하는 크로스핏 짐을 통해 언비터블 마인드 프로그램을 알게 되었다. 마음을 차분하게 가라앉히고 명확함을 이끌어 냈던 첫 수업은 멜라니에게는 흥분되는 도전이었다. 살아오면서 한 번도 명상을 해본 적이 없었던 것이다. 몇 년 동안이나 과부하가 걸린 상태로 지내면서 단 한순간도 내면의 고요함이나 침착함을 느낄 수 없었다. 이제 멜라니는 매일 신성한 침묵 연습을 한다. 이 연습을 하는 즉시 마음에 평화가 찾아오고 다시 삶에 집중할 수 있게 된다.

다음으로 멜라니가 긍정적인 변화를 향해 내딛은 걸음은 마음의 재잘거림에서 벗어나 더 큰 그림을 보는 연습(우리가 이미 했던 DIRECT 연습)을 하는 것이었다. 연습을 하자 곧 변화가 일어났다. 웃거나 울음을 터트리거나 소리를 지르는 식으로 '감정의 롤러코스터'를 타고 그저 다음에는 무슨 일이 일어날지 기다리던 삶에서 벗어났다. 대신 약간의 거리를 두고 자신의 생각과 감정을 지켜볼 수 있게 되었다. 이를 통해 반동적으로 대응하던 상태에서 의식적인 대응 상태로 옮겨 갔다. 더욱 차분해지고 자신감을 가지게 되었다.

새로운 훈련 프로그램을 통해 이에 못지않게 중요한 변화가 일어 났다. 마음속 깊은 곳의 부정적이고 두려워하던 감정의 악순환에서 벗어나 안정되고 자신감이 넘치는 상태로 옮겨 간 것이다. 그 누구의 도움도 받지 못한 채 오랜 기간 먹고살기 위해 애써 왔다. 불안정한 재정 상황 때문에 항상 나락으로 떨어질지 모른다는 두려움을 안고 살아야 했다. 긍정적인 사고 훈련('어떤 개를 키우고 있는가?')을 통해 자신을 믿고 미래에 대한 낙관적인 생각을 키우는 법을 배웠다. 몇 달 간 훈련을 받은 뒤 멜라니가 말했다. "아이들도 제가 찾은 새로운 에너지와 평화에 이끌리고 있어요. 때로는 일 때문에 아이들과 함께할 시간이 부족하긴 하지만 함께하는 시간이 너무 가치 있고 소중해요. 드디어 제가 꿈꿔 왔던 그대로의 엄마가 된 것 같아요!"

멜라니는 주중에는 하루에 1시간씩 시간을 내서 운동을 한다. 추가로 하루 종일 틈틈이 1시간 45분 정도 다른 네이비씰의 나를 이기는 연습을 한다. 수요일에는 이웃이 대신 아이들을 학교에 데려다주기 때문에 요가 수업도 들을 수 있다. 회사에 도착하면 자리에서 아침식사를 하고 오후에는 운동을 끝내고 돌아와서 점심식사를 한다. 어떤 날은 저녁에 아이들과 함께 달리기를 하는데 그런 날에도 막간 연습은 계속한다. 일이 없는 저녁에는 아이들을 데리고 서핑을 하러 가기도 하고 아이들과 함께 요가 수업을 듣기도 한다. 주말은 계획이 유동적이고 느슨하게 짜여 있다.

월 단위 반복 훈련에는 다음을 추가했다. 20배수 도전. 크로스핏에서 새로운 기술 배우기. 독서.

분기 단위로는 다음을 추가했다. 개인적, 직업적 발전을 도모하는 주말 세미나(1회). 노숙자들을 위한 자원봉사 활동(1회). 아이들과 주말여행(1회).

연 단위로는 다음을 추가했다. 일주일간의 세미나 또는 명상 피정. 연간 집중 계획 및 목표 검토. 아이들과 함께 하는 1주간의 휴가.

멜라니의 주간 훈련 계획

시간	월요일	화요일	수요일	목요일	금요일	토요일	일요일
06:00	기상	기상	기상	기상	기상		
06:00 ~ 06:30	아침 의식	아침 의식	아침 의식	아침 의식	아침 의식		
06:30 ~ 08:00	아침식사 / 아이들 등교 준비	아침식사 / 아이들 등교 준비	아침식사 / 아이들 등교 준비	아침식사 / 아이들 등교 준비	아침식사 / 아이들 등교 준비	아침 의식 (30분)	아침 의식 (30분)
08:00 ~ 12:00	업무	업무	업무	업무	업무	크로스핏 (1시간) / 휴식 및 가족과의 시간 (종일)	교회 (2시간) / 휴식 및 가족과의 시간 (종일)

12:00 ~ 13:00	크로스핏 (1시간) / 점심식사	크로스핏 (1시간) / 점심식사	크로스핏 (1시간) / 점심식사	크로스핏 (1시간) / 점심식사	크로스핏 (1시간) / 점심식사		
13:00 ~ 16:00	업무	업무	업무	업무	업무		
16:00 ~ 16:10	막간 연습: 용맹한 개 & 호흡 (10분)	막간 연습: 용맹한 개 & 호흡 (10분)	막간 연습: 용맹한 개 & 호흡 (10분)	막간 연습: 용맹한 개 & 호흡 (10분)	막간 연습: 용맹한 개 & 호흡 (10분)		
16:10 ~ 17:30	업무	업무	업무	업무	업무		
17:30 ~ 19:00	요가 또는 아이들과 시간 보내기	서핑 또는 아이들과 시간 보내기	달리기 또는 아이들과 시간 보내기	서핑 또는 아이들과 시간 보내기	친구와 약속		
19:00 ~ 21:00	가족과 저녁식사를 하면서 진정한 소통	가족과 저녁식사를 하면서 진정한 소통	가족과 저녁식사를 하면서 진정한 소통	가족과 저녁식사를 하면서 진정한 소통	가족과 저녁식사를 하면서 진정한 소통		
21:30 ~ 22:00	저녁 의식	저녁 의식	저녁 의식	저녁 의식	저녁 의식	저녁 의식	
22:00	취침	취침	취침	취침	취침	취침	

제프의 주간 훈련 계획

제프는 유럽에서 근무하던 중 씰핏과 언비터블 마인드 아카데미에 대해 알게 되었다. 기업 임원인 제프는 스트레스를 많이 받았고 미친 듯이 출장을 많이 다니며 균형을 잃은 상태였다. 전반적인 건강과 신체 상태를 개선하고 향후 자기 회사를 설립하는 방향으로 가고 싶어 했다. 잦은 출장으로 집을 비우고 스트레스를 제대로 표현하지 못하면서 위태해진 부부관계도 회복하고 싶어 했다. 3년 뒤, 어떻게 달라졌을까? 42세가 된 제프는 스위스 취리히에서 회사 중역들을 대상으로 한 컨설팅 회사를 운영하고 있고 그 어느 때보다도 건강하고 탄탄하다. 아내와의 불화도 해결되어 둘은 더욱 친밀해진 관계를 만끽하고 있다. 경영자의 삶이란 결코 스트레스에서 자유로울 수 없다. 하지만 제프는 "지금은 스트레스를 완전히 다른 방식으로, 확실히 더 건강한 방식으로 처리하고 있어요. 더할 나위 없이 행복하고 성취감도 느끼고 있고 미래에 대해서도 긍정적이에요."라고 말한다.

제프에게 호흡 연습, 시각화, 신성한 침묵(명상), 그리고 요가 연습은 너무나도 놀라운 프로그램들이었고 동시에 가장 효과적인 프로그램이기도 했다. 이 연습들이 종합적으로 차분함, 창의성, 문제 해결 능력에 엄청난 영향을 주었다. "마라톤협상을 벌이면서 그 많은 시간들을 보냈는데... 진작에 이런 것들을 알았더라면 좋았을 텐데."라고 말한다. 훈련을 계속하면서 더욱 발전해 갔다. 회사에서의 안정적인 자리를 박차고 나와 외국에서 자신의 회사를 세워도 될까라는 부정적인 생각과 불안에 어떻게 대처해야 할지 배웠다. 또한 급한 불을 끄는 데 급급했던 마음에서 벗어나 장기적인 성장과 창의적인 기업가 정신에 집중하게 되었다.

썰핏에서 배우는 신체 단련 요소들이 도전적이긴 했지만 단계적으로 기회를 열어 주었다. 신체 능력이 향상되면서 마음 캠프에 참여할 수 있을 정도로 자신감을 갖는 단계에 이르렀고 내면에 잠들어 있던 음악에 대한 관심을 불러일으켜 이제는 다른 사람들 앞에서 연주도 하고 있다. 제프의 말에 따르면 그러한 경험을 통해 배운 팀워크,

리더십, 역경을 딛고 성공하는 법은 그 어느 비즈니스 스쿨이나 리더십 관련 서적에도 이처럼 분명하고 생생하게 설명되어 있지는 않았다고 한다.

주중에는 대략 3시간 정도 훈련하고 연습한다. 점심은 사무실에서 먹거나 배고파지면 영양을 보충한다. 그런 식으로 시간을 내서 1시간 동안 요가나 명상을 하고 있다. 오후에는 짧은 휴식 시간을 갖곤 하는데 생각에 잠겨 걷거나 상자 호흡 같은 막간 연습을 그때그때 필요에 따라 하고 있다. 주말은 융통성이 있고 강도도 낮다. 주로 가족과 함께하는 시간이기 때문에 야외에서 운동을 하거나 콘서트에 가거나 가족 모임을 갖거나 아내와 문화 행사에 참여한다.

월 단위 또는 분기 단위로는 다음을 반복적으로 한다. 20배수 도전. 크로스핏, 혹은 정신 계발 측면에서 새로운 기술 습득하기. 콘서트에 가기. 책 2권 읽기(1권은 개인적으로 관심이 가는 책, 다른 1권은 업무상 도움이 되는 책). 집중 계획과 목표 검토. 빅 브라더 프로그램(아이들의 능력 개발에 도움을 주는 1대1 멘토링 프로그램-옮긴이) 관련 프로젝트 참가. 아내와의 저녁 데이트(월 4회).

연 단위로는 다음을 한다. 일주일간의 세미나 또는 명상 피정. 연간 집중 계획 및 목표 검토. 사람들 앞에서 연주하기. 혜택을 받지 못하는 청소년들을 위해 장기간 봉사하는 데 초점을 맞춘 휴가(일반적으로 2개월에 걸쳐 여러 차례의 행사에 참여한다).

제프의 주간 훈련 계획

시간	월요일	화요일	수요일	목요일	금요일	토요일	일요일
05:00	기상	기상	기상	기상	기상		
05:00 ~ 05:30	아침 의식	아침 의식	아침 의식	아침 의식	아침 의식	아침 의식	
06:00 ~ 08:00	씰핏	씰핏	씰핏	씰핏	씰핏	장거리 달리기	아침 의식 (30분)
08:00 ~ 12:00	업무	업무	업무	업무	업무	휴식 및 아내와의 시간 (종일)	요가 (2시간) / 휴식 및 아내와의 시간 (종일)
12:00 ~ 13:00	요가 (1시간) / 점심식사	요가 (1시간) / 점심식사	요가 (1시간) / 점심식사	요가 (1시간) / 점심식사	요가 (1시간) / 점심식사		
13:00 ~ 18:00	업무	업무	업무	업무	업무		
18:00 ~ 18:10	막간 연습: 용맹한 개 & 호흡 (10분)	막간 연습: 용맹한 개 & 명상 (10분)	막간 연습: 용맹한 개 & 호흡 (10분)	막간 연습: 용맹한 개 & 명상 (10분)	막간 연습: 용맹한 개 & 호흡 (10분)		
19:00 ~ 21:00	가족과 저녁식사를 하면서 진정한 소통 / 악기 연습	가족과 저녁식사를 하면서 진정한 소통	가족과 저녁식사를 하면서 진정한 소통 / 악기 연습	가족과 저녁식사를 하면서 진정한 소통	가족과 저녁식사를 하면서 진정한 소통 / 악기 연습		
21:00 ~ 22:00	독서 (50분) / 저녁의식 (10분)	독서 (50분) / 저녁의식 (10분)	독서 (50분) / 저녁의식 (10분)	독서 (50분) / 저녁의식 (10분)	독서 (50분) / 저녁의식 (10분)	독서 (50분) / 저녁의식 (10분)	
22:00	취침	취침	취침	취침	취침	취침	

힘들더라도 계속 버티기

수련은 목표와 성취를 이어 주는 다리이다.
– 짐 론(1930~2009), 미국의 기업가, 작가, 동기부여가

앞에서 언급한 바와 같이 '걷기' 단계로 접어들어 흥분이 사라지고 나면 많은 사람들이 곁길로 새거나, 흥미를 잃거나, 옛날의 삶의 방식으로 돌아가고는 한다. 전인적인 발전이 쉽지 않은 도전인 까닭은 운동을 통해 이뤄 낸 가시적인 변화 이외에 내면의 발전은 알아차리기가 어렵기 때문이다. 내면의 발전은 신체의 발달과는 달리 점진적인 선형이 아니기 때문이다. 역기를 들어 올리고 힘이 세지는 것과는 다르다. 오히려 내면의 발달은 비선형이고 기하급수적이다. 오랜 시간 겉으로 보기에는 아무런 변화가 없다. 그러다가 갑자기 돌파구가 생겨나면서 완전히 새롭게 세상을 바라보고 수준 높은 의식이 생기고 내적 평화를 느끼게 된다. 훈련을 받는 동안 힘들더라도 끝까지 지속할 수 있도록 몇 가지 조언을 하고자 한다. 이를 참고하면 훈련이 마침내 습관이 되고 성공에 이르는 상승 곡선에 계속 힘을 실어 줄 것이다.

❖ 정해진 훈련 공간을 만들어라.

집에서 연습을 할 때 훈련 공간을 정해 놓는 것이 중요하다. 특히 아침과 저녁 의식에 필요하다. 그래야 산만해지지 않게 된다. 일단 장소를 확보하면 편안한 공간으로 만들고 필요한 도구들을 갖춰 놓아

라. 시간이 지나면 훈련 공간 자체가 연습할 때 에너지를 끌어 모아 주고 훈련의 중요한 일부가 된다. 내 교육생 중 회사를 이끄는 위치에 있는 사람들 상당수가 사무실에 조용한 훈련 공간을 만들어서 요가나 다른 훈련을 할 수 있게 했다. 덕분에 팀원들이 훈련을 받아들이는 데도 큰 도움이 되었고 통합을 촉진할 수 있었다.

애들은 어쩌지?

언비터블 마인드 프로그램에 참여하는 많은 부모들이 이 책에 나온 단순한 원칙들을 자녀와 공유함으로써 돌파구를 경험했다고 말하고는 한다. 전부는 아니지만 대부분의 네이비씰의 나를 이기는 훈련은 가족이나 자녀에게도 상황에 맞춰 적용할 수 있다. 자녀에게도 강력한 효과를 나타내는 훈련은 다음과 같다.

❖ 진정한 소통. 보다 친밀한 관계를 형성하고 깊이 있게 이해하는 데 도움이 된다. 자녀들이 당신의 가치를 따라서 행동하게 하는데 그 어떤 벌보다도 효과가 있다.
❖ 긍정적인 마음을 유지하기 위한 "어떤 개를 키우고 있는가?" 질문
❖ 단순간결 및 정밀 조준 방법(예를 들어 심호흡 주기, 신념 만들기). 목적과 가치에 대한 대화를 하게 해준다.
❖ 요가와 기능성 운동. 자녀가 스스로를 더 잘 통제할 수 있도록 하는 호흡법, 신체적, 정신적 자각 능력을 기르는 방법, 유연성과 코어 근육을 강화하는 방법을 가르쳐 준다.

이밖에도 훈련에 가족을 포함시키는 걸 피하지 말아야 할 이유는 많이 있다. 집중력을 유지하고 궤도를 벗어나지 않게 하며 가족들에게 삶에 다가가는 새롭고도 강력한 방식을 알려 줘서 모두가 놀랄 만한 경험을 할 수 있다. 함께 훈련하는 가족은 함께 성장한다.

❖ 도움을 받아라.

훈련을 하는 시간만큼 사랑하는 사람들은 상실감을 느낄 수도 있다. 아니면 단순히 요가나 명상 같은 연습을 왜 해야 하는지 이해를 못 할 수도 있다. 정당한 문제 제기다. 덮어 두려만 하는 건 좋지 않다. 가족을 하나로 만드는 강력한 방법은 가족과 대화를 하거나 가족을 훈련에 참여시키는 것이다.

❖ 계속 동기를 부여하라.

피곤하거나 다치거나 하면 특히 운동을 할 때 다 때려치우고 도망칠 수도 있다. 탁월함을 습관으로 만들고 투지를 가지고 나아가면(원칙 5) 발전이 더뎌서 좌절할 때도 그 순간을 뚫고 나갈 수 있다. 수시로 '이유(왜?)'를 확인하는 것 역시 중요하다. 나는 매일 나의 목적을 검토한다. 그렇게 함으로써 초집중할 수 있게 스스로 동기를 부여한다.

❖ 발전 상황을 추적하라.

어떤 날은 전혀 달라진 점을 느끼지도 못하고 아무런 발전이 없는 것처럼 생각되기도 한다. 대체 왜 이런 고생을 하고 있는 거지? 이런 장애물을 극복하려면 집중 계획을 활용하여 세심하게 정한 미세 목표의 달성 정도를 기준으로 지금의 노력을 평가해 보라. 매일 기록하는 연습을 하라. 성과를 돌아보고 시간이 지났을 때 자신이 어떤 모습으로 세상에 비춰질지를 그려 보면 훈련이 마법처럼 힘을 발휘하고 있다는 자신감을 얻게 된다.

❖ 계획을 업데이트하라.

새로움은 사라지게 마련이다. 이제 어떻게 하지? 계속 드러내 보이고 완벽하게 노력을 기울여라. 하지만 약간의 변화도 필요하다(원칙 6). 분기 단위로, 연 단위로 계획을 검토할 때 계속 업데이트하여 훈련에 활력을 불어넣어라. 새로운 연습을 시도하거나 새로운 기술을 추구하고, 반복되는 일정에 변화를 주고, 새로운 목표를 세워 몰입하라.

❖ 그룹을 만들어 함께 훈련하라.

혼자 훈련할 필요는 없다. 같이 수영할 사람을 찾거나 함께 훈련할 그룹을 찾게 되면 책임감을 갖는 데도 크게 도움이 되고 다른 사람들의 힘을 끌어들일 수도 있다. 온라인상에서 자발적으로 언비터블 마인드 동호회가 생겼는데 교육생들이 훈련을 받다가 궤도에서 벗어나지 않게 하는 데 많은 도움이 되었다.

조직속의 '나'

기준은 보스가 정한 규칙이 아니다. 기준은 집단의 정체성이다. 기준은 항상
지켜야 하는 것이다. 서로에게 책임을 져야 한다는 것을 명심하라.
– 마이크 시셉스키(1947~), 미국 남자 농구 국가대표팀 감독

하나의 팀으로서 네이비씰의 효율성은 반론의 여지가 없다. 기술
과 전술을 기반으로 한 네이비씰의 효율성은 이 책에서 우리가 이
미 연습한 바와 같이 극기에 모든 것을 바친 개인들이 모여 있는 데
서 비롯된다. 특수 부대원들은 개인으로도 강력하지만 절대 임무를
혼자 수행하지 않는다. 모든 능력을 동원하여 승리한 팀에 속했던 적
이 있는지? 팀원들 간의 시너지, 책임감을 공유하고 있다는 느낌, 임
무에의 집중이 느껴지지 않았는가? 모두가 행복하고 건강하고 동기
가 부여되어 있다. 일견 해결이 불가능해 보이는 업무라도 극복하고
완수한다. 이미 눈치챘겠지만 불행하게도 이런 팀은 매우 드물다! 만
약 한 번이라도 초일류 팀에 속해 본 적이 있다면 운이 좋은 거다. 팀
빌딩에 대해 수많은 책이 출판되고 조 단위에 달하는 훈련 산업이 팀
빌딩에 집중하고 있는데도 왜 대부분의 팀이 목표에 못 미치는가?

개인이 극기에 전념하지 못했다는 것도 답이 될 수 있다. 그러나
승리하는 팀은 단지 초일류 수준으로 실행하는 개인들을 모아 놓은
것에 머물지 않는다. 개인은 단지 1/3만을 차지할 뿐이다. 팀의 문화
와 정신이 또 다른 1/3이고, 나머지 1/3인 조직 구조와 지원이 더해
져야 팀이 완성된다. 팀이나 조직 차원에서 네이비씰의 나를 이기는

연습을 완전하게 실행하는 방법만 다뤄도 각각 책 한 권 분량은 될 것이고 언젠가 그런 책들을 쓸 기회가 생기기를 바란다. 그때까지는 '팀 속에서의 나'에 대해 간략하게만 말하고자 한다. 자신의 발전을 지원하기 위해 어떻게 변화를 가져오기 시작할 수 있는가? 개인의 발전이 어떻게 팀에 긍정적인 영향을 줄 수 있는가?

혼자 티베트에 가서 명상을 하는 것보다 팀과 함께할 때 지각 능력과 자아의식을 더 빨리 발전시킬 수 있다. 우리 모두에게는 가족, 사회 집단, 직장의 부서 등 팀이 있다. 그리고 그들과 많은 시간을 보낸다. 함께하는 시간을 훈련 시간으로 만들어 보자. 당신이 리더의 위치에 있건 아니건 이 책에서 탐구한 많은 원칙을 팀에 소개할 수 있다. 호흡 연습, 인도된 시각화 및 계획 도구는 모두 팀에 긍정적인 경험과 영향을 줄 수 있는 좋은 방법이다. 당신의 지각 능력이 향상되는 것을 검증해 볼 기회로 회의를 활용하라. 다음번 과제에 정밀 조준 전술을 적용하라. 그리고 언제든지 적절할 때 당신이 받은 훈련과 경험의 세부 사항을 팀과 공유하여 팀을 위한 네이비씰의 나를 이기는 연습 모델을 만들어라. 어떤 변화가 일어날지 지켜보게 하라. '팀의 일원으로 일하는' 동시에 '스스로에게 몰입하는' 시간으로 팀에 다가간다면 정예 병력으로서 팀의 문화에 기여할 수 있다. 점진적으로 성과를 더 높은 수준으로 끌어올리고 개인과 팀은 성공으로 향하는 상승 곡선을 타게 된다.

무자비할 정도로 솔직하게 대화하라

많은 리더십 모델들은 강력한 비전을 심어 주고 집단에 동기를 부여하는 대화를 강조하지만 실제로는 경청하는 것이 신뢰를 얻는 데는 더 효과적이다. 확실히 거창한 비전을 공유하면 사람들을 결집시킬 수 있고 그것을 바탕으로 팀의 문화를 만들 수는 있다. 그러나 각자의 사각지대와 당연함의 오류 때문에 비전을 서로 다르게 해석한다는 점을 기억하라. 공통의 내적 경험을 진정하게 공유할 수는 없다. 이 때문에 제대로 소통을 못 하기도 하고 상황이 더욱 나빠지기도 한다. 잘못된 의사소통은 몰이해, 불신을 심화시키고 궁극적으로는 책무를 완수하지 못하게 한다. 그러므로 팀 차원에서는 무자비할 정도로 솔직하게 대화를 나누는 것이 효과적이고 중요하다. 팀의 신뢰를 향상하기 위해서는 경청하고 소통할 권한이 필요하고 이러한 노력을 가능하게 하는 시스템이 있어야 한다. 네이비씰에서 사용하는 방식은 브리핑과 디브리핑이었다. 각각 다른 목적에 적합하다. 이들 중요한 수단에 대해 좀 더 살펴보기로 하자.

원칙 2에서 다뤘던 브리핑은 훈련이나 실제 임무를 수행하기 전에 이루어진다. 브리핑은 팀에 중요한 정보를 전달하는 고도로 정밀한 방식이다. 임무와 각자 역할에 대한 질문을 시작하는 시간이기도 하다. 브리핑이 없다면 임무의 효과가 상당히 떨어질 것이다. 이 책에 나온 임무 수립과 목표 설정 방법을 팀 차원에서 쉽게 적용할 수 있다.

1. 임무를 마친 뒤에는 곧바로 디브리핑을 하라. 보통은 리더가 진행하는데 다른 사람이 그 역할을 하도록 지명해도 된다. 모든 사람이 빠짐없이 말할 수 있게 하라. 누구든지 발언할 내용을 찾을 수 있도록 장려해야 한다(때로는 말이 없는 사람들이 가장 흥미로운 의견을 제시한다).

2. 임무 수행 중에 일어난 일이라면 좋건, 나쁘건, 추하건 대화에 포함되어야 한다. 여기에는 개인과 팀의 성과, 새로 얻은 교훈, 돌파구와 실패, 혁신 등이 해당된다. 대화에 집중하기 위해 주제를 일부 제외할 수도 있고 그냥 모든 주제를 다 허용하고 무슨 얘기가 오가는지 지켜봐도 된다.

3. 개인적인 공격으로 받아들이면 안 된다. 자신을 내려놓아야 한다. 조직 차원에서 시정 행위가 필요한 게 아니라면 디브리핑에서 나온 개인성과에 대한 언급은 디브리핑 시간으로 끝나야 한다. 새로운 팀원은 디브리핑에서 팀원과 리더가 지키는 규칙을 지켜보면서 팀을 신뢰하는 법을 배운다. 만약 회의가 궤도를 이탈하여 개인에 대한 공격으로 향하면 중재자가 '어떤 개를 키우고 있는가?' 연습(혹은 팀을 다시 긍정적인 주제로 불러올 수 있는 어떤 것이라도 좋다)을 실시하여 바로 정상 궤도로 돌아와야 한다.

4. 모든 항목을 분석하여 개인, 팀, 조직 차원에서의 개선 방안을 찾아라. 디브리핑은 고충을 토로하는 시간이 아니다. 승리하는 문화를 만들기 위해 지속적으로 개선하는 데 초점을 맞추고 사려 깊게 시간을 써야 한다.

5. 개인의 훈련 계획이나 운영, 관리, 물류 프로세스에 변화를 주는 액션 아이템과 후속 조치를 파악하라.

팀 차원의 디브리핑은 2012년 런던 올림픽을 준비하던 미국 여자 국가대표 사이클 팀에 내가 가르쳤던 핵심 수단이었다. 컨설턴트로 초빙되었을 당시 선수들은 코치진과 소통에 문제를 겪고 있었고 내부적으로 신뢰의 어려움이 있었다. 이전까지 그들은 한 번에 2주 넘게 함께 훈련을 한 적이 없었다. 그런데 올림픽을 앞두고는 두 달 반 동안이나 매일 얼굴을 맞대야 했다. 개인으로는 최고의 선수라는 위치가 익숙했지만 팀으로는 메달권에서 무려 5초나 뒤처져 있었다.

우선 선수들 중에서 가장 경험이 많은 제니 리드에게 코치진과 직접 허심탄회한 대화를 나누는 리더의 역할을 맡도록 권했다. 그에 덧붙여 훈련이 끝날 때마다 디브리핑 시간을 만들었다. 처음에는 선수들끼리만 모여서 했다. 나중에는 코치들도 참여시켰다. 제니가 팀원들에게 말했다. "무력하게 있지만 말고 자, 앉아서 생각 좀 해보자. 훈련이 효과를 발휘하려면, 그리고 뒤처진 5초를 따라잡으려면 팀 차원에서 무엇을 해야 할까?" 제니는 코치진에게 제출할 수 있도록 각자 훈련 프로그램을 수정해 줄 것을 팀원들에게 요청했다.

디브리핑 시간의 대화는 이내 "코치들은 이것저것 하라고 시키는 하는데 실제로는 효과가 없잖아!"에서 "우리가 마음으로부터 믿고 있는 걸 그대로 하고 있어. 시간을 단축시켜서 메달을 딸 수 있게 해줄 거야."로 바뀌었다. 그들은 필요하다면 대화가 어긋나기도 하고 서로 갈등을 빚기도 하는 것을 두려워하지 않는 법을 배웠다. 실패와 불확실성이라는 진정한 두려움을 부인하지도 무시하지도 않았다. 오히려 "함께한다면 해낼 수 있어."라는 긍정적인 에너지를 가지고 나아갔다.

올림픽에 참가하기 위해 런던으로 떠날 무렵에는 약체였던 팀이 이전에는 경험하지 못했던 수준의 자신감을 가지게 되었다. 미국 여자 대표팀은 단체 추발 준결승에서 엄청난 인기를 누리던 호주를 꺾었고 결승전에서는 영국과 겨뤄 은메달을 따냄으로써 전 세계(그리고 그들 자신을)를 놀라게 했다. 올림픽이 끝나고 선수들이 내게 말했다. "우리가 배운 건 탁월한 성과를 내기 위해서는 훈련 시설도 전통도 약물도 필요 없다는 사실이에요. 적절한 것에 적절한 주의를 기울이면 우리처럼 엄청난 일을 해낼 수 있다는 거죠." 그들의 놀라운 성과는 나중에 「퍼스널 골드」라는 다큐멘터리로도 제작되었다.

브리핑과 디브리핑이 효과를 발휘하려면 팀원들이 경청을 해야 한다. 디브리핑의 일부로 원칙 7의 실전 연습에서 소개한 진정한 소통 연습을 팀 차원에서 실시할 것을 강력하게 권한다. 이 연습을 하면 머릿속에 떠오르는 비난의 목소리를 잠재울 수 있어서 동료들의 이야기에 더 귀를 기울일 수 있게 되고 동료들 역시 똑같이 행동하게 된다. 서로 진심을 다해 들어 주는 법을 배우면 무엇보다도 서로의 내면의 목소리가 들리게 된다.

Epilogue

마음이 이끄는 대로 나아가라

지나가야 할 문이 아무리 좁다고 해도 어떤 형벌이 내릴지라도 상관하지 않는다.
나는 내 운명의 주인이며, 내 영혼의 선장이다.

– 윌리엄 어니스트 헨리(1849~1903), 영국의 시인, 비평가

　자신을 극복하기 위한 길을 걷기 시작함은 진실에 헌신하고, 지혜를 키워 나가고, 마음이 이끄는 대로 나아가는 것이다. 진실은 지적 능력을 단련하는 데서 찾을 수 있으며 지혜와 감성은 도덕적 용기에서 찾을 수 있다. 손실과 실패를 무릅쓰면 도덕적 용기를 구축할 수 있다. 도전을 마다하지 않으면 참된 자신을 만날 수 있다. 평생 동안 도전을 받아들이고 손실과 실패에도 불구하고 싸워왔다. 그 과정에서 헤아릴 수 없을 정도로 성장했다. 이제 당신이 앞에 나설 차례이다.

　우리가 직면하고 있는 전 세계적 패러다임 변화와 새로운 방향으로 배를 몰고 나가기 위한 노력은 너무나도 강력해서 어느 한 사람의 정치적, 영적, 학문적 지도자 혹은 전사가 분연히 일어나서 혼란을 뚫고 나가게 해주리라 기대하기는 어렵다. 명예, 용기, 헌신이라는 기치 하에 우리 모두가 하나가 되어 개인, 팀, 시스템 차원에서 노력을 해야 한다. 당신이 속한 팀뿐만 아니라 인류가 '한 팀'이 되어야 할 때이다. 앞으로 나아가는 당신을 인도하기 위해 내가 어떤 영감을 줄 수 있을까? 네이비씰의 나를 이기는 연습이 답이 되지 않을까?

1. 나는 내 행동의 이유를 알고 있다. 신념을 따라 걷는 길에 고통이나 환희의 바람이 분다 한들 나를 밀어내지 못한다. 다른 누군가의 욕구에 내 목적이 흐트러지지도 않는다. 위험, 손실, 실패를 내 여정에 필요한 동반자와 스승으로 기꺼이 받아들인다.

2. 무대에서 승리하기 전에 먼저 내 마음속에서 승리한다. 나를 극복하기 위해 헌신한다.

3. 도전과 직면하면 하기 싫은 일도 받아들이고, 일을 성사시키고, 다음 과제로 계속 나아간다. 나는 내가 생각하는 것보다 20배는 더 해낼 능력이 있다는 걸 알고 있다.

4. 혼자 있을 때나 팀원과 함께 할 때나 내 삶을 규정하는 '모든 시스템' 안에서나 고결하고 진실한 생각, 말, 행동을 한다.

5. 힘들다고 해서 리더의 역할을 결코 피하지 않겠다. 하지만 다른 누군가가 리더가 될 차례일 때는 한발 물러선다. 권력, 영광, 돈, 명성을 쫓지 않는다. 그 대신 나를 극복하기 위한 여정으로 이끌어 주고 도움이 되는 경험을 쫓는다.

6. 나를 움직이게 하는 것은 내 열정과 목적이지 직위나 포상에 대한 욕구가 아니다.

7. 도전을 하고 스스로를 통제하기 위해 분투하며 정신력을 구축하기를 갈망한다. 그렇게 하여 매일 존경받아 마땅한 네이비씰의 삼지창 배지를 달 것이다.

8. 훈련에서도 '작전'에서도 포기하지 않는다. 결코 동료를 뒤에 남겨 두지 않는다.

9. 내면의 지혜를 인정한다. 내면의 지혜에 마음이 열려 있으며 의식을 확대하기 위해 노력한다. 잘못된 생각을 뿌리 뽑는다. 강하게 연결된 정신, 육체, 영혼을 갈고 닦는다.

10. 어떤 일에도 혁신적이고 창의적이며 공격 지향적이고자 힘쓴다. 실패를 두려워하지도 않고 위험을 피하지도 않는다. 항상 배우고 성장한다.

11. 현실에 맞춰 적극적으로 훈련한다. 때때로 기본으로 돌아온다. 그 어느 것도 당연시 하지 않고 탁월한 결과를 얻기 위한 기술을 연마하기 위해 끊임없이 노력한다.

그리 오래되지 않은 어느 날, 수석 코치인 글렌 도허티와 씰핏 본부에서 훈련에 대한 대화를 끝내 가고 있었다. 전직 네이비씰이기도 한 글렌은 씰핏 프로그램에 열정을 가지고 있기는 했지만 생계를 위한 수입은 CIA와의 고용 계약을 통해 벌어들이고 있었다.

"글렌, 다시 놀이터로 돌아가야 하지 않아?" 내가 물었다.

"수요일에는 가야 해요. 이번이 마지막이면 좋겠네요." 글렌이 대답했다.

"정말? 그렇게 되면 좋지!" 글렌이 본업이자 생업을 곧 그만둘 수 있다는 기대가 내 목소리에 묻어났다. 20년 동안이나 네이비씰과 '다른 기관'의 계약자로 일하면서 글렌은 이미 너무 많은 위험을 감수했다. 관대한 마음씨에 매 순간 내가 위에서 언급한 네이비씰의 신념을 가지고 살고 있지만 한편으로는 그가 걱정이 되기도 했다.

"이제 좀 지치기도 해요. 정착해서 새로운 일을 시도해 보고 싶기도 하구요." 글렌이 말했다.

그때가 글렌을 마지막으로 본 순간이었다. 2012년 9월 12일, 나와 글렌을 함께 알고 있던 친구이자 『레드 서클』의 저자인 브랜든 웹으로부터 문자를 받았다. "나쁜 소식을 들었어. 글렌이 리비아에서 죽었어." 그게 브랜든이 말한 전부였다. 반 무슬림 비디오로 인해 촉발된 벵가지의 소요 사태에 대해서는 이미 알고 있었지만 미국 대사관을 습격하는 폭도들의 모습은 나를 놀라게 했다. 통상적으로 미국은 외교 거점의 안전을 확보하는 데 뛰어났는데 말이다. 그 뉴스에 엄청난 충격을 받고 실상을 더 알아보기로 했다.

내가 예상했던 대로 운명의 날에도 글렌은 우리 모두를 위해 전사의 규범과 용기라는 도덕을 지켜 냈다는 사실을 알게 되었다. 글을 쓰고 있는 동안에도 세부 사항이 계속 밝혀지고는 있는데 내가 파악한 바로는 그날 글렌과 역시 네이비씰 출신의 동료 타이 우즈는 벵가지의 안전가옥에 있다가 총성을 들었다. 도움을 요청하는 대사관 직원의 목소리를 무전기에서 듣고는 지휘 본부에 연락하여 자신들이 생각하는 계획에 대해 자문해 주고 차에 올라탔다. 아마 내 생각으로는 1초도 걸리지 않았을 것이다. 둘은 달아나던 리비아 경비대원들로부터 총을 뺏어 들고 길을 헤쳐 대사관에 도착, 18명의 미국인들을 대피시켰다. 4시간의 총격전 끝에 가까스로 대사관의 안전을 확보한 후 둘은 안전가옥으로 돌아왔다. 그러나 불행하게도 대사관을 점령했던 무장대들이 그들을 쫓아왔다. 100대 1의 수적 열세에도 불구하고 전사들은 10시간이나 더 사자와 같은 용맹함으로 맞서 싸웠지만 그들이 벌였던 최후의 저항도 박격포 공격에 막을 내리고 말았다.

글렌이 내게 영감을 주었고 이 책에는 그의 영혼이 스며들어 있다.

벵가지 사건의 진상은 아직 알려지지 않았다. 그러나 글렌과 그와 같은 진정한 전사들은 마음이 이끄는 대로 나아가고 옳은 일을 하기 위해 전부를 거는 것이 얼마나 중요한지 우리에게 가르쳐 준다. 아마 당신은 일 때문에 목숨을 걸어야 하는 상황은 아닐 것이다. 그러나 매일을 마치 목숨이 걸려 있는 상황으로 규정한다면, 탁월함을 습관으로 만들고 그 무엇보다 고결한 기준에 맞춰 살아감으로써 매일 성과의 순간을 준비한다면, 앞서 걸어간 수많은 영웅들과 마찬가지로 당신 역시 놀라운 결과에 다가갈 수 있을 것이다.

전사들의 희생이 우리를 깨어나게 하자. 그들과 우리 자신을 존경하고 앞으로 나아가자. 필승!

집중 계획

주기적으로 집중 계획을 점검하면 매일 단순간결 법칙에 따라 강력하게 행동할 수 있게 된다. 목표를 향해 나아가는 것과 무관한 일에는 시간을 쓰지 않는다. 매일, 매주, 매월, 매분기, 매년, 자신의 열정, 목적, 사명과 연관된 2,3가지에만 초집중을 하면 사고와 행동이 자연스럽게 일치된다. 일치되어 있으면 더 쉽게 승리를 쌓아 올릴 수 있다. 그렇게 자신감을 키우고 단순화하려는 노력에 힘을 얻고 성공으로 향하는 상승곡선을 탈 수 있다. 아래 계획표를 필요한 만큼 복사하라. 각각의 계획표에 적절한 일, 월, 분기, 연도를 반드시 기입하라.

_____를 위한 일간/월간 집중 계획

한가지 일 (그날 그리고/또는 그 주에 이뤄야 할 가장 중요한 일):

_____

_____

_____

우선순위 업무 (그날 혹은 그 주에 반드시 완수):

_____

_____

_____

프로젝트 (그날 적어도 한발 더 나아가기 위해 착수해야 할 일):

_____

_____

_____

_____

연락 (연락해야 할 필요가 있는 사람들과의 전화/이메일):

_____

_____

_____

_____

습관 (이번 주에 힘써야 할 것은 무엇? 어떻게?):

_____

_____

_____

메모, 아이디어, 영감 (부록 2에서 설명할 아침 의식 중에 떠오른 모든 생각):

_____

_____

_____

_____

_____

_____

_____

_____

_____

_____

_____

_____

_____

_____

_____

_____

_____

_____를 위한 분기 집중 계획

한 가지 일 (이번 분기에 이뤄야 할 가장 중요한 일):

_____

_____

_____

이번 분기 3대 목표:

_____

_____

_____

_____

_____

_____

각각의 목표를 위한 3대 과제:

_____

_____

_____

_____

_____

_____

_____

연락을 취해야 할 주요 인물:

_____

_____

_____

_____

_____

_____

새로 가져야 할 습관:

_____

_____

_____

_____

_____

_____

_____

_____

메모, 새로운 아이디어, 영감:

_____

_____

_____

_____

_____를 위한 연간 집중 계획

내 인생의 목적/비전 (진척 상황에 맞춰 계속 진행하고 조정):

_____

_____

_____

_____

내 사업이나 업무의 비전 (진척 상황에 맞춰 계속 진행하고 조정):

_____

_____

_____

_____

6대 가치 (가치에 다가가기 위해 올해 할 수 있는 것들 포함):

_____

_____

_____

_____

_____

_____

_____

_____

내 인생의 3대 미션 (진척 상황에 맞춰 계속 진행하고 조정):

_____

_____

_____

_____

_____

_____

향후 3년 동안의 3대 미션 (진척 상황에 맞춰 계속 진행하고 조정):

_____

_____

_____

_____

_____

_____

올해의 3대 목표:

_____

_____

_____

_____

_____

_____

3대 목표를 달성하기 위해 반드시 해야 할 일들:

_____

_____

_____

_____

연락을 취해야 할 20명:

_____

_____

_____

_____

_____

_____

_____

새로 가져야 할 습관:

_____

_____

_____

_____

_____

_____

메모, 아이디어, 영감 (가져야 하거나 되거나 해야 할 것들의 목록):

_____

_____

_____

_____

_____

_____

_____

_____

_____

_____

_____

_____

_____

_____

_____

_____

_____

_____

_____

_____

_____

강력한 의식

매일 또는 필요에 따라(중요한 일이 있기 직전이나 있고 난 직후에는 약간
씩 조정할 수 있다) 강력한 의식을 하게 되면 '성과를 내는 영역'에서 긍정
적이고, 강력하게 그날 하루와 각각의 중요한 도전을 시작하고 마무리할
수 있게 마음을 훈련할 수 있다.

아침 의식

아침에 눈을 뜨자마자 처음으로 해야 할 일은 신선한 물을 큰 컵으로 한 컵 마시는 것이다. 그다음 수첩을 들고 조용한 장소-투영과 시각화 작업을 할 수 있는 지정된 공간이 좋다-를 찾아 편하게 앉는다. 스스로에게 힘을 불어넣어 주는 질문을 던져라. 머릿속에 무엇이 떠오르건 적어라.

❖ 오늘 하루 무엇에 대해, 누구에게 감사해야 하는가?

❖ 오늘 하루 흥분되는 일은 무엇인가? 무엇을 고대하는가?

❖ 나의 목적은 무엇인가? 오늘 하루 나의 계획은 나의 목적과 연결되어 있는가?

❖ 오늘 하루 어떻게 목표에 다가갈 것인가?

❖ 오늘 하루 누구에게 연락하고 봉사하고 감사할 것인가?

❖ 나의 목표는 여전히 나의 목적과 일치하는가?

다음으로 적어도 5분 동안 상자 호흡을 하라. 그다음 적어도 5분간 마음챙김을 위한 운동을 하라(나는 1시간을 할 때도 있다). 나는 요가를 선호하지만 태극권, 기공, 또는 짧게 걷는 것도 효과가 있다. 마지막으로 하루를 시작하기 전에 일간 집중 계획을 검토하라. 위 질문들에 대한 답과 일치되도록 계획을 조정하라. 주요한 프로젝트나 훈련에 시간을 배정하라.

저녁 의식

하루를 마감하기 전에 수첩을 들고 조용한 장소-투영과 시각화 작업을 할 수 있는 지정된 공간이 좋다-를 찾아 편하게 앉는다. 스스로에게 힘을 불어넣어 주는 질문을 던져라. 머릿속에 무엇이 떠오르건 적어라.

❖ 오늘 하루 바라는 대로 살았는가? 아니면 균형을 잃고 흐트러졌는가?

❖ 그렇게 느낀 이유는 무엇인가?

❖ 오늘 하루 내가 해낸 일 또는 일어난 일 중 가장 긍정적이었던 3가지는 무엇인가? 그것들로부터 무엇을 배웠는가?

❖ 오늘밤 내 잠재의식이 해결해 주기를 바라는 아직 해결하지 못한 도전이 있는가?

❖ 오늘 하루 잘못된 일은 무엇인가? 한 가닥 희망은 무엇인가?

이제 심호흡이나 상자 호흡을 활용하여 명상의 상태로 들어가라. 마음 수련장으로 가서 주요 목표를 검토하고 진행 중이던 시각화 작업을 계속하라. 마음 수련장에 있는 동안 당신을 괴롭히는 의문이나 문제에 대해 조언자나 잠재의식에 물어라. 꿈에서 본 것과 다음 날 아침 깨어났을 때 떠오른 생각에 주의를 기울여라. 답은 대개 그곳에 있다.

중요한 일이 있기 전의 의식

주요 미션, 경주, 도전을 앞두고 있을 때 이 의식을 하면 정상에 머무를 수 있다. 일단 습관이 되면 5분만으로도 성과에 강력한 영향을 주게 된다.

우선 중요한 일이 다가오면(그 일의 기간이나 어려움에 따라 며칠, 몇 시간, 몇 분 전이 될 수 있다) 마음을 산만하게 하는 외부 요인(경주나 운동 같은 이벤트는 시작 시간이 정해져 있다. 다른 것들은 시작 시간을 모를 수도 있지만 어떤 상황에서라도 원칙은 동일하다)을 차단하라. 차 안이나 별실처럼 혼자 있을 수 있는 조용한 공간을 찾아라. 사람들로 붐비는 곳에 있다면 그냥 앉아서 눈을 감아라. 사람들이 알아서 내버려둘 것이다. 남들이 어떻게 생각하건 신경 쓰지 마라. 긴장을 풀기 위해 서로 쓸데없는 잡담을 하는 대신에 당신만 용기 있게 스스로를 다룰 수 있는 걸 질투하는 것이다.

다음으로 머릿속으로 상황을 그리면서 '사전 연습'을 하라. 당신의 행동과 성과는 확대하고 적의 행동과 성과는 축소하라. 적은 실제 상대일 수도 있고 경쟁자나 이사회 참석자들일 수도 있다! 시각화를 할 때는 자신은 상황을 완전히 지배하고 있는 모습으로, 적은 항복하고, 약해지고 무기력한 모습으로 상황에 맞게 적절하게 그려라. 기본적으로 자신은 강력하고 도전자를 꺾어 버리는 모습으로, 적은 나약하고 쉽게 굴복하는 모습으로 그리면 된다. 자신과 적 둘 다를 시각화하는 것이 중요하다. 보통 경쟁자와 도전자를 실제보다 더 강력하다고 생각해 버리는 경향이 있기 때문이다. 그들은 축소시키고 자신은 크게 키워야 한다. 중요한 일이 진행될 때 각 단계마다 마음속의 생리적, 심리적 현상에 집중하라. 사전 연습을 하는 동안에는 심호흡을 하라. 그러면 나머지 의식을 위한 무대를 알아서 마련해 준다.

목표와 미션 및 도전 전략을 검토하라. 손쉽게 성취한 자신의 모습을 그려라. 지금 이 순간의 현실에 맞게 전략을 다시 한 번 점검하라. 단순간결한가? 막판 수정을 할 필요는 없는가? 돌발 상황에 대비한 비상 대책은 준비해 두었는가?

마지막으로 사전 의식을 마치고 실제 행동에 나서기 전에 사고방식, 어휘, 자세, 몸 상태 등을 긍정적으로 유지하기 위해 강력한 주문을 외우면서 내면의 자신과 대화를 시작하라.

중요한 일을 마치고 난 후의 의식

이전에 나온 '한 가닥 희망 찾기'부터 시작하라. 끝마치고 나면 새로운 미션이나 도전으로 관심을 돌리고 그에 맞춰 계획과 훈련을 하라. 반복이라 생각할 수도 있겠지만 중요한 일을 마치고 난 후의 의식은 다음에 무슨 일이 일어날지 급하게 떠올린 생각들로부터 시작된다. 크로스핏 게임즈 이벤트를 마치고 났을 때 앞으로도 계속해야 할지 신중하게 고민해야 했다. 이 대회만을 위한 기술을 훈련시키는 데 들어가는 시간이 엄청나기도 했고 씰핏에서 가르치는 운동 프로그램과는 다소 차이가 나기도 했기 때문이다. 하지만 대회 후의 의식을 통해 흥미로운 사실들을 많이 발견했다. 자발적으로 아이언맨 레이스 같은 대회에 참가했는데도 불구하고 실제로는 그다지 즐겁지 않았다면? 단지 해낼 수 있다는 이유만으로 다시 참가할 생각인가? 애초에 별로 흥미를 느끼지도 못하는 일에는 많은 시간을 허비하지 않으려 한다. 대신할 수 있는 다른 목표나 20배수 도전은 없을까?

벤처 회사를 설립한다고 할 때 첫 도전은 실패하기 십상이다. 똑같은 사업을 한 번 더 시도하겠는가? 만약 그렇다고 한다면 이번에는 접근법을 어떻게 달리할 것인가? 대부분의 벤처 회사라면 보통은 3,4번 정도 시도를 해야 제대로 돌아가는 제품이나 수익 모델을 찾아낼 수 있다. 틀을 다시 짜고, 반성하고, 방향을 수정할 때 목적에서 벗어나지 않고 적절한 목표를 향해 나아갈 수 있다. 이 과정에서 자신만의 '이유'와 연계되어야 하고 다시 힘을 내게 하는 새로운 목적을 뒷받침해야 한다. 그래야 다음 날 다시 경기장으로 돌아갔을 때 또다시 힘껏 부딪칠 수 있다.

감사의 말

이 책은 내게 긴 여정과 같았지만 한편으로는 모험으로 가득한 신세계로 떠나는 더 먼 여정의 겨우 첫발이기도 하다. 물론 이 책을 혼자 쓰지는 않았다. 오랜 세월 많은 멘토들에게 얻은 아이디어와 통찰력이 이 책에 담겨 있다. 책을 함께 쓴 앨리는 매 순간 내가 더 나아지도록 자극을 주었고 이질적인 생각들을 체계화하여 훨씬 더 좋은 책으로 만들어 냈다. 고마워요, 앨리! 리더스 다이제스트 북스의 담당 편집사인 안드레아 오 레빗은 이 책의 구성 및 이조를 결정하는 데 소중한 의견을 주었다. 신뢰하는 에이전트 케빈 모런은 내가 다른 프로젝트로 옮겨 간 한참 뒤까지도 이 책을 위한 출판사를 계속 찾아 주었다. 안드레아, 케빈, 고마워요!

진정한 첫 멘토인 정도회 가라테의 나카무라 다다시 회장님께도 감사를 드린다. 회장님과 훌륭한 사범들, 제자들은 내가 정신력과 감정 조절 능력, 영적인 힘을 갖추는 데 확고한 토대를 마련해 주었다. 회장님 그리고 정도회 팀, 감사합니다!

요가 선생님인 팀 밀러 역시 특별히 언급할 필요가 있다. 운이 좋게도 요가업계의 전설인 팀이 내가 사는 캘리포니아주 엔시니타스에 살고 있었다. 팀은 현대식 요가인 아쉬탕가의 창시자인 파타비 조이스로부터 공인받은 최초의 미국인 요가 지도자다. 팀과 나카무라 회장님은 내게 훈련이 '내가 가야할 길'임을 깨닫게 해주셨고 내가 말한 것을 실천할 수 있도록 가르침을 주셨다. 내가 아직 네이비씰 신참이었을 때 『네 안에 잠든 거인을 깨워라』란 책으로 영감을 준 앤서니 라빈스에게도 감사드린다. 네이비씰 복무 기간 중 이 책을 처음부터 끝까지 몇 번이나 읽었는지 모른다. 『네이비씰의 나를 이기는 연습』에 적은 가치 개발 연습은 토니로부터 영감을 받았다. 또한 언비터블 마인드Unbeatable Mind(저자 마크 디바인이 만든 온라인 교육 프로그램으로 심신 수련을 목적으로 함-옮긴이)의 교육생인 빌 키퍼에게도 감사를 표한다. 빌은 피지에 있는 토니의 리조트에서 일하고 있는데 이 책을 쓰는 데 큰 도움이 되었다.

세상을 바라보는 데 없어서는 안 될 이론을 제공해 준 켄 윌버에게도 깊은 감사를 드린다. 그의 영향으로 『네이비씰의 나를 이기는 연습』과 언비터블 마인드가 만들어졌다. 이 밖에도 다른 스승, 멘토, 친구들에게도 감사를 드리고 싶다. 트래커 스쿨Tracker School(야생에서의 생존 방법을 가르치는 학교-옮긴이)의 톰 브라운; 사이토 인술(일본 닌자의 특수 무예 및 정탐 기법-옮긴이)의 셰인 펠프스; 크로스핏CrossFit의 설립자인 그렉 글래스먼; 『팔레오 솔루션』(구석기 시대인처럼 먹는 다이어트 방법-옮긴이)의 저자인 롭 울프; SCARS(방어 능력을 중심으로 한 특공 무술-옮긴이)의 설립자인 제리 피터슨; 그 밖에도 세스 고딘, 로이 윌리엄스, 스티븐 프레스필드는 책을 통해 내게 영감을 주었다.

네이비씰에 복무하는 동안 세상에서 가장 집중력 있고, 지적이며, 열정적인 전사들과 함께하는 행운을 누렸다. 그들은 내가 네이비씰로서 성장할 수 있도록, 특히 내가 실수를 했을 때 나를 이끌어 주었다. 감사드리고 싶은 사람은 다음과 같다. 맥레이븐 제독, 하워드 제독, 메츠 제독, 보넬리 제독; 맥티거 대령, 팔루소 대령, 월스 대령, 오코넬 대령; 징키 중령, 워샤바우 중령; 크램프턴 원사, 래스키 원사, 네이쉑 원사, 마틴 원사; 그리고 네이비씰 3팀, 17팀, 수중침투 잠수정 1팀, 해군특수전단 1팀, 태평양 특수작전사령부에서 함께 복무한 동료들에게도 감사드린다.

너무나도 고마운 씰핏SEALFIT(저자가 개발한 종합 체력단련 프로그램-옮긴이)과 크로스핏 프로그램의 코치, 후원자, 스태프들. 랜스 커밍스, 글렌 도허티, 크리스 스미스, 댄 체릴로, 브래드 맥레어드, 찰리 모저, 셰인 하이어트, 숀 레이크, 댄 밀러, 데이브 카스트로, 로리 맥커넌, 그렉 아먼슨, 토니 블라우어, 에릭 라슨, 데렉 프라이스, 제프 그랜트, 마이클 오스트롤렌크, 스튜 스미스, 토미 하켄브룩, 린지 발렌주엘라, 베카 보이트, 케이티 호건, 리치 버네티, 신디 채프먼, 캐서린 채프먼, 멜라니 슬리브카, 데이브 보크, 윌 탤버트, 존 원햄. 특히 그들의 성실함, 기술, 유머에 감사드린다.

평생 동안 항상 같은 자리에서 내게 다양한 교훈을 주신 나의 부모님, 수지 디바인과 리스 디바인께도 감사드린다. 내가 영원토록 감사해야 할 아내 샌디는 사업이 롤러코스터처럼 부침을 겪는 동안에도 줄곧 굉장한 친구이자 지지자였다. 그리고 단짝친구인 아들 데본은 항상 나를 웃게 하고 내가 정직함을 잃지 않도록 했다. 고마워, 샌디, 데본!

　마지막으로 조국을 위해 희생을 아끼지 않은 동료들과 그들의 가족에게는 아무리 감사를 해도 지나치지 않다. 필승!

마크 디바인

옮긴이 김재욱

서울대학교 경영학과 졸업 후 KB국민카드의 상품개발 업무로 사회생활을 시작했다. 이후 삼성전자로 옮겨 10년 이상 사업전략, 대외협력 등 기획 업무를 담당했으며, 1년간 일본(도쿄) 지역전문가로 활동했다. 현재는 삼성전자 퇴사 후, 조직에 속하지 않는 제2의 삶을 준비하고 있다.

네이비씰의 나를 이기는 연습
세상 앞에 난쟁이가 된 나의 진짜 자신감 찾기

글 마크 디바인   **옮긴이** 김재욱
표지 디자인 박진범
발행일 2016년 6월 30일 초판 1쇄 | 2016년 10월 20일 초판 3쇄
발행처 다반   **발행인** 노승현   **출판등록** 제2011-08호(2011년 1월 20일)
주소 서울특별시 금천구 가산디지털1로 196 1003호(가산동, 에이스테크노타워 10차)
전화 02) 868-4979   **팩스** 02) 868-4978
이메일 davanbook@naver.com
블로그 blog.naver.com/davanbook
페이스북 www.facebook.com/davanbook
한국어판 출판권 © 다반 2016
ISBN 979-11-85264-14-1 03840

다반-일상의 책